Du bist mein Tod

Das Buch

Sobald Clarissa ihre Wohnung verlässt, wird sie von ihrem Kollegen Rafe bedrängt. Täglich warten Briefe, Pakete und Blumen auf sie, stundenlang steht Rafe vor der Tür und klingelt Sturm. Sogar als sie von Bristol nach Bath fährt, um als Jurymitglied einem Prozess beizuwohnen, spürt er sie auf. Clarissa kann niemanden um Hilfe bitten, für ihre Umgebung sieht seine Zuwendung aus wie Liebe. Egal, was sie macht, der Stalker wird immer gewinnen. Während sich der Gerichtsprozess weiter zuspitzt und es aussieht, als würde das Opfer auch hier verlieren, kommt Rafe ihr näher und näher. Spätestens als Clarissa erfährt, dass seine Exfreundin vor Jahren spurlos verschwunden ist, wird ihr klar, dass seine Liebe nur tödlich enden kann …

Die Autorin

Claire Kendal wurde in den USA geboren und ist in England aufgewachsen. *Du bist mein Tod* ist ihr erster Roman und erscheint in zweiundzwanzig Ländern. Sie unterrichtet Literaturwissenschaft und Kreatives Schreiben und lebt mit ihrer Familie im Südwesten Englands. Sie arbeitet bereits an ihrem nächsten Roman.

CLAIRE KENDAL

DU BIST MEIN TOD

THRILLER

Aus dem Englischen
von Sophie Zeitz

List Taschenbuch

Besuchen Sie uns im Internet:
www.list-taschenbuch.de

Ungekürzte Ausgabe im List Taschenbuch
List ist ein Verlag der Ullstein Buchverlage GmbH, Berlin.
1. Auflage September 2016
© für die deutsche Ausgabe Ullstein Buchverlage GmbH,
Berlin 2015/List Verlag
© 2015 by Claire Kendal
Titel der englischen Originalausgabe: *The Book of You*
(HarperCollins, London, 2014)
Umschlaggestaltung: ZERO Werbeagentur, München
Titelabbildung: © Miguel Sobreira / Arcangel Images (Frau);
© Tim Robinson / Arcangel Images (Bild in Frau)
Satz: LVD GmbH, Berlin
Gesetzt aus der Sabon und Optima
Druck und Bindearbeiten: CPI books GmbH, Leck
Printed in Germany
ISBN 978-3-548-61311-6

*Für meinen Vater, der mir mein
erstes Märchenbuch schenkte.
Und für meine Mutter, die mich lesen lehrte.*

*Was nun dieses kleine Schlüsselchen betrifft, so führt es in
das kleine Gemach am Ende der großen Galerie. Gehe du
überall hin, wohin es dir beliebt, öffne alle Türen, wie du
willst, aber ich verbiete dir aufs Strengste, in jenes kleine
Kabinett einzutreten. Sollte es dir dennoch begegnen, dass
du es öffnest, so wisse, dass du von meinem Zorne das
Schrecklichste zu erwarten hast.*

»Blaubart«, Charles Perrault

Inhalt

Woche 1
Die Spinnerin

Montag

Du bist es. Natürlich bist du es. Du bist es immer. Jemand holt mich auf der Straße ein, und ich drehe mich um und sehe dich. Ich wusste, dass du es bist, trotzdem erschrecke ich mich und rutsche auf dem gefrorenen Schnee aus. Ich verliere das Gleichgewicht und stürze. Meine Strumpfhose wird nass an den Knien. Meine Handschuhe sind durchgeweicht.

Kein vernünftiger Mensch würde an diesem eisigen Morgen freiwillig vor die Tür gehen. Du schon. Du bist hier, vertrittst dir die Füße. Jetzt streckst du mir die Hand hin, fragst mich, ob ich mir weh getan habe, aber ich weiche zurück und rutsche beinahe wieder aus.

Du musst mich beobachtet haben, seit ich das Haus verlassen habe. Ich kann mir die Frage nicht verkneifen, was du hier tust, auch wenn ich genau weiß, dass deine Antwort gelogen sein wird.

Deine Augenlider flattern. Das tun sie immer, wenn du nervös bist. »Ich mache nur einen kleinen Spaziergang, Clarissa.« Du wohnst in einem Vorort zehn Kilometer entfernt von hier, aber egal. Deine Lippen werden weiß. Du beißt hinein, um die Durchblutung anzuregen, als würdest du merken, dass sie noch blasser sind als sonst. »Du hast dich am

Freitag an der Uni so seltsam verhalten, Clarissa. Einfach aus dem Saal zu laufen. Alle haben sich gewundert.«

Ich will schreien, wenn ich höre, wie du ständig meinen Namen sagst. Dein Name ist hässlich für mich geworden. Ich versuche ihn aus meinem Kopf zu löschen, als könnte ich dich damit aus meinem Leben löschen. Aber er schleicht sich immer wieder hinein. Taucht einfach auf. Wie du. Immer und immer wieder.

Gegenwart, zweite Person Präsens. Das bist du. In jeder Hinsicht.

Mein Schweigen schreckt dich nicht ab. »Du bist das ganze Wochenende nicht ans Telefon gegangen. Du hast nur eine meiner SMS beantwortet, und das nicht freundlich. Was machst du an einem Morgen wie diesem draußen, Clarissa?«

Ich schaffe es nur, in kleinen Etappen zu denken. Ich muss dich loswerden. Ich muss verhindern, dass du mir zum Bahnhof folgst und dahinterkommst, wohin ich fahre. Wenn ich dich ignoriere, gelingt mir das nicht; der Rat aus den Broschüren hilft im richtigen Leben nicht. Ich bezweifle, dass überhaupt irgendwas gegen dich hilft.

»Ich bin krank.« Das ist gelogen. »Deswegen bin ich am Freitag gegangen. Ich habe um acht einen Arzttermin.«

»Du bist die einzige Frau, der ich je begegnet bin, die sogar schön aussieht, wenn sie krank ist.«

Jetzt wird mir wirklich schlecht. »Ich habe Fieber. Ich habe mich die ganze Nacht übergeben.«

Du hebst die Hand, als wolltest du meine Temperatur fühlen, und ich zucke zurück.

»Ich komme mit.« Deine Hand hängt immer noch in der Luft, eine peinliche Erinnerung an deine unerwünschte Geste. »Du solltest jetzt nicht allein sein.« Unvermittelt lässt du die Hand fallen.

»Ich will dich nicht anstecken.« Die Worte sind geheuchelt, und ich fürchte, sie klingen nicht sehr fürsorglich.

»Ich kümmere mich um dich, Clarissa. Hier draußen herrschen Minusgrade, und du hast nasse Haare, du solltest nicht zu Fuß unterwegs sein. Das kann nicht gut für dich sein.« Du zückst dein Handy.»Ich rufe uns ein Taxi.«

Wieder hast du mich in die Enge getrieben. Ich stehe mit dem Rücken am schwarzen Geländer, kann nicht weiter zurück; ich will nicht wieder ausrutschen und durch die Lücke fallen – zur Straße geht es fast einen Meter hinunter. Ich mache einen Schritt zur Seite, richte mich auf, aber du überragst mich immer noch. In deiner dicken grauen Jacke siehst du riesig aus.

Der Saum deiner Jeans ist nass vom Schnee – das kann auch nicht gut für dich sein. Von der bitteren Kälte hast du rote Ohren und eine rote Nase. Wie ich wahrscheinlich. Dein braunes Haar ist strähnig, obwohl es wahrscheinlich frisch gewaschen ist. Dein geschlossener, verbissener Mund ist nie entspannt.

Unwillkürlich tust du mir leid, egal wie ich mich dagegen sträube und wie zuwider du mir bist. Auch du musst schlaflose Nächte haben. Herzlosigkeit, selbst dir gegenüber, widerspricht dem, was meine Eltern mir beigebracht haben. Mit Schroffheit werde ich dich sowieso nicht mehr los. Ich weiß zu gut, dass du mir einfach nachlaufen würdest, als würdest du mich nicht hören, und das ist das Letzte, was ich will.

Du tippst eine Nummer ins Telefon.

»Nein. Nicht.« Die Schärfe in meiner Stimme lässt dich innehalten. Ich spinne die Lüge weiter.»Es ist nicht weit bis zum Arzt.« Dann drücke ich mich deutlicher aus. »Ich werde nicht mit dir in ein Taxi steigen.«

Du drückst die rote Taste und steckst das Handy wieder ein. »Schreib mir deine Festnetznummer auf, Clarissa. Anscheinend habe ich sie verlegt.«

Wir wissen beide, dass ich sie dir nie gegeben habe. »Ich habe das Festnetz abgemeldet. Ich benutze nur noch mein Handy.« Weitere Lügen. Im Stillen schicke ich ein Dankgebet zum Himmel, dass du meine Nummer nicht irgendwo in meiner Wohnung gefunden und aufgeschrieben hast, als du da warst. Was für eine Nachlässigkeit. Wahrscheinlich ärgerst du dich grün. Aber du warst anscheinend zu beschäftigt.

Ich zeige den Hügel hinauf. »Du solltest oben im Park spazieren gehen.« Ich nutze deinen Wunsch aus, mir zu gefallen, ein unfairer Zug, aber ich bin verzweifelt. »Der Park ist einer meiner Lieblingsorte ... Rafe.« Die Pause vor deinem Namen ist lang, aber dann bringe ich ihn endlich über die Lippen, und nur das zählt für dich; du merkst nicht, dass ich dir nur einen Brocken hingeworfen habe, um dich loszuwerden.

»Wenn dir der Ort etwas bedeutet, Clarissa. Ich möchte dich glücklich machen, verstehst du? Du musst mich nur lassen.« Du versuchst zu lächeln.

»Auf Wiedersehen, Rafe.« Wieder zwinge ich mich, deinen Namen auszusprechen, und als dein Lächeln sicherer und echter wird, bin ich verblüfft und habe fast ein schlechtes Gewissen, dass ein so durchschaubarer Trick funktioniert.

Als ich vorsichtig den Hang hinuntergehe, kann ich kaum glauben, dass ich dir entkommen bin, und vergewissere mich mehrfach, dass der Abstand zwischen uns größer wird. Jedes Mal siehst du dich um und hebst die Hand, und ich muss mich zwingen, halbherzig zurückzuwinken.

Von jetzt an werde ich morgens mit dem Taxi zum Bahnhof fahren und durch die Heckscheibe kontrollieren, ob du mir folgst. Bei unserer nächsten Begegnung muss ich längerfristig denken und mich an das halten, was in den Broschüren steht. Ich werde mich weigern, mit dir zu sprechen, oder dir zum millionsten Mal erklären – klipp und klar –, dass du mich in Ruhe lassen sollst. Unter den gegebenen Umständen würde sogar meine Mutter verstehen, dass ich schroff sein muss. Nicht, dass ich im Traum daran denken würde, meine Eltern mit dieser Geschichte zu belasten.

Mit klappernden Zähnen stehe ich auf dem Bahnsteig und lausche den entschuldigenden Ansagen von Zugausfällen und Verspätungen aufgrund der extremen Witterung, voller Angst, du könntest plötzlich hinter mir auftauchen.

Dann lehne ich mich an die Wand und schreibe, so schnell

ich kann, in mein neues Notizbuch. Es ist mein erster Eintrag. Das Notizbuch ist klein, damit ich es immer mitnehmen kann, so wie es die Broschüren empfehlen. Die Seiten sind liniert, und es hat eine Spiralbindung. Der Einband ist mattschwarz. Die Leute von der Hotline sagen, ich soll alles dokumentieren. Sie sagen, ich darf nichts auslassen und muss versuchen, mir jede Begegnung möglichst zeitnah zu notieren, egal wie unbedeutend sie mir erscheint. Aber Begegnungen mit dir sind nie unbedeutend.

Ich zittere heftig und bereue, dass ich mir nicht die Haare geföhnt habe. Heute Morgen war ich spät dran, weil ich nach einer Nacht voller Alpträume verschlafen hatte – deinetwegen, immer deinetwegen. Wie ich nun weiß, wäre noch Zeit zum Föhnen gewesen, aber das konnte ich natürlich nicht vorhersehen, nicht wie ich dich vorhersehen kann. Jetzt fühlt sich mein Haar an wie eine eisige Kappe, die die Kälte in meine Haut und meine Adern leitet, wie ein Fluch, der Fleisch zu Stein erstarren lässt.

Es musste eine Welt geben, in der er nicht war, und sie glaubte, sie endlich gefunden zu haben. Gegenüber der Marmortreppe hingen die Portraits ernst blickender Richter. Auf dem Weg in den ersten Stock spürte Clarissa ihre Blicke im Rücken; doch sie hielt an der Hoffnung fest, dass dies ein Ort war, an dem sie vor Beobachtung sicher war, ein Ort, von dem er nie etwas erfahren würde.

Sie zeigte der zuständigen Justizbeamtin ihren Pass und den rosa Geschworenenbescheid, dann setzte sie sich auf einen der blauen Polsterstühle. Es war angenehm warm. Ihre Zehen tauten auf. Ihr Haar trocknete allmählich. Außerhalb seiner Sichtweite fühlte sie sich wie an einem magischen Ort. Nur Geschworene hatten hier Zutritt, und sie mussten einen Zahlencode in ein Tastenfeld eingeben, bevor sich die Tür öffnete.

Sie zuckte zusammen, als das Mikrophon der Beamtin zu knistern anfing. »Folgende Personen werden gebeten, nach vorn zu kommen und sich am Schalter anzustellen, um einer zweiwöchigen Verhandlung beizuwohnen, die in Kürze in Saal sechs beginnt.«

Zwei ganze Wochen im sicheren Hafen eines Gerichtssaals. Zwei ganze Wochen weg von der Uni und weg von ihm. Ihr Herz schlug schneller. Als ihr Name nicht aufgerufen wurde, sank sie enttäuscht in den Stuhl zurück.

Gegen Mittag zwang sie sich, das heilige Refugium des Gerichts zu verlassen; sie brauchte frische Luft. Auf der Straße vor der Drehtür blieb sie stehen und sah sich um. Vielleicht versteckte er sich zwischen den beiden Gefängnistransportern, die ein paar Meter weiter am Bordstein standen. Hastig, mit angehaltenem Atem, lief sie an ihnen vorbei. Als sie sah, dass er nicht zwischen den Stoßstangen kauerte, seufzte sie erleichtert.

Sie ging über den Markt, beobachtete die Angestellten, die sich beim Biobäcker oder an einem der Imbissstände ein schnelles Mittagessen holten, sah durchs Fenster eines teuren Italieners, wo die Anwälte an einem großen Tisch saßen.

Sie blickte sich um, dann schlüpfte sie in die behagliche Vertrautheit eines Nähladens. Wie immer landete sie zuerst bei den Kinderstoffen. Auf einem glitten Meerjungfrauen selbstvergessen dahin, gefolgt von verhexten kleinen Mädchen; sie stellte sich ein Rüschenkleidchen vor aus pflaumenblauen und fuchsienpinken Meeren.

Henry hätte es scheußlich gefunden. Zu niedlich, hätte er gesagt. Zu mädchenhaft, hätte er gesagt. Zu kitschig, hätte er gesagt. Nicht originell, hätte er gesagt. Einfarbig ist doch am besten, hätte er gesagt. Vielleicht war es gut, dass der unerfüllte Kinderwunsch sie auseinandergebracht hatte.

Sie riss sich los und steuerte die Vitrine mit den Garnen an, suchte in ihrer Tasche nach dem Stoffmuster – moosgrüne, mit roten Blüten übersäte Baumwolle – und wählte die passende Farbe aus. Dann ging sie mit zwei Rollen zur Kasse.

»Was nähen Sie denn?«, fragte die junge Kassiererin.

Clarissa schoss das Bild flatternder Lider mit blassbraunen Wimpern durch den Kopf, Blicke, denen sie nicht entkam, Lippen, von denen Speichel tropfte: Momente von Rafes einer Nacht in ihrem Bett.

Sie würde ihn aus ihrem Schlafzimmer austreiben. »Neue Bettwäsche«, sagte sie.

Der Stoff würde sich wunderbar anfühlen auf der Haut. Überrascht bemerkte sie einen Anflug von Neugier darauf, wer wohl eines Tages mit ihr unter den roten Blüten schlafen würde.

Montag, 2. Februar, 14:15 Uhr

Ich versuche alles zusammenzufügen. Ich versuche die Lücken zu füllen. Ich versuche mich an die Dinge zu erinnern, die du vor heute Morgen getan hast, als ich mit den Aufzeichnungen begann. Ich will keinen einzigen Vorfall weglassen – das kann ich mir nicht leisten. Auch wenn das bedeutet, dass ich jeden Moment noch einmal durchleben muss. Indem ich alles aufschreibe, behalte ich dich bei mir, genau dort, wo ich dich nicht haben will.

Montag, 10. November, 20:00 Uhr (vor drei Monaten)

Das ist der Abend, an dem ich den riesigen Fehler begehe, mit dir zu schlafen, und ich bin in der Buchhandlung. Das Geschäft ist nur für geladene Gäste geöffnet, zur Feier deines neuen Buchs über Märchen. Es sind nur ein paar deiner Kollegen vom Anglistikinstitut gekommen. Ermutigt durch meine Anwesenheit, lästern sie leise über Henry. Ich tue so, als würde ich es nicht mitbekommen, nehme Bücher aus den Regalen und sehe hinein, als würden sie mich brennend interessieren, auch wenn die Buchstaben vor meinen Augen tanzen und etwa so verständlich sind wie Hieroglyphen.

Ich weiß nicht, was ich hier mache oder warum ich mir von dir abwechselnd Rot- und Weißwein aufdrängen lasse. Wahrscheinlich sind es die Einsamkeit und der Verlust:

Henry ist gerade aus Bath weggezogen, um die Professur in Cambridge anzunehmen, auf die er sein Leben lang hingearbeitet hat. Mitleid spielt auch eine Rolle; du hast mir drei Einladungen geschickt.

Ich kann nicht gehen, bevor die Lesung vorbei ist. Ich sitze in der letzten Reihe und höre zu, wie du aus deinem Kapitel über die »Prüfung der wahren Braut« vorliest. Dann bist du fertig, und deine wenigen Kollegen stellen höfliche Fragen. Ich bin keine Lehrkraft an der Uni; ich sage nichts. Sobald der spärliche Applaus verklungen ist, steuere ich die Tür an und will entkommen, doch du erwischst mich und bittest mich, noch nicht zu gehen. Ich schleiche mich nach oben in die Kunstbuchabteilung und setze mich mit einem Bildband über Munch auf den schmuddeligen beigen Teppichboden. Ich schlage den *Kuss* auf, die frühe Version, in der die Liebenden nackt sind.

Als dein Schatten auf die Seite fällt und deine Stimme durch die einsame Stille im ersten Stock schneidet, zucke ich zusammen. »Hätte ich dich nicht gefunden, hätten sie dich über Nacht hier eingesperrt.« Du stehst über mir, spähst aus enormer Höhe zu mir herab und lächelst.

Schnell schlage ich den Bildband zu und stelle ihn weg. »Vielleicht wäre es gar nicht so schlimm, hier mit den Künstlern zu schlafen.« Ich halte dein Buch hoch wie eine Schauspielerin, die beim Einsatz der Requisiten übertreibt. Mein Handgelenk tut weh. »Es ist toll. Vielen Dank, dass du es mir geschenkt hast. Du liest sehr schön. Und du hast eine gute Stelle ausgesucht.«

»Du hast ein gutes Gemälde ausgesucht, Clarissa.« Du setzt deine vollgestopfte Aktentasche und die beiden Weingläser ab, die du in der Hand balanciert hast.

Ich lache. »Hast du eine Leiche da drin?«

Dein Blick huscht zum Schloss der Tasche, als wolltest du nachsehen, ob sie gut verschlossen ist, und mir kommt der Gedanke, dass du Geheimnisse hast. Aber du lachst. »Nur Bücher und Papiere.« Du hältst mir die Hand hin. »Komm aus deinem Versteck. Ich bringe dich nach Hause. Es ist dunkel draußen, du solltest nicht allein unterwegs sein.«

Ich greife nach deiner Hand, lasse mir von dir auf die Beine helfen. Du lässt meine Hand nicht wieder los. Behutsam ziehe ich sie weg. »Das macht mir nichts aus. Musst du nicht zum Abendessen mit den Veranstaltern, Herr Professor?«

»Ich bin kein Professor.« Dein Augenlid zuckt. Es flattert mehrmals rasch hintereinander, als würde ein winziges Insekt mit dem Flügel schlagen. »Henry hat die Professur bekommen, auf die ich mich beworben hatte. Gegen einen preisgekrönten Dichter hatte ich wohl keine Chance. Die Position des Institutsleiters hat ihm auch nicht geschadet.«

Henry hatte die Professur mehr als verdient, aber das spreche ich natürlich nicht aus. Ich sage nur: »Das tut mir leid.« Und nach ein paar peinlichen Sekunden: »Ich muss nach Hause.« Woraufhin du so enttäuscht wirkst, dass ich dich trösten will. »Dein Buch ist wirklich hochinteressant, Rafe«, sage ich, um meinen Abgang zu dämpfen. »Du solltest stolz sein.«

Du greifst nach dem Wein und hältst mir ein Glas hin. »Ein Toast, Clarissa. Bevor du gehst.«

»Auf dein schönes Buch.« Wir stoßen an, mein Weißwein gegen deinen Rotwein, und ich trinke einen Schluck. Du wirkst so glücklich über diese Kleinigkeit; es rührt mich und macht mich traurig. In den nächsten Monaten werde ich diesen Augenblick immer wieder durchspielen, auch wenn ich ihn am liebsten aus dem Gedächtnis löschen würde.

»Trink aus.« Du leerst dein Glas, um mit gutem Beispiel voranzugehen.

Ich tue es dir nach, auch wenn der Wein wie salzig-süße Medizin schmeckt. Aber ich will deine ohnehin traurige Feier nicht noch weiter trüben.

»Ich begleite dich, Clarissa. Ich gehe lieber ein Stück mit dir, als bei irgendeinem stickigen Abendessen zu sitzen.«

Eine Minute später sind wir draußen an der kühlen, spätherbstlichen Luft. Selbst in meiner weinseligen Benommenheit zögere ich, bevor ich ausspreche, was mir durch den Sinn geht. »Hast du je über Blaubarts erste Frau nachgedacht? Sie wird nicht weiter erwähnt, aber sie muss eine der toten Frauen sein, die in der verbotenen Kammer hängen.«

Du lächelst nachsichtig, als wäre ich eine deiner Studentinnen. Heute Abend siehst du adrett aus, als hättest du dich als amerikanischer Collegeprofessor verkleidet. Tweedjackett, weiche braune Cordhosen, ein feingestreiftes blauweißes Hemd unter einem dunkelblauen Pullunder. »Erklär es mir.« Die Aufforderung kommt automatisch, wahrscheinlich wie in deinen Grundkursen.

»Ich meine, wenn die geheime Kammer schon am Anfang da war und er der ersten Mrs Blaubart verboten hat, sie zu betreten, konnte es dort noch keine toten Ehefrauen geben. Und auch kein Blut, in das ihr Schlüssel fallen konnte, und keinen Blutfleck am Schlüssel, der sie verraten konnte. Was für einen Grund hatte er dann für den ersten Mord? Das habe ich mich immer gefragt.«

»Vielleicht hat er die geheime Kammer erst für die zweite Mrs Blaubart erfunden. Vielleicht hat seine erste Frau etwas getan, das noch unverzeihlicher war, als die Kammer zu betreten. Die schlimmste Form des Ungehorsams: Vielleicht war sie untreu, wie die erste Frau in *Tausendundeine Nacht*, und er hat sie deswegen umgebracht. Und dann musste er die anderen prüfen, um herauszufinden, ob sie seiner Liebe wert waren. Leider hat keine die Prüfung bestanden.« Das alles sagst du so leichthin, als würdest du Witze machen.

Mir hätte damals schon klar sein müssen, dass du keine Witze machst. Bei dir ist nie etwas leicht. Hätte ich das dritte Glas Wein nicht getrunken, wäre mir das vielleicht klar gewesen, und alles wäre anders gekommen.

»Das klingt, als fändest du, sie hätte es verdient.«

»Natürlich nicht.« Doch du antwortest zu schnell, zu nachdrücklich, ein Hinweis darauf, dass du lügst. »Natürlich meine ich das nicht.«

»Aber du hast von Ungehorsam gesprochen.« Bilde ich mir nur ein, dass meine Beine wackelig werden? »Das ist ein schreckliches Wort. Und es war nie ein faires Versprechen. Du kannst niemandem verbieten, einen Raum zu betreten, der sich im eigenen Haus befindet.«

»Männer brauchen geheime Orte, Clarissa.«

»Ach ja?« Wir stehen vor der Abteikirche von Bath. Die Westseite ist beleuchtet, aber aus irgendeinem Grund sehe ich meine geliebten gefallenen Engel, die kopfüber von Jakobs Leiter hängen, nur verschwommen. Wahrscheinlich ist ihnen genauso schwindelig wie mir.

Du nimmst mich am Arm. »Clarissa?« Lächelnd wedelst du mit der Hand vor meinen Augen herum. »Aufwachen, Dornröschen.«

Ich erinnere mich an mein Argument, auch wenn ich mich stark zusammenreißen muss, um klare Sätze zu formulieren. »In der Kammer müssen grauenhafte Geheimnisse versteckt sein. Sie war der Ort, an dem er seine Phantasien auslebte.«

Wir kommen an den römischen Bädern vorbei. Ich stelle mir die Statuen der Kaiser, Feldherrn und Statthalter vor, die mit gerunzelter Stirn von der Terrasse auf mich herabblicken, als wollten sie mich zwingen, mich in dem großen grünen Becken unter ihnen zu ertränken. Ich habe einen schwefligen Geschmack im Mund, wie von dem Thermalwasser im *Pump Room*.

»Du kennst *Blaubart* besser als jeder Experte, Clarissa. Du solltest die Professorin sein. Du hättest deine Doktorarbeit fertigschreiben sollen.«

Ich schüttele den Kopf. Die Welt gerät ins Wanken und hört auch nicht auf, als ich den Kopf wieder still halte. Über meine unvollendete Doktorarbeit rede ich fast nie. Verschwommen frage ich mich, woher du davon weißt, aber dann bleibt mein Blick an einem Ring in der Auslage eines Juweliers hängen. Ein Platinband mit funkelnden Diamanten. Der Ring, den ich mir wünschte, als ich noch hoffte, Henry könnte mich eines Tages damit überraschen, was er nie tat. Die Lichter eines vorbeifahrenden Autos flammen auf, und die Steine glitzern wie das blaue Meer in der Sonne. Die weißen und goldenen Glühbirnen um das Schaufenster blenden mich.

Du ziehst mich weg von dem Schaufenster, und ich blinzele, als hättest du mich aus dem Tiefschlaf gerissen. Als wir die geschlossenen Geschäfte in den honigfarbenen klassizistischen Gebäuden hinter uns gelassen haben, sind meine Schritte alles andere als gerade. Du hast den Arm um meine Taille gelegt und steuerst mich in die richtige Richtung.

Ich erinnere mich kaum an die Unterführung, aber dann steigen wir auf der anderen Seite den steilen Hang hinauf, und ich bin außer Atem. Du drückst mich an dich, schiebst und ziehst, trägst mich beinahe. Das Glitzern der Diamanten und der Glühbirnen flammt immer wieder vor meinen Augen auf, winzige tanzende Lichtpunkte. Wie kann es sein, dass wir schon vor der Tür des alten Hauses stehen, dessen oberstes Stockwerk ich bewohne?

Ich schwanke wie eine Stoffpuppe. Das Blut rauscht in meinen Ohren. Du hilfst mir bei der Suche nach dem Schlüssel, hilfst mir die Treppe hinauf, hilfst mir, zwei weitere Schlüssel in die Schlösser der Wohnungstür zu stecken. Ich stehe benommen daneben, weiß nicht, was zu tun ist.

»Bittest du mich nicht auf einen Kaffee herein?«

Er verfehlt sein Ziel nicht, dein manipulativer kleiner Appell an meine Manieren. Ich denke an Schneewittchen mit den dummen großen Augen, die der bösen Königin die Tür öffnet und ihr den vergifteten Apfel praktisch aus der Hand reißt. Ich denke an Jonathan Harker, der aus freien Stücken Draculas Schwelle übertritt. Wieder denke ich an Blaubart und seine blutige Kammer. Hat er jede Braut über die Schwelle seines Schlosses getragen, nachdem sie ihm glücklich in die Arme gesprungen war? Danach kam die Folterkammer.

Ich versuche zu lächeln, aber mein Gesicht gehorcht mir nicht. »Natürlich. Doch, natürlich. Du musst auf einen Kaffee reinkommen und dich aufwärmen, während ich das Taxi rufe. Es war so nett von dir, mich an deinem großen Abend nach Hause zu bringen.« Ich rede dummes Zeug. Ich weiß, dass ich dummes Zeug rede.

Ich stehe vor der Spüle, fülle den Wasserkessel. »Tut mir leid.« Die Worte sind undeutlich, als würde ich eine Sprache sprechen, die ich kaum kenne. »Ich fühle mich so komisch.«

Es kostet mich große Anstrengung zu stehen. Ich komme mir vor wie ein Kreisel. Oder ist es das Zimmer, das sich dreht? Mein Körper scheint aus Flüssigkeit zu bestehen. Ich gleite hinab, meine Beine falten sich ganz angenehm und ordentlich unter mir zusammen, und ich finde mich auf den Fliesen vor der Küchenzeile wieder. Den Kessel habe ich immer noch in der Hand. Wasser läuft aus dem Schnabel. »Ich habe Durst.« Das Wasser läuft auf mein Kleid, und ich habe keine Ahnung, wie ich es in den Mund bekommen soll.

Du findest ein Glas und füllst es, kniest dich zu mir und hältst mir das Glas an den Mund wie bei einem Kind. Dann wischst du mir mit dem Zeigefinger einen Tropfen vom Kinn und leckst ihn ab. Ich klammere mich an den Wasserkessel.

Du stehst wieder auf, stellst das Glas hin und drehst den Hahn zu. Dann nimmst du mir den Kessel ab. »Die Vorstellung, dass du mir nicht vertraust, tut mir weh.« Ich spüre deinen Atem in meinem Haar.

Du ziehst mich hoch, stützt mich. Ich kann kaum noch die Beine bewegen, als du mich aufs Schlafzimmer zuschiebst. Du setzt mich auf die Bettkante, kniest vor mir nieder und lehnst dich gegen mich, damit ich nicht nach vorne falle. Ich kann mich nicht aufrichten. Ich weine.

»Nicht weinen«, flüsterst du, streichelst mein Haar, murmelst, wie weich es sei, küsst die Tränen weg, die mir übers Gesicht laufen. »Ich bringe dich ins Bett. Ich weiß genau, was das Richtige für dich ist.«

»Henry …«, versuche ich zu sagen. Das Sprechen fällt mir schwer, als hätte ich es verlernt.

»Denk nicht an ihn.« Jetzt klingst du wütend. Du siehst mir tief in die Augen, bis ich meine schließen muss. »Der

Kuss von Munch. Ich weiß, dass du an uns beide gedacht hast, dass du dir vorgestellt hast, wir sind zusammen. Wir haben beide daran gedacht.«

Ich bin vollkommen kraftlos. Ich habe das Gefühl, ich bestehe aus Wellen. Ich sinke nach hinten. Will nur noch liegen. In meinem Kopf rauscht es, wie das Meer. In meinen Ohren ist ein Trommeln; mein Herz, das immer lauter schlägt.

Deine Hände auf meiner Taille, meinem Bauch, meinen Hüften, meinem Rücken, sie gleiten über mich, als du mein Wickelkleid aufmachst.

Henry sollte der Einzige sein, der dieses Kleid berührt. Ich hatte es für das Geburtstagsessen vor sieben Monaten genäht. Auch wenn wir beide wussten, dass es vorbei war, wollte er nicht, dass ich meinen achtunddreißigsten alleine feiere. Die letzte gemeinsame Nacht. Ein Abschiedsessen mit Abschiedssex. Dieses Kleid war nicht für dich gedacht.

Ich versuche dich wegzuschieben, aber ich habe nicht mehr Kraft als ein Kind. Du öffnest den Rest des Kleides und ziehst es mir über die Schultern. Und dann kippt das Zimmer, und alles, was kommt, ist nur noch Schatten. Bruchstückhafte Erinnerungen an einen Alptraum, den ich vergessen will.

Sie war so ins Schreiben vertieft, dass ihr, als das Mikrophon der Beamtin wieder zu knistern begann, vor Schreck der Kuli aus der Hand fiel und quer durch die ruhige Ecke rollte, in der sie saß. »Folgende Personen werden gebeten, nach vorne zu kommen und sich am Schalter anzustellen, um der Verhandlung beizuwohnen, die in Kürze in Saal 12 beginnt.« Clarissas Name wurde als Erster aufgerufen, und sie zuckte zusammen, als hätte sie einen Schlag bekommen. Hastig schob sie das Notizbuch in die Tasche, wie ein belastendes Beweisstück, mit dem sie nicht gesehen werden wollte.

Zwei Minuten später lief sie mit den anderen hinter dem Gerichtsdiener her. Eine schwere Tür schwang auf, und sie tauchten in die verborgenen Tiefen des Gebäudes ein, stiegen mehrere zugige Betontreppen hinauf, durchquerten einen kleinen, grellerleuchteten, mit Linoleum ausgelegten Warteraum und stolperten durch die nächste Tür. Sie blinzelte mehrmals, bis ihr klarwurde, dass sie sich im Gerichtssaal befanden. Wieder wurde ihr Name aufgerufen, und sie stellte sich in die hintere Reihe.

Henry hätte die Bibel verweigert, doch Clarissa nahm sie, ohne zu zögern. Sie meinte jedes Wort des Eids, auch wenn ihre Stimme dünn war.

Auf dem Platz neben ihr saß eine hübsche, rundliche, dunkelhaarige Frau, die eine Kette mit weißgoldenen Buchstaben um den Hals trug: *Annie*. Weiter rechts, nur wenige Meter entfernt, sah Clarissa wie durch einen Nebel die fünf Angeklagten, die von Polizisten bewacht wurden. Annie musterte die Männer mit unverhohlenem Interesse, fast herausfordernd.

Der Richter wandte sich an die Geschworenen. »Für die Verhandlung sind sieben Wochen veranschlagt.«

Sieben Wochen. So ein Glück hätte sie sich nie träumen lassen.

»Falls es triftige Gründe gibt, die Sie an der Teilnahme hindern, teilen Sie diese dem Gerichtsdiener bitte heute noch schriftlich mit. Morgen wird die Anklage mit der Eröffnung beginnen.«

Sie griff nach ihrer Tasche, hielt im Aufstehen den Saum ihres Rocks fest, damit er nicht hochrutschte, und taumelte hinter den anderen her. Als sie die Anklagebank passierte, hätten sie und der nächste Angeklagte nur den Arm ausstrecken müssen, um einander zu berühren.

Sie stieg in den Zug, streifte die Fäustlinge ab, fand den letzten freien Platz und nahm ihr Handy heraus. Eine Welle der Übelkeit überkam sie. Vier SMS. Eine von ihrer Mutter. Die anderen von Rafe. Eigentlich war es für seine Verhältnisse noch zurückhaltend, wenn er nach drei Nachrichten aufgab.

Über die Nachricht ihrer Mutter – *Kaffee ist kein vollwertiges Frühstück* – musste sie ausnahmsweise nicht lächeln. Nichts wappnete sie gegen die Salve seiner Nachrichten, so harmlos sie für jemand Außenstehenden daherkommen mochten.

Hoffe, du schläfst gut. Hoffe, du träumst von mir.

Erreiche immer nur den AB. *Versuche es später noch mal.*

Du brauchst Saft und Obst und Vitamine. Ich komme vorbei.

Sie wünschte, sie hätte eine Freundin, an die sie sich wenden konnte, der sie die Nachrichten zeigen konnte; sie wünschte, sie hätte eine Freundin, die ihr sagte, was sie tun sollte. Früher hatte sie Freundinnen gehabt, bevor Henry und die Fruchtbarkeitsbehandlung anfingen, ihr Leben zu bestimmen; bevor sie zuließ, dass ein verheirateter Mann ihretwegen seine Frau verließ; bevor andere Frauen aufhörten, ihr zu vertrauen; bevor sie die missbilligenden Blicke nicht mehr ertragen konnte, die ihr eigenes schlechtes Gewissen spiegelten.

Henry und ihre Freundinnen hatten nicht zusammengepasst, aber sie hätte sich an die Grundregel halten müssen, nie zuzulassen, dass eine Beziehung die Freundschaften kaputtmachte. Jetzt war Henry weg, und Clarissa schämte sich zu sehr, um Kontakt zu ihren alten Freundinnen aufzunehmen. Sie war sich nicht sicher, ob sie ihrer wert war, und ob sie ihr je verzeihen würden.

Sie dachte an ihre älteste Freundin Rowena, die sie seit zwei Jahren nicht gesehen hatte. Ihre Mütter hatten sich auf der Entbindungsstation kennengelernt, als sie vom obersten Stockwerk des Krankenhauses aufs Meer hinausschauten, die neugeborenen Töchter im Arm. Später hatten sie zusammen im Sandkasten gespielt. Waren zusammen zur Schule gegangen. Nicht einmal Rowena hatte sich mit Henry verstanden. Aber Clarissa und Rowena hatten sich ohnehin auseinandergelebt; vielleicht hatte Henry den Bruch nur beschleunigt.

Sie versuchte das Selbstmitleid abzuschütteln. Sie musste sich einfach mehr Mühe geben, neue Freundinnen zu finden. Und selbst wenn sie im Moment keine Freundin hatte, die ihr helfen konnte, gab es wenigstens die Telefonhotline; die Broschüren waren schon am Samstag mit der Post gekommen, nur einen Tag nach ihrem Anruf.

Sie beantwortete seine SMS. *Komm nicht. Ich will dich nicht sehen. Bin sehr ansteckend.*

Kaum hatte sie auf Senden gedrückt, bereute sie es, denn sie dachte an den Rat, der in jedem Faltblatt wiederholt wurde. *Wann immer möglich, ignorieren Sie ihn. Lassen Sie sich auf keinerlei Gespräche ein.* Sie wusste, dass ihre verlorenen Freundinnen das Gleiche gesagt hätten.

Sie wünschte, sie hätte ihm ihre Handynummer nicht gegeben. Doch am Morgen nach der Buchvorstellung war sie ihn einfach nicht anders losgeworden. Dass sie sich lautstark im Bad übergab, hatte nicht gewirkt. Dass sie vor seinen Augen drei Kopfschmerztabletten gegen das Hämmern in ihren Schläfen schluckte, hatte nicht gewirkt. Nicht einmal ihr sichtbares Schlottern schien ihm deutlich zu machen, dass es ihr schlechtging und er besser gehen sollte. Ihre Telefonnummer war das letzte Mittel, ihn endlich loszuwerden – hätte sie bloß daran gedacht, ihm eine falsche Nummer aufzuschreiben. Aber ihr war zu schlecht gewesen, um einen klaren Gedanken zu fassen.

Sie wählte Garys Nummer. Triftige Gründe, hatte der Richter gesagt. Was konnte das sein? Eine Schwangerschaft vielleicht. Oder das Stillen eines Säuglings. Clarissa hatte keine triftigen Gründe. Ein Vorgesetzter, der sich in ihrer Abwesenheit umorganisieren musste, war kein triftiger Grund.

Clarissa versuchte bekümmert zu klingen, und so als wäre sie selbst völlig entsetzt.»Ich dachte, es geht um neun Tage. Zwei Wochen Maximum. So steht es in den Unterlagen, die sie uns geschickt haben, aber aus irgendeinem Grund bin ich ausgerechnet in einem siebenwöchigen Prozess gelandet. Es tut mir so leid.«

»Hättest du nicht sagen können, dass es nicht geht? Du bist lebenswichtig für den Universitätsbetrieb.«

Clarissa musste lachen.»Das stimmt nicht ganz. Lehrer und Ärzte sind lebenswichtig. Und selbst die kommen da nicht raus. Nicht mal Richter. Die Sekretärin eines Institutsleiters ist wohl kaum eine Schlüsselfigur – auch wenn mir die Einschätzung schmeichelt.«

»Du hast meine Frage nicht beantwortet.« Nur bei seltenen Gelegenheiten schlug Gary einen autoritären Ton an. »Gab es keine Möglichkeit, sich da rauszuwinden?«

Doch sie hatte keinerlei Skrupel zu lügen. »Nein«, sagte sie. Sie war angekommen; eben fuhr der Zug in den Bahnhof von Bath ein. Ihre Haut kribbelte, gewöhnlich die unfehlbare Warnung, dass sie beobachtet wurde, aber sie wusste, dass Rafe nicht im Waggon war. Auch auf dem Bahnsteig sah sie ihn nicht. »Nein, keine Chance.«

DIENSTAG

Die Abgase brannten ihr in den Augen. Als sie zu Fuß vom Bristoler Temple-Meads-Bahnhof zum Gericht ging, waren die Straßen so breit und einander so ähnlich, dass sie sich kurz fragte, ob sie sich verlaufen hatte.

Sie versuchte sich auf die Strecke zu konzentrieren, auf die noch kaum vertrauten Wegmarken – sie war sich sicher, die lila Fassade rechts gestern schon gesehen zu haben –, aber wie üblich verdrängte Rafe jeden anderen Gedanken.

Freitag, 30. Januar, 10:00 Uhr (vor vier Tagen)

Der letzte Arbeitstag vor dem Geschworenendienst; der letzte Tag, an dem ich dir aus dem Weg gehen muss. Am Montag werde ich im Gerichtsgebäude verschwinden, und du hast keine Ahnung, wo ich sein werde.

Im großen Hörsaal errichte ich mir eine Sicherheitszone, indem ich die Klappsitze rechts und links von mir mit meinen Unterlagen und meiner Tasche blockiere. Ich hoffe, diese Schutzwälle schrecken dich ab; bei jedem anderen würde ein so deutliches Signal für mein Bedürfnis nach Freiraum wirken. Aber nicht bei dir. Natürlich nicht. Nichts wirkt bei dir.

Du stehst über mir und sagst: »Hallo, Clarissa«, dann legst du meine Papiere einfach auf den Boden und setzt dich neben mich. Unfairerweise werde ich wütend auf Gary, der darauf bestanden hat, dass ich ihn bei dieser Konferenz vertrete. Du sitzt am Gang und blockierst meinen Fluchtweg – wie dumm von mir, dass ich das nicht bedacht habe.

Dein Blick klebt an mir, deine Pupillen zittern. Deinen Augen kann ich nicht entkommen. Ich will die Hände vors Gesicht schlagen, mich bedecken. Deine Wangen werden puterrot, dann weiß, dann wieder rot, wie ein Warnlicht. Zu sehen, welche Wirkung ich auf deinen Körper habe, widert mich an.

Natürlich hast du auch eine Wirkung auf meinen Körper. Mir wird heiß, ich spüre einen Schmerz in der Brust und fürchte, nicht mehr atmen zu können. Vielleicht falle ich in Ohnmacht oder muss mich übergeben – hier, vor allen. Das muss eine Panikattacke sein.

Die Decke ist hoch. In den Leuchtröhren liegen vertrocknete Insekten. Obwohl die Lampen weit über mir hängen, brennt mir das Licht in den Schädel. Im warmen Dach des Gebäudes überleben die Fliegen sogar im Winter. Ich höre das Zischen und Brutzeln, als eine in der Falle der Lampe verendet. Ich habe Angst, dass sie auf mich fällt. Aber besser eine tote Fliege als du.

Du berührst meinen Arm, und ich ziehe ihn zurück, so beherrscht wie möglich. Du flüsterst: »Ich liebe es, wenn du dir das Haar hochsteckst, damit ich deinen Nacken sehen kann. Du hast einen wunderschönen Nacken, Clarissa. Du hast es für mich getan, oder? Und das Kleid. Du weißt, wie sehr ich dich in Schwarz liebe.«

Ich ertrage es nicht. Wie ein überhitzter Schnellkochtopf gehe ich in die Luft, lasse all meine Unterlagen zurück, stolpere über deine Füße und Beine. Du nutzt die Situation aus – natürlich, wie immer – und legst mir die Hände auf die Hüften, als wolltest du mir helfen, die Balance zu halten. Ich schlage deine Finger weg, und es ist mir egal, dass ich den Rektor bei seinen einleitenden Bemerkungen störe und sich alle Köpfe nach mir umdrehen, als ich aus dem Saal stürze. Ich könnte heulen vor Wut, weil ich genau weiß, dass es so aussieht, als hätte ich die Kontrolle verloren und nicht du.

Irgendwie flüchte ich vom Campus, erreiche die Innenstadt von Bath und stolpere fast automatisch zu den *Assembly Rooms*. Meistens besuche ich das schwach beleuchtete Untergeschoss – das Modemuseum, meinen Lieblingsort, wo jahrhundertealte Gewänder in Vitrinen ausgestellt sind: aus Gold- und Silberfäden gesponnene Stoffe, schimmernder Seidenbrokat, funkelnde Juwelen. Doch ich durchquere die salbeigrüne Eingangshalle, passiere die honigfarbenen marmorierten Säulen und mache erst vor der Tür des *Großen Oktagons* halt.

Der Saal ist geschlossen. Auf einem Schild steht, dass hier später eine geschlossene Veranstaltung stattfinden wird. Trotzdem schlüpfe ich durch die Flügeltür, als wäre ich dazu berechtigt, und schließe sie hinter mir. Es ist still und friedlich im Innern der acht Wände; weiches Licht fällt durch die Facettenfenster auf mich herab. Ich nehme das Telefon heraus, hole tief Luft und wähle 999.

»Notrufzentrale der Polizei.« Der Singsang der Telefonistin klingt heiter, als arbeitete sie in einem Schönheitssalon und ich wäre eine potentielle Kundin.

Ich weiß nicht, was ich sagen soll. »Hallo«, bringe ich heraus. Ich atme schwer. Wahrscheinlich klinge ich wie ein perverser Anrufer.

»Um was für einen Notfall handelt es sich, bitte?«

Queen Charlotte sieht mit sanftem Blick von ihrem hohen Portrait zu mir herab, wie um mir Mut zuzusprechen. »Heute Morgen bei der Arbeit … Ein Kollege …«

»Ist an Ihrem Arbeitsplatz etwas passiert?«

Ich versuche es zu erklären. *Er hat sich gegen meinen Willen neben mich gesetzt. Er hat mir anzügliche Komplimente zugeflüstert. Er ist mir zu nah gekommen. Seinetwegen hatte ich eine Panikattacke.*

»Gut. Ist der Mann jetzt bei Ihnen?«

Queen Charlottes Augen folgen mir mitfühlend, als ich im Saal auf und ab gehe. »Nein. Aber er verfolgt mich ständig. Ich werde ihn einfach nicht los.«

»Hat er Sie körperlich verletzt?«

Die Familie Drake wirkt übertrieben glücklich in ihrem Goldrahmen, in der perfekt gestutzten Kunstlandschaft des achtzehnten Jahrhunderts mit ihren wohlerzogenen Kindern. »Nein.«

»Hat er Sie körperlich missbraucht?«

Das süße Drake-Baby auf dem Schoß der Mutter sollte so etwas nicht hören müssen. »Nein«, sage ich nach einer langen Pause.

»Hat er Sie direkt bedroht?«

Wieder zögere ich. »Nicht direkt, nein. Aber ich fühle mich bedroht.«

»Sind Sie im Moment in Gefahr?«

Ich lasse den Blick weiter nach oben wandern, über den geschmackvoll verschnörkelten Fries, lege den Kopf in den Nacken. Der Zeremonienmeister Captain William Wade in seinem roten Rock blickt verächtlich auf mich herunter. »Nein.«

»Ich verstehe Ihre Lage. Aber im Moment liegt eigentlich kein echter Notfall vor. Die Nummer 999 ist für Notrufe reserviert, für Fälle, bei denen es um Leben und Tod geht.«

Der Saal wirkt plötzlich kleiner, als würden die eleganten blassgelben Wände zusammenrücken. »Tut mir leid.« Die hohe Decke wirkt nicht mehr so hoch. Irgendwie ist nicht genügend Sauerstoff hier drin.

»Schon gut. Aber ich glaube, Sie können Ihre Lage besser einschätzen, wenn Sie sich erst mal beruhigen.« Offenbar hält sie mich für hysterisch.

In den Oktagon-Saal führen vier Flügeltüren. Plötzlich fliegt eine davon auf. Ein Tourist mittleren Alters platzt herein, sieht mich, weicht erschrocken zurück und zieht die Tür wieder hinter sich zu.

»Ich bin ganz ruhig.« Meine Stimme kippt.

»Ich weiß, dass Sie in gutem Glauben angerufen haben.« Offensichtlich hält sie mich für eine Verrückte, die die Leitung blockiert.

Mein Gesicht ist rot und heiß. »Ich wusste nicht, an wen ich mich sonst wenden sollte. Ich dachte, Sie sind für so was da.«

»Sie stehen unter Stress. Haben Sie schon daran gedacht, mit Ihrem Hausarzt zu reden?« Sie hält mich für schlichtweg durchgeknallt.

Ich drücke die Schläfe gegen einen der mit Stuck verzierten Kaminsimse. »Mein Hausarzt kann auch nicht dafür sorgen, dass er mich in Ruhe lässt.«

Sie klingt freundlich, fast entschuldigend. »Leider kann die Polizei nicht eingreifen, solange keine Straftat vorliegt. So wie ich Sie verstanden habe, ist es zu keiner Straftat gekommen. Ich sage nicht, dass ich Ihnen nicht glaube, aber Sie haben nichts gegen ihn in der Hand. So gerne ich Ihnen helfen würde, aber da Sie nicht in akuter Gefahr sind, kann ich Ihnen leider niemanden schicken.«

George III. blickt an mir vorbei. »Sie meinen, er muss mir erst etwas antun, bevor Sie mir helfen?«

»Ich meine, dass die Polizei zu diesem Zeitpunkt nichts tun kann. Es gibt Organisationen und Telefonhotlines, die auf solche Fälle spezialisiert sind. Dort erfahren Sie, wie Sie die dauerhafte Belästigung durch einen Stalker am besten dokumentieren. Sie müssen aktiv Beweise sammeln, wenn Sie etwas gegen ihn unternehmen wollen. Rufen Sie die Telefonhotline an. Das ist das Beste, was Sie im Moment tun können.«

Ich lege auf und setze mich für ein paar Minuten mitten auf das abgenutzte Parkett. Der riesige Kristalllüster hängt genau über mir. Er könnte mir direkt auf den Kopf fallen. Dann rappele ich mich hoch, mit steifen, schmerzenden Knien, und nach einem letzten Blick auf Queen Charlotte verlasse ich eilig das Oktagon, bevor man mich findet und rauswirft.

Sie war froh, als der Anblick des Gerichts sie aus den unangenehmen Erinnerungen riss. Irgendwie hatte sie den Weg gefunden, obwohl sie in Gedanken vertieft eine Abzweigung verpasst und ihren Fehler erst zwanzig Minuten zu spät bemerkt hatte. Es war ihr zweiter Tag, aber der Richter schloss sie vielleicht jetzt schon wegen Unpünktlichkeit von der Verhandlung aus. Hastig stolperte sie in die Geschworenenbank.

Auf dem Tisch, den sie sich mit Annie teilte, lag ein Ringbuch. Gemeinsam schlugen sie es auf und lasen sich die Anklageschrift durch. *Entführung. Freiheitsberaubung. Vergewaltigung. Drogenhandel.* Schockierende, dramatische Worte. Worte, bei denen sie sich fragte, wie sie hier gelandet war.

Der Staatsanwalt konnte nicht älter als fünfzig sein. Die Fältchen um seine Augen gehörten einem heiteren Mann, doch als er sich an die Geschworenen wandte, war Mr Morden todernst. »Ich werde Ihnen eine Geschichte erzählen«, begann er. »Eine wahre Geschichte, aber keine schöne. Es ist die Geschichte von Carlotta Lockyer, und was ihr zustieß, ist kein Märchen.«

Vier der fünf Angeklagten sahen angestrengt zu Boden, als versuchten sie höflich ein Gespräch zu überhören, das sie nichts anging.

»Am letzten Julisamstag vor eineinhalb Jahren war Samuel Doleman mit seinen Freunden im Auto unterwegs.«

Dolemans graue Augen starrten militärisch geradeaus, doch er wurde blass. Sein rotes Haar war so kurz, dass Clarissa die Kopfhaut sehen konnte. Irgendwie wirkte er dadurch verwundbar. Die Sommersprossen hatten den gleichen Effekt.

»Sie fuhren zusammen in einem Transporter von London nach Bath. Sie waren auf der Jagd. Auf der Jagd nach Carlotta Lockyer.«

Zufälligerweise erinnerte sich Clarissa, wo sie zu genau derselben Zeit gewesen war. Sie fragte sich, ob es außer den Angeklagten auch anderen im Gerichtssaal so ging. Sie hatte damals den vierten Versuch einer künstlichen Befruchtung hinter sich. Der 28. Juli war das Datum ihres letzten Schwangerschaftstests, und er war negativ ausgefallen. Sie erinnerte sich an die angespannte Autofahrt am frühen Samstagmorgen nach London, wo sie im Labor Blut abgenommen bekam. Vielleicht waren sie am

Nachmittag hinter dem Transporter hergefahren, als sie nach Bath zurückkehrten, Clarissa in Tränen aufgelöst nach dem Anruf der Klinik mit den Resultaten, Henry nachdenklich und schweigend.

»Hier auf dem Bildschirm sehen Sie die Angeklagten, aufgenommen von einer Überwachungskamera vor Miss Lockyers Haustür.«

Clarissa versuchte sich zu konzentrieren und ihr Herz dazu zu zwingen, langsamer zu schlagen. Sie kannte das Haus. Es war höchstens zehn Minuten zu Fuß von ihr. Wäre Rafe gestern Morgen ein paar Minuten später aufgetaucht, hätten sie genau davorgestanden.

Trotz der ruckenden, körnigen Aufzeichnung konnte sie erkennen, wie die Männer hektisch auf und ab gingen, durch die Glastür spähten, mit den Fäusten dagegenhämmerten und am Türgriff rissen.

Sie stellte sich vor, Rafe würde das Gleiche an ihrer Haustür tun. Falls er es wagte, bekäme er es mit Miss Norton zu tun. Miss Norton war die resolute kleine alte Dame, die im Erdgeschoss wohnte. Clarissa und Miss Norton waren die einzigen Bewohner des Hauses. In der Wohnung im ersten Stock war fast nie jemand da; sie war die Geldanlage eines reichen Australiers, der nur selten nach Bath kam.

»Wie man sieht, ist Miss Lockyer nicht zu Hause. Doch unglücklicherweise geben Mr Doleman und seine Freunde nicht so leicht auf.«

Das Gleiche galt für Rafe. Clarissa trank einen Schluck Kaffee, der sauer schmeckte.

»Sie haben sie gesucht. Sie haben sie gefunden. Sie sind ihr gefolgt. Dann haben sie zugeschlagen. Und sie mitgenommen auf eine schreckliche Reise von Bath nach London, in die Dunkelheit ihrer sadistischen Welt.«

Wieder stellte sie sich vor, sie würde zur Polizei gehen und Anzeige erstatten. Wieder wusste sie, was passieren würde, wenn sie es versuchte: Am Ende hieße es, sie sei selbst an allem schuld.

Er würde sagen, sie suche Aufmerksamkeit. Er würde sagen, sie sei mit dem Vorsatz, ihn zu verführen, zu seiner Buchvorstellung gekommen. Er würde sagen, sie habe ihn in ihre Wohnung eingeladen. Wahrscheinlich gab es die Aufzeichnungen irgendeiner Überwachungskamera, auf denen zu sehen war, wie sie an jenem Abend Arm in Arm die Straße hinaufgingen.

Wieder dachte sie an die Warnungen in den Broschüren. *Zweifel an der Wahrheit Ihrer Aussagen beeinträchtigen Ihre Glaubwürdigkeit und schwächen Ihre Position im Prozess.* Was die Wahrheit anging, so stand ihr Wort gegen seins.

Sie erinnerte sich an etwas, das sie eigentlich verdrängt hatte. Sie war fünfzehn und ging mit Rowena von der Schule nach Hause. Plötzlich war dieses kòmische Mädchen an der Strandpromenade, das sie in den Bauch boxte, ihre Schultasche packte, sie zu Boden schubste und wegrannte. Alles schien gleichzeitig zu passieren. Clarissa konnte nur noch nach Luft schnappen, während Rowena neben ihr kauerte und sie umarmte.

Ihre Eltern waren mit ihr aufs Polizeirevier gegangen, um den Überfall zu melden, doch die sauertöpfische Polizeibeamtin hielt die Sache offensichtlich für einen Streit zwischen Schulmädchen, der die Mühe nicht lohnte, und fragte Clarissa nur, wie sie die andere provoziert habe. Hatte sie angegeben? Hatte sie vor einem armen Mädchen mit teuren Sachen geprahlt? Ging es um einen Jungen? Clarissa verließ das Revier mit glühendem Gesicht und hochroten Wangen und schämte sich, als wäre sie die Verbrecherin.

Zufallsopfer. Das sagte Rowena, als sie ihr später die Hand hielt. Clarissa war sich nicht so sicher. Irgendwas musste sie an sich haben, was das Mädchen herausgefordert hatte. Genau wie Rafe. Sein Verhalten war alles andere als vom Zufall geleitet.

Ihre Augen schmerzten; sie kniff sie zu. Ihre Schultern waren steif. Der Mann vor ihr war groß, wahrscheinlich über eins achtzig; sie musste sich strecken, um über seinem kurzgeschorenen braunen Haar Mr Mordens Gesicht im Auge zu behalten; so war es auch gestern schon gewesen. Nach sieben Wochen würde sie bestimmt einen Chiropraktiker brauchen.

Der Mann stand auf und nickte ihr zu, dann ließ er sie vorausgehen. Es war seine Haltung, die ihr zuerst auffiel: Er stand felsenfest da, die Füße hüftbreit auseinander und parallel, das Gewicht auf den Hacken, die Arme über der Brust verschränkt. Sie hatte noch nie jemanden gesehen, der so aufrecht stand und dabei so entspannt aussah.

Jeder Ausdruck des Dankes konnte nur stumm erfolgen an dem Schauplatz des Gerichtssaals, dabei erschien es ihr gerade in diesem Umfeld besonders wichtig, an kleinen Höflichkeiten festzuhalten. Mit einem leichten Nicken und einem kleinen Lächeln beantwortete sie seine Geste.

Dienstag, 3. Februar, 18:00 Uhr

Es ist nicht von Dauer. Natürlich nicht. Es war schon beachtlich, dass mir die Lüge von der Krankheit einen Tag ohne dich erkauft hat. Bisher sind es vierunddreißig Stunden – die längste Pause von dir, die ich seit Wochen hatte.

Du würdest es Liebesbrief nennen. Ich nenne es Hasspost. Egal, wie man es nennt, der Brief in dem harmlosen braunen Umschlag liegt auf dem Bord im Hausflur, wo die aufmerksame Miss Norton ihn abgelegt hat.

Kein anderer Mann kann mit dir machen, was ich kann. Kein anderer Mann wird dich lieben wie ich.

Ausnahmsweise wünsche ich mir, dass du recht behalten wirst.

MITTWOCH

Als ich die Haustür öffne, stehst du so dicht davor, dass ich den Geruch deiner Seife und deines Shampoos einatme. Du riechst frisch und sauber. Du riechst nach Apfel und Lavendel und Bergamotte – Gerüche, die ich eigentlich mag, aber nicht an dir.

»Geht's dir besser, Clarissa?«

Fairness ist kein Konzept, das dir vertraut wäre. Daher hast du sie auch nicht verdient. Trotzdem bin ich so fair, ein letztes Mal mit dir zu sprechen, bevor ich es nie wieder tun werde. Heute wird es anders sein als am Montagmorgen.

Ich spreche ganz ruhig, mit höflicher Stimme. Es ist bei weitem nicht das erste Mal, dass ich dir das sage. »Ich will nicht, dass du in meine Nähe kommst. Ich will dich nicht sehen. Ich will nichts mit dir zu tun haben. Ich will keinerlei Kontakt mit dir. Keine Briefe. Keine Geschenke. Keine Anrufe. Keine Besuche. Komm nicht wieder zu meinem Haus!«

Meine Ansprache ist perfekt. Genauso, wie ich sie eingeübt habe. Ich gehe schnell weiter, ohne dich anzusehen, auch wenn ich mir eingeprägt habe, wie du aussiehst, um eine exakte Personenbeschreibung abgeben zu können.

Du bist etwa 1,85 Meter groß und kräftig gebaut. Dein Bauch war früher flach, aber anscheinend trinkst du mehr, denn jetzt tritt er sichtbar hervor. Auch deine Hüften sind im letzten Monat breiter geworden. Du hast eine gewöhnliche Nase und ein aufgedunsenes rundes Gesicht, das seine Konturen verloren hat.

Das auffälligste Merkmal ist deine Blässe. Blasser Geist. Blasse Seele. Blasser Körper. Deine Haut ist so blass, dass du ständig errötest, in Sekunden von Weiß zu Knallrot. Dein mausbraunes Haar ist kurz und glatt und wird noch nicht dünner. Es ist ungewöhnlich weich und seidig für einen Mann. Deine Brauen sind blassbraun. Deine Augen sind blass, wässerig blau. Sie sind klein. Deine Lippen sind schmal. Auch sie sind blass.

Du greifst nach meinem Arm, doch ich schüttele dich ab und gehe durch den Vorgarten zum wartenden Taxi.

»Ich wollte sehen, wie es dir geht«, sagst du, als hättest du mich nicht gehört. »Dein Telefon ist immer noch abgestellt«, sagst du. »Ich mache mir Sorgen um dich, wenn ich dich nicht erreichen kann«, sagst du.

Mit dir kommt mir der Weg vorbei an Miss Nortons überwinternden Rosensträuchern endlos vor, aber dann bin ich am Taxi, und es kann nicht lange gedauert haben.

Ich öffne die Tür zum Rücksitz und steige ein, dann will ich die Tür hinter mir zuziehen, aber du hältst sie fest.

»Rutsch rüber, Clarissa. Ich komme mit.« Du beugst dich herein. Dein Kopf und Oberkörper sind schon im Wagen. Ich rieche deine Zahnpasta. Ein scharfer Minzgeruch. Wahrscheinlich hast du auch Mundwasser benutzt.

Die Haltung, die ich eingeübt habe, beginnt zu bröckeln. »Dieser Mann gehört nicht zu mir«, sage ich zur Fahrerin, die mich gestern schon abgeholt hat. »Ich möchte nicht, dass er einsteigt.«

»Lassen Sie die Frau in Ruhe, verdammt! Raus aus meinem Taxi oder ich hole die Polizei!«, ruft sie.

Meine Mutter trichtert mir seit Jahren ein, dass Taxifahrer den Schutz ihrer Fahrgäste als Teil ihrer Aufgabe betrachten; sie wissen, dass Frauen auch deswegen ein Taxi nehmen. Wie so oft hat meine Mutter recht, und ich habe Glück mit der Fahrerin. Auch wenn meine Mutter als Retter wahrscheinlich eher einen großen, kräftigen Mann im Sinn hat.

Die Fahrerin ist klein und um die fünfzig, aber sie ist stämmig und zäh und anscheinend vollkommen furchtlos, mit schönem kurzem grauem Stoppelhaar, das sie wahrscheinlich nicht im Traum färben würde. Sie trägt Jeans und einen flauschigen orangen Wollpullover. Von ihrer Wärme und Herzlichkeit, die ich gestern bei der kurzen Taxifahrt gespürt habe, zeigt sie dir nichts. Stattdessen öffnet sie die Fahrertür, um dir klarzumachen, dass sie es ernst meint.

Du ziehst den Kopf und Oberkörper zurück und bleibst wenige Zentimeter vor meiner Tür stehen, als ich sie zuschlage und die Fahrerin ihre.

Du trommelst mit der Faust aufs Dach. »Wie kannst du mich so behandeln, Clarissa?«

Die Fahrerin lässt das Beifahrerfenster herunter, ruft dir noch eine Warnung zu, dann fährt sie los.

»Clarissa? Clarissa! Das habe ich nicht verdient, Clarissa.«

Ich sehe immer noch nicht in deine Richtung. Mit aller Macht versuche ich die Ratschläge zu befolgen, mich richtig zu verhalten. Aus dem Augenwinkel nehme ich wahr, wie du bis zum Ende der Straße neben dem Taxi herläufst und dabei gegen Bäume und Laternenmasten rempelst. Ich höre, wie du meinen Namen rufst. Die Fahrerin murmelt vor sich hin, was für ein Scheißirrer du bist. Dann entschuldigt sie sich für ihre Ausdrucksweise, und ich entschuldige mich für die Umstände, die ich ihr mache. Wir versichern uns gegenseitig, dass keine Entschuldigung nötig ist, auch wenn ich weiß, dass sie nur nett ist und meine Entschuldigung durchaus angebracht. Ich danke ihr für ihre Liebenswürdigkeit.

Bevor ich aussteige, lasse ich mir ihre Karte geben: Sie ist eine potentielle Zeugin.

Trotz der morgendlichen Kälte habe ich einen Schweißfilm auf dem Rücken und der Stirn, aber es war ein recht erfolgreicher Start in den Tag, was meinen Umgang mit dir betrifft.

Als ich wie benommen durch den Bahnhof gehe, piept mein neues Telefon, um anzuzeigen, dass ich eine E-Mail bekommen habe. Ängstlich wie ein kleines Mädchen, das sich im Dunkeln davor fürchtet, in den Spiegel zu schauen und hinter sich ein Monster zu entdecken, sehe ich auf das Display. Zu meiner Überraschung ist die E-Mail von meiner verschollen geglaubten Freundin Rowena. Sie ist heute Abend in Bath und bestellt mich in ein französisches Restaurant, das ich noch nicht kenne, aber von dem Henry sagte, es sei scheußlich. Ich schreibe zurück: *Ich werde da sein*, und zwei Küsschen. Dann stelle ich das Telefon ab und steige in den Zug nach Bristol.

Offensichtlich war der Zeugenstand so ausgerichtet, dass die Zeugen die Geschworenen direkt ansahen. Trotzdem schien die Frau weit weg zu sein. Vor ihr befand sich ein Orchestergraben mit zwölf Anwälten in Perücken und schwarzen Roben. Über sie alle musste Clarissa hinwegblicken, um die Zeugin zu erkennen.

Sie war extrem dünn und fast besorgniserregend zart. Hohe Wangenknochen. Schmale gerade Nase. Kleiner herzförmiger Mund. Zierliches Kinn. Leicht gebogene Augenbrauen. Kindliche Muschelohren. Das dunkelblonde Haar zu einem kurzen Pferdeschwanz gebunden.

Doch je genauer Clarissa sie betrachtete, desto deutlicher sah sie, dass die ätherische Schönheit der jungen Frau beschädigt war. Ihre Haut war zu dünn, zu durchsichtig. Der angespannte Mund und die Linien um ihre großen grünen Augen widersprachen Clarissas Einschätzung, dass sie Ende zwanzig war. Etwas hatte einen unnatürlichen Tribut gefordert.

»Sie sieht Ihnen ähnlich«, flüsterte Annie. »Würde sie sich die Haare wachsen lassen, könnten Sie als Zwillinge durchgehen. Wobei sie die taffere Version ist. Sie ist hartgesotten.«

Und wahrscheinlich zehn Jahre jünger, dachte Clarissa.

Die Frau trank ein Glas Wasser, das der Saaldiener ihr eingeschenkt hatte, und bedankte sich mit einem müden Nicken. Ihre Haut war so blutleer, dass sie sich kaum von ihrer weißen Musselinbluse abhob. Sie war nicht warm genug angezogen; wahrscheinlich hatte sie eine Gänsehaut. Ihre Hände zitterten, als sie die Bibel hielt. Ihre Stimme zitterte, als sie den Eid sprach.

Der Richter erklärte den Geschworenen: »Lassen Sie sich von der blauen Trennwand nicht beeinflussen, die Miss Lockyer von den Angeklagten abschirmt. Es ist Usus im Gerichtssaal und soll dazu beitragen, dass die Zeugen sich sicher fühlen. Mehr hat die Trennwand nicht zu bedeuten.«

Clarissa sah zur Richterbank und nickte. Die anderen Geschworenen hatten sich nach links gewandt, um dasselbe zu tun. Trotzdem war sie sich nicht sicher, ob sie dem Richter glaubte.

»Die Zeugin wird alle fünfundvierzig Minuten eine Pause brauchen«, fuhr der Richter fort.

Die Frau nickte dankbar, und dann ging es los. Carlotta Lockyer schien der einzige Mensch im Saal zu sein. Zwar sprach auch Mr Morden, wenn er Fragen stellte, doch er schien wie alle anderen zu verschwinden. Es gab nur noch Miss Lockyers Stimme.

Vorletzten Sommer fing ich an, für Isaac Sparkle Drogen zu dealen, um meine Sucht zu finanzieren. Aber dann hatte ich nach einer Woche alles selbst geraucht und schuldete ihm Geld. Ich dachte, wenn ich einfach so tue, als wäre nichts, und ihm aus dem Weg gehe, würde das Problem vielleicht von selbst verschwinden.

Am Samstag, den 28. Juli, kam ich zu Fuß nach Hause. Ich hatte versucht, in verschiedenen Läden was mitgehen zu lassen, ohne Erfolg. In der Straße, wo ich wohne, stand ein weißer Transporter, mit zwei Rädern auf dem Bürgersteig. Als ich auf seiner Höhe war, stieg vorne einer von Sparkles Kurieren aus, Antony Tomlinson. Sparkle und einer seiner Dealer, Thomas Godfrey, stiegen hinten aus.

Sparkle sagte: »Werft sie in den Scheißtransporter.« Sie packten mich und zerrten mich auf die Ladefläche.

Hinten saß Sally. Sie geht anschaffen, ist auch ein Junkie. Nach fünf Minuten hielt der Transporter wieder. Godfrey sagte zu Sally: »Mach, dass du rauskommst.« Hinten gab es keine Türgriffe. Sally musste zwischen den Vordersitzen durchklettern, über Tomlinson und dann aus der Beifahrertür. Ich schrie, bettelte sie an, mich auch rauszulassen, aber sie fuhren auf die Autobahn.

Godfrey sagte, ich solle die Klappe halten. Er schlug mir von der Seite auf den Kopf. Dann hatte er eins dieser grünen Einwegfeuerzeuge in der Hand. Die Flamme war groß. Er hielt sie an meinen rechten Ohrring. Ich spürte, wie das Metall heiß wurde und mir die Haut versengte. Ich weinte. Ich flehte ihn an aufzuhören.

Unterwegs stieg noch ein Mann ein. Er sagte: »Ihr habt sie. Gut.« Der Fahrer, Doleman, sagte: »Die müsste mal einer in den Arsch ficken. Ihr 'ne Lektion erteilen.«

In London brachten sie mich in eine Wohnung in so einer miesen Gegend. Es gab keinen Strom. War eiskalt. Das einzige Licht kam von einer Straßenlaterne vor dem Wohnzimmerfenster. Der Typ, den sie unterwegs mitgenommen hatten, machte auf seinem Telefon Musik an. Sie schrien: »Zieh dich aus und tanz!« Ich bettelte sie an, mich in Ruhe zu lassen. Godfrey boxte mir in den Bauch. »Mach schon.« Ich weinte, aber nicht richtig – nach dem Schlag blieb mir die Luft weg.

Ich zog mich aus, und dann tanzte ich. Ich kann nicht sagen, wie demütigend es war. Ich fühlte mich wie ein Tier, das Kunststücke für sie machen musste. »Macht mich nicht an«, hat Godfrey gesagt.

»Wir bringen dir Disziplin bei, wie mein Vater mir«, sagte Sparkle.

Ich musste mich auf ein Bein stellen, die Arme ausgestreckt. Ich war immer noch nackt. Sie grölten wie beim Fußball. »Guck dir die Hängetitten an!« – »Guck dir die haarige Möse an!« Ich wollte mich bedecken, mich zusammenkauern, aber wenn ich die Arme sinken ließ oder das Bein aufstellte, schlugen sie mich mit einem Besen.

Ich sehnte mich so nach meinen Klamotten. Damit sie aufhörten, mich anzustarren. Außerdem hatte ich so lange kein Heroin oder Crack mehr gehabt, und vom Entzug wird einem noch kälter.

Sie sagten, ich muss mir die Klamotten verdienen, indem ich nackt Liegestütze machte. Für zehn Liegestütze kriegte ich ein Teil wieder, aber ich hatte nur zehn Sekunden, um es anzuziehen. Sie zählten laut im Chor. Bei zehn musste ich sofort wieder Liegestütze machen. Ich bekam zwar meinen BH und die Unterhose, das Oberteil und die Jeans. Aber ich hatte keine Zeit, die Sachen richtig anzuziehen.

Tomlinson und Doleman sind irgendwann gegangen, um durch die Clubs zu ziehen. Sie setzten mich auf einen Sessel. Godfrey und der neue Typ schliefen auf der Couch ein, Sparkle im anderen Sessel. Die Tür war abgeschlossen. Ich habe mich nicht getraut, mich zu bewegen.

Gegen drei Uhr morgens kamen Tomlinson und Doleman zurück. Tomlinson packte mich an den Armen, Doleman an den Beinen, und sie trugen mich ins Schlafzimmer. Sie warfen mich auf die Matratze, und Tomlinson drückte meinen Oberkörper und die Arme runter, während Doleman meine Jeans und Unterhose runterzog. Ich schrie immer wieder nein und flehte sie an aufzuhören. Aber sie hörten nicht auf. Sie haben mich vergewaltigt.

Doleman in die Scheide, Tomlinson in den Mund. Dann tauschten sie die Plätze. Doleman sagte, er würde mir das Gesicht zerschneiden, wenn ich ihn biss; er zwang mich, sein Sperma zu schlucken. Die ganze Zeit hielten sie mich fest.

Als sie fertig waren, sagte ich, ich muss aufs Klo, und Tomlinson ließ mich gehen. Tomlinson hatte mir ins Gesicht gespritzt. Ich wischte es mit der Jeans und meinem T-Shirt ab – das T-Shirt hatten sie mir nicht ausgezogen. Beim Pinkeln brannte es. Es gab kein heißes Wasser oder Seife oder Handtücher. Ich wusch mir die Scheide mit kaltem Wasser und trocknete mich mit der Jeans ab. Als ich die Unterhose anzog, wurde sie klebrig und feucht. Es war zu dunkel, um was zu erkennen, aber ich hatte Angst, dass es Blut war und dass sie sich über mich lustig machen würden, wenn sie mich wieder zwangen, mich auszuziehen, und das Blut sahen. Im Bad stand ein Schrank, und ich versteckte die Unterhose dahinter. Dann zog ich die Jeans an und hoffte, dass kein Blut mehr kam.

Miss Lockyer bedeckte das Gesicht mit den Händen. Ihre Schultern bebten, doch sie gab keinen Laut von sich.

Der Richter schickte sie alle für den Rest des Tages nach Hause.

»Bitte bringen Sie die Angeklagten raus, damit die Zeugin gehen kann«, sagte er.

Clarissas Herz raste, als hätte sie eine schreckliche Szene in einem Horrorfilm gesehen. Sie wusste, dass sie knallrot war. Sie hatte Tränen in den Augen, doch sie wischte sie nicht ab, weil sie nicht wollte, dass es jemand bemerkte.

Sie ging zur Toilette, um sich die Nase zu putzen, dann nahm sie ihren Mantel aus dem Schließfach und lief eilig die Treppe hinunter und durch die Drehtür nach draußen. Sie hielt das Gesicht in den eisigen Wind. Sie war erst ein paar Schritte gegangen, als ein Wagen langsam aus der Tiefgarage des Gerichtsgebäudes herausrollte. Er blieb direkt vor ihr stehen und blockierte den Weg, weil der Fahrer warten musste, bis er nach links in die Straße einbiegen konnte.

Aus irgendeinem Grund spähte Clarissa in den Wagen hinein. Auf der Rückbank saß Carlotta Lockyer an die Scheibe gelehnt und weinte. Sie schaute Clarissa direkt in die Augen, und für einen kurzen Moment flackerte Wiedererkennen in Carlottas Blick auf, dann fuhr der Wagen langsam weiter.

Mittwoch, 4. Februar, 20:00 Uhr

Als ich im Eingangsbereich des Restaurants auf Rowena treffe und sie umarme, prallen ihre Brüste auf meinen Körper, ohne die Form zu verändern. Sie sitzen unglaublich hoch und scheinen um zwei Körbchengrößen gewachsen zu sein. Ihre ersten Worte sind die Antwort auf meine unausgesprochene Frage. »Ja, ich hab mir den Busen machen lassen.« Auf ihrem Dekolleté schimmert Glitzerpuder. »Man trägt seinen Körper jeden Tag. Man sollte sich darin wohlfühlen.« Rowena betreibt ihre eigene Eine-Frau-Firma. Sie ist Diskursanalystin. Sie untersucht die Leitbilder, die Werbung, die Logos von Unternehmen. Dann erklärt sie ihnen, welches Image sie tatsächlich transportieren. Vielleicht war einer ihrer Kunden ein plastischer Chirurg, und sie hat sich von seinen Broschüren verführen lassen, statt sie kritisch zu analysieren.

»Nur weil wir achtunddreißig sind, heißt das nicht, dass wir auch wie achtunddreißig aussehen müssen.« Sie betrachtet ihr Gesicht im Spiegel einer Puderdose und wirkt so besorgt dabei, dass sie mich an die Königin aus *Schneewittchen* mit dem Zauberspiegel erinnert. Rowenas Stirn ist glatt und glänzend. Sie passt nicht zu ihren Wangen und der Kieferpartie.

Ich will nicht, dass Rowena so traurig und angespannt aussieht, also frage ich sie – ein bisschen neckisch, aber auch liebevoll –, wo sie das taufrische Leuchten herhat.

»Ich habe mir fest vorgenommen, die Stirn nicht mehr zu runzeln und meine Mimik zu reduzieren. Davon bekommt man Falten.«

Sie ist nicht intelligent, hat Henry gesagt.

Es gibt verschiedene Arten von Intelligenz, habe ich gesagt.

Henry verfolgt mich auch, aber nicht so wie du. Du hast ihn schnell überholt.

Trotz der Kälte und der vereisten Bürgersteige trägt Rowena ein tiefausgeschnittenes, ärmelloses lila Samtkleid und Stöckelschuhe. Ich wundere mich ein wenig, denn es sieht ihr nicht ähnlich, sich nur für mich so herauszuputzen. Ich sage ihr, wie schön ich ihr Kleid finde.

»Viele Frauen bleiben ihr Leben lang beim selben Look«, erklärt sie, und ich bin mir ziemlich sicher, dass sie mich meint.

Ist das die Rowena, dir mir früher heimlich ihre Lieblingssachen ausgeliehen hat, wenn ich mal was tragen wollte, was meine Mutter nicht selbst genäht hatte?

Ich betrachte mein Spiegelbild im Fenster. Ich habe mir das Haar mit zwei silbernen Spangen hochgesteckt, doch ein paar blonde Strähnen sind herausgerutscht und fallen mir ins Gesicht und in den Nacken. Das Oberteil und die Ärmel meines anthrazitgrauen Kleids sind eng, der Rock ist ausgestellt wie ein umgedrehtes Rotweinglas, der Saum reicht mir bis zu den Knien.

Rowena sieht auf ihre Brust hinunter. »Es geht ja nicht nur um die Männer.« In dem Satz liegt zu viel Gefühl; ihr Mund zittert von der Anstrengung, nicht das Gesicht zu verziehen. »Es ist für mich. Ich schulde es mir. Und diese neue Oberweite hängt kein bisschen. Sie ist so straff und wohlgeformt, dass ich keinen BH mehr brauche.«

Ich muss daran denken, wie die Angeklagten Miss Lockyer verhöhnt haben. *Guck dir die Hängetitten an.*

Straff und wohlgeformt sind keine Rowena-Wörter. Wann sind sie es geworden?

Rowena redet weiter, als wollte sie sich selbst überzeugen, nicht mich. »Die Frauen im Fitnessclub fragen ständig: ›Wer hat dein Gesicht gemacht?‹, ›Wer hat deine Oberweite gemacht?‹« Es klingt, als könnte man sich neue Körperteile zulegen wie Kleider oder Taschen.

Die Angeklagten sagen Titten. Rowena sagt Oberweite. Ich sage Brüste. Ich weiß nicht, was du sagst. Ich will es nicht wissen. Ich weiß nur, dass die Unterschiede eine Rolle spielen.

»Das ist ein Riesenkompliment. Du solltest es mal mit Botox versuchen, Clarissa. Wenigstens das. Wenn du nicht bald was tust, wachst du eines Morgens auf und siehst aus wie eine Rosine.«

Sie ist nicht mal nett zu dir, hat Henry gesagt.

Sie kennt mich gut genug, um ehrlich zu sein, habe ich gesagt.

Ihr habt nichts gemeinsam, hat Henry gesagt.

Ich blinzele mehrmals, als könnte ich damit die Rowena, die ich kannte, wieder herzaubern. Der, die vor mir sitzt, würde Henry wahrscheinlich zu einer Haartransplantation raten. Ich sehe seine Reaktion genau vor mir: den verächtlichen, ungläubigen Blick, mit dem er eine Augenbraue hochzieht, wortlos. Ich finde Henry schön, so wie er ist, auch wenn es mir nicht mehr zusteht, das zu beurteilen.

»Ich werde darüber nachdenken. Aber geht es dir gut? Hast du die OPs gut überstanden?«

»Der einzige Wermutstropfen ist, dass ich kein Gefühl mehr in den Brustwarzen habe.« Rowena sagt es so beiläufig wie jemand, der auf Schokolade verzichtet, sie aber ohnehin nie besonders mochte. Ich kann mein Mitleid mit ihr kaum verbergen; ich bin entsetzt, dass sie sich derart verstümmelt und sich ihrer Lust beraubt hat. »Die Narben sind ziemlich übel. Aber der Arzt glaubt, dass es noch besser wird.«

Ist das die Rowena, die sich mit geschlossenen Augen im Meer treiben und von den Wellen schaukeln ließ und vor sich hin summte, wenn sie Meerjungfrau spielte?

Ich stelle mir Rowenas Brustwarzen vor, aufgenäht wie Knöpfe, jede von einem dunklen Ring gesäumt. Meine eigenen Brustwarzen jucken und brennen ein paar Sekunden lang. »Bestimmt. Wahrscheinlich braucht es nur seine Zeit.«

Sie mustert mich aufmerksam. »Du hast Ringe unter den Augen. Du solltest Concealer benutzen. Und über ein Augenlid-Lifting nachdenken. Das verjüngt enorm. Du würdest dich viel besser fühlen. Wenn deine Kollegen mitkriegen, dass du müde aussiehst, denken sie, du *bist* müde. Und dann glauben sie, du bist nicht gut in deinem Job, du bist unprofessionell.«

Viele Frauen haben Angst davor, sich anderen anzuvertrauen.

Ich beiße mir auf die Lippe. »Ich schlafe in letzter Zeit nicht besonders gut, Rowena. Da ist dieser Mann.«

Sie versteht mich falsch. »Ich will alles über ihn wissen. Aber kann das noch warten?«

Ist das die Rowena, die im dritten Semester auf dem kürzesten Weg von Edinburgh nach London kam, damit ich mich in ihren Armen ausheulen konnte, als mein Freund mit mir Schluss machte?

»Natürlich«, sage ich.

Sie redet immer nur über sich. Sie interessiert sich überhaupt nicht für dich, hat Henry gesagt.

Weil ich ihr die wichtigsten Dinge nicht erzählt habe, habe ich gesagt, *um sie nicht zu verlieren. Wie kann sie sich für mich interessieren, wenn ich ihr grundlegende Dinge verschwiegen habe?*

Rowenas Exmänner hatten beide gesagt, sie wollten keine Kinder, um Rowena dann sitzenzulassen und die Kinder mit anderen Frauen zu kriegen. Rowena hätte es mir nie verziehen, dass ich Henry seiner Frau ausgespannt habe. Manchmal frage ich mich, ob mein schlechtes Gewissen irgendwie verhindert hat, dass ich schwanger geworden bin. Die Versuche, ein Kind zu bekommen, hätten Rowena auf jeden Fall noch wütender gemacht. Henry wusste das und half mir, es ihr zu verheimlichen, auch wenn er vor sich hin brummte, wie einseitig unsere Freundschaft sei.

Wieder betrachtet sie sich eingehend in ihrem Spiegel, und ich vermute, dass ihre gescheiterten Ehen sie so empfänglich für den Kult des Plastischen gemacht haben. »Habe ich das Richtige getan?« Sie pudert sich die Stirn, ihre Augenbrauen scheinen höher zu sitzen als früher.

»Auf jeden Fall. Du siehst aus wie ein amerikanischer Soap-Opera-Star.« Diesmal erscheint ein kleines Lächeln auf ihren Lippen, die mir auf einmal voller vorkommen. »Wenn es dich glücklicher macht, selbstbewusster, darauf kommt es an. Das sieht man.«

Sie nickt begeistert. »Mein Aussehen ist viel straffer, jugendlicher und definierter.« Henry hätte jetzt das Gesicht verzogen, ich tue es nicht.

Der Kellner führt uns zu einem Tisch in der Ecke. An den Wänden hängen große Akte im Pseudo-Jugendstil, nackte Frauen, die man im dämmrigen Licht leicht übersieht. An einer bleibt mein Blick hängen, einer Tänzerin. Wieder muss ich an die Männer auf der Anklagebank denken, und wie sie Miss Lockyer zwangen, sich auszuziehen und für sie zu tanzen. »Wie bist du auf dieses Lokal gekommen?«

»Ich hab's nicht ausgesucht.«

»Wer dann?«

Sie ignoriert meine Frage. »Findest du, ich sehe natürlich aus?« Als ich das Zittern in ihrer Stimme höre, tut mir das Herz weh.

Rowenas starres Gesicht wirkt im flackernden Kerzenlicht beinahe lebendig, aber ihre Wangenknochen treten beunruhigend deutlich hervor, und ich habe Angst, dass das Zeug, das die Schönheitschirurgen hineingespritzt haben, gefährlich sein könnte. »Ja, das tust du. Als kämst du gerade aus einem tollen Wellnessurlaub.«

Ist das die Rowena, die früher mit meinen Haaren gespielt und mir die Arme gekrault hat, wenn wir beieinander übernachteten, und dann tauschten wir, und ich machte dasselbe bei ihr?

»Ich finde, jeder von uns hat die Pflicht, so gut auszusehen wie möglich, egal in welchem Alter.«

Wer bist du, und was hast du mit Rowena gemacht?, frage ich sie im Stillen.

Ich greife nach ihrer juwelengeschmückten Hand, damit sie mich ansieht. »Ich muss mit dir reden. Es ist etwas sehr Ernstes.«

Doch dann sieht sie in Richtung Tür, und es ist, als hätte jemand einen Schalter umgelegt: Mit einem Mal erstrahlt ihr blendend weißes Kameralächeln. Sie versucht nicht einmal, es zurückzuhalten.

Als ich ihrem Blick folge, verschlucke ich mich fast an

dem Wasser, das ich gerade im Mund habe. Plötzlich wird der hektische französische Jazz lauter, und es ist fast dunkel im Saal. Haben sie das Licht noch weiter gedimmt? Ich begreife nämlich nicht, was ich da sehe.

Ich sehe dich. Mit großen Schritten kommst du auf mich zu, als wäre es das Normalste der Welt.

Als ich die Wohnung verließ, war keine Spur von dir zu sehen. Auch nicht, als das Taxi vor dem Restaurant hielt. Nichts, bis zu diesem Moment. Woher konntest du wissen, dass ich hier bin? Nur Rowena wusste davon.

Du strahlst. Du siehst so glücklich aus, so voller Freude, dass ich überrascht werde von dem Bedauern darüber, dass ich es sein werde, die deine irregeleitete Freude kaputtmachen muss. Etwas, wozu du mich immer wieder zwingst. Weißt du nicht, wie anstrengend das ist? Ist es nicht auch für dich anstrengend?

Dein Mund bewegt sich, du sagst etwas, das ich nicht verstehe. Du stehst neben Rowena. Du beugst dich zu ihr und küsst sie auf beide Wangen.

»F-f-fass sie nicht an!« Ich habe noch nie gestottert, bis jetzt. »G-geh weg!«

Rowena zieht den Stuhl neben sich vom Tisch weg und bedeutet dir, dich zu setzen. »Rafe isst mit uns.«

Woher kennt sie deinen Namen? Ich verstehe nicht, was hier läuft. »Das kommt nicht in Frage.«

»Ich habe ihn eingeladen.« Rowena legt die Hand auf deine. Du bist es, der seine Hand zuerst wegzieht, aber das scheint ihr nicht aufzufallen. »Setz dich, Rafe.«

Mein Fluchtinstinkt reißt mich fast vom Stuhl, aber ich kann Rowena nicht mit dir allein lassen, und sie macht nicht den Eindruck, als würde sie mir folgen, wenn ich ginge.

»Wenn ich darf.« Du hängst den Mantel über die Stuhllehne, schlägst das Angebot der Kellnerin aus, ihn an der Garderobe aufzuhängen. Ich vermute, du hast etwas in der Tasche, das keiner sehen darf. Außerdem willst du deine Sachen in Reichweite haben, damit du mir folgen kannst, falls ich wegrenne.

Ich sehe nur Rowena an, als wäre sie eine Rettungsleine, an die ich mich klammern muss. »Ich verstehe das nicht.«

»Wir wollten dich überraschen.« Rowena streicht sich das sorgfältig gesträhnte Haar aus dem Gesicht.

Ich zwinge mich, mein Gehirn einzuschalten und schnell zu denken. Zuerst versuche ich zu ergründen, woher du von der Verbindung zwischen Rowena und mir weißt. Es muss diese Preisverleihung für Geschäftsfrauen vor acht Jahren gewesen sein. Rowena hatte gerade ihre erste Ehe hinter sich, deshalb habe ich sie begleitet. Als sie aufgerufen wurde, um ihren Preis entgegenzunehmen, klatschte ich so stürmisch, dass mir die Hände brannten und das Gesicht vom Lächeln weh tat. Später erschien ein Foto von Rowena und mir, mit unseren beiden Namen in der Bildunterschrift. Wenn man mich googelt, ist es das einzige Bild von mir, das man im Internet findet.

»Wir dachten, du würdest dich freuen, dass wir uns kennen.« Rowena klingt beleidigt, aber mein Entsetzen ist größer als das Bedürfnis, sie zu beschwichtigen.

»Woher?« Ich sehe nichts in diesem schrecklichen, finsteren Raum. »Woher kennt ihr euch?«

»Persönlich haben wir uns erst heute beim Mittagessen kennengelernt. Aber wir sind seit zwei Monaten in Kontakt. Es ist unglaublich, wie nah man sich beim E-Mails-Schreiben ist.« Sie winkt ab, als die Kellnerin kommt. »Rafe liest meinen Businessblog. Er empfiehlt ihn auch seinen Studenten, um ihnen den Berufseinstieg zu erleichtern. Dann hat er in meinem Profil einen Hinweis auf meine kreativen Schreibversuche entdeckt und sich bei mir gemeldet. Er coacht mich bei dem Memoir, das ich schon immer schreiben wollte.«

Hinter meinen Augen pulsiert das Blut. »Das ist Cyber-Stalking.«

»So ein Quatsch. Du bist paranoid.« Sie entschuldigt sich bei dir. »Clarissa meint es nicht so.«

»Doch.« Alles liegt in tiefem Schatten. Ich schüttele ein

paarmal den Kopf, um klarer zu sehen, dann zwinge ich mich, dich anzusehen, obwohl es das ist, was ich am meisten hasse. »Du weißt doch gar nicht, wie man ein Memoir schreibt. Du bist Literaturwissenschaftler.« Das letzte Wort spreche ich aus wie die schlimmste Beleidigung, die mir einfällt.

»Ich habe so manche Interessen und Talente, die du noch nicht entdeckt hast, Clarissa.«

Du fängst schon wieder damit an. Diese widerwärtige Marotte, jeden Satz mit meinem Namen zu beenden. Warum merkt Rowena nicht, wie abartig das ist? Bevor ich es verhindern kann, entweicht mir ein Schluchzen. »Du brauchst ihn nicht, Rowena. Such dir einen Schreibkurs. Er benutzt dich nur, um sich in mein Leben reinzudrängen.«

»Es dreht sich nicht immer alles nur um dich. Du bist so unglaublich arrogant. Abgesehen davon ist das lächerlich. Rafe und ich haben erst vor ein paar Wochen gemerkt, dass wir dich beide kennen.«

Ich kneife die Augen zu, dann öffne ich sie wieder, gleichgültig, wie seltsam das aussehen muss. »Was für ein Zufall.«

»Es ist kein Zufall, Clarissa«, sagst du.

»Wir haben dich beide gern«, sagt Rowena.

»Sehr«, sagst du.

»Hat er dir von heute Morgen erzählt? Als er bei mir vor der Haustür gewartet hat? Als die Taxifahrerin ihm mit der Polizei drohen musste? Obwohl er wusste, dass ich ihn nicht sehen will?«

Du schüttelst den Kopf, um zu demonstrieren, wie verletzt und unverstanden du dich fühlst. Deine Vorstellung ist eindeutig, trotz des trüben Dämmerlichts in diesem schrecklichen Restaurant. »Clarissa«, sagst du. »Oh, Clarissa. Wie kannst du nur so was denken?«

Ich muss mich schwer zurückhalten, dir nicht die Kanne mit dem Eiswasser ins Gesicht zu schütten, die neben mir steht.

Rowena berührt meinen Arm. »Rafe macht sich Sorgen um dich. Deswegen bin ich hier.«

Mir entgeht nicht die Ironie daran, dass sie sich nach zwei Jahren Funkstille nur deinetwegen bei mir gemeldet hat.

Sie sieht mich enttäuscht an. »Er hat mir erzählt, dass du in letzter Zeit nicht du selbst bist. Dass du dich an der Uni merkwürdig benimmst. Ich habe ihn gebeten, ein Auge auf dich zu haben, bis ich kommen konnte. Ich hätte nie gedacht, dass du so herzlos sein kannst.«

Meine Schläfen beginnen zu pochen, als mir nach und nach bewusst wird, wie sorgfältig du die ganze Sache eingefädelt hast, wie viel Zeit du aufgewendet hast, um zu planen, zu manipulieren, wie viel Geduld und Disziplin du aufgebracht hast, um den heutigen Abend abzuwarten. Rowena war das ideale Ziel für dich. Sie hat offensichtliche Verletzungen davongetragen, die Verwundbarkeit und Verzweiflung sprechen aus ihrem operierten Gesicht und den neuen Brüsten. Du hast sie eingelullt. Du hast sie dahin gebracht, wo du sie haben wolltest. Und sie ist deinem Charme erlegen.

Falls Sie gemeinsame Freunde haben, kann es sein, dass er sie gegen Sie aufhetzt, indem er Ihre Aussagen abstreitet oder behauptet, Sie hätten sich ihm gegenüber unkorrekt verhalten.

Es ist, als hättest du auch die Stalker-Broschüren gelesen und würdest alles, was darin steht, gegen mich verwenden. Wir haben keine gemeinsamen Freunde, also hast du dich an Rowena herangemacht.

Ich bekomme kaum noch Luft. Dafür sehe ich wieder besser. »Das stimmt nicht.«

Jetzt grinst du, freust dich: Zwei Frauen streiten sich deinetwegen. Du hast mich in eine Position gebracht, in der ich mit dir reden und dich ansehen und dir zuhören muss. Du hast mich jetzt schon gezwungen, mein Schweigen zu brechen, mit dem ich erst heute Morgen begonnen hatte.

»Rowena, du musst mir unbedingt glauben.« Wenn sogar

meine älteste Freundin deine Version plausibler findet als meine, dich für glaubwürdiger hält als mich, besteht keine Hoffnung, dass die Polizei mich je ernst nehmen wird. Und auch für Miss Lockyer besteht keine Hoffnung.

Du lutschst an einer Olive und beobachtest mich. Dann nimmst du den Stein aus dem Mund, langsam, lasziv. Deine Lippen glänzen ölig. Ich schaudere und reiße den Blick von dir los. Ich wünschte, mein Sehvermögen wäre nicht mit dieser Hyper-Schärfe zurückgekehrt.

Rowena tätschelt mir die Hand. »Jetzt mach aber mal halblang, Clarissa. Du wolltest doch immer, dass ich schreibe, und Rafe hilft mir, meine Kindheit zu verarbeiten. Ich dachte, das fändest du gut. Ich habe ihm erzählt, was wir früher als Teenager getrieben haben. Ich habe über das Mädchen geschrieben, das dich an der Strandpromenade verprügelt hat. Weißt du noch, wie schrecklich diese Polizistin zu dir war?«

Trotz der Heizung hinter mir an der Wand wird mir eiskalt in meinem Wollkleid. Ich habe eine Gänsehaut an den Armen. Der Mensch, dem ich am wenigsten von mir offenbaren will, kennt nun die Details der Geschichte, über die ich am wenigsten reden möchte. Ich öffne den Mund, um etwas zu sagen, aber es kommt nichts heraus.

Rowena ist zu aufgedreht, um es zu bemerken. »Die Details sind das Entscheidende – Rafe ist so gut darin, alles aus mir herauszubekommen. Weißt du noch, wie ich dich danach mit nach Hause genommen und wieder saubergemacht habe?«

»Ja«, sage ich leise. »Niemand hätte mir so gut helfen können wie du.«

»Es ist eine tolle Geschichte. Clarissa wird stolz auf dich sein, wenn sie sie liest.«

Ich habe das Bedürfnis, dich unter dem Tisch zu treten, aber ich will dich nicht mal mit dem Stiefel berühren. Außerdem könntest du das als Beweis verwenden, um Rowena zu überzeugen, dass ich nicht mehr alle Tassen im Schrank habe. Zu meiner Überraschung stehst du auf. Für eine Sekunde voller leichtfertiger Hoffnung glaube ich tatsächlich, du gehst, aber das tust du natürlich nicht. Du gehst nur an die Bar.

Ich stehe auf, dann setze ich mich wieder. Ich würde dir nicht meinen ärgsten Feind überlassen, geschweige denn meine älteste Freundin; auch wenn sich Rowena im Moment eher wie Ersteres verhält. Doch egal, wie Rowena zu mir steht, ich bin die Tochter meiner Eltern, und sie haben mich gelehrt, dass Freunde und Familie bedingungslose Loyalität verdienen, selbst wenn – vor allem wenn – diese Loyalität auf dem Prüfstein steht. Die Rowena, die mir so nah war, muss noch irgendwo in dieser Frau stecken, auch wenn sie im Moment so verborgen scheint, dass ich nicht weiß, ob ich sie je wiederfinde oder ob ich es überhaupt versuchen will.

Es ist, als hätte sie dir meine Unterwäscheschublade gezeigt. Aber ich weiß, ich muss ganz ruhig klingen, wenn ich zu ihr durchdringen will. »Ich möchte nicht, dass du mit ihm über mich redest. Bitte, tu es nicht!«

»Es ist meine Geschichte. Du kommst nur zufällig darin vor. Du hast nicht das Recht, mir zu sagen, worüber ich schreiben darf und worüber nicht.«

»Du findest es vielleicht gut, dass er hier ist, aber ich nicht. Das habe ich ihm deutlich gesagt. Jeder normale Mensch würde das respektieren. Siehst du das nicht?«

Sie antwortet nicht. Einen Augenblick denke ich, sie würde mich verstehen. Rowenas Ohren werden rot, wenn sie sich aufregt, und genau das passiert gerade. Dadurch treten die Narben vor ihren Ohren hervor, und ich wende den Blick ab, damit sie nicht merkt, dass ich sie gesehen habe.

»Es war ein Trick, um mich hierher zu locken. Er wusste, ich wäre nie gekommen, wenn ich gewusst hätte, dass er auch kommt. Findest du es nicht seltsam, dass er dich gebeten hat, mir nichts zu sagen?«

Sie zögert, denkt darüber nach, aber dann scheint sie alle Zweifel über Bord zu werfen und spuckt ihre Antwort aus: »Nein.«

Was dann kommt, will ich eigentlich nicht sagen, aber es muss sein. »Er interessiert sich überhaupt nicht für dich.«

Rowena verzieht vor Wut den Mund. »Nicht jeder Mann auf diesem Planeten ist in dich verliebt. Du kannst sie nicht alle haben.« Vielleicht hat sie die Wahrheit über Henry erraten. Vielleicht weiß sie es von dir. Wahrscheinlich hast du es ganz beiläufig erwähnt, als ihr gerade bei einem anderen Thema wart. Das wäre typisch.

»Was er tut, hat nichts mit Verliebtheit zu tun. Es ist das Gegenteil davon.« Ich spreche so leise, so sanft, so vorsichtig ich kann. »Es ist, als wollte er mich meiner selbst berauben. Und jetzt nimmt er dich mir weg.«

»Er kann mich dir gar nicht wegnehmen. Du warst seit Jahren nicht ehrlich zu mir. Du bist so voller Geheimnisse, dass ich dich kaum noch kenne. Weißt du eigentlich, wie weh du mir damit getan hast?« Beim letzten Satz überschlägt sich ihre Stimme.

Ich greife nach ihrer Hand, berührt von dem Blick auf die alte Rowena, die mich brauchte. »Ich weiß. Und es tut mir so leid. Aber im Moment versuche ich dich vor einem Unglück zu bewahren. Das ist der einzige Grund, warum ich noch hier sitze, obwohl ich eigentlich nur aus der Tür rennen will. Und das weiß er genau. Deswegen hat er dieses Treffen eingefädelt.«

Sie reißt mir die Hand weg. »Wie unglaublich großzügig und selbstlos von dir.« Sie klingt kalt und kurz angebunden. »Du willst ihn nicht. Dann lass ihn mir.«

»Er ist gefährlich. Er macht mir das Leben zur Hölle. Davon wollte ich dir heute erzählen. Es ist so schwer, mich irgendjemandem anzuvertrauen. Ich würde sofort zur Polizei gehen, aber diesmal wärst du nicht auf meiner Seite, oder?«

»Du bist ja hysterisch. Ich habe ihn eingeladen. Ich glaube wirklich, du bist krank. Ich kenne ihn ziemlich gut.«

»Du hast keine Ahnung, wer er ist. Er benutzt dich, um mich auszuspionieren.«

»Du bist die größte Egomanin, die mir je begegnet ist.«

Schon bist du wieder da, mit einem Grinsen im Gesicht. »Bellini«, verkündest du stolz. »Der Cocktail des Tages. Der Barmixer ist toll. Deswegen habe ich das Restaurant vorgeschlagen.«

Rowenas Gesicht leuchtet auf. »Ich liebe Bellini.« Sie scheint wirklich auf dich zu stehen.

Ich versuche dich durch Rowenas Augen zu sehen. Henry hielt dich für einen Versager, aber selbst er gab zu, dass manche Studentinnen eine Schwäche für dich hatten. Heute Abend trägst du schwarze Jeans und ein tiefblaues Hemd, das locker über der Hose hängt. Es ist mein Lieblingsblau. Mitternachtsblau. Tatsächlich gefällt mir, was du anhast. Mir fällt auf, dass Henry manchmal genau dasselbe anhatte und du ihm das wahrscheinlich absichtlich nachmachst.

Du stellst die Bellinis auf den Tisch und für dich eine Flasche französisches Bier. »Jetzt amüsieren wir uns.« Was du längst tust – seit November hast du dich nicht mehr so gut amüsiert. »Ich hoffe, du trinkst auch gern Bellini, Clarissa.« Du siehst mich an, dann siehst du die nackte Frau auf dem Bild an der Wand an.

Sie sitzt auf einem Barhocker, die Knie geschlossen, damit die Pose nicht zu aufreizend ist. Sie trägt Strapse, Strümpfe, Stöckelschuhe und sonst nichts. Quer über ihrem Schoß liegt eine Reitgerte. Du zeigst auf das Bild und verziehst das Gesicht in gekünstelter Empörung. »Tut mir leid. Ich habe gar nicht an die Deko hier gedacht.« Dabei wissen wir beide, dass dich diese Art von öffentlichem Porno anmacht: mich vor diesen Bildern zu sehen. Deswegen hast du das Lokal ausgesucht.

»Ich finde es schön. Ist doch geschmackvoll.« Rowena hebt ihr Glas.

Ich muss an den Wein denken, den du mir im November eingeflößt hast. »Trink das nicht!« Ich greife nach Rowenas Hand, aber sie reißt sich los. Ich versuche es noch einmal, aber sie schlägt mir auf den Arm – fest – und hebt ihr Glas.

Nach einem absurden Kampf kippe ich ihren Bellini in den Brotkorb mit dem trockenen Baguette.

»Bist du verrückt geworden, Clarissa?«, japst sie. »Wie kannst du so was tun?«

»Ich glaube, Clarissa geht es nicht gut.« Du bringst ein mitfühlendes Gesicht zustande. »Sie braucht unser Verständnis und unsere Unterstützung.«

»Sie braucht professionelle Hilfe«, zischt Rowena.

Ich greife nach dem anderen Bellini. Ich will ihn nicht auf dem Tisch stehen lassen, denn Rowena ist jetzt erst recht entschlossen, ihn zu trinken. Dann nehme ich meine Tasche und meinen Mantel von der Stuhllehne. Genau wie du – deinetwegen – habe ich mir angewöhnt, meine Sachen immer in Reichweite zu haben, um jederzeit schnell aufbrechen zu können. Ich überlege kurz, ob ich wegrennen soll, aber du würdest mir hinterherlaufen, und dann wäre ich allein mit dir auf der Straße. Mir fällt nur ein Ort ein, wo ich ein Taxi rufen und mich so lange verstecken kann, bis es kommt. In wenigen Sekunden habe ich einen Plan aufgestellt. Zwar sieht er vor, dass ich noch einmal mit dir allein sein muss, andererseits ist er relativ sicher, und Rowena lässt mir keine Wahl.

Du willst aufstehen, aber ich halte wie ein Verkehrspolizist warnend die Hand hoch. »Wage es ja nicht, mir zu folgen.« Ich kann mich darauf verlassen, dass du meinen Wunsch ignorierst. Wie immer. Die Leute an den Nachbartischen drehen sich schon um, weil ich so laut bin. Heiser verabschiede ich mich von Rowena; sie antwortet nicht einmal. Dann haste ich die gusseiserne Wendeltreppe hinunter, die zu den Toiletten im Keller führt.

Auch hier hängt ein pornographisches Bild im Pseudo-Jugendstil, direkt an der Toilettentür. Ein Mann und eine Frau – der Hinweis, dass die Toiletten für beide sind. Genau wie auf den Bildern oben sind der Mann und die Frau nackt. Er steht und blickt auf sie herab. Sie kniet vor ihm. Man sieht sie von hinten; ihr Kopf verdeckt seine Mitte.

Der schicke Waschraum ist so schummerig, dass ich mir

wieder halbblind vorkomme. Ich strebe auf eine der Toilettenkabinen zu, im Vorbeigehen schütte ich den Bellini in das Chromwaschbecken. Es gibt keinen Spalt über oder unter der Kabinentür, so dass du weder darunter durchkriechen noch darüberspähen kannst. Ich rufe ein Taxi. Die Zentrale sagt, es komme in zehn Minuten. Neun Minuten davon werde ich hier hinter der verriegelten Tür verbringen.

Als ich die Tür öffne, bist du da, wie ich es erwartet habe. Du blockierst den Ausgang. Der süßliche Geruch der Räucherstäbchen, die sie hier unten abbrennen, macht mir das Atmen schwer, und du schirmst das wenige Licht ab. Ich habe rasende Kopfschmerzen, vielleicht weil ich meine Augen so anstrengen muss, vielleicht weil ich am giftigen Rauch des künstlichen Jasminaromas ersticke. Ich sage mir, dass der Taxifahrer jeden Moment ins Restaurant kommen und nach mir fragen wird. Mein Plan sieht außerdem vor, dass früher oder später jemand aufs Klo muss und du nicht riskieren würdest, hier etwas allzu Unkontrolliertes zu tun. Trotzdem will ich hier raus, bevor du mich eines Besseren belehrst; ich habe diese Begegnung so genau geplant, wie ich konnte, die Zeit reicht gerade noch aus, um dir zu sagen, was ich sagen muss, ohne dass Rowena zuhört.

Also komme ich direkt zur Sache: »Ich werde nie wieder irgendwohin gehen, wo Rowena ist. Du kannst so viel Zeit mit ihr verbringen, wie du willst. Es ist mir egal. Über sie kommst du nicht an mich heran.« Ich kenne dich. Ich weiß, dass Rowena nicht wirklich in Gefahr ist. Rowena wirft sich dir an den Hals. Du hast kein Interesse an den Frauen, die dich wollen. Nur an denen, die dich eindeutig nicht wollen.

»Mir ist wichtig, was dir wichtig ist, Clarissa. Ich will, dass deine Freunde auch meine Freunde sind. Ich will Rowena helfen. Für dich, Clarissa. Ich interessiere mich nur für sie, weil sie *dir* etwas bedeutet. Du musst nicht eifersüchtig sein.«

»Ich bin nicht ...« Dein letzter Satz ist so absurd, dass ich widersprechen will, aber ich schaffe es gerade noch, es mir zu verkneifen. Ich fange noch einmal an und versuche gleichgültig und kühl zu klingen. »Rowena und ich haben uns auseinandergelebt. Zu viel Zeit ist vergangen. Sie bedeutet mir nichts mehr. Ich kann sie nicht mal mehr leiden.«

Der erzwungene Verrat an meiner Freundin geht mir schwer über die Lippen. Aber es muss sein, auch wenn es mir einen heftigen Stich versetzt. Aber ich kann ihr nicht helfen, wie eine Freundin es tun sollte, und sie mir auch nicht. Nicht jetzt, nachdem du sie auf deine Seite gezogen hast. Sie zu verraten, ist das Einzige, was ich für sie tun kann: Ich muss dafür sorgen, dass du keinen Nutzen mehr von ihr hast. Leider wird sie es mir nicht danken.

Ich mache einen kleinen Schritt zur Tür. »Lass mich durch.«

Du bewegst dich nicht.

»Ich warne dich.« Ich klinge vollkommen lächerlich. Wir wissen beide, dass ich machtlos bin.

Du lächelst nachsichtig. »Du bist süß, wenn du wütend bist, Clarissa.«

Ich greife nach dem Seifenspender aus mattem Glas. Er ist schwer. Und genauso scheußlich wie alles andere in dieser möchtegernatmosphärischen, irritierend schicken Unisextoilette.

»Es gefällt mir, dass du eifersüchtig bist, Clarissa. Ich möchte dir die Haarspangen rausnehmen, mit deinem Haar spielen und dich küssen. Ich möchte sehen, was du unter dem Kleid anhast.«

Ich halte den Seifenspender hoch wie eine Waffe.

Du lachst laut. »Du würdest mir niemals weh tun, Clarissa. Ich kenne dich.«

Meine Hand gehorcht mir nicht mehr. Der Seifenspender rutscht mir aus den Fingern und explodiert wie eine Bombe auf den monochromen Fliesen. Im selben Moment fliegt die Tür des Waschraums auf und knallt gegen dich. Davor steht Rowena. Du taumelst, rutschst in der Flüssigseife und den

Scherben aus, kannst dich gerade noch am Waschbecken festhalten. Der ganze Abend war wie ein surrealer Alptraum, aber die ungeplante Choreographie, die Rowenas Auftritt auslöst, ist der reinste Slapstick.

»Ich muss gehen, Rowena.«

Anscheinend weiß sie nicht, wie sie reagieren soll. Einen Augenblick lang wird ihr Gesicht weich, und ihre Augen füllen sich mit Tränen, die sie wegblinzelt. Dann sagt sie: »Es hält dich keiner auf.«

Schlingernd renne ich die Wendeltreppe hoch, raus aus dem Restaurant zum wartenden Taxi. Meine Lippen schmecken salzig; die Tränen brennen, weil ich mir auf die Lippe gebissen habe. Ich habe Rowena verloren. Sie hat sich selbst verloren. Das war mir schon in den ersten Minuten klar. Noch bevor du kamst und getan hast, was du getan hast.

DONNERSTAG

Heute Morgen ist wieder ein Umschlag von dir da, auf der Fußmatte hinter der Haustür. Du musst ihn sehr früh durch den Schlitz geschoben haben, sonst wäre er Miss Norton nicht entgangen. Ich haste über den Gartenweg zum Taxi, erleichtert, dich wenigstens nicht persönlich zu sehen.

Während das Taxi die kurvige Straße hinunterfährt, rufe ich Rowena im Hotel an. Heute fährt sie nach London zurück. Raus aus deiner Reichweite, hoffe ich. Aber auch raus aus meiner Reichweite.

Sie antwortet mit einem genuschelten »Was ist?«.

»Ich bin's.«

»Er ist nicht hier, falls du deswegen anrufst. Er war gerade noch lange genug im Restaurant, um mir zu sagen, dass er mir nicht mehr beim Schreiben helfen oder sonst was mit mir zu tun haben kann. Er sagt, er möchte sich nicht zwischen zwei alte Freundinnen stellen.«

Aber das hast du bereits getan. Rowena legt scheppernd den Hörer auf, und die Verbindung ist tot.

Wenigstens weiß ich, dass es ihr gutgeht. Wenigstens hast du dich von ihr zurückgezogen, wie ich es vorausgesehen habe. Natürlich hast du bekommen, was du wolltest. Du hast längst alles, was sie dir geben konnte.

Ich reiße den Umschlag auf. Eine Karte fürs Ballett. Die Aufführung heute Abend. Und ein Brief.

Du stehst wahrscheinlich unter Stress, Clarissa. Ich weiß, dass du es nicht böse meinst. Die hässlichen Dinge, die du gesagt hast, kannst du nicht ernst meinen. Ich möchte dich nur glücklich machen. Ich wollte dir gestern einen ganz besonderen Abend bieten, ein Wiedersehen mit deiner Freundin, aber mir ist klar, dass ich die Situation falsch eingeschätzt habe. Ich verspreche dir, dass ich Rowena nie wiedersehe. Bitte lass es mich wiedergutmachen, lass mich dich ausführen. Ganz allein. Nur wir zwei. Ich gehöre ganz dir. Ohne Anstandsdame. Du wirst Prokofjews Cinderella lieben. Wir haben so viel gemeinsam, Clarissa. Triff mich um 19:00 Uhr im Foyer. Vergiss die Eintrittskarte nicht! Zuerst trinken wir etwas. Und nach der Vorstellung gehen wir essen. Alles Liebe, Rafe

Ich weiß gar nicht, was mich an deinem irrsinnigen Brief am meisten aufregt. Hörst du nicht, was ich zu dir sage – nein, nein und nochmals nein –, immer wieder? Anscheinend kommt es bei dir nicht an; in deinem verrückten Hirn legst du dir deine eigene Wirklichkeit zurecht, selbst wenn ich knallharte Tatsachen ausspreche.

Hast du meine CDs und DVDs durchgesehen, als du in meiner Wohnung warst? Denn du hast recht, ich liebe Prokofjews Cinderella. Aber du kannst dir nicht vorstellen, wie sehr ich es mit dir hassen würde. Bei jedem anderen Mann wäre die Geste charmant. Sogar romantisch. Aber nicht bei dir. Nicht bei dem Mann, der meine älteste Freundin ausgenutzt und gegen mich aufgehetzt hat. Eine Ballettkarte von dir ist kein Geschenk, sondern eine Beleidigung. Dir muss doch klar sein, im tiefsten Innern, dass ich heute Abend nicht neben dir im Theater sitzen werde.

Doch die Furcht vor dem, was du tun wirst, wenn der Vorhang aufgeht und ich nicht da bin, kann ich nicht abschütteln. Unwillkürlich sehe ich dich vor mir, wie du im Foyer auf den glänzenden Fliesen stehst, vor einem der prächtigen vergoldeten Spiegel, wie du wartest und immer wütender wirst, wie der Mann an der Kasse dich schließlich bemerkt und errät, dass du versetzt wurdest.

Auch du bist einmal ein Baby gewesen. Was ist nur passiert, dass du so geworden bist?

«Sind Sie heute Morgen in der Lage fortzufahren, Miss Lockyer?» Mr Morden wirkte traurig und besorgt, seine Stimme war sanft und freundlich.

Die Angeklagten starrten geradeaus, die Gesichter ausdruckslos, sie saßen still in ihrer blankpolierten Holznische mit den Stühlen, die mit dem gleichen Königsblau bezogen waren wie die der Geschworenen und die der Anwälte. Alles hier war sehr blau, bis auf das tiefbraune Leder des Richterstuhls.

»Es geht schon. Danke.« Sie klang, als führten die beiden das Gespräch allein. Clarissa fiel auf, dass ihre Stimme unter anderen Umständen schön sein könnte.

»Ich weiß, es war sehr schwer für Sie gestern.«

Miss Lockyer trug das Haar in zwei mädchenhaften, tiefen Pferdeschwänzen. Sie zupfte an einem davon herum.

»Können Sie den Geschworenen bitte erzählen, was dann passiert ist?«

Ihre Stimme war entschlossen und frei von Scham. »Ich ging ins Schlafzimmer zurück. Ich weiß, es klingt komisch, dass ich in das Bett zu den zwei Männern zurückging, die mich gerade vergewaltigt hatten, aber ich dachte, wenn sie aufstehen und nach mir suchen, wäre es noch schlimmer. Ich verkroch mich an den Rand der Matratze und rollte mich zusammen. Sie können sich nicht vorstellen, wie eiskalt es in der Wohnung war. Die zwei lagen auf der Decke, und ich konnte mich nur ein bisschen zudecken. Ich hatte Angst, sie aufzuwecken, wenn ich zu fest zog. Ich war so müde, dass ich wegdämmerte, aber ich schreckte immer wieder hoch. Dann war Morgen, und Sparkle kam, stand in der Tür und winkte mich ins Wohnzimmer.«

Dienstag, 11. November, 9:00 Uhr (vor drei Monaten)

Es ist der Morgen nach deiner Buchvorstellung. Ich kämpfe mich aus einem Alptraum empor, trete um mich, will einem sehr dunklen Ort entkommen. Ich liege auf der Seite in meinem eigenen Bett, mit dem Rücken zu dir. Du drückst dich von hinten an mich, in der Löffelchenstellung, und ich kann deine Erektion spüren. Deine Hand liegt auf meiner Brust, klebt dort wie ein Saugnapf. Du küsst meinen Nacken und flüsterst, dass du mir beim Träumen zugesehen hast. Du hältst mich so fest, dass ich mich nur mühsam aus deinen Armen befreien kann, dann hebe ich mein Kleid vom Boden auf, um mich zu bedecken, und laufe ins Bad, wo ich mich übergebe. Danach halte ich mich am Waschbecken fest und sehe an mir hinunter. An der Innenseite meiner Schenkel klebt getrocknetes Blut, daneben sind rote Stellen, über die ich nicht nachdenken will. Am nächsten Tag werden daraus blaue Flecken. Meine Lippen, Handgelenke und Knöchel sind aufgeschürft. Mein Haar ist wirr und verfilzt. Meine Augen tun schrecklich weh. Ich mache das Licht aus. Im Dunkeln stehe ich unter der heißen Dusche, wasche mir die Haare, seife jeden Quadratzentimeter meines Körpers ein. Es brennt, als ich mich zwischen den Beinen wasche. Ich putze mir die Zähne und benutze Zahnseide. Mein Kiefer tut weh. Das Letzte, woran ich mich erinnere, ist, wie du mir das Kleid ausgezogen hast. Danach nur Dunkelheit. Die Badezimmertür ist abgeschlossen. Ich ignoriere dein Klopfen und deine besorgten Fragen von draußen. Später am Nachmittag muss ich zum Arzt, um mir Antibiotika gegen eine Blasenentzündung verschreiben zu lassen. Drei Tage lang bin ich krank: Ich habe rasende Kopfschmerzen, die einfach nicht weggehen; ich übergebe mich so oft, bis nichts als Galle kommt; ich schlafe und schlafe. Doch egal wie viel ich schlafe, ich werde nicht wacher.

Miss Lockyer schnappte nach Luft. Plötzlich wurde sie kalkweiß im Gesicht. Es war gut zu sehen in dem hellen Licht, das durch die Glaskuppel und die hohen Fenster hinter Clarissa fiel – die einzigen Fenster im Saal, die viel zu hoch waren, um hinaussehen zu können. Es hätte ein Ballsaal sein können. Vielleicht war er das einst gewesen, vor langer Zeit.

»Ich brauch eine Pause. Tut mir leid. Ich brauch eine Pause.« Miss Lockyer begrub das Gesicht in den Händen.

Die Geschworenen saßen in dem kleinen fensterlosen Warteraum neben Saal 12.

»Die kommt nicht wieder«, sagte Annie.

Clarissa entgegnete leise: »Ich bin mir ganz sicher, dass sie wiederkommt.«

Annie verdrehte die trügerisch sanften braunen Augen, warf ihr glänzendes schwarzes Haar zurück und blies die Apfelbäckchen auf. Im künstlichen Licht wirkte ihre cremige Haut gelblich.

»Wahrscheinlich haben Sie recht«, sagte Clarissa schnell. »Sie schauen aufmerksam zu. Ich mache mir zu viele Notizen. Wahrscheinlich verpasse ich einiges, wenn ich nicht hinsehe.«

Annie hatte das herzförmige Gesicht eines Barockengels. Ihre hübschen Züge entspannten sich ein wenig. Sie tippte sich mehrmals mit dem Zeigefinger an das niedliche Kinn. »Was hat sie sich bloß dabei gedacht, als sie den Jungs die Drogen geklaut hat?«

Clarissa holte ein Buch mit japanischen Schnittmustern heraus. Darin war ein Nachthemd mit überkreuzten Trägern, das ihr besonders gut gefiel – sie hatte noch etwas pflaumenblaue Seide übrig, die sie dafür verwenden würde. Vielleicht würde sie gleich zwei nähen und eins davon Rowena schicken, sobald sie es geschafft hatte, Rafe endgültig aus ihrem Leben zu verbannen.

»Meine Frau hat auch gern genäht.«

Der Besitzer der Stimme musste erkannt haben, was sie sich ansah. Sie wurde rot und schlug hastig das Buch zu. Ihr gegenüber saß der große Mann, der auf der Geschworenenbank vor ihr saß. Ihr gefiel sein dunkelbraunes Haar, das er so kurz trug, dass sie sich fragte, ob er beim Militär war; in den letzten Tagen hatte sie viel Zeit mit Blick auf sein Haar verbracht; sie stellte sich vor, dass es sich stachelig anfühlte.

»Hat sie damit aufgehört?«, fragte sie.

Seine Kieferpartie – kräftig und kantig und so anders als Henrys – spannte sich kaum merklich. Er schien zu überlegen, was er sagen sollte, auch wenn ihr das Zögern wahrscheinlich länger vorkam, als es war. »Sie ist gestorben. Vor zwei Jahren.«

»Oh – das tut mir leid.«

Er hieß Robert. Als sie ihm ihren Namen sagte, öffnete sich die Tür, und der Gerichtsdiener winkte sie wieder in den Saal. Clarissa stand auf und stellte sich in die Schlange, da meldete sich noch mal Roberts Stimme, und sie drehte sich um.

»Das haben Sie vergessen.« Er hielt ihr das Buch mit den Schnittmustern hin. Das Nachthemd – das hübsch, aber ziemlich freizügig war – war auf dem Umschlag abgebildet. Es hing auf einem Bügel vor einem Holzschrank. Seine große Hand bedeckte das Foto.

Sie biss sich auf die Lippe und schüttelte in gespielter Entrüstung den Kopf, überrascht, dass ihr auffiel, wie symmetrisch – und perfekt – seine Lippen waren; nicht zu dick und nicht zu schmal, nicht zu rot und nicht zu blass, sondern genau richtig. Seine Augen strahlten in einem Saphirblau, das sie noch nie an einem Menschen gesehen hatte. Sie hatte das Gefühl, wenn sie noch länger hinsah, würde sie geblendet.

Abgesehen von seinen auffällig schönen Zügen war sein Gesicht neutral, beinahe ausdruckslos. »Ich glaube, Sie haben recht behalten«, sagte er. »Ich glaube, sie ist wiedergekommen.«

Und da saß sie wieder, auch wenn ihre Augen rot gerändert waren und sie mehrmals schlucken musste, als sie sprach.

»Ich musste mich auf den Boden legen. Sie warfen eine Decke über mich. Dann haben sie angefangen – haben mich getreten und geschlagen. Ich hab mich zusammengerollt, hab versucht, meine Brüste, meinen Kopf zu schützen. Ich dachte, sie wollten mich jetzt umbringen, und sie hätten mein Gesicht abgedeckt, damit sie es dabei nicht sehen mussten. Ich fing an zu schreien, dass ich meinen Großvater anrufen würde, dass er ihnen das Geld geben würde.

Da zog Sparkle die Decke weg und hielt mir mein Handy hin. »Los, wähl«, sagte er. Ich sagte meinem Großvater, ich sei verzweifelt und ich bräuchte unbedingt fünfzehnhundert Pfund, aber er sagte nein. Ich dachte, sie würden mich weiterverprügeln, aber Sparkle sagte plötzlich, ich könnte die Schulden abzahlen, indem ich für ihn dealte. Er gab mir Stoff im Wert von dreihundert Pfund, für den Anfang. Dann brachte er mich zum Bahnhof und ließ mich gehen.«

Donnerstag, 5. Februar, 20:30 Uhr

Um halb neun klingelt es an der Tür. Es klingelt und klingelt und klingelt. Seit heute Morgen wusste ich, dass du irgendwann auftauchen würdest, nachdem ich dich im Ballett versetzt habe. Natürlich mache ich nicht auf. Aber ich probiere herum: Ich nehme den Hörer der Gegensprechanlange ab, aber leider stellt sich die Klingel dadurch nicht aus; schlimmer noch, jetzt höre ich obendrein ununterbrochen deine Stimme. Wortlos lege ich den Hörer wieder auf und lasse es klingeln.

Ich gehe ins Schlafzimmer und greife nach dem schnurlosen Telefon. Ich drücke die 9. Drücke sie ein zweites Mal. Dann denke ich an meinen Notruf vom letzten Freitag und zögere, bevor ich sie ein drittes Mal drücke.

Ich bin wieder fünfzehn und melde den Diebstahl meiner Schultasche. Die Polizistin löchert mich mit Fragen, und ich wünschte, meine Eltern wären bei mir statt draußen im Warteraum mit Rowena und den schreienden Verwandten von irgendwelchen Kriminellen. Ist meine Tasche wirklich geklaut worden? Vielleicht habe ich sie verloren und traue mich nicht, meinen Eltern die Wahrheit zu sagen? Die wären bestimmt sauer wegen der Kosten und der Umstände, die ihnen eine solche Nachlässigkeit bereiten würde: die Schlösser austauschen, meine Schulbücher ersetzen, mir noch mal das Mittagessensgeld für eine ganze Woche geben? Ich sage ihr, meine Eltern würden sich nie über so was aufregen. Ich sage, ich brauche keine Angst vor ihnen zu haben. Ich sage, ihnen sei meine Sicherheit am wichtigsten. Doch mit jedem Wort, das ich sage, wird die Polizistin misstrauischer. Ich schaffe es schließlich, sie zu überreden, Rowena hereinzuholen, aber für die Polizistin ist sie eine unzulässige Zeugin, eine loyale Freundin, deren Bestätigung meiner Geschichte keine Beweiskraft hat.

Sie fanden das Mädchen nicht, das mich angegriffen hatte. Natürlich nicht. Ich bezweifle, dass sie überhaupt nach ihr gesucht haben.

Die Polizei kann nicht eingreifen, solange keine Beweise für eine Straftat vorliegen.

Statt der 9 drücke ich die rote Taste und werfe das Telefon aufs Bett. Ich kann noch nicht zur Polizei gehen. Ich habe noch nicht genug Beweise. Außerdem, bis sie hier wären, wärst du längst weg – und dann würde die Polizei mich erst recht nicht mehr ernst nehmen. Du bist nicht so dumm, dich vor meiner Haustür schnappen zu lassen. Vielleicht bekäme ich sogar eine Anzeige, weil ich die Polizei mit einem weiteren überflüssigen Notruf belästigt habe, nur sechs Tage nach dem letzten. Sie würden dich für ein Phantom halten, so wie damals das Mädchen am Meer, das mich überfallen hat.

Um neun halte ich das endlose Kreischen der Klingel nicht mehr aus. Ich nehme den Hörer der Gegensprechanlage ab, ohne etwas zu sagen. Ich weiß, es wird nicht lange dauern, bis ich deine Stimme höre.

»Clarissa?«, sagst du. »Clarissa? Ich habe auf dich gewartet, Clarissa. Ist etwas passiert, Clarissa? Wie kannst du mich so behandeln, Clarissa? Ich dachte, du bereust dein gestriges Benehmen, und jetzt tust du so was.«

Bevor du aufgetaucht bist, mochte ich meinen Namen. Das will ich mir von dir nicht auch noch nehmen lassen. Ich werde es nicht zulassen, auch wenn ich mich jedes Mal winde, wenn du ihn aussprichst.

Die Art, wie du zwischen Fürsorge und Wut schwankst, mich erst besänftigst und dann ausschimpfst, macht mir solche Angst, dass ich die Arme um den Körper schlinge und mich vor und zurück wiege.

Ich gehe ins Bad und schließe die Tür, die den Lärm kaum dämpft. Ich drehe das Wasser voll auf, was hilft, aber ganz übertönt es dich nicht. Ich streue Lavendelbadesalz ins Wasser: Garys Weihnachtsgeschenk, das gleiche wie jedes Jahr – wir müssen immer beide lachen, wenn er es mir überreicht. Jetzt ist mir nicht nach Lachen zumute. Ich lasse die Kleider zu Boden fallen, und sobald genug Wasser in der Wanne ist, um bis über die Ohren unterzutauchen, steige ich mit einem schwerfälligen Platschen ein.

Das endlich wirkt. Ich höre nichts mehr von dir. Aber trotz des Badesalzes kann ich mich nicht entspannen, und nach ein paar Minuten hat mich die Hitze nur schwach und matt gemacht, und im Dampf kann ich kaum atmen. Die Stille unter Wasser macht mir auf eine andere Art Angst. Ich habe die winzige Hoffnung, dass es ruhig ist, wenn ich wieder hochkomme, aber natürlich bist du noch da und klingelst weiter. Ich steige zu schnell aus der Wanne, und mir wird schwindelig.

Ein nettes Wort für dich wäre methodisch. Obsessiv-kompulsiv ist die weniger freundliche Beschreibung, aber sie trifft genau auf dich zu. Niemand verdient sie mehr als du. Du drückst die Klingel 60 schrillende Sekunden lang, dann gewährst du mir exakt zwei Minuten kostbarer Stille, bevor du den Zyklus wiederholst. Wahrscheinlich hast du in deiner Werkzeugtasche eine Stoppuhr. Glücklicherweise ist Miss Norton so gut wie taub, geht früh ins Bett und nimmt das Hörgerät dann heraus. Ich bin froh, dass ich nicht irgendwo in der Öffentlichkeit bin, wo du mich aus dem Hinterhalt überfallen kannst wie bei der Verabredung mit Rowena.

Ich wickle mich in ein Handtuch und gehe ins Schlafzimmer. Wieder schließe ich die Tür, und wieder hilft es kaum, den Lärm der Klingel zu dämpfen. Ich stelle das Radio an. Es läuft ein Präludium von Chopin. Ich drehe die Lautstärke auf, und diesmal wirst du übertönt, außer in den Pausen. Erst als ich ins Bett krieche und mir die Decke über den Kopf ziehe, verschwindest du vollständig.

Trotzdem tun mir bald die Ohren weh. Chopin ist nicht für diese Lautstärke gedacht. Du hast ihn mir für immer verdorben. Chopin bei so viel Dezibel im absurden Wettstreit mit deinem Zeigefinger auf der Klingel ist hässlich und unzivilisiert – sein Präludium war nie als Waffe gedacht. Ich habe wieder das Gefühl zu ersticken, weil ich mit der Nase unter der Decke nicht genug Luft bekomme, und so muss ich auch diese improvisierte Stillekammer verlassen. Aufs Neue attackierst du meine Trommelfelle.

Um zehn halte ich es keine Minute länger aus. Ich greife nach dem Hörer der Gegensprechanlage. Du hast wieder einmal gewonnen. Es ist unmöglich, nicht zu reagieren.

»Ich werde dich niemals hereinlassen. Ich will nicht mit dir ausgehen; ich habe dich nicht um die Ballettkarte gebeten; ich wäre gestern nie in das Lokal gekommen, wenn ich gewusst hätte, dass du dort sein wirst.«

Du sagst: »Ich will dich nicht böse auf mich machen, Clarissa.« Du sagst: »Ich will dich nur glücklich machen.« Du sagst: »Mehr will ich nicht. Aber du hast mir weh getan, Clarissa.« Du sagst: »Ich weiß, dass du einsam bist, Clarissa.« Du sagst: »Ich will doch nur uns beiden helfen, Clarissa.« Du sagst: »Ich weiß, dass dir das Herz gebrochen wurde, Clarissa. Mir wird auch das Herz gebrochen. Von dir, immer wieder.« Du sagst: »Ich gehe jetzt, Clarissa.«

Ich knalle den Hörer so heftig auf die Gabel, dass er herunterfällt und an der Schnur baumelt und ich ihn noch einmal auflegen muss. Die neue Stille ist so absolut, dass sie mir in den Ohren summt. Trotzdem werde ich die Angst nicht los, dass du noch da bist.

FREITAG

Es war schwer, sich auf Azarolas Anwalt zu konzentrieren, nachdem sie in der letzten Nacht kaum geschlafen hatte.

»Bitte bestätigen Sie, dass dies Ihre Beschreibung des Mannes ist, den die anderen laut Ihrer Aussage auf dem Weg nach London mitgenommen haben.« Mr Williams kam Clarissa vor wie ein Schauspieler in einem Gerichtsdrama, der den Text und die Gesten auswendig gelernt hatte. »Sie sagten: ›Etwa 1,75 Meter groß, südländisches Aussehen, eher schmal, mit langen Zöpfen.‹«

Azarola beugte sich vor. Er war weit über 1,80 Meter groß. Seine Haut war goldbraun, seine Augen waren hellbraun, das Haar dicht und mittelbraun, glatt und kurz. Seine Brust und Schultern waren so breit wie Roberts, und darüber trug er einen enganliegenden schwarzen Pullover, der teuer und edel aussah, wahrscheinlich Kaschmir. Er erinnerte Clarissa an einen spanischen Popstar.

»Ja. Das war meine Beschreibung«, bestätigte Miss Lockyer.

Die Beschreibung passte kein bisschen auf Azarola. Konnte ein solcher Fehler auch Clarissa unterlaufen, wenn sie vor lauter Angst nicht richtig hinsah? Oder hatte die Polizei den falschen Mann erwischt?

Tomlinsons Anwalt sah aus wie ein gealterter Shakespeare-Schauspieler. »Mr Tomlinson hatte einvernehmlichen Sex mit

Ihnen. Es war kein Gewaltakt, wie Sie es dargestellt haben. Es war ein abgebrühtes Drogengeschäft. Sie sind Prostituierte, Miss Lockyer. Sie haben Mr Tomlinson sogar ein Kondom gegeben.«

Clarissa schauderte. Ihre Erinnerung an jene Novembernacht war so lückenhaft, dass sie nicht einmal sagen könnte, ob Rafe ein Kondom benutzt hatte. So wie sie ihn einschätzte, wahrscheinlich nicht. Sie war unfassbar erleichtert gewesen, als sie eine Woche später pünktlich ihre Periode bekam: Der Wunsch, *nicht* schwanger zu sein, war eine ganz neue Erfahrung für sie gewesen. Was würde Mr Belford aus ihr machen, wenn sie hier im Zeugenstand säße?

Clarissa und Annie unterhielten sich leise, als sie ihre Mäntel holten und langsam das Gericht verließen.

»Das hat man davon, wenn man zur Polizei geht und Anklage erhebt. Es ist, als würden sie einen noch einmal vergewaltigen, und dann nennen sie einen Prostituierte«, sagte Clarissa.

»Aber sie ist doch eine Prostituierte, Clarissa«, entgegnete Annie. »Niemand würde ihr ernsthaft glauben, wenn sie es abstreiten würde.«

Clarissa schob ihre zerlesene Ausgabe von Keats' *Gesammelten Gedichten* in die Tasche. Das Buch war ein Relikt ihrer unvollendeten Doktorarbeit, und sie holte es immer dann heraus, wenn die Welt um sie herum besonders finster und unzivilisiert erschien. Sie sah aus dem Zugfenster. Draußen ging Robert mit sicheren Schritten über den Bahnsteig und verschwand die Treppe hinunter. Sie hatte ihn im Zug nicht bemerkt; sie wäre nie auf die Idee gekommen, dass er auch in Bath wohnen könnte. Irgendwie hatte er es aus dem Zug und aus dem Bahnhof geschafft, bevor die anderen Passagiere überhaupt aufgestanden waren.

Sie suchte den Bahnsteig nach Rafe ab, scannte die Menge, die sich in Richtung Treppe schob. Nach dem langen Sitzen im Gericht tat ihr alles weh. Sie brauchte frische Luft. Sie wollte sich bewegen. Sie hatte schon ihren Morgenspaziergang geopfert, auf den Weg nach Hause wollte sie nicht auch noch verzichten. Die Schlange vor dem Taxistand half ihr bei der Entscheidung, doch sie war froh, dass so viele Leute unterwegs waren.

Trotzdem war sie nervös, als sie die Unterführung betrat, die hinter dem Bahnhof unter den Schienen hindurchführte. Sie blieb stehen, um in den Tunnel zu spähen: kein Rafe. Das Gleiche tat sie vor der Brücke, bevor sie den Fluss überquerte: Auch hier war keine Spur von ihm zu sehen.

Aber eine Frau saß in der Mitte der Brücke, zwischen alten Decken und leeren Bierdosen, mit einer Flasche billigem Schnaps in der Hand. Neben ihr standen mehrere Plastiktüten mit ihren dürftigen Habseligkeiten.

Normalerweise hätte Clarissa einen Bogen um sie gemacht. Doch heute ging sie auf sie zu, auch wenn sie gegen die gleiche Mischung aus Angst und Mitleid ankämpfen musste, die Miss Lockyer bei ihr auslöste. Sie drückte die Handtasche fester an sich.

Das Haar der Frau war so dreckig und verfilzt, dass man ihre ursprüngliche Haarfarbe nicht erkennen konnte. Die fadenscheinige Jacke, die an ihrem abgemagerten Körper hing, hatte Löcher und starrte vor Dreck. Ihre faltige Haut war so rot und schuppig und rau, dass es weh tun musste; sie wirkte auf den ersten Blick wie eine alte Frau, aber wahrscheinlich war sie erst knapp über vierzig. Clarissa musste von ihrem säuerlichen Gestank würgen – der unverwechselbaren Mischung von ungewaschenen Genitalien, Achselschweiß und Kot. Sie atmete durch den Mund und hoffte, die Frau bemerkte es nicht. Würde Miss Lockyer eines Tages auch so enden?

»Geld für eine Unterkunft für die Nacht?« Die Frau streckte die Hand aus, die blau vor Kälte war. Clarissa zog einen Fäustling aus und nahm einen Zwanzig-Pfund-Schein aus dem Geldbeutel, wohl wissend, dass die Frau ihn wahrscheinlich für Crack oder Heroin ausgeben würde. »Gott segne Sie«, sagte die Frau.

Dann zog Clarissa auch den zweiten Handschuh aus und hielt der Frau die Fäustlinge hin, unsicher, ob das Strickwerk ihrer Mutter willkommen war. Die Frau zögerte, dann nahm sie die Handschuhe und zog sie an, langsam, mit ungelenken Bewegungen. »Gott segne Sie«, sagte sie wieder, ohne Clarissa in die Augen zu sehen, und Clarissa ging weiter, die eiskalten Hände tief in die Taschen des warmen Mantels geschoben, den sie genäht hatte, als Henry noch da gewesen war.

Henry hatte gelächelt, ein Glas Wein und die Zeitung in der Hand, während sie auf dem Wohnzimmerboden über dem indigoblauen Wollstoff kniete, den sie zu Karos abgesteppt hatte, ganz versunken in ihr Vorhaben. Henry, vor Energie sprühend, selbst wenn er nichts tat. Henry, der sich morgens unter der Dusche die verbliebenen Haare abrasierte, so dass er völlig kahl war, mehr eine Stilfrage als Schicksal, ein weiterer Beleg für seinen unfehlbaren Geschmack. Henry, der jetzt in Cambridge war, Welten entfernt von dieser Frau und von Clarissa.

Clarissa ging eilig weiter, um so schnell wie möglich nach Hause zu kommen. Nach wenigen Minuten hatte sie den alten Friedhof erreicht. Auch Miss Lockyer musste unzählige Male hier vorbeigekommen sein, vielleicht sogar am Tag ihrer Entführung. Ob ihr je der letzte Grabstein aufgefallen war, den man noch nicht entfernt hatte? Ein von grünen Flechten überzogener Quader in der Größe eines Schrankkoffers. Vor vielen Jahrhunderten war hier ein Wald gewesen. Auch der kleine Friedhof gehörte zu Clarissas Lieblingsorten. Sie stellte ihn sich als einen magischen Ort vor, dessen Kräfte eines Tages ihre Macht für sie entfalten würden, doch es war noch nichts passiert.

Im neunzehnten Jahrhundert hatte man in dem Grab eine Frau und ihre beiden Babys beerdigt. Drei Todesfälle in zwei Jahren. Clarissa konnte im Dunkeln die Inschrift nicht entziffern, und die Buchstaben hatten mit der Zeit die Konturen verloren, doch sie kannte sie auswendig.

Matilda Bourn, gest. am 21. August 1850, 4 Monate
Louisa Bourn, gest. am 16. September 1851, 6 Wochen
Jane Bourn, Mutter der obigen Kinder,
gest. am 22. Dezember 1852,
43 Jahre und 6 Monate

Clarissa stellte sich immer vor, die beiden Babys würden in den Armen ihrer Mutter ruhen, unter der feuchten Erde, und die Mutter wäre glücklich, sie endlich wieder bei sich zu haben. Waren es ihre einzigen Kinder gewesen? Wahrscheinlicher war, dass sie noch viele andere gehabt hatte. Vermutlich hatten zu viele Schwangerschaften in zu kurzer Zeit ihre Gesundheit ruiniert – vielleicht war sie deswegen gestorben. Clarissa hätte Recherchen anstellen können, doch sie wollte es gar nicht so genau wissen. Sie mochte die Geschichte, die sie sich ausgedacht hatte, von der Frau, die sehnsüchtig wartete, kinderlos für lange Zeit. Die dann, wie durch ein Wunder, mit über vierzig zwei Kinder bekommen hatte, in dem Alter, in dem auch Clarissa in eineinhalb Jahren sein würde. Nur um beide Kinder zu verlieren.

Kein Ehemann wurde erwähnt. Kein Vater. Als wäre nur die Beziehung zwischen der toten Mutter und den toten Babys von Bedeutung. Und doch waren sie jemandem so wichtig gewesen, dass er einen Grabstein aufstellte.

Clarissas Nachname war eine Variante ihres Namens, aber das war nicht der Grund, weshalb sie sich der toten Mutter und ihren toten Babys so verbunden fühlte. Immer, wenn sie an ihrem Grab vorbeikam, betete sie für sie – zu ihnen –, was ihr zu einem fast abergläubischen Ritual geworden war. Manchmal stieg sie auch über den gusseisernen Zaun und entfernte alte Getränkedosen und fettige Fast-Food-Verpackungen vom Grab.

Heute Abend war es stockfinster. Die anderen Pendler, die vom Bahnhof in dieselbe Richtung aufgebrochen waren, hatten sich unbemerkt in Luft aufgelöst; Clarissa war zu lange bei der Frau auf der Brücke stehen geblieben. Jetzt bereute sie die Entscheidung, kein Taxi genommen zu haben, und überlegte kurz, ob sie umkehren sollte. Doch auf dem Rückweg zum Bahnhof wäre sie genauso allein wie auf dem Weg nach Hause.

Sie versuchte sich damit zu trösten, dass Rafe keine Ahnung von ihren täglichen Ausflügen nach Bristol hatte; er konnte nicht wissen, dass sie abends vom Bahnhof nach Hause ging. Trotzdem glaubte sie Schatten zu sehen, die sich entlang der Mauer bewegten, wo die alten Grabsteine lehnten; die, die an diesen Grabsteinen geweint hatten, waren längst selbst gestorben; wahrscheinlich hatten sie nie daran gedacht, dass die sorgfältig bearbeiteten Steine eines Tages einfach herausgerissen werden könnten.

Clarissa ging hastig weiter, sie musste sich zwingen, nicht loszurennen, um auf dem vereisten Fußweg nicht auszurutschen. Sie rechnete fest damit, dass er plötzlich vor ihr stand, dass er in der sternlosen Nacht aus dem Nichts auftauchte.

Erst als sie in ihre Straße einbog, konnte sie wieder freier atmen. Sie würde im Dunkeln nicht mehr allein zu Fuß gehen. Nirgendwohin. Ganz gleich, wie lange sie auf ein Taxi warten musste. Und falls sie doch einmal zu Fuß gehen musste, dann nur an Orte, wo es mit Sicherheit von Menschen wimmelte.

Freitag, 6. Februar, 18:15 Uhr

Auf dem Bord im Hausflur wartet ein kleiner gepolsterter Umschlag auf mich. Eine winzige Schachtel steckt darin. Du hast sie in gemustertes Goldpapier gewickelt und mit einer silbernen, sorgfältig gekräuselten Schleife verziert. Dabei liegt eine schwere cremefarbene Karte mit einer aufgedruckten Rose. *Ich weiß, wovon du träumst. Trag ihn für mich.*

Meine Hände zittern, als ich auf der Treppe zu meiner Wohnung die Schachtel aufreiße, und ich stolpere fast, als ich den Ring sehe, den ich damals im November wie in Trance bewundert habe. Wenn du gewusst hättest, dass ich an Henry dachte, als ich ihn sah, hättest du ihn nie gekauft. Ich habe nicht an dich gedacht. Niemals. Wenn ich an dich denke, sehe ich nur Dunkelheit.

Mich befällt der irrsinnige Gedanke, meine Fingerspitzen würden anfangen zu bluten, als ich den kleinen, kalten Kreis aus Platin und die winzigen Diamanten darauf berühre. Der Ring ist mir zugeflogen wie ein verfluchter Bumerang.

Kaum bin ich in der Wohnung, schiebe ich das Ganze in

die Versandtasche zurück, einschließlich der Karte, verschließe den Umschlag mit Paketband und klebe neue Briefmarken darauf, dann kritzele ich deinen Namen und deine Adresse an der Uni darauf und streiche meinen Namen durch. Ich darf auf keinen Fall zulassen, dass du denkst, ich würde so etwas Teures von dir annehmen. Gleich morgen früh schicke ich ihn dir zurück.

Doch als ich das Päckchen in die Tasche stecke, fällt mir einer der Ratschläge aus der Broschüre ein.

Bewahren Sie alle Briefe, Pakete und Gegenstände sorgfältig auf, selbst wenn sie belastend oder furchterregend sind.

Ich muss den Ring behalten, ganz gleich, wie viel Geld du dafür ausgegeben hast. Der Ring ist ein Geschenk. Nur nicht auf die Art, die du dir vorgestellt hast. Er wandert in meine wachsende Sammlung von Beweismitteln. Ein finsteres Sortiment, das leider noch kein unwiderlegbarer Beweis ist.

Woche 2
Der Feuertanz

Montag

Clarissa beobachtete Robert. Er blätterte den Geschworenenordner durch. An einem Foto vom Innenraum des Transporters blieb er hängen, betrachtete es lange und schrieb eine Nachricht an den Richter, die er dem Gerichtsdiener übergab.

Mr Belford sah Miss Lockyer zweifelnd an. »Eine Geschichte«, sagte er, »von systematischen Schlägen und Folter, von Vergewaltigung und gewaltsamer Freiheitsberaubung. Aber das Opfer hat so gut wie keine Spuren davongetragen.«

Der Richter unterbrach mit seiner gewohnten Höflichkeit und bat die Geschworenen, einen Blick auf Roberts Foto zu werfen. Hinter dem Fahrersitz, auf einer fettigen, zerknüllten Fast-Food-Verpackung, lag ein grünes Einwegfeuerzeug.

Mr Morden strahlte Robert an. Bis jetzt hatte niemand das Feuerzeug bemerkt. Es passte genau zu Miss Lockyers Bericht, wie Godfrey ihr im Wagen das Ohr verbrannt hatte.

Wieder hatten die Geschworenen Pause, während Mr Morden und Mr Belford flüsternd miteinander stritten. Clarissa saß an ihrem vertrauten Platz. Robert hatte sich angewöhnt, sich zu ihr zu setzen, in die Ecke des unnatürlich hellen, strahlend weißen kleinen Nebenzimmers.

»Armes Mädchen«, sagte Robert, der offenbar kein Problem damit hatte, offen seine Sympathie zu bekunden.

Clarissa fragte sich, wie viele Männer vor den anderen zu ihrem Mitgefühl stehen würden. »Ja«, antwortete sie mit einem kurzen Nicken und machte ein trauriges Gesicht. »Die Arme.« Und dann: »Unglaublich, dass Sie das Feuerzeug entdeckt haben. Sind Sie Detektiv?«

»Ich bin Feuerwehrmann.« Er zuckte bescheiden die Schultern. »Die meisten Leute achten nicht auf potentielle Brandursachen. Ich tue nichts anderes, seit ich zwanzig bin. Mein halbes Leben lang.«

Der Gerichtsdiener war wieder da und forderte sie auf, in den Gerichtssaal zurückzukehren.

Clarissa nahm ihre Tasche und die Strickjacke. Sie hatte noch nie einen Feuerwehrmann kennengelernt. Aus irgendeinem Grund hatte sie sich immer mit Universitätsleuten umgeben, auch wenn sie sich selbst gegen eine akademische Karriere entschieden hatte. Und ihr war natürlich auch schon aufgefallen, dass sie sich einem Mann mit akademischer Laufbahn in die Arme geworfen hatte, wobei Henry vor allem Dichter war. Roberts Beruf schien ihr sowohl interessant als auch wichtig für die Gesellschaft.

»Es ist nur ein Job«, wehrte er ab, als hätte er ihre Gedanken gelesen. Er sprach ganz nüchtern, mit seiner freundlichen, ausgeglichenen Stimme. »Wir tun alle, was wir können.«

«Auch Sie sind zu Gewalt fähig, nicht wahr, Miss Lockyer?«

Miss Lockyer schüttelte den Kopf, als verdiente Mr Belfords Frage keine Antwort, Mr Morden sprang wütend auf, um Einspruch zu erheben, und die Geschworenen mussten den Saal schon wieder verlassen.

Erneut saß Clarissa zusammen mit Annie und Robert im Nebenzimmer.

Sie dachte an Mittwochabend. An den Seifenspender, der ihr aus der Hand geglitten und auf den Fliesen zerschellt war statt auf Rafes Schädel.

Du würdest mir niemals weh tun, Clarissa. Ich kenne dich.

»Ich weiß nicht, ob ich fähig wäre, jemandem weh zu tun«, sagte sie, »aber manchmal wünschte ich, ich könnte es.«

»Sie sehen so aus, als könnten Sie keiner Fliege was zuleide tun«, erwiderte Annie.

Robert sah Clarissa durchdringend an. »Jemandem weh zu tun hat nichts mit physischer Stärke zu tun. Sie waren noch nie in einer Situation, in der Sie reagieren mussten. Jeder ist zu Gewalt fähig, Clarissa. Ich verspreche Ihnen, Sie wären es auch, wenn Sie müssten.«

»Mussten Sie schon mal Gewalt anwenden, Robert?«, fragte Annie.

Sein Gesicht blieb ausdruckslos. Er antwortete nicht.

»Vergessen Sie die Frage«, sagte Annie. »Natürlich mussten Sie das.«

Mr Belford machte den Eindruck, als hätte er Miss Lockyer während der Unterbrechung nicht aus den Augen gelassen; ein Falke, der über einer Feldmaus kreiste und den richtigen Augenblick abwartete.

»Ist es richtig, dass Ihr Expartner eine neue Freundin hat?«

Clarissa sah besorgt zu Annie, deren Ehemann sie gerade wegen einer anderen verlassen hatte. Sie dachte auch an Rowena. Und an Henrys Frau.

Miss Lockyer starrte auf ihre Hände.

Clarissa fragte sich, was sie empfinden würde, wenn Henry eine Neue fand. Sie wusste, es würde weh tun, falls er mit einer neuen Freundin ein Kind bekäme, auch wenn sie darüberstehen sollte. Nicht, dass er freiwillig die ganze Prozedur noch einmal durchmachen würde. Henry wollte den Eindruck erwecken, dass er nur so vor Testosteron strotzte. Sie musste ihm schwören, niemandem zu erzählen, dass die mickrige Anzahl seiner verkrüppelten Spermien fünf Köpfe und zehn Schwänze hatte und nur verwirrt im Kreis schwamm.

Mr Belford fragte die immer noch schweigende Miss Lockyer: »Sie haben gedroht, sie umzubringen, nicht wahr?«

»Natürlich nicht.«

Abschätzig schüttelte er den Kopf, als wären ihre Antworten so absurd, dass jede weitere Frage sinnlos war.

Clarissa war so auf Miss Lockyer und Mr Belford konzentriert und so beschäftigt damit, sich Notizen zu machen, dass sie noch keinen Blick in den Saal geworfen hatte. Jetzt erregte eine Bewegung in der letzten Reihe des Zuschauerraums ihre Aufmerksamkeit.

Ein blasser Mann, der den blassen Kopf an die blasse Wand gelehnt hatte, beugte sich plötzlich vor und starrte Clarissa an, bis sie zwangsläufig in seine Richtung sah.

Als Robert aufstand und ihr den Vortritt ließ, stolperte sie, ihre Wangen waren heiß, ihr Atem ging schnell, und ihr Herz pochte so heftig, dass sie glaubte, man müsste es durch das Kleid sehen.

Montag, 9. Februar, 17:55 Uhr

Ich sitze im Aufenthaltsraum und tue so, als wäre ich dermaßen in mein Buch vertieft, dass mir nicht auffällt, dass alle anderen schon weg sind. Die Gerichtsbeamtin sieht mich und packt geräuschvoll ihre Sachen. Irgendwann sagt sie mir, dass der Raum über Nacht geräumt werden muss, und ich weiß, ich kann die Begegnung mit dir nicht länger aufschieben.

Wie erwartet stehst du vor dem Eingang des Gerichtsgebäudes. Ich gehe an dir vorbei, als wärst du nicht da, und biege am Ende der Straße links ab.

»Clarissa.« Du hast mich eingeholt. »Es ist lächerlich, nicht mit mir zu sprechen, Clarissa.«

Ich bleibe vor dem Stehcafé stehen, das schon geschlossen hat. Ich habe die Gegend noch nie so ruhig gesehen, aber ein paar Leute sind glücklicherweise noch unterwegs. Zumindest habe ich die Sicherheit des öffentlichen Raums.

»Liebling, bitte sprich mit mir.«

Ich kann nicht anders. Das Schweigegebot aus den Broschüren ist unmöglich durchzuhalten. »Ich bin nicht dein Liebling.« Du machst einen Schritt auf mich zu. »Komm nicht näher!« Meine Stimme ist schrill. Ich versuche leiser zu sprechen. »Komm nie wieder hierher. Du hattest kein Recht dazu.«

»Es ist ein öffentlicher Prozess.«

Wenn ich dich nicht davon abbringe, je wieder herzukommen, kann ich nicht mehr in der Geschworenenbank sitzen und dem Prozess folgen. Saal 12 wäre eine Falle, ein Schaukasten, in dem ich aufgespießt bin, damit du mich nach Belieben anstarren kannst. Plötzlich wird mir klar, wie wichtig mir der Prozess ist, wie sehr er mir am Herzen liegt und dass ich unglaublich stolz darauf bin, zu den Geschworenen zu gehören – auf diese Gelegenheit habe ich immer gewartet. Sentimentale Gedanken an den Dienst an der Gesellschaft, meine Bürgerpflicht, gehen mir durch den Kopf, obwohl du vor mir stehst.

»Wenn du noch einmal hier auftauchst, sage ich ihnen, dass ich dich kenne. Vielleicht sagen sie deinetwegen den ganzen Prozess ab. Die Geschworenen dürfen während der Verhandlung nicht abgelenkt werden von Leuten, die sie kennen. Ich muss mich konzentrieren.«

»Die Zeugenaussage ist dir nahegegangen, Clarissa – ich habe es gesehen.«

Du hast recht. Ich hasse es, wenn du recht hast. Ich ärgere mich, dass ich deine Anwesenheit nicht bemerkt habe. Ich ärgere mich, weil ich nicht weiß, was ich getan hätte, wenn ich dich früher bemerkt hätte, als Gerichtssaal 12 noch mitten in der hässlichen Verhandlung steckte statt in den letzten Sekunden.

»Es gibt kein Gesetz dagegen, dass Freunde der Geschworenen im Zuschauerraum sitzen.«

»Du bist kein Freund von mir.«

»Du hast recht.« Du korrigierst dich. »Liebhaber.«

»Du bist nicht ...« Ich beiße mir auf die Lippe. Du siehst so traurig aus, dass jeder andere Mitleid mit dir hätte.

»Ich dachte, du freust dich, mich zu sehen.«

»Nein.« Es ist gar nicht so schwer, gemein zu sein. Ich zittere vor Wut. Meine Mutter kann sich nicht vorstellen, dass es Männer wie dich gibt.

»Ich treffe mich nicht mehr mit Rowena.«

»Es ist mir egal, mit wem du dich triffst und mit wem nicht.«

»Du bist gefühllos, Clarissa. Ich habe mir Sorgen gemacht. Du warst krank.«

»Ich habe dich angelogen. Ich war nicht krank. Ich wollte nur nicht, dass du mir folgst. Ich wollte nicht, dass du mich findest. Ich wollte nicht, dass du weißt, wo ich bin. Ich habe ein Recht darauf, zu sein, wo ich will, ohne dass du davon weißt. Ich möchte nicht verfolgt werden.« Das ist besser: entschlossen und ehrlich.

»Das war wirklich böse. Ich hätte Besseres von dir erwartet.«

»Es ist mir egal, was du von mir hältst. Ich will nicht, dass du überhaupt über mich nachdenkst.«

»Dein Handy ist immer noch ausgeschaltet.«

»Ich habe eine neue Nummer. Deinetwegen. Ich will nichts mit dir zu tun haben. Das habe ich dir tausendmal gesagt.«

»Ich war in jedem Gerichtssaal, bis ich dich gefunden habe.«

Ich schüttele ganz langsam den Kopf. »Merkst du nicht, dass das nicht normal ist?«

»Nein. Nein, das tue ich nicht. Es zeigt nur, wie viel du mir bedeutest.«

Du streckst die Arme aus, als erwartetest du, dass ich mich hineinfallen lasse, und ich weiche zurück. Wie kommst du darauf, ich könnte dir in die Arme fallen?

»Gefällt dir der Ring, Clarissa?«

»Nein.«

»Aber du hast ihn behalten. Er muss dir gefallen.«

»Schick mir keine Geschenke mehr. Ich will, dass du mich in Ruhe lässt.« Als ich gehen will, packst du meinen Arm. Ich reiße mich los. »Fass mich nicht an! Du machst mich krank. Was du tust, macht mich krank.«

»Du kannst nicht mit mir schlafen und dann einfach deine Meinung ändern. Du kannst nicht zulassen, dass Gefühle entstehen, und mich dann abservieren.«

Mir fällt ein Satz aus einer der Broschüren ein.

Ein Drittel aller Stalker waren mit ihrem Opfer intim.

»Es war nur eine Nacht. Es hat mir nichts bedeutet. Es war der größte Fehler meines Lebens, und ich hätte es nie getan, wenn ich nicht betrunken gewesen wäre. Oder Schlimmeres. Hast du mir was in den Wein getan?« Ausnahmsweise sagst du nichts. »Warum erinnere ich mich an nichts?« Du schweigst immer noch. »Warum hatte ich Striemen am Körper?« Ausnahmsweise habe ich mehr zu sagen als du. »Warum ging es mir danach tagelang so schlecht?«

Am Ende findest du die Sprache wieder, auch wenn ich mir sofort dein Schweigen zurückwünsche: »Du warst verrückt vor Leidenschaft nach mir, Clarissa. Du warst außer Kontrolle. Wie du auf alles angesprochen hast, die Dinge, um die du mich angebettelt hast ...«

»Ich war bewusstlos.« Ich klammere mich an meiner Tasche fest, damit meine Hände nicht zittern. Mir kommt der Kaffee hoch, den ich mittags getrunken habe. Ich schlucke kräftig. »Hast du mir was in den Wein getan?«

»Jetzt klingst du verrückt. Du wolltest mich, Clarissa. Du wolltest mich genauso, wie ich dich wollte. Warum versuchst du es abzustreiten? Du hast dich mir hingegeben und es genossen.«

»Ich wollte dich nicht. Damals nicht und jetzt auch nicht.«

Dein Mund ist verzerrt. Du ballst die Fäuste, löst sie, ballst sie wieder. »Du Schlampe!« Dein Gesicht ist voller Hass, aber du kämpfst dagegen an. »Ich habe es nicht so gemeint, Clarissa. Tut mir leid. Du hast mich verletzt. Sag, dass du mir verzeihst. Ich weiß nicht, warum ich das gesagt habe.«

Wieder denke ich an die Broschüren.

Jeden Monat sterben in England acht Frauen durch häusliche Gewalt.

Ich wünschte, die Broschüren würden mir nicht ständig im Kopf herumspuken. Ich will nicht daran denken. Ich will nicht daran denken, dass sie vielleicht recht haben. Sie sind wie Freunde, die mir ständig unbequeme Wahrheiten zuflüstern. Lieber will ich glauben, dass die Zahlen erfunden sind. *Jeden Monat acht Frauen.*

»Ich gehe jetzt. Falls du mir folgst, gehe ich zurück ins Gericht und melde es dem Sicherheitsdienst. Der ist die ganze Nacht da.«

»Sag, dass du mir verzeihst, dann gehe ich.«

»Ich verzeihe dir nie. Wenn ich dich je wieder im Gerichtssaal sehe, melde ich es dem Richter.«

»Ich habe es nicht so gemeint, Clarissa.«

»Und ich melde an der Uni, was du getan hast, dass du mich bis hierher verfolgt hast, dass du mir Angst machst und mich damit an der Ausübung meiner Bürgerpflicht hinderst.« Ich bin gnadenlos. Jetzt zittere ich nicht mehr, und die Übelkeit ist weg. Ich weiß, was ich sagen muss, um dich von Gerichtssaal 12 fernzuhalten. »Ich werde bei der Personalabteilung eine Beschwerde gegen dich einreichen. Sie nehmen ihre Verpflichtungen gegenüber Angestellten, die Geschworenendienst leisten, sehr ernst.« Das stimmt. »Ich weiß, dass du nicht willst, dass an der Uni bekannt wird, was du tust.« Auch das stimmt. Ein Blitzen in deinen Augen bestätigt es mir. Du hast mir nie über den Uni-Server E-Mails geschickt.

»Du bist eine Schlampe. Du bist nicht die, für die ich dich gehalten habe.«

»Du hast recht. Die bin ich nicht. Du kennst mich nicht. Lass mich einfach in Ruhe. Das ist alles, was ich von dir will.«

Ich gehe weg, und diesmal folgst du mir nicht.

In den Broschüren heißt es, man solle sich ganz klar ausdrücken. Direkt und standhaft sein. Es heißt, man dürfe nie diplomatisch sein. Es heißt, »Nein!« sei ein Satz, der nur aus einem Wort bestehe. Es heißt, man solle dieses Wort energisch aussprechen. Es heißt, »Nein« bedürfe keiner Erklärung.

DIENSTAG

Als Clarissa im Zug nach Bristol saß und auf die Abfahrt wartete, stieg Robert ein, in der letzten Sekunde, bevor sich die Türen schlossen; er wirkte nicht einmal gehetzt. Sie saß am Gang und beobachtete, wie er auf sie zukam. Ihr fiel auf, wie sicher er sich in dem schlingernden Waggon bewegte.

Auf der anderen Seite des Gangs war ein Platz frei. Er setzte sich und lächelte ihr zu. »Was für ein Zufall«, sagte er. »Haben Sie heute was Schönes vor?«

Sie gab sich geheimnisvoll. »Vielleicht.«

»Auf dem Weg zur Arbeit?«

»Ich habe spontan beschlossen, heute blauzumachen. Einfach so. Vielleicht mache ich die nächsten sechs Wochen blau.«

»Ich auch«, sagte er.

»Was für ein Zufall«, antwortete sie.

»Mal im Ernst.« Er streckte die langen Beine in den Gang, aufmerksam und entspannt zugleich; er würde sie sofort zurückziehen, wenn jemand vorbeikam, ohne dass er darum gebeten werden musste. »Sie wissen, dass ich Feuerwehrmann bin. Sie lehren an der Uni, habe ich recht? Ich habe gehört, wie Sie zu Annie sagten, dass Sie dort arbeiten.«

Sie schüttelte den Kopf, fast entsetzt über den Gedanken. »Beinahe wäre es so gekommen. Aber ich arbeite in der Verwaltung.« Sie hielt inne. »Mein Vater – er hätte sich gewünscht,

dass ich an der Uni unterrichte. Er war Lehrer. Er war Eng-
lischlehrer, bis er in Pension ging.« Sie lachte selbstironisch. »Es
ist zu früh am Morgen für solche Bekenntnisse.«

»Dafür ist es nie zu früh. Ich bin neugierig, zu erfahren, warum Sie vom geplanten Weg abgewichen sind«, erklärte er. »Immer wenn ich Sie sehe, lesen Sie. Oder Sie schreiben.«

Sie nickte. »Uni-Dozenten arbeiten rund um die Uhr. Nachts …
am Wochenende … immer gibt es Hausarbeiten zu korrigieren,
Artikel zu schreiben, Sekundärliteratur zu lesen, Formulare aus-
zufüllen oder die E-Mails von Studenten zu beantworten. Von
den Seminaren und Konferenzen mal abgesehen. Nie ist Feierabend. Manche lieben dieses Leben, aber für mich wäre es wie
ein Gefängnis. Ich wollte die Arbeit hinter mir lassen, wenn ich
abends nach Hause gehe. Ich wollte, dass meine Phantasie mir
gehört – ich wollte niemandem darüber Bericht erstatten müssen.« Sie biss sich auf die Lippe, überrascht, dass sie ihm all das
erzählte. »Also habe ich meine Doktorarbeit an den Nagel ge-
hängt.«

»Was war Ihr Thema?«

»Die Reaktion der präraffaelitischen Maler auf die romanti-
sche Dichtung. Henry – mein Exfreund – hielt die Präraffaeliten
für absurd. Wahrscheinlich hatte er recht, aber ich finde sie
großartig.«

»Mochten Sie und Henry die gleichen Dichter?«

»Ja«, murmelte sie. »Dank Henry bin ich Yeats verfallen.« Sie
sagte nicht, dass Henry ihr früher im Bett ganze Oden ins Ohr
geflüstert hatte.

»Ich hätte nicht gedacht, dass Sie jemand sind, der Dinge
anfängt und nicht zu Ende bringt.«

Sie wollte ihn nicht mit der Geschichte vom Bypass ihres Vaters im zweiten Jahr ihrer Doktorarbeit langweilen, und wie ihr
die Recherche plötzlich vollkommen bedeutungslos erschienen
war, nachdem sie ihrer Mutter geholfen hatte, ihn nach der
Herzoperation zu pflegen. Sie wusste, dass die knappe Begegnung ihres Vaters mit dem Tod nur die unausweichliche Erkenntnis beschleunigt hatte, dass sie nicht dafür gemacht war, sich auf

abstrakter Ebene über die Ideen und Worte anderer in fremden Sprachen den Kopf zu zerbrechen; von wissenschaftlichen Konferenzen und Zeitschriften bekam sie Kopfschmerzen. Viel lieber sah sie sich die Gemälde einfach an oder las die Gedichte, statt Theorien darüber aufzustellen. Und sie wollte etwas mit den Händen tun; sie wollte selbst Dinge herstellen.

»Die Präraffaeliten haben wunderschöne Kleider gemalt«, sagte sie, »und wunderschöne Stoffe. Ich nähe ja gern. Und so habe ich viel Zeit damit verplempert, die Kleider nachzunähen, anstatt meine Dissertation zu schreiben.«

»Ich kann die Versuchung verstehen«, erwiderte er und brachte sie damit zum Lachen. »Sie hätten eine Doktorarbeit über Textilien schreiben sollen. Gibt es so was?«

»Wahrscheinlich. Ich glaube, inzwischen wird über alles promoviert.«

»Die Geschichte des Feuerwehrautos?«

»Ganz bestimmt«, sagte sie. »Und das ist nicht mal so absurd – es wäre ein wichtiger kulturgeschichtlicher Beitrag.«

Der Zug erreichte Bristol. Roberts dunkelblauer Rucksack stand auf dem Boden. Er sah riesig und schwer aus, doch Robert hob ihn mit einer Hand hoch, als enthielte er Federn, und sie verließen den Zug.

Hinter den Drehkreuzen saß ein Mann, der als Huhn verkleidet war. Clarissa dachte an die Frau auf der Brücke und warf ihm einen alten, leicht angerissenen Fünfpfundschein in den Becher. Mehr Bargeld hatte sie nicht. Doch Robert tat noch fünf Pfund dazu.

Mr Tourville war korpulent und hatte ein rotes Gesicht. Seine Perücke saß schief und drohte herunterzurutschen, als er sich die Stirn abwischte. Dolemans blasse Augen klebten am Rücken seines potentiellen Retters, der einen Zeitungsausschnitt herumreichen ließ.

Carlotta Lockyer saß auf einer mit Löwenzahn gesprenkelten Wiese, die zu ihrer Augenfarbe passte. Sie trug ausgebleichte Jeans mit Schlag, Turnschuhe und eine fließende lila Bluse. Das schulterlange blonde Haar hatte sie hinter die Ohren gesteckt. Ihr hübsches Kinn berührte fast die Brust, als sie in die Kamera blickte. Sie blinzelte in die weiche Frühlingssonne, die Stirn leicht gerunzelt, traurig und tapfer zugleich, als hätte ein nur knapp verhindertes Unglück sie kürzlich zur Vernunft gebracht; Clarissa wunderte sich, dass Mr Tourville dieses Bild bekannt-machte.

Sie warf einen Blick auf die Schlagzeile – *Junge Frau ent-kommt brutalem Sexmörder.*

Dann las sie den Artikel.

Party-Girl Carlotta Lockyer entging nur knapp dem Schicksal von Rachel Hervey, 19, die im August das Opfer des geistes-kranken Sexmörders Randolph Mowbray wurde. Die hübsche Carlotta, 26, lernte den sadistischen Vergewaltiger und Mörder in einem Londoner Nachtclub kennen. Sie gesteht, sie habe den eitlen und heimtückischen Mowbray charmant gefunden. »Es ist mir peinlich und jagt mir eine Heidenangst ein, wenn ich daran denke, dass ich seiner Einladung zu ihm nach Hause beinahe gefolgt wäre, aber im letzten Moment fühlte ich mich nicht gut und konnte nicht mitgehen. Erst später fand ich heraus, dass es das Wochenende war, an dem das Mädchen ermordet wurde. Es hätte mich treffen können.«

Mowbray, der an seiner Dissertation über Serienmörder in der Literatur schrieb, hatte Rachel monatelang verfolgt, bevor er sie schließlich vergewaltigte, folterte und erwürgte. Ihre Leiche versteckte er in seiner Wohnung unter den Dielen, wo sie zehn Tage lang unentdeckt blieb. Das Verschwinden der Anglistikstu-dentin löste eine landesweite Suche aus. Im Fernsehen wurde eine Rekonstruktion ihrer letzten Schritte ausgestrahlt. Zum Leid-wesen der Eltern versuchte Mowbray sich während der fünfwö-chigen Gerichtsverhandlung mit der völlig haltlosen Behauptung zu verteidigen, Rachel habe ihn zu einvernehmlichen, perver-sen Sexspielchen überredet, die aus dem Ruder liefen und zum Unfalltod der Studentin führten.

Ian Mathieson von der Mordkommission spricht von dem

»tragischsten Fall«, mit dem er in seiner 35-jährigen Laufbahn zu tun hatte. »Das Leben einer talentierten, schönen jungen Frau wurde durch Mowbrays grausames, bösartiges Verbrechen brutal ausgelöscht. Ihre letzten Stunden musste Rachel in Dunkelheit, Angst und Schmerz zubringen.«

«Miss Lockyer scheint den Ärger anzuziehen«, flüsterte Annie. Clarissa nickte, auch wenn sie kaum hörte, was Annie sagte. Sie erinnerte sich an den Fall damals. Bei der Verhandlung kam auch zur Sprache, dass Rachel ein paar Wochen vor ihrem Verschwinden bei der Polizei Beschwerde gegen Mowbray eingelegt hatte, aber sie hatte nicht genug in der Hand gehabt, und der Polizei waren die Hände gebunden.

Dunkelheit, Angst und Schmerz.

Ihr war zum Weinen zumute. Sie stellte sich Rachels geschändeten, blutigen Leichnam unter den Dielen vor, ihre verängstigten Eltern, die mit schwindender Hoffnung für ihre sichere Rückkehr beteten.

Mr Tourville funkelte Miss Lockyer an. »Sie haben Ihr Foto und Ihre Geschichte an eine überregionale Zeitung verkauft.«

»Ich habe keinen Penny dafür bekommen. Ich war *so* nah dran« – sie hielt Daumen und Zeigefinger zusammen –, »von dem Kerl ermordet zu werden.«

»Sie haben den tragischen Mord an Rachel Hervey benutzt, um ihre Sucht nach Aufmerksamkeit zu befriedigen.«

»Ich wollte diese Aufmerksamkeit überhaupt nicht. Ich fand es schrecklich, was sie über mich geschrieben haben. Es war unfair. Sie haben mir jedes Wort im Mund umgedreht.«

»Sie behaupten, sie seien vergewaltigt worden. Und während dieser angeblichen Vergewaltigung befanden sich die anderen Männer im Nebenzimmer. Warum haben Sie nicht um Hilfe gerufen? Sich gewehrt?«

»Sie haben meine Arme festgehalten. Doleman hat mich mit einem Messer bedroht. Die anderen hätten mich wohl kaum gerettet, oder?«

»Ich bitte Sie. Sie wissen, dass es kein Messer gab. Sie wollten

es nicht anders. Sie haben sich hingegeben und es genossen.«
Clarissa traute ihren Ohren nicht, so brutal und gehässig war
seine Äußerung.

»Nein.« Es war mehr geschluchzt als gesprochen.

Mr Tourville erwiderte Miss Lockyers fassungslosen Blick,
ohne zu blinzeln, blies die Brust auf und verteilte das Gewicht
auf beiden Füßen, als hätte er gerade etwas sehr Mutiges ausgesprochen, das sich bisher noch keiner zu sagen getraut hatte.

Als sie im Warteraum saß, hatte sie Rafes Stimme im Ohr, immer wieder dieselben Worte. *Du warst verrückt vor Leidenschaft nach mir, Clarissa. Du warst außer Kontrolle. Wie du auf
alles angesprochen hast, die Dinge, um die du mich angebettelt
hast … Du wolltest mich. Du hast dich mir hingegeben und es
genossen.*

»Clarissa?« Sie spürte eine Hand auf der Schulter und sah zu
Annie hoch. »Wir sind fertig.« Die anderen standen gerade auf,
um dem Gerichtsdiener nach unten zu folgen. Es war erst halb
drei, aber sie durften schon gehen, weil der Richter sich um
Gerichtsangelegenheiten kümmern musste.

Robert musterte sie. »Sie sehen etwas angeschlagen aus. Geht
es Ihnen gut?«

»Ja.« Sie versuchte zu lächeln. »Ich bin nur müde.«

»Machen Sie einen langen Spaziergang heute«, schlug er vor.
»Frische Luft tut gut. Dazu haben wir im Moment zu wenig Gelegenheit.«

»Ja«, sagte sie. »Ich glaube, das werde ich tun.«

Dienstag, 10. Februar, 16:30 Uhr

Zu Hause stelle ich meine Sachen einfach irgendwo ab.
Ohne den Mantel auszuziehen, schlüpfe ich in zwei Paar
Wollsocken und die Gummistiefel. Dann ziehe ich wieder die
Mütze und Handschuhe an und gehe raus.

Automatisch sehe ich mich auf der Straße um. Von dir ist

keine Spur zu sehen, und so sollte es auch sein. Zufällig weiß ich, dass du in London bist, bei einer Anglistikkonferenz – Gary hat mir aufgetragen, dich für die Konferenz zu buchen, ein Bonus meines Jobs.

Ich brauche einen Ort, an dem ich denken kann, einen der Orte, an denen ich am liebsten bin. Ich muss einfach so tun, als würden Mörder nur in den Medien Frauen foltern und ihre Leichen unter den Dielen verstecken. Nicht im richtigen Leben. Ich muss einfach so tun, als wäre es normal, spätnachmittags spazieren zu gehen, wenn die Dämmerung bereits hereinbricht. Wenn ich es mir gut genug einrede, wird es vielleicht wahr.

So schnell wie möglich gehe ich die vereisten Gehwege zum Eingang des Parks hinauf.

Der Park ist rund. Ich stelle ihn mir als ein riesiges Zifferblatt vor. Bei dem schwarzen gusseisernen Tor am Haupteingang ist sechs Uhr. Ich betrete den Park und bewege mich im Uhrzeigersinn in Richtung neun, dabei bleibe ich auf dem Weg, der den Park umrundet. Ich stelle mir vor, wie die zwölf Ziffern an dem Weg angeordnet sind, und lese daran ab, wo ich mich befinde. Die große Rasenfläche im Inneren des Kreises ist von tiefem Schnee bedeckt, der das Überqueren fast unmöglich macht.

Ich erreiche acht Uhr. Links zweigt ein Weg ab, der dem Kamm des Hügels folgt. Darunter fällt ein steiles Wäldchen ab, und man hat den schönsten Blick auf Bath. Bald wird die Abteikirche in blaues Licht getaucht sein.

Der Weg ist gestreut; ich kann zügig gehen, und ich genieße den frischen Wind im Gesicht und das Rauschen des Bluts in meinen Adern. Es ist so friedlich hier oben, alles wirkt entrückt in der Dämmerung. Ein Kind würde den schneebedeckten Hügel für einen verzauberten Berg halten. Das einzige Geräusch, das ich höre, ist das Knacken von trockenen Zweigen unter meinen Stiefeln. Heute gehört der Park mir allein; alle anderen sind wegen der Kälte zu Hause geblieben.

Ich habe zwölf Uhr erreicht, die Hälfte der Strecke und den Punkt, der am weitesten vom Eingang entfernt ist. Auf dem verlassenen Spielplatz quietscht eine Schaukel, wie von Geisterhand bewegt.

Plötzlich bist du da.

»Hallo, Clarissa.«

Ich bin starr vor Schock.

»Mir war nicht gut. Ich musste die Konferenz ausfallen lassen.«

Mehrere Sekunden lang vergesse ich zu atmen.

»Ich habe gesagt, mir war nicht gut, Clarissa. Interessiert dich das nicht? Machst du dir keine Sorgen um mich?«

Ich halte mir die Ohren zu, presse die Hände fest darauf und versuche nachzudenken.

»Du enttäuschst mich.« Traurig schüttelst du den Kopf. »Ich bin bei dir vorbeigefahren. Aber dann habe ich dich in den Park gehen sehen.«

Du bist so raffiniert im Beschatten, immer nahe genug, um mich im Auge zu behalten, aber nicht so nahe, dass ich es merken würde. Ich habe nichts geahnt. Ich habe nichts gesehen. Nichts gehört.

»Erst dachte ich, ich hätte dich verloren. Du warst verschwunden, aber ich habe dich wiedergefunden.«

Du findest mich immer. Immer. Wann hast du mich je nicht gefunden? Und diesmal ist es meine Schuld. Meine eigene Schuld. Weil ich dem unsinnigen Impuls nachgegangen bin, mich von der Angst vor dir nicht einkerkern zu lassen.

Reclaim the Night, diese Bewegung war Rowena und mir so wichtig, als wir studierten. Wir gingen auf die Märsche, demonstrierten gegen Gewalt gegen Frauen, im Gedenken an die Feministinnen der 1970er Jahre. Wir haben uns geirrt. Sie haben sich geirrt. Es ist noch nicht Nacht, aber bald, und ich hätte nicht herkommen dürfen. Ich hätte die Angst vor der Dunkelheit nicht ignorieren dürfen. Das darf mir nie wieder passieren.

Ich überlege, ob ich den Rundweg verlassen und über die

Rasenfläche zum Ausgang zurücklaufen soll, auf direktem Weg, aber die Idee ist lächerlich. Die Schneewehen sind zu hoch – ich würde ewig brauchen –, außerdem gibt es zu viele Bäume und Büsche auf dem Rasen, die ihre Schatten werfen. Ich lasse mich nicht wie Rotkäppchen vom Weg weglocken. Ich verstehe die Lehre der Märchen nur zu gut.

»Da vorne steht mein Auto.« Aus dem Augenwinkel sehe ich, wie du in Richtung drei Uhr zeigst. »Ich kann dich mitnehmen.«

Dein Vorschlag ist so verrückt, dass ich laut lachen müsste, wenn mir nicht so schwindelig wäre.

»Ich versuche nur nett zu sein nach gestern, Clarissa. Nach all den Tagen. Nach all deinen Beleidigungen und Kränkungen. Aber du machst es mir nicht leicht.«

Lass mich in Ruhe. Das ist alles, was ich von dir will.

Hast du nicht gehört, wie ich das gesagt habe?

»Du musst mir sagen, dass du mir verziehen hast, was ich gestern gesagt habe, Clarissa. Du weißt, dass ich es nicht so gemeint habe. Ich war wütend. Du hast mich provoziert.«

Ich verzeihe dir nie.

Was ist damit? Das ist anscheinend auch nicht bei dir angekommen. Genau deshalb haben die Broschüren recht – mit dir zu reden, sei es noch so kurz, ist die falsche Strategie.

Ich sehe geradeaus und gehe gegen den Uhrzeigersinn zurück, so schnell ich kann. Ich frage mich, ob ich überhaupt aus dieser Situation herauskomme, aber so zu denken kann ich mir nicht leisten; stattdessen versuche ich mir einzureden, dass ich überreagiere. Ich bin erst bei halb zwölf, noch fünf Gehminuten entfernt von dem schwarzen Eisentor bei sechs, aber ich muss dieselbe Strecke zurück, die ich gekommen bin. Auf keinen Fall gehe ich in die Nähe deines Wagens.

»Du hattest letzte Woche deine Tage, oder?«

Gegen meinen Willen werfe ich dir einen Blick zu. Du grinst selbstzufrieden wie ein Detektiv mit einer wertvollen geheimen Quelle. Ich sage nicht: Woher weißt du das? Aber ich denke es.

»Ich kenne dich, Clarissa. Besser als sonst jemand. Deswegen deine schlechte Laune, oder? Deswegen hast du mich belogen und gesagt, du seist krank. Deswegen hast du uns den Abend im Restaurant verdorben. Deswegen hast du mich im Ballett versetzt. Es waren die Hormone. Ich versuche dir nicht übelzunehmen, wie du mich behandelt hast. Ich versuche dich zu verstehen.«

Trotz des Salzes auf der Straße rutsche ich beinahe aus, und als du auf mich zukommst, zucke ich zurück.

»Ich will doch nur helfen. Beinahe wärst du hingefallen und hättest dir weh getan.«

Und wessen Schuld wäre das?

»Du brauchst diese Broschüren von den Stalker-Organisationen nicht, Clarissa. Du weißt doch, dass das hier etwas anderes ist.«

Woher weißt du von den Broschüren? Wieder verkneife ich mir die Frage. Ich weiß, wie sinnlos es wäre, mit dir zu streiten. Du hast das Wort für das, was du bist, sogar ausgesprochen und erkennst dich immer noch nicht darin.

Drei Viertel der weiblichen Opfer kennen ihren Stalker.

Auch das steht in den Broschüren. Ich wünschte, ich würde dich nicht kennen.

Ich gehe weiter. Ich habe es noch nicht weit geschafft. Erst zur Elf. Verzweifelt sehe ich mich nach Überwachungskameras um, aber hier oben scheint es keine zu geben.

»Du wolltest, dass ich dich hier finde, nicht wahr? Du wolltest, dass ich dir hierher folge.«

Ich überlege, ob ich schreien soll, aber es ist niemand da, der mich hören könnte, und ich weiß nicht mal, ob ich einen Ton herausbrächte.

»Mir gefällt dein neues Parfum, Clarissa.«

Man riecht es bestimmt nicht mehr, nachdem ich es heute Morgen benutzt habe. Außerdem war es nur ein Hauch. Hinter den Ohren. Ein Tröpfchen im Nacken. So wie meine Mutter es mir beigebracht hat. Trag nie zu dick auf, hat sie immer gesagt.

»›Gardenia‹. Du trägst es gerade, oder?«

Seit wann bist du Experte für Parfums?

»Komm mit zu meinem Wagen, und wir unterhalten uns im Warmen.«

Geh schnell. Geh schnell. Geh schnell.

»Ich mache die Heizung an.«

Schneller. Schneller. Schneller. Nicht ausrutschen. Nicht ausrutschen. Nicht ausrutschen.

»Wir gehen in die falsche Richtung.«

Und dann packst du meine Hand. Ich spüre es, bevor ich es sehe, weil ich mich weigere, in deine Richtung zu schauen, während ich auf das schwarze Tor zueile.

»Ich habe versucht dich zur Vernunft zu bringen, Clarissa, aber du stellst dich quer.«

Ich versuche die Hand wegzuziehen, aber dein Griff wird fester, und erst jetzt sehe ich, dass du enganliegende Lederhandschuhe trägst.

»Jetzt machen wir, was ich sage.«

Aus irgendeinem Grund fällt mir auf, dass ich dich noch nie mit Handschuhen gesehen habe. Mir wird flau im Magen. Verzweifelt sehe ich mich um, aber der Park ist immer noch menschenleer. Ich fordere dich auf, mich loszulassen, sage, du hast kein Recht dazu, du sollst mich sofort loslassen, aber nichts, was ich sage oder tue, bringt dich dazu, mich gehen zu lassen.

»Bitte, komm mit, Clarissa. Wir können uns unterhalten. Wir müssen uns unterhalten.«

Du schaffst es, mich ein paar Meter hinter dir herzuzerren. In die Richtung, in die ich nicht gehen will.

»Wie geht es deinen Eltern?«

Du sprichst, als würdest du sie kennen, als würden wir einen netten Spaziergang machen, uns unterhalten wie Freunde, als würdest du mich nicht gerade mit Gewalt hinter dir herzerren. Denkst du, du könntest der Situation Normalität verleihen, indem du über normale Dinge sprichst? Fast wäre es komisch, wenn es nicht so schrecklich wäre.

»Ich wusste gar nicht, dass man von ihrem Haus das Meer sieht.«

Jetzt wird mir alles klar. Jetzt weiß ich, woher du das alles weißt.

Du musst am frühen Freitagmorgen vor unserem Haus gelauert und die schwarze Tüte mit meinem Müll gestohlen haben, in der auch die benutzten Binden waren.

Du perverses Ekel.

Du musst auch mein Altpapier geklaut haben – den Umschlag mit dem Logo der Stalker-Organisation, das Packpapier mit der Brightoner Adresse meiner Eltern, den Kassenbon meines neuen Parfums.

Ganz normale Dinge, die normale Menschen täglich tun. Mit einer Freundin essen zu gehen ist nicht mehr möglich für mich. Den Abfall in die Mülltonne zu werfen ist keine Selbstverständlichkeit mehr. Willst du, dass ich es weiß? Oder bist du so durchgedreht, dass du es nicht merkst, wenn du mich in deine Karten sehen lässt?

Du hast mich zurück bis zwölf Uhr gezerrt.

»Ich will dich nur nach Hause bringen, Clarissa«, sagst du.

»Zu mir«, sagst du.

»Zu mir nach Hause«, sagst du.

»Zeit mit dir verbringen«, sagst du.

»Das ist alles, was ich will«, sagst du. »Das Einzige, was ich je wollte.«

»Ich koche dir was zu essen«, sagst du.

»Ich weiß, dass du in letzter Zeit nicht gut schläfst. Du wirst wunderbar schlafen, wenn du mit mir zusammen bist, die ganze Nacht«, sagst du, und mir wird klar, dass du auch die leere Schlaftablettenschachtel im Müll gefunden haben musst.

»Die Sonne ist fast weg. Im Dunkeln ist es nicht sicher allein im Park«, sagst du, und ich bin trotz allem verblüfft, dass da keine Spur von Ironie in deiner Stimme ist.

Du ziehst kräftiger, mit beiden Händen hast du meine Hand und mein Handgelenk gepackt. Wir sind schon bei ein Uhr.

Warum haben Sie nicht um Hilfe gerufen? Sich gewehrt?

Mein Herz schlägt so wild, dass ich nicht weiß, wie es das durchhält, meine Nase läuft, und meine Kopfhaut kribbelt, als würde es elektrische Schläge vom Himmel regnen. Ich darf nicht zulassen, dass du mich in dein Auto zerrst. Ich muss es um jeden Preis verhindern.

Noch einmal versuche ich mit aller Kraft, mich zu befreien.

»Du willst es nicht anders.« Du reißt so fest an meinem Arm, dass ich aufschreie.

Sie wollten es nicht anders.

Du presst mich an dich, dass mir die Luft wegbleibt. Mit einer Hand hältst du meine Arme hinter dem Rücken fest, und du klemmst mich zwischen deinen Beinen ein, so dass ich mich nicht rühren kann. Von weitem müssen wir wie ein Liebespaar aussehen.

»Es ist schön, dich im Arm zu halten, Clarissa.«

Ich bin ganz allein. Die Broschüren sind nutzloser denn je.

»Es ist alles deine Schuld, Clarissa.«

Ich spüre deinen Atem im Gesicht. Diesmal riechst du nicht nach Zahnpasta. Aus deinem Mund kommt der saure Bakterienmundgeruch eines Menschen, der bald Halsschmerzen bekommen wird, und ich muss würgen. Ich drehe den Kopf weg, aber du legst die andere Hand um meinen Nacken, so dass ich mich nicht abwenden kann.

»Du lässt mir keine Wahl, Clarissa.«

Meine Mütze ist heruntergefallen. Deine Lippen sind an meinem Ohr. Du beißt mir ins Ohrläppchen.

Ich überlege, ob ich mich tot stellen soll, damit ich dir zu schwer werde. Es ist nicht leicht, ein schlaffes Gewicht zu tragen. Das hat Robert mir heute Morgen während einer der Unterbrechungen erzählt. Aber selbst wenn Robert recht hat, will ich nicht auf dem Boden landen. Ich will nicht daran denken, was du tust, wenn ich auf dem Boden liege. Ich muss unbedingt auf den Beinen bleiben.

»Was erwartest du, wenn du immer wegrennst, wenn du mir immer aus dem Weg gehst?« Du wartest ein paar Sekunden, bevor du wieder meinen Namen sagst, und diesmal hört er sich an wie ein Knurren.

Jeder ist zu Gewalt fähig, Clarissa. Ich verspreche Ihnen, Sie wären es auch, wenn Sie müssten.

Ich weiß, dass Robert recht hat, und dir würde ich brutale Gewalt antun, wenn ich könnte. Aber ein körperlicher Kampf wird mir nicht aus dieser Lage helfen. Mit Gewalt kann ich dich nicht schlagen. Ich kann dir nicht weh tun. Ich kann nicht schneller rennen als du. Im Moment verhinderst du, dass ich mich überhaupt bewegen kann.

Meine einzige Chance sind Worte. Und Tricks. Und Glück. Die ersten beiden kriege ich bestimmt gut hin, nur das dritte liegt nicht in meiner Hand.

Ich sage: »Ich komme mit.«

Deine Lippen sind auf meiner Stirn. Sie sind feucht.

Ich sage: »Ich komme mit zu deinem Wagen, aber bitte lass mich los.«

Du presst die Lippen auf meine. »Wirklich?«

»Ja«, sage ich. »Aber du tust mir weh.«

»Das gefällt dir doch. Ich kenne deine dunkelsten Geheimnisse, Clarissa. Ich kenne deine verborgenen Talente.«

»Es gefällt mir nicht, wenn du mir weh tust. Wirklich nicht. Bitte hör auf!«

Du leckst über meine Lippen.

»Du würgst mich. Ich bekomme kaum Luft. Ich kann kaum sprechen.«

»Gut so.« Aber du lockerst deinen Griff. »Ich will nicht mehr sprechen, Clarissa.«

Deine Zunge ist in meinem Mund. Mein Atem geht keuchend, laut und schnell. Zu laut und zu schnell.

Deine Hüften drücken gegen meine, und du reibst dich an mir. Meine Knie geben nach, aber du hast mich so fest im Griff, dass ich nicht fallen kann. »Siehst du, was du mit mir machst?« Deine Hand ist auf meiner Brust. »Wir müssen dich aus all den Kleidern rausbekommen.« Du redest, als wären wir ein Liebespaar. »Die sind im Weg.«

»Aber nicht hier draußen, oder?« Meine Stimme ist nur noch ein Krächzen. Du bildest dir wahrscheinlich ein, es sei Leidenschaft, nicht Angst und Ekel.

Jetzt ist deine Hand in meinem Haar, und du ziehst so fest daran, dass mir Tränen in die Augen schießen, du zerrst meinen Kopf nach hinten, und ich muss dir ins Gesicht sehen.

»Kann ich dir trauen?«

»Ja.« Du siehst unsicher aus, ich glaube, du schwankst noch. »Wenn wir hier stehen bleiben, kommen wir nie zu dir nach Hause.« Ich versuche aufreizend zu klingen, und ich glaube nicht, dass ich es besonders gut mache, aber das spielt keine Rolle, weil ich die Worte sage, die du hören willst.

»Wir haben noch was vor heute Nacht.« Du ziehst fester an meinem Haar. »Mehr von den Sachen, die dich heiß machen.«

Du hältst meine Arme immer noch mit einer Hand hinter meinem Rücken fest. Die andere Hand schiebst du unter meinen Mantel, unter das Kleid und zwischen meine Beine. »Das gefällt dir.« Mir wird schlecht, aber ich versuche mich nicht zu wehren. Du drückst fester. »Oder?«

»Ja.«

»Gut. Sag das noch mal.«

»Ja. Das gefällt mir.« Und obwohl meine Worte wie ein Schluchzer herauskommen, nimmst du endlich die Hand weg und lässt meine Arme los. Ich zwinge mich, die Arme ruhig hängen zu lassen, auch wenn ich mich schütteln will, deine Berührung abschütteln will und dich mit aller Kraft von mir wegstoßen.

»Gut.« Das scheint eins deiner Lieblingswörter zu sein. Du legst mir die Hand ins Kreuz. »Du hast dich in letzter Zeit wirklich seltsam benommen, Clarissa. Siehst du das ein?«

»Ja.«

»Gib mir deine Hand.«

Ich gebe dir meine Hand.

»Du musst das Denken mir überlassen.«

»Ja.« Ich mache einen Schritt zurück, damit sich unsere Körper nicht mehr berühren.

»Du musst tun, was ich dir sage.« Du ziehst mich ein paar Meter weiter.

»Ja.« Und ich merke, dass auch »ja« ein Zauberwort für dich ist.

Du zwingst mich, schneller hinter dir herzugehen. »So ist es am besten.«

»Ja.« Als ich das Wort ausspreche, betritt bei elf Uhr, wo der Weg von den Kleingärten endet, ein Mann mit einem großen schwarzen Hund den Park.

Seit du aufgetaucht bist, habe ich auf diesen Moment gewartet. Ich habe keine Sekunde aufgehört, darauf zu warten. Irgendwann musste jemand kommen; daran habe ich mich festgehalten; daran musste ich unbedingt glauben.

Du folgst meinem Blick, siehst die beiden und zögerst. Meine Stiefel sind zwar aus Gummi, aber ich hole aus und trete dir mit voller Kraft gegen das Schienbein.

Du schreist vor Schmerz und vor Wut. »Du Schlampe!« Wieder dieses Wort. Was du wirklich denkst. »Du hast mich belogen.« Du siehst tatsächlich überrascht aus.

Ich schreie, aber mein »Hilfe!« ist nur ein schwaches Krächzen, wie in den Alpträumen, in denen einem die Stimme versagt.

»Du hast nur so getan, als ob du mich willst.«

»Ja.« Unweigerlich spüre ich Genugtuung bei diesem Ja, auch wenn du es schaffst, mich ein paar Meter weiterzuzerren, und ich schreie, du sollst mich loslassen, und dass du mir weh tust. Ich versuche die Hacken in den Boden zu stemmen, um dich zu stoppen.

»Ich werde dir nie wieder trauen.«

Ich weiß nicht, ob ich laut genug schreie oder ob der Mann den Kampf sieht, ob er überhaupt erkennen kann, dass etwas nicht stimmt, aber dann kommt er mit seinem Hund schnell auf uns zu, und du lässt mich so plötzlich los, dass ich ein paar Meter zu fliegen scheine, bevor ich auf der Straße lande.

»Diesmal bist du zu weit gegangen.«

Ich rappele mich hoch.

»Das war deine letzte Chance.«

Der Mann und der Hund sind fast bei uns.

»Dafür kriegst du deine Strafe.«

Ich rufe dem Mann etwas zu, und diesmal gehorcht mir meine Stimme, zerschneidet die kalte, klare Luft mit kalter, klarer Schärfe. »Bitte kommen Sie her! Bitte helfen Sie mir.«

Du stapfst davon, auf deinen Wagen zu, der bei drei Uhr parkt, an der Schule vor dem Park.

Als der Mann mit dem Hund bei mir ist, drehst du dich um, kommst ein paar Schritte zurück, bis der Hund zu bellen anfängt, dann bleibst du stehen. Du musst laut rufen, um den Hund zu übertönen.

Du rufst dem Mann zu: »Sie ist meine Freundin. Wir hatten einen kleinen Krach, und sie ist völlig durchgedreht und weigert sich, wie verabredet mit zum Essen zu kommen. Kümmern Sie sich um Ihren eigenen Kram. Bei jedem Paar hängt mal der Haussegen schief.«

Zu mir sagst du: »Bis später, Clarissa. Wenn du dich beruhigt hast.«

Zu dem Mann sagst du: »Sorgen Sie dafür, dass Ihr Scheißhund zu bellen aufhört.«

Als du dich entfernst, macht der Hund kurze Atempausen zwischen dem Gebell. Erst als er überzeugt ist, dass du nicht zurückkommst, ist er still.

»Er ist nicht mein Freund«, erkläre ich dem Mann und wische mir mit dem Mantelärmel den Mund ab. Und dann, jenseits der Scham, einen wildfremden Menschen um einen großen Gefallen zu bitten, sage ich: »Könnten Sie mich bitte nach Hause begleiten? Es sind nur zehn Minuten. Ich habe solche Angst, dass er mir auflauert.«

Der Mann hebt meinen Handschuh auf, der heruntergefallen ist. Es war mir gar nicht aufgefallen. Ich wische mir damit über Stirn und Lippen und Ohr und Hals, dann stopfe ich ihn in die Manteltasche. Der Mann findet auch meine Mütze, und ich wische noch einmal über alle Stellen, wo du meine Haut berührt hast. Ich weine, aber ich versuche mit aller Macht, nicht in Schluchzen auszubrechen.

Der Hund leckt meine Hand ab, als wollte er mich trösten. Ich sehe, dass an meiner Handfläche Steinchen kleben. Der Mann sagt: »Das ist Bruce. Er mag Sie«, und sucht in seinem Mantel nach einem Taschentuch, das er mir wortlos reicht, und ich wische mir die Tränen ab, die mir an den Wangen festfrieren, und den Rotz, der auf meinen Lippen Risse bildet.

Der Mann und Bruce begleiten mich nach Hause. Der Mann ist groß. Größer als du. Er ist dünn. Dünner als du. Sogar mit seinen vielen Kleiderschichten. Er ist nett. Eine Million Mal netter als du. Und normal, glaube ich. Eine Milliarde Mal normaler als du. Er ist ein etwas unbeholfener, schlauer Computerfachmann. Eine Billion Mal interessanter als du. Er heißt Ted, und ich finde seinen Namen unendlich Mal schöner als deinen.

Beim Gehen werde ich wieder ruhiger. Wir sprechen nicht über das, was im Park passiert ist, als wäre etwas so Hässliches und Peinliches am besten schnell vergessen, kaum sind wir wieder in der Zivilisation. Wir reden überhaupt nur wenig, bis auf die minimalen Höflichkeiten, die Fremde zueinander sagen. Unser Atem verpufft in kleinen weißen Wolken. Auch der von Bruce.

Aber dann empfiehlt er mir freundlich, mir vielleicht einen neuen Freund zu suchen, und als ich noch einmal erkläre, dass du nicht mein Freund bist, fange ich fast wieder an zu weinen.

Der Mann hat dich gesehen. Er hat das Ende dessen gesehen, was du im Park mit mir gemacht hast. Und nicht mal er ist sich sicher, was er gesehen hat. Er ist nett, aber sogar er denkt, es war vielleicht wirklich nur ein Streit unter Liebenden. Sogar er zieht die Möglichkeit in Betracht, dass du die Wahrheit sagst, nicht ich.

Als wir vor meinem Gartentor stehen, streichele ich zum Abschied über Bruce' seidigen schwarzen Kopf. »Danke, Bruce. Du bist ein lieber, guter Hund.« Der Mann lächelt. Ich kraule die weichen Fellfalten unter Bruce' Schnauze.

Der Mann bleibt am Ende des Gartenwegs stehen und sieht zu, wie ich zur Haustür gehe und aufschließe. Dann beeilt er sich, zurück zu seiner Frau und seinem Baby zu kommen. Ich stelle mich unter die heißeste Dusche, die ich aushalten kann, und versuche jede Spur von dir abzuschrubben.

Danach will ich einfach nur ein paar Schlaftabletten schlucken und unter die Decke kriechen, aber ich tue es nicht. Wie gewöhnlich zwinge ich mich, das schwarze Notizbuch aufzuschlagen. Ich zwinge mich, jedes Detail deiner Attacke heute Abend aufzuschreiben, auch wenn es das Letzte ist, worauf ich Lust habe. Ich habe keinen handfesten Beweis für deinen Angriff im Park. Aber ich schreibe alles auf, meine Geschichte. Vielleicht sind die Broschüren doch nicht ganz nutzlos. Sie erinnern mich daran, dass die Zeit kommen wird, wenn meine Geschichte wichtig wird. Ich weiß längst, dass jede Geschichte einen Titel hat. Ich wünschte, der Titel meiner Geschichte lautete anders, aber er lässt sich nicht ändern. Meine Geschichte heißt: *Du bist mein Tod.*

MITTWOCH

Clarissa stand in der Damentoilette des Aufenthaltsraums vor dem Waschbecken. Ihr Haar duftete stark nach Shampoo: Dreimal hatte sie sich die Haare eingeschäumt und gründlich ausgespült. Sie musterte sich im Spiegel, überrascht von der Blässe ihres Gesichts, obwohl sie es gestern Abend derart geschrubbt hatte. Fast erwartete sie, Fingerabdrücke von ihm an ihrem Hals zu finden, aber da war nichts; sie hatte ihren Nacken zu Hause mit einem Handspiegel untersucht. Ihr ging der Gedanke durch den Kopf, dass er den Druck absichtlich genau dosiert hatte, um keine Spuren zu hinterlassen.

Auf ihrem Handy piepte eine eingehende E-Mail, und sie zuckte zusammen, weil sie vergessen hatte, es abzustellen. Die Nachricht kam von Hannah. Sie besuchten seit einem Jahr denselben Pilateskurs. Hannah fragte, wo Clarissa in den letzten Wochen gewesen sei und ob sie Lust habe, am Donnerstagabend nach dem Pilates ins Pub zu gehen.

Ich will, dass deine Freunde auch meine Freunde sind.

Rafe hatte Rowena aufgespürt. Vielleicht würde er Hannah weh tun. Vielleicht hatte er sich schon an sie herangemacht und würde mit ihr im Pub warten, wenn Clarissa kam.

Sie schrieb zurück, dass sie es nicht mehr zum Kurs schaffe und morgen Abend keine Zeit habe. Dann stellte sie das Telefon ab. Sie wusste, dass er sie noch weiter isoliert hatte. Er hatte erreicht, was er wollte. Genau wie es in den Broschüren stand.

Sie wusch sich zum wiederholten Mal die Hände, als Wendy hereinkam. Wendy war 23 und hatte Clarissa Fotos von ihrem Freund gezeigt. Sie trafen sich jeden Mittag zum Essen, und Wendy trug stolz seine Hemden zur Reinigung, offensichtlich glücklich, Hausfrau zu spielen. Clarissa ärgerte sich selbst über den neidischen Stich, der sie mitten ins Herz traf.

»Sehen Sie sich das mal an.« Wendy hielt den Saum ihres Rocks hoch. Ihr weißblondes, glattes Haar fiel ihr in das hübsche Gesicht. Der dunkelblaue Polyester war aufgerissen, bis zum oberen Ende der Schenkel. »Das ist einer von meinen Büroröcken. Nach dem Gericht muss ich zur Arbeit.«

Clarissa wusste, dass Wendy als Sekretärin für eine Softwarefirma arbeitete.

»Ich schätze, der Schlitz ist keine Absicht«, stellte Clarissa fest, froh, daran erinnert zu werden, dass es auch kleinere Katastrophen gab, die leicht zu beheben waren.

»Ich bin hängengeblieben, als ich aus dem Bus stieg.« Wendy brachte ein Lächeln zustande. »Die Angeklagten werden sich freuen. Ich glaube, die bekommen hier nicht viel zu sehen.«

Clarissa trat von dem einzigen funktionierenden Händetrockner zurück, auch wenn ihr so kalt war, dass sie sich am liebsten ganz unter den warmen Luftstrom gestellt hätte. Sie kramte in der Tasche nach dem Nähzeug, das ihre Mutter in einem selbstgenähten, mit Mohnblumen und Gänseblümchen gemusterten Täschchen für sie zusammengestellt hatte. Wendy betrachtete den Inhalt ehrfürchtig, als hätte sie das Besteck einer Gehirnoperation vor sich. »Ich nähe das schnell«, schlug Clarissa vor. Sie machte das Angebot nicht aus reiner Freundlichkeit; Näharbeiten beruhigten sie, und sie mochte Wendy.

Fünf Minuten später hatten sie sich im Aufenthaltsraum eine ruhige Ecke gesucht. Wendy saß auf dem Stuhl, und Clarissa kniete vor ihr auf dem blauen Teppich und nähte den Riss von oben nach unten zu.

Sie versuchte die Tatsache zu ignorieren, dass ihre Finger steif waren und ihre Arme noch von seinem festen Griff schmerzten. Ihre Handgelenke waren fleckig, rot und wund, wo er sie mit den Lederhandschuhen gepackt hatte, wie von Nesselbrand. Nachdem sie heute Morgen die roten Stellen fotografiert hatte, hatte sie ein Oberteil mit langen, engen Ärmeln angezogen, um die Wunden zu verbergen. Auch wenn ihr das Foto im Moment völlig nutzlos vorkam, redete sie sich ein, dass es später ein hilfreiches Puzzleteil im Gesamtbild sein konnte.

Robert kam herein und zog fragend die Brauen hoch.

»Es ist nicht das, wonach es aussieht«, sagte Wendy lachend.

Er setzte sich, schlug ein Buch auf und vertiefte sich in die Seiten.

Clarissa versuchte sich auf den Rock zu konzentrieren und Robert nicht zu oft anzusehen. Sie griff nach der Schere.

»Haben Sie noch mehr verborgene Talente?«, fragte Robert. »Außer dass Sie Modedesignerin sind?«

Unwillkürlich hatte sie wieder Rafes Stimme im Ohr. *Ich kenne deine verborgenen Talente.*

»Nur das eine.« Sie schnitt das Garn ab. »Aber ich zeige meine neueste Kollektion auf der Londoner Fashion Week. Das Label ist noch streng geheim.« Sie strich Wendys Rock glatt und stand auf. »Schon erledigt.«

Sie fragte sich immer noch, warum er Handschuhe getragen hatte. Sie konnte nicht aufhören, sich die schlimmsten Gründe dafür vorzustellen.

»Sie müssen mir das Label unbedingt verraten«, bat Wendy. »Dann kann ich meinen Rock als ein Original von Clarissa versteigern.«

Sie fragte sich, welchem Schicksal sie im letzten Moment entgangen war.

»Ich werde das Geheimnis mit ins Grab nehmen.«

Der Gerichtsdiener kam, um nachzusehen, ob sie bereit waren, und Wendy ging zu ihm, um mit ihm zu reden.

Clarissa musste sich immer wieder in Erinnerung rufen, dass er sie nur oberflächlich berührt hatte. Sie versuchte sich selbst davon zu überzeugen, dass sie jedes Atom von ihm abgewaschen hatte.

Sie spürte, dass Robert absichtlich trödelte, um neben ihr

zum Gerichtssaal hinaufzugehen. »Wie kann ich hinter Ihre Geheimnisse kommen?«, fragte er mit einem leisen Lächeln.

Immer gelang es ihm, alles zu vergiften; das musste sie verhindern.

»Ihnen würde ich wahrscheinlich alles freiwillig gestehen«, sagte sie leichthin. »Aber Sie dürfen später nicht sagen, ich hätte Sie nicht gewarnt. Manche meiner Geheimnisse sind ziemlich dunkel.«

»Vielleicht habe ich auch ein paar Leichen im Keller«, entgegnete er.

Sparkles Anwalt hatte schlimme Akne im Gesicht und erinnerte Clarissa an einen Schulhofrowdy. »Direkt nach der medizinischen Untersuchung bei der Polizei haben Sie sich mit Mr Sparkle getroffen. Wie kommt es, dass Sie den sicheren Ort, das Polizeirevier, verließen, um diesen angeblich so gewalttätigen und furchterregenden Entführer aufzusuchen, dem Sie gerade entkommen waren?«

»Arroganter Mistkerl«, murmelte Annie hörbar.

Wie kommt es, dass Sie sich mit Mr Solmes im Park getroffen haben?

Das wäre die Frage, die Clarissa beantworten müsste, falls sie zur Polizei ging und Anzeige erstattete.

Sie wären niemals allein in den Park gegangen, wenn Sie ihn nicht hätten treffen wollen. Er war am Tag vorher im Gericht gewesen, um Sie zu sehen, und Sie haben sich anschließend länger mit ihm unterhalten. In der Woche davor waren Sie mit ihm und Ihrer besten Freundin in einem Restaurant. Offensichtlich kennen Sie sich gut.

Das würde sein Verteidiger sagen.

Sie waren nie in echter Gefahr, das wissen Sie genau. Es gibt einen Zeugen, der gesehen hat, wie Sie Händchen hielten. Sie wissen, dass Mr Solmes Sie nie bedroht hat. Sie haben sich freiwillig mit ihm unterhalten. Sie haben Mr Solmes' Fragen mehrmals mit ja beantwortet, bevor Sie plötzlich unvermittelt Ihre

Meinung änderten, ohne ihm dies mitzuteilen. Und jetzt wollen Sie sich an ihm rächen. Seither haben Sie alle vernünftigen Versuche seitens Mr Solmes abgeblockt, zu einer freundschaftlichen Verständigung zu kommen.

Clarissa hatte in Saal 12 genug gesehen, um zu wissen, wie die Dinge liefen.

Mr Solmes hat uns darüber informiert, dass Sie in letzter Zeit Schlaftabletten nehmen. Offensichtlich sind Sie in keiner stabilen Verfassung.

Auch das würden sie ins Feld führen, ohne darauf einzugehen, wie Mr Solmes an die Information gekommen war oder was der Grund dafür war, dass Clarissa die Tabletten brauchte.

Es war glatt draußen. Als sie ausrutschten, hat Mr Solmes Sie aufgefangen. Dafür danken Sie ihm mit der falschen Anschuldigung, er habe Sie angegriffen und zu entführen versucht – wegen kaum sichtbarer blauer Flecken an ihren Handgelenken, wo er sie festgehalten hat. Keine gute Tat bleibt unbestraft.

Das wäre der Schluss der Verteidigung.

Miss Lockyer schüttelte müde den Kopf. »Die Polizei wollte, dass ich zu ihm gehe. Man hat mir gesagt, ich solle mich ganz normal verhalten, damit Sparkle nicht mitkriege, dass ich der Polizei helfe. Außerdem brauchte ich Stoff.«

Sparkle sah aus wie ein Junge, der sich in der Kirche das Lachen verkneifen musste.

»Bestimmt fraß Ihnen die Polizei aus der Hand.«

»Ja, sie waren nett zu mir.« Sie schluckte. »Nur zu, drehen Sie mir einen Strick daraus. Das können Sie und Ihre Kollegen doch so gut. Und ich mache es Ihnen leicht, nicht wahr?«

Nicht nur du, dachte Clarissa.

Mittwoch, 11. Februar, 12:50 Uhr

Annie und ich schlendern in der Mittagspause über den Markt. Ich nippe an meinem Kaffee. Annie isst ein Hum-

mus-Sandwich vom Imbissstand. Ich habe eine Flasche
Bio-Traubensaft gekauft. Annie hat einen Becher *Clotted
Cream*, einen Apfelkuchen und eine riesige Forelle gekauft.

»Hol dir ein Steak«, sagt Annie. »Du siehst aus, als könntest du Eisen brauchen.«

»Das wird ein Duft in der Garderobe, Annie. Aber ich ver-
rate niemandem, was du im Schließfach lagerst.«

»Fetter Fisch ist gut für Kinder.«

Unwillkürlich verziehe ich die Nase. »Wenn du sie dazu
bringst, ihn zu essen. Die Augen sehen so widerlich aus.
Wahrscheinlich musst du ihn enthaupten.«

Statt zu protestieren, wie ich es erwarte, beugt sich Annie
zu mir herüber. »Da ist ein Mann, der dich die ganze Zeit
anstarrt. Da drüben, beim Metzger.«

Bevor ich mich umdrehe, weiß ich, dass du es bist. Ich
sehe dich nur ein paar Sekunden an. Dann sehe ich weg, bevor sich unsere Blicke kreuzen und ich mich in Stein verwan-
dele. Doch die Zeit reicht, um dein dunkelblaues UCLA-
Sweatshirt, die Jeans und die dunklen Turnschuhe zu
registrieren. Außerdem fällt mir auf, dass du die Lederhandschuhe nicht trägst.

»Kennst du ihn? Soll ich euch alleine lassen?«

»Nein. Auf keinen Fall. Bitte, bleib bei mir. Ich will nichts
mit ihm zu tun haben.« Mir ist nicht bewusst, dass ich Annies Arm umklammere, bis sie meine Finger löst, doch sie
legt sanft die Hand auf meine und lässt sie ein paar Sekunden dort.

»Er sieht fies aus, Clarissa. Und er sieht wütend aus. Er
wirft dir richtig böse Blicke zu. Es wirkt – ich weiß nicht, als
wollte er dich mit Absicht einschüchtern. Fast wie der Kerl,
der Miss Lockyer geschlagen und geohrfeigt und ihren Ohrring angekokelt hat. Wie hieß der noch mal?«

»Godfrey«, sage ich.

»Genau der. Nur dass deiner viel bedrohlicher wirkt.«

»Er ist nicht *meiner*, Annie. Bitte sag das nie wieder.« Ich
sehe auf die Uhr, ohne die Uhrzeit zu lesen, eine leere Geste,

als hätten Gesten noch irgendeine Macht. »Lass uns zurückgehen.«

»Er verfolgt uns. Wer ist das?«

»Jemand, den ich mal kannte. Sieh nicht hin. Ignorier ihn einfach.«

Dritte einzuweihen kann die Beweislage erhärten und damit die Wahrscheinlichkeit einer Strafverfolgung erhöhen.

Meine Stimme ist ganz leise. »Es kann sein, dass ich dich als Zeugin brauche, irgendwann, dafür, dass du ihn hier gesehen hast. Wäre das in Ordnung?«

»Natürlich.« Trotz meiner Bitte sieht Annie sich noch mehrmals um. »Und wenn du jemanden zum Reden brauchst …«

»Danke.«

Aber ich darf Annie nicht in die Sache hineinziehen. Annie hat genug Probleme. Die Streitereien mit ihrem getrennten Ehemann um ihre kleine Tochter, die erst sechs ist. Der Kampf gegen ihre Eifersucht auf die jüngere Frau, derentwegen er sie hat sitzenlassen.

Als Annie mir davon erzählt hat, musste ich an Henrys Frau denken, und mir wurde übel. Zum Teil aus Reue. Und zum Teil aus Angst, dass Annie mich, wenn sie davon erführe, als Feindin betrachten und unsere Freundschaft im Keim ersticken würde.

Annie ist ganz anders als Henrys Frau, aber sie hat ihr Talent, böse Blicke auszuteilen. Jetzt zielt sie mit ihrem Blick auf dich, und das tut mir gut. Annie hilft mir mehr, als sie sich vorstellen kann, nur mit diesem einen Blick.

Ich denke an Rowena, daran, wie du sie getäuscht hast, sie auf deine Seite gezogen hast. Aber Rowena war im Nachteil. Du hast sie infiltriert. Du hast die ganze Zeit deine Maske getragen. Du hast dich bei ihr eingeschmeichelt und sie gegen mich aufgehetzt, bevor sie eine Chance hatte, zu sehen, wer du wirklich bist. Annie dagegen hat gleich dein wahres Gesicht gesehen, das Monster. Zu meiner großen Erleichterung kann sie dich auf Anhieb nicht leiden.

Der wütende, nervöse Godfrey erinnerte Clarissa an Rumpelstilzchen. Sein Anwalt, Mr Harker, hatte einen leicht irischen Akzent. Mr Harkers dünnes Gesicht wirkte nett, vielleicht sogar mitfühlend.

»Ich möchte die Beweislage gar nicht in Frage stellen, Miss Lockyer«, begann er.

Miss Lockyer war verunsichert; sie senkte den Kopf, als würde sie gleich in Tränen ausbrechen. Würde er sie wirklich nicht wieder an den Pranger stellen? Sagte dieser Mann tatsächlich, dass er ihr glaubte?

»Lächerlich«, flüsterte Annie laut, als Mr Harker sich wieder setzte. »Dieser todlangweilige Vortrag über die Unzuverlässigkeit der menschlichen Erinnerung soll tatsächlich als Godfreys Verteidigung durchgehen?«

Clarissa antwortete mit einem zerstreuten Lächeln. Sie hatte kein Wort mitbekommen. Sie musste die ganze Zeit an die Begegnung mit Rafe in der Mittagspause denken. Es war das UCLA-Sweatshirt, über das sie immer wieder stolperte. University of California, Los Angeles. Trotz der Kälte hatte er keinen Mantel getragen. Sie war sich ganz sicher, dass er ihr mit dem Sweatshirt etwas sagen wollte. Es musste eine Art Trophäe sein, die eine spezielle Bedeutung für ihn hatte.

Sie konnte sich nicht daran erinnern, dass er je einen Studien- oder Lehraufenthalt an der UCLA erwähnt hätte oder überhaupt einen Besuch in Los Angeles. Natürlich war alles möglich. Sie wusste so wenig über ihn: ein Umstand, über den sie froh war – alles in ihr sträubte sich dagegen, mehr von ihm zu erfahren. Doch das Sweatshirt war eine Botschaft, da war sie sich ganz sicher, auch wenn sie sie nicht verstand. Und er genoss die Macht seines Geheimnisses, ganz gleich, was es war.

Sie hörte das Telefon schon klingeln, als sie den Schlüssel ins Schloss steckte. Nachdem sie in die Ecken und hinter die Tür gespäht hatte, folgte sie dem Läuten ins Nähzimmer. Dort lag der Hörer auf dem Schneidertisch. Sie sah, dass der Akku fast leer war, als sie den Anruf ihrer Mutter entgegennahm.

Das Telefon zwischen Schulter und Ohr geklemmt, ging sie in die Küche und setzte den Wasserkessel auf.

»Du klingst zerstreut, Clarissa.«

Dann war sie im Wohnzimmer und sammelte die Nähzeitschriften und Kunstbücher vom Dielenboden auf, den ihr Vater für sie abgeschliffen und geölt hatte. Sie räumte sie in das Regal, das ihr Vater für sie gebaut hatte, neben die gesammelten Märchen von Perrault, Andersen und den Gebrüdern Grimm, die er ihr vorgelesen hatte, als sie klein war. Seitdem hatte sie sie immer wieder gelesen, stets mit derselben Faszination, und inzwischen war sie überzeugt, dass die Märchen überhaupt nicht für Kinder geeignet waren.

»Kannst du bitte mal einen Moment stehen bleiben und mir zuhören?«

Ihre Mutter hatte den Sofabezug genäht. Faustgroße rote Rosen lasteten schwer auf den verschlungenen weinroten Ranken. Der Hintergrund hatte die Farbe von getrocknetem Blut. Clarissa ließ sich in die Polster fallen.

»Achtest du gut auf dich?«

Der Hintergrund der Frage war ihre Trauer um Henry. »Ja. Natürlich. Das hast du mir beigebracht.«

»Ich habe mir Sorgen gemacht, weil es so lange gedauert hat, bis du am Telefon warst.«

Clarissa war das Märchenkind ihrer Eltern, geboren, als ihre Mutter dreiundvierzig war, nach sechzehn langen kinderlosen Jahren. Ihr Vater witzelte immer, er habe alle Spindeln im Königreich verbrennen lassen, damit ihr ja nichts geschah. Und sie neckte ihn damit, wie gut der Plan aufgegangen war.

»Alles in Ordnung, versprochen.« Sie öffnete den Reißverschluss eines Stiefels und zog ihn aus, dann den anderen, während ihre Mutter das Telefon an ihren Vater weiterreichte.

Clarissa war wieder auf den Beinen. In der Küche nahm sie den pfeifenden Kessel vom Herd, während die Stimme ihres Vaters sie wie immer beruhigte. »Findest du es albern«, fragte sie, weil sie dem Impuls nicht widerstehen konnte, sich ihm anzuvertrauen, »wenn ich vom Bahnhof ein Taxi nach Hause nehme?«

Als sie es sagte, hatte sie das Gefühl, sie wäre gefangen, ihre Welt würde kleiner, aber sie wusste, sie hatte keine Wahl; es war das einzig Vernünftige.

»Nein. Aber warum, Clary? Du gehst doch immer so gern zu Fuß.«

Schon ärgerte sie sich, etwas gesagt zu haben, das ihn vielleicht beunruhigte. »Die Tage im Gericht sind lang.«

»Na, dann ist es eine gute Idee«, sagte ihr Vater.

Sie ging ins Schlafzimmer, sah nach, ob sich jemand im Schrank versteckte, dann legte sie sich aufs Bett, rollte die Strümpfe herunter und ließ sich auf die tiefgoldene Tagesdecke mit den riesigen Lilien fallen, die sie aus einem schweren alten Brokatstoff genäht hatte. Sie zog die Knie an die Brust und wackelte mit den eiskalten Zehen.

Seit fünfeinhalb Jahrzehnten mischte sich Clarissas Mutter in die Gespräche ihres Vaters ein. Ihre Stimme war deutlich zu hören. »Bitte sag deiner Tochter, dass eine Mango allein kein Mittagessen ist. Und schwarzer Tee ist kein Abendbrot.« Als wüsste das Telefon, dass Clarissa nicht wieder zu Wort kommen würde, piepte es dreimal, und die Verbindung war unterbrochen.

DONNERSTAG

Donnerstag, 22. Januar, 14:30 Uhr (vor drei Wochen)

Noch zehn Tage, bis ich mit dem Geschworenendienst anfange und nicht mehr zur Uni muss. Auf dem Weg zur neuen Leiterin des Anglistikinstituts, der ich einen Stapel Unterlagen bringe, muss ich an deinem Büro vorbei. Die blaue Tür wird von einem Plastikordner offen gehalten, obwohl ein Schild darauf hinweist, dass es sich um eine Brandschutztür handelt, die jederzeit geschlossen sein muss. Dein Büro ist leer. Doch mir springt etwas ins Auge, das mich innehalten lässt; ich atme schneller, habe Angst, dass du jeden Moment auf dem Flur auftauchst. Trotzdem muss ich nachschauen.

Nur ich kann in der Sammlung von Gegenständen auf deinem Aktenschrank den Minischrein erkennen. Hast du vor, all das für irgendein unheimliches Voodooritual zu benutzen? Ein in meiner Handschrift an dich adressierter Umschlag, der einmal irgendein langweiliges Schriftstück enthalten hat. Ein gelber Becher mit orangen und grünen Gänseblümchen; ich habe jeden Morgen meinen Kaffee daraus getrunken, bis er vor etwa einem Monat verschwunden ist; du hast ihn nicht gespült. Ein alter Erdbeerjoghurtbecher – die Marke, die ich immer kaufe, mit den braungewordenen Resten, die ich nicht aus dem Becher gekratzt habe. Ich will gar nicht wissen, wo du den herhast. Eine leere Tube der Handcreme, die immer auf meinem Schreibtisch liegt. Broschüren und Zeitschriften über Amateurfotografie. Alte Handouts einer Konferenz, mit den Tulpen bekritzelt, die ich immer male.

110. Es heißt, im Schnitt kommt es zu 110 Vorfällen, die mit Stalking in Verbindung stehen, bevor eine Frau zur Polizei geht. Ich sage mir, dass ich noch lange nicht bei 110 bin, auch wenn es von der Zählweise abhängt.

Zählt jeder der Gegenstände auf deinem Aktenschrank als ein Vorfall? Wahrscheinlich zählen sie überhaupt nicht. Ich stünde da wie ein Trottel, wenn ich damit ankäme, und du könntest alles erklären, mich vollkommen paranoid und dumm aussehen lassen. Ich kann dich praktisch hören, wie du über diesen Unsinn verschwörerisch lachst.

Wird über jeden Mann an der Uni, der mal vergessen hat, einen Kaffeebecher zu spülen, an den Personalrat berichtet?

Bin ich der Einzige, der je aus Versehen einen fremden Becher benutzt hat? Schuldig im Sinne der Anklage. Sie hätte nur etwas sagen müssen, dann hätte ich ihn ihr zurückgegeben. Ich wusste nicht, dass es ihrer ist.

Ich schreibe eine förmliche Entschuldigung an die Hausverwaltung, dass ich meine Verantwortung im Umgang mit Lebensmittelabfällen vernachlässigt habe.

Ich gebe zu, dass mir die Sache mit der Handcreme peinlich ist, aber es ist Winter – auch Männer haben trockene Hände.

Es stimmt, dass ich mir ein besseres System ausdenken muss, um Umschläge und Altpapier zu recyceln. Bringen Sie mich vors Kompetenzgericht. Bestrafen Sie mich mit einer Fortbildung.

Wenn ich eine Beschwerde gegen dich einreiche, komme ich nicht weit. All das hier beweist überhaupt nichts.

Ich sehe mir noch einmal die Tulpen an. Ihr Anblick in deinem Büro versetzt mich zurück in die Konferenz. Du schreibst etwas auf, musterst mich dann eindringlich und nickst zufrieden, als hätte sich irgendeine Information über mich bestätigt, die du dir nun notieren kannst. Ich habe das Gefühl, du hast mich gestohlen. Ich kann mich deinen Blicken nicht entziehen, egal, wie weit ich meinen Stuhl zurückschiebe, ob ich mich kleinmache oder hinter Gary verstecke. Ich starre den Tisch an. Ich winde mich auf meinem Platz, befangen und verunsichert.

»Interessant«, sagst du mit wissendem Tonfall, als ich auf Garys Frage nach einer langweiligen Information murmelnd eine Antwort gebe, die das Gegenteil von interessant ist. Auf die anderen wirkst du engagiert und aufmerksam; du nimmst deinen Beruf ernst. Das Schlimmste, was sie von dir denken könnten, ist, dass du dich bei Gary einschleimst. Niemand würde auch nur im Traum auf die Idee kommen, dass du mir nachstellst.

Ich schüttele die Erinnerung an die Konferenz ab und werde mir bewusst, wo ich bin. Auf der Treppe sind die Schritte eines Ungeheuers zu hören, das ganze Gebäude erzittert. Das musst du sein. Deine Schritte sind immer laut und eilig, als wolltest du allen zeigen, dass du weißt, wo du hingehst; dass du ein Ziel vor Augen hast; viele äußerst wichtige Dinge zu tun und dass du es ernst meinst. Was für ein vorbildlicher Mitarbeiter du bist.

Ich beeile mich, an die Tür der neuen Institutsleiterin zu klopfen, und bin erleichtert, als sie sofort antwortet. Dann schlüpfe ich hinein, sperre dein Hallo hinter mir aus und tue so, als hätte ich es nicht gehört.

Weil ich so mit der Frage beschäftigt bin, wie ich auf dem Rückweg an dir vorbeikomme, denke ich nicht weiter darüber nach, dass ich in Henrys altem Büro stehe. Mir fällt nicht auf, wie die neue Institutsleiterin alles verändert und seine Spuren beseitigt hat; ich muss nicht an das eine Mal denken, als er und ich auf dem Schreibtisch Sex hatten, wo sich jetzt Arbeitsblätter und Aktenordner stapeln. Früher, als Henry hier gearbeitet hat, war der Tisch immer sorgfältig aufgeräumt. Ich frage sie, ob sie gleich mitkommen möchte, um sich die neuen Computer für die Master- und Promotionsstudenten anzusehen. Als sie ja sagt, hätte ich sie vor Erleichterung am liebsten umarmt, doch ich bremse mich gerade noch.

Du kannst nur frustriert zusehen, wie ich in Begleitung und vollauf beschäftigt mit meiner neuen Rolle als Touristenführerin an deiner verbotenerweise offenen Tür vorbeirausche. Die Institutsleiterin bleibt kurz stehen und rügt dich wegen Missachtung der Brandschutzbestimmungen und des Sicherheitstrainings. In ihrer Stimme ist kein Funken von Humor, als sie deinen improvisierten Türstopper mit dem Fuß wegkickt.

Ich muss nicht hinsehen, um zu wissen, dass du sie böse anfunkelst. Du hast dich auf ihre Stelle beworben, aber du hast sie nicht bekommen. Jetzt hat sie noch einen Punkt auf die Liste der Kränkungen und Demütigungen gesetzt, die du wahrscheinlich sammelst, und kurz mache ich mir Sorgen um sie, auch wenn ich innerlich jubele, als die schwere Holztür langsam zuschwingt und sich klickend schließt, mit dir dahinter.

Am Donnerstagmorgen schien es, als hätte die ganze Welt geschlossen. Per E-Mail hatte Clarissa erfahren, dass die Universität wegen eines Schneesturms dichtgemacht hatte. Wenigstens gab es noch genügend Züge und Busse nach Bristol, so dass die Verhandlung fortgesetzt werden konnte.

Einträchtig warteten sie und Robert, bis die anderen eintrudelten.

Robert holte eine durchsichtige Tüte aus dem Rucksack und nahm ein Schokoladencroissant heraus. Er brach es in zwei Teile und hielt ihr wortlos die Hälfte hin.

Sie wollte gerade sagen, dass sie nie frühstückte, hielt sich aber zurück und nahm es an. »Danke«, murmelte sie, bevor sie abbiss, und erst als sich der Geschmack von Butter und dunkler Schokolade in ihrem Mund entfaltete, wurde sie richtig wach. »Köstlich.«

»Es ist aus dem Café direkt vor dem Gericht.« Er kaute nachdenklich. »Hoffen wir, dass Lottie es heute leichter hat.«

Lottie. Ein liebevoller, fast privater Kosename. So wie Clarissas Vater sie Clary nannte. Und doch war es der Kosename für eine Frau, mit der sie nie sprechen, die sie nie kennenlernen würden; eine Frau, zu der sie keinerlei persönliche Bindung aufbauen durften.

Clarissa hatte damit angefangen, doch Robert hatte den Namen sofort aufgegriffen. Das war am Dienstag gewesen, und inzwischen hatten sie ihn sich beide angewöhnt. Allerdings benutzten sie ihn nur untereinander, nie vor den anderen Geschworenen. Das war die unausgesprochene Regel. Es war eine Sache zwischen ihnen.

»Ja«, sagte sie. »Hoffen wir es.«

Sein Handy summte. Er schob sich den Rest des Croissants in den Mund und überflog eine SMS. »Die Jungs wollen nach der Schicht ein paar Bier trinken gehen. Wollen Sie Jack zurückschreiben, dass ich dabei bin?« Er hielt ihr sein Telefon hin.

»Sind Sie sicher, dass Sie mir vertrauen?«

»Vollkommen.«

Sie wusste, was sie schreiben würde. Robert würde verstehen, dass die Botschaft an ihn, nicht an Jack gerichtet war, aber es war unklar genug, um es zu wagen.

Ich sehne mich nach dir. xxx

Sie zeigte ihm das Display und wurde ein bisschen rot. »Soll ich sie senden?«

»Nur zu.« Er verzog keine Miene.

Sie schickte die Nachricht ab.

»Clarissa!« Er klang schockiert. »Das war nicht mein Ernst! Ich hätte nie gedacht, dass Sie es wirklich tun.«

Sie schnappte nach Luft und begann sich zu entschuldigen, aber er unterbrach sie. »Reingelegt!« Im nächsten Moment piepte die Antwort. Grinsend las er sie. »Zu privat, das kann ich Ihnen nicht zeigen.«

»Sagen Sie ihm, dass ich es war?«

»Nein. Warum seine Freude trüben? Er war so glücklich, er hat es allen gezeigt. Dafür weiß ich jetzt, dass ich Sie im Auge behalten muss. Sie haben es faustdick hinter den Ohren.«

Die Verhandlung begann mit anderthalb Stunden Verspätung.

Miss Lockyer nippte an ihrem Wasserglas, sichtlich erleichtert, wieder in Mr Mordens Händen zu sein.

»Können Sie Ihren Zustand in den Tagen nach der Entführung und Vergewaltigung beschreiben?«

»Ich habe mich verkrochen. Ich war völlig verstört. Ich musste mich ständig übergeben. Die Ärzte haben mir Tabletten gegen die Angstzustände gegeben, damit ich überhaupt schlafen konnte, und ich bin so ziemlich die Letzte, der ein Arzt freiwillig Medikamente verschreibt.«

Mr Morden sah sie eindringlich an. Sein Blick war traurig, mitfühlend, ritterlich und voller Bewunderung für seine Hauptzeugin. »Vielen Dank, Miss Lockyer. Sie waren sehr tapfer.«

Clarissa wollte noch einmal ihr Gesicht sehen, aber Miss Lockyer zog sich vor dem öffentlichen Gerichtssaal in ihre eigene Welt zurück, sank in sich zusammen wie eine Stoffpuppe, und ihr Kopf hing wie eine welke Blüte an ihrem dünnen Hals.

Als sie den Aufenthaltsraum durchquerten, wirbelte draußen vor dem Fenster der Schnee in dicken Flocken. Alle anderen Richter hatten wegen des Wetters früher Schluss gemacht. In dem großen Raum war es unheimlich leer und still. Der Schalter des Justizbeamten war verwaist.

Clarissa und Robert waren die einzigen der zwölf Geschworenen, die aus Bath kamen. »Vielleicht sitzen wir hier fest«, sagte Clarissa, als sie sich durch den Schneesturm kämpften. »Vielleicht fahren keine Züge mehr.«

»In dem Fall rufe ich die Wache an. Dann kommt jemand und holt uns ab.«

»Den ganzen Weg nach Bristol?«

»Ja«, sagte er mit der sanften Nüchternheit, die typisch für ihn war.

»In einem Feuerwehrauto?«

Er lächelte sie an wie ein Kind, aber sein »Nein« kam mit der gleichen freundlichen Festigkeit. »Mit dem Jeep.«

»Schade«, sagte Clarissa, als sie sich in den Fünf-Uhr-Zug

zwängten, der wundersamerweise fuhr. »Ich wäre gern mal mit einem Feuerwehrauto gefahren.«

»Es wäre kein …« Doch er verkniff sich das Ende des Satzes und lächelte.

Der Zug war überfüllt, nachdem vorher drei Züge ausgefallen waren. Clarissa kam nicht viel weiter als bis hinter die Tür. Sie lehnte sich an die Trennwand, und Robert stand neben ihr, nur Zentimeter entfernt. Als der Zug anfuhr, taumelte er gegen sie, und unwillkürlich überlegte sie, wie es sich anfühlte, ihn zu küssen. Eine Schneeflocke schmolz auf seiner Wange, und es fiel ihr schwer, der Versuchung zu widerstehen, sie abzuwischen.

»Haben Sie auch das Gefühl«, fragte Clarissa vorsichtig, »dass mit jeder neuen Frage der Boden ins Wanken gerät, und alles, was Sie eben noch zu wissen glaubten, plötzlich nicht mehr sicher ist?« Gegen diese Frage könnte der Richter nichts einwenden, trotz seiner wiederholten strengen Warnung, den Fall nicht außerhalb des Gerichts zu erörtern.

»Ja. So geht es mir auch.« Sein Atem roch nach Zahnpasta. Er musste sich ein Pfefferminzbonbon in den Mund gesteckt haben, als sie nicht hingesehen hatte. Ihr gefiel die Vorstellung, dass er diese heimliche Vorkehrung getroffen hatte für den Fall, dass sie eng beieinanderstehen würden.

Der Zug erreichte Bath. Sie bedauerte es, als die Tür aufging und die Fahrt schon vorbei war. Sie zog eine weitere Mützen- und Handschuhgarnitur ihrer Mutter aus der Handtasche. Dann stieg sie mit der gleichen Verlegenheit vor Robert aus dem Zug, die sie überfiel, wenn sie vor allen Leuten durch den Gerichtssaal ging.

Vor dem Bahnhof blieben sie kurz stehen. Der Nachthimmel wirkte wie verzaubert; er leuchtete im sanften Widerschein des weißen Schnees. Roberts schwarze Fleecemütze war nach kürzester Zeit wie gepudert.

»Ich wohne nicht weit von Lotties alter Adresse«, platzte sie heraus. Sie wollte den Abschied aufschieben, indem sie irgendein Thema anschnitt.

»Kleine Welt. Haben Sie es den anderen erzählt?«

»Nein. Manchmal komme ich an dem Haus vorbei, wenn ich zum Bahnhof gehe. Aber in letzter Zeit nehme ich morgens ein Taxi – wenn ich spät dran bin«, schob sie schnell hinterher. »Und im Dunkeln gehe ich auch nicht mehr gern zu Fuß. Jetzt fahre ich auch mit dem Taxi nach Hause.«

Als sie sich umsah, wich Rafe in einen Hauseingang zurück.

»Ist alles in Ordnung?«

Sie stockte. »Ich glaube, die Dinge, die wir im Gericht hören, machen mir irgendwie Angst.«

Robert musterte sie. »Das ist verständlich. Sie sind so zierlich, und da oben auf dem Hügel ist es nachts ziemlich dunkel.« Er schwieg ein paar Sekunden, dann sagte er: »Ich wohne auf der anderen Seite der Stadt. Nicht weit vom Blindengarten.«

Sie kannte die Ecke. Schöne georgianische Reihenhäuser, die zwar etwas kleiner waren als die berühmtesten der denkmalgeschützten Straßenzüge in Bath, aber immer noch ziemlich prächtig und eindrucksvoll. »Es wird wohl keine Dachwohnung sein«, vermutete sie. Der oberste Stock dieser Häuser war ziemlich niedrig – zu niedrig für einen Mann seiner Größe.

»Es ist keine Wohnung.«

»Oh.« Sie versuchte ihre Überraschung darüber zu verbergen, dass er sich ein ganzes Haus in der Gegend leisten konnte.

»Sie zittern ja«, bemerkte er. »Zeit, nach Hause zu gehen. Gute Nacht, Clarissa Jane Bourne.«

Es war klar, wer schuld war, dass sie erschrak. Sie neigte den Kopf, sah ihn forschend an und fragte so ruhig wie möglich: »Über welche Supermächte verfügen Sie, dass Sie meinen zweiten Vornamen kennen?«

»Weder Laserblick noch Telepathie, noch Spionage. Auf der Geschworenenliste stehen die vollen Namen. Ich sehe Ihren jeden Morgen, wenn ich meinen abhake. Ihrer steht ganz oben.«

Mit gespielter Verlegenheit biss sie sich auf die Lippe. »Wie kann mir das nur entgangen sein?« Sie lachte kurz und zuckte die Schultern. »Dumm von mir.«

»Nein«, entgegnete er. »Sie sind bestimmt nicht dumm.«

Es stimmte, mit Robert war sie sich noch nie dumm vorgekommen. Selbst wenn sie gegen ihren automatischen Argwohn ankämpfen musste, selbst wenn sie die Kontrolle verlor und er einen Blick hinter ihre Fassade erhaschte, er schien jedes Mal mit sanftem Wohlwollen und Liebenswürdigkeit zu reagieren. Und sie wusste, dass er vieles bemerkte. Namen. Feuerzeuge. Sie fragte sich, was er noch alles mitbekam.

»Grüßen Sie Jack von mir«, sagte sie.

»Das werde ich tun.«

Als sie sich verabschiedet hatten, wollte sie sich nicht umdrehen, um zu schauen, ob Robert ihr nachsah, so wie sie sich nie nach den Anwälten und Angeklagten im Gerichtssaal umsah. Aber sie tat es doch. Sie konnte nicht anders. Robert ging davon, aufrecht, zielstrebig und mit gleichmäßigen Schritten, ohne einen Blick zurückzuwerfen.

Clarissa eilte auf ein Taxi zu, dankbar, dass sie nicht warten musste, und hielt nicht nach Rafes schrecklichem Schatten Ausschau. Sie wusste, dass er da war. Sie brauchte nicht nachzusehen.

FREITAG

Im Zeugenstand saß ein kleiner, dicklicher, teigiger Mann. Der Exfreund, der Lottie das Herz gebrochen hatte.

»Wie wirkte Miss Lockyer auf Sie, als sie am Sonntag, den neunundzwanzigsten Juli, aus London zurückkam?«

»Sie war voll am Ende. Echt fertig. Sie sah total verdreckt aus. Hatte ein blaues Auge. Hat gezittert und geweint. Hat sich nicht von mir anfassen lassen. Sie hat schlecht gerochen. Sie hatte keine Unterhose an. Ich hab einen richtigen Schreck gekriegt. Hab immer wieder nachgefragt, aber sie wollte nichts sagen. Sie hatte getrocknetes Blut zwischen den Beinen. Außerdem hat ihr Atem so komisch gerasselt, als würde ihr in der Brust was weh tun.«

Abends schlenderten Clarissa und Annie über den Markt. Es war Annies Idee gewesen, zusammen bummeln zu gehen, bevor Clarissa in den Zug nach Bath und Annie in den Bus in die Vororte von Bristol stieg.

»Unser Richter lässt uns immer so spät raus«, murrte Annie. »Die anderen Geschworenen dürfen viel früher gehen. Wenn wir Feierabend haben, sind die guten Sachen schon weg.«

»Wir könnten einfach in der Mittagspause auf den Markt gehen. Wie letzten Mittwoch.«

»Du ernährst dich wahrscheinlich von Mineralwasser aus verzauberten Quellen und reiner Luft. Aber wir anderen müssen in der Mittagspause was essen.« Enttäuscht sah Annie zu, wie die Inhaber der Kunsthandwerkstände anfingen, ihre verbliebenen bemalten Töpfe, handgefertigten Schmuckstücke, Faltkarten und Batikkleider einzupacken, als würden sie die Ware absichtlich wegräumen, bevor Annie zugreifen konnte. »Wenigstens ist uns dein unheimlicher Freund nicht auf den Fersen. Ich kann ihm nur wünschen, dass er mir nicht noch mal unterkommt.«

Clarissa redete sich ein, dass Annie vor Rafe sicher wäre. Annie würde es sofort auffallen, falls er sie beobachtete – sie war aufmerksam, und sie ließ sich nichts gefallen. Clarissa war überzeugt, dass Rafe sich an Annie nicht herantrauen würde; sie hatte so etwas an sich.

»Ich wünsche ihm gar nichts.« Clarissa putzte sich die Nase und warf das Taschentuch in eine Mülltonne.

»Wie findest du das?« Annie betrachtete eine handgemachte Holzschachtel mit Disneymotiven. Clarissa fand sie scheußlich. Sie schwieg demonstrativ, und Annie stellte sie zurück.

»Das ist doch hübsch.« Clarissa hielt ein Kinderkleid hoch. Es war kornblumenblau und mit Rosen bestickt. Sie fragte sich, ob es Annies kleiner Tochter gefallen würde, aber dann begutachtete sie den Saum und seufzte. »Es löst sich schon auf.«

Annie verdrehte die Augen. »Du bist unser tapferes Schneiderlein, Clarissa. Das muss man dir lassen.« Annie hielt inne, als überlegte sie, ob sie weiterreden sollte, und dann tat sie es: »Denk dieses Wochenende mal über etwas nach. Man sagt doch, dass Frauen sich gern für Künstler ausziehen. Überleg mal, ob es bei Feuerwehrmännern genauso ist und ob Feuerwehrmänner das wissen. Vielleicht ist es der Reiz an diesem Job.« Annie drückte ihr den Arm. »Du weißt fast nichts über ihn, Clarissa«, sagte sie und sah sie eindringlich an. »Es ist etwas an ihm, das ich nicht …« Annie brach ab. »Man muss keine Gedanken lesen können, um zu sehen, wie sehr du ihn magst. Sei einfach vorsichtig.«

SAMSTAG

Samstag, 14. Februar, 11:00 Uhr, Valentinstag

Als ich die Treppe herunterkomme, treffe ich Miss Norton im Flur. Ich bin gerade auf dem Weg nach draußen, um ein paar Erledigungen zu machen und mich mit Gary zum Kaffee zu treffen, aber Miss Norton hat schon einen geschäftigen Morgen hinter sich. Sie verabschiedet sich gerade von dem Taxifahrer, der darauf bestanden hat, ihren karierten Einkaufsroller hereinzutragen, und erklärt ihm, dass sie es auch allein geschafft hätte.

Miss Norton ist zweiundneunzig Jahre alt und pflegt ihre eiserne Routine. Jeden Tag nach dem Aufstehen macht sie zwanzig Runden Speedwalking durch ihre Wohnung, um fit zu bleiben. Der Bürgersteig draußen sei zu holprig und zu gefährlich für das Sportprogramm alter Schachteln, sagt Miss Norton.

Ich möchte, dass eine gute Fee vorbeikommt. Sie sähe aus wie Miss Norton und hätte ihr glockenhelles Lachen. Ich hätte drei Wünsche frei und würde weise wählen. Erstens: Ich wünsche mir ein Baby. Zweitens: Ich wünsche mir Robert. Drittens: Ich wünsche mir, dass du verschwindest, weit, weit weg, für immer. Sie würde den Zauberstab schwingen, einmal, zweimal, dreimal. Es wäre so einfach.

Miss Norton sieht mich wissend an. »Die sind für Sie angekommen, Liebes. Pralinen. Ich habe Sie zu Ihrer Post auf das Bord gelegt. So ein hübscher Karton. Jemand hat sie vor die Tür gelegt.«

Ich gehe zur Tür. Nach kurzem Zögern reiße ich sie auf.

Du stehst auf der anderen Straßenseite, an einen Laternenpfahl gelehnt. Wieder in schwarzen Jeans. Ein schwarzes, langärmeliges Hemd, nicht in die Hose gesteckt. Du trägst weder Mantel noch Mütze und hast wegen der Kälte die Schultern hochgezogen. Du siehst verletzlich aus.

Einen Moment lang lässt mein Hass auf dich nach. Ich sehe dich wie einen Fremden. Ich sehe den Kummer in deinem Gesicht und denke, was bist du für eine verlorene Seele. Ich muss daran denken, wie es war, als Henry mich verlassen hat, wie hoffnungslos enttäuscht ich von der Liebe war. Geht es dir genauso, nur in krankhaftem Ausmaß? Doch dann hebst du grüßend die Hand, ganz langsam, und machst dich auf den Weg herüber. Du kommst näher, wo ich dich auf keinen Fall haben will. Und schon ist der Anflug von Mitleid, der mich übermannt hat, verschwunden, so schnell, wie er sich angekündigt hat.

Deine Stimme dröhnt zu laut auf meiner friedlichen Straße. »Hallo, Schönheit.«

Hallo, Schönheit.
Das waren Henrys Worte an dem Tag, als wir uns kennenlernten, vor fünf Jahren, kurz nachdem ich die Stelle an der Uni bekommen hatte.

Ich erinnere mich lebhaft an unsere erste Begegnung. An seinen schicken Anzug. Seine Krawatte mit den T.-S.-Eliot-Zitaten. Das Leuchten in seinen Augen, als Gary uns zu Beginn der Ausschusssitzung, die uns zusammengeführt hatte, einander vorstellte. Den elektrischen Schlag, als wir uns die Hand gaben. Die Tatsache, dass ich von Anfang an nirgendwo anders hinsehen konnte, wenn Henry im Raum war.

Während der Sitzung zwinkerte Henry mir tatsächlich zu, und ich musste mir das Lachen verkneifen. Als ich zurück in mein Büro kam, wartete eine E-Mail auf mich, mit genau zwei Worten. *Hallo, Schönheit.* Sie sprangen mir vom Bildschirm entgegen.

Ich hätte ihn ignorieren oder zurückweisen können, oder sogar eine Beschwerde wegen Belästigung gegen ihn einreichen. Aber ich tat nichts dergleichen.

Hallo, schrieb ich zurück und spürte, wie schnell mein Herz dabei klopfte.

Gehen wir heute Abend essen. Seine Nachricht war Sekunden nach meiner Antwort da. Es war keine Frage, aber ich hätte nein sagen können, und er hätte meine Antwort respektiert.

Noch ein wesentlicher Unterschied zwischen ihm und dir.

Ein weiterer ist, dass ich mich an unsere erste Begegnung nicht erinnern kann. Bis zu deiner Buchvorstellung hatte ich außerhalb der Uni nie mit dir zu tun und habe dich kaum beachtet; du warst einer von vielen kaum zu unterscheidenden Dozenten, denen ich im Namen der Studenten mit Papierkram nachlaufen musste. Das war alles.

Nach dem Abendessen schlenderten Henry und ich am Fluss entlang und atmeten den Kamingeruch aus den Schornsteinen der Kähne ein. Das Wasser stand hoch, bis an das schwarze Geländer, das die Spaziergänger davor schützen sollte, ins Wasser zu fallen. Henry zitierte Yeats' »Die Nixe« aus dem Gedächtnis, und ich musste ihm versprechen, dass ich nicht vorhatte, ihn zu ertränken. Obwohl der Wein, den wir getrunken hatten, unsere Gedanken verlangsamte, fanden wir irgendwie durch das Labyrinth aus Pflastersteinen hinter der Brücke, wir hielten uns an den Händen und erreichten das Mosaik in der Mitte, als es schon fast dunkel war.

Am Ende des Abends standen wir am Wehr und schauten auf das schäumende Wasser unterhalb der kopfstehenden Spiegelung der Pulteney-Brücke, die golden auf der Wasseroberfläche schimmerte. »Ein perfektes Date«, sagte Henry. Seine Worte waren von der gewohnten Ironie gefärbt, vom Wissen des Dichters um das Klischeehafte seines Ausdrucks. »Ein perfektes Date« gehörte normalerweise nicht zu Henrys Wortschatz. Doch als er mich an sich zog, musste ich zugeben, dass der Abend genau das gewesen war.

Erst einen Monat später fand ich heraus, dass er verheiratet war, auch wenn er schwor, die Beziehung existiere nur noch auf dem Papier. Nach seinem Geständnis weigerte ich mich drei Wochen lang, ihn zu sehen, ignorierte seine Anrufe, SMS und E-Mails und öffnete nicht mal die Tür, wenn es klingelte, so unendlich wütend war ich, dass er es mir nicht gleich gesagt hatte. Aber ich war längst hoffnungslos in ihn verliebt, und es dauerte nicht lang, bis ich meinen Schwur brach, mich von ihm abzuwenden. Zwei Monate später zog Henry aus dem Haus aus, das er mit seiner Frau geteilt hatte, und stand mit einer Flasche Wein, einem Blumenstrauß und einem Koffer vor meiner Tür.

Ich hätte ihn abweisen können, wie ich es bei dir so oft getan habe.

Stattdessen küsste ich ihn und ließ ihn herein.

Du hast die Straße überquert. »Clarissa. Ich wollte …«

Bevor du den Satz beendet hast, schlage ich dir die Tür vor der Nase zu.

Miss Norton zieht die ergrauten Brauen hoch. »Ich habe ihn schon ein paarmal gesehen.«

»Bitte lassen Sie ihn niemals herein, Miss Norton.«

»Als würde ich einen fremden Mann ins Haus lassen, Clarissa.«

»Entschuldigen Sie. Ich weiß, Sie tun so was nicht. Ich weiß, ich muss Sie nicht darum bitten. Würden Sie es mir bitte sagen, wenn Sie ihn wieder hier sehen?«

»Natürlich.«

»Könnten Sie, wenn es sein muss, eine Beschreibung von ihm abgeben? Oder ihn identifizieren?«

»Natürlich«, wiederholt sie und sieht mich forschend an.

»Gut. Das ist gut.« Trotzdem tut es mir leid, dass ich sie

gefragt habe. Es ist nicht die Aufgabe einer 92-jährigen Dame, mich zu beschützen. Vorsichtig berühre ich die herzförmige Schachtel, die Miss Norton für mich auf das Bord gelegt hat. Sie ist dunkelrot. Ich ziehe die Finger zurück, als hätte ich mich verbrannt.

»Sie bekommen viele Geschenke, Clarissa.« Miss Norton zieht wieder die Brauen hoch und schüttelt anerkennend den Kopf mit dem seidigen weißen Haar.

»Ich werde das nicht essen.« Ich schiebe die Pralinenschachtel weg; sie ist schwer. »Ich wünschte, ich könnte sie einfach wegwerfen.« Aber ich weiß, dass ich sie aufbewahren muss, sie wegschließen muss mit all den anderen Geschenken von dir.

Miss Norton kneift die Augen zusammen. Vielleicht missbilligt sie eine solche Verschwendung.

»Tut mir leid«, sage ich schnell. Wahrscheinlich fragt sich Miss Norton, warum ich die Pralinen nicht ihr gebe, wenn ich sie schon nicht esse. »Ich weiß, Ihre Generation hat viel Lebensmittelknappheit erlebt. Wie meine Großmutter. Sie kam nie darüber hinweg.«

»Und Ihre Generation glaubt, es geht alles ewig so weiter, meine Liebe.«

»Das stimmt.« Ich nicke betroffen. »Ich weiß, wie umsichtig Sie sind.« Ich beschließe, ihr nachher eine Schachtel Pralinen zu kaufen und sie damit zu überraschen.

»Würden Sie lauter sprechen? Mein Hörgerät braucht neue Batterien.«

Geduldig wiederhole ich, was ich gesagt habe.

»Ja«, sagt Miss Norton nachdenklich. »Ich muss mit meiner Pension auskommen.« Sie war Rektorin an einer privaten Mädchenschule und ist seit langer Zeit im Ruhestand. »Vergessen Sie die Karte nicht.« Miss Nortons Hand ist weiß wie Papier und von blauen Adern durchzogen. Sie greift nach der dunkelroten Schachtel. Dann zieht sie den Umschlag unter dem gekräuselten rosa Geschenkband heraus.

Der Umschlag ist ebenfalls herzförmig und hat die Farbe von Zuckerwatte. Wäre er von Robert, hätte mich die Widmung zum Lächeln gebracht. *Für die Prinzessin auf dem Dachboden.*

Aber du bist nicht Robert. Du bist wie der Zauberspiegel aus der *Schneekönigin*: Durch dich werden selbst die schönsten Dinge verzerrt und hässlich.

Ich will mich vor Miss Nortons Röntgenblick verstecken.

»Damit können nur Sie gemeint sein. Sie sehen aus wie eine Prinzessin, wissen Sie? Außerdem bin ich viel zu alt, um auf dem Dachboden zu wohnen.« Sie streckt die zarte knochige Hand aus und berührt ganz leicht meine Stirn. Ihre Haut ist weich und trocken. Überraschenderweise riecht sie nach Eukalyptus. »Sie sehen nicht gut aus.«

Ich versuche zu lächeln. »Es geht schon. Sie sind so lieb, Miss Norton.«

Im Flur wird es dunkel, und der Umschlag rutscht mir aus den Fingern.

»Ach je«, sagt Miss Norton.

Ich ertaste den Lichtschalter, und die silbrigen Kristalltropfen des Leuchters brennen für weitere zehn Minuten. Dann hebe ich den Umschlag auf, der auf dem dunkelgoldenen Kokosläufer gelandet ist, und ziehe die Karte heraus. *Alles Liebe zum Valentinstag.*

Leider ist mir deine Handschrift vertrauter als sonst irgendeine. *Ich werde nie aufgeben.*

»Sie zittern ja. Kommen Sie herein. Ich mache Ihnen eine Tasse Tee.«

Trotz meines starken Instinkts, Miss Norton zu schützen und zu verschonen, purzeln die Worte nur so heraus. »Ich muss Ihnen undankbar vorkommen und verwöhnt. Aber ich will seine Geschenke nicht.« Ich schiebe die Karte in den Umschlag zurück, mit spitzen Fingern, ohne hinzusehen. »Ich habe ihm gesagt, dass ich nichts von ihm will. Ich will, dass er mich in Ruhe lässt.« Ich wische mir eine Träne weg. »Ich kann jetzt nicht mitkommen, aber vielen Dank.«

Pralinen und Diamanten und Lederhandschuhe. Du überfällst mich im Park. Du fasst mich an, obwohl ich es ausdrücklich nicht will. Und dann schickst du mir Pralinen zum Valentinstag. Passt das für dich zusammen? Du musst schizophren sein.

Ich habe dennoch vor, aus dem Haus zu gehen. Ich werde einfach an dir vorbeigehen. Es ist helllichter Tag. Die Nachbarn würden mich hören, wenn ich schreie. An einem Vormittag wie diesem kannst du mir nichts anhaben. Falls du mir folgst, führe ich dich geradewegs zur Polizei, und ich bin mir ziemlich sicher, dass dir das nicht gefallen würde.

Trotzdem schaudere ich bei der Erinnerung an den Spaziergang im Park. Ich werde meinen Mantel zur Reinigung bringen, damit jede Berührung von dir entfernt wird. Außerdem kaufe ich mir einen Aktenvernichter; dann kannst du in meinem Altpapier herumwühlen, so viel du willst, du wirst nichts Interessantes über mich finden.

Du wirst die Quittung des Sexratgebers nicht finden, den ich mir gestern in der Mittagspause gekauft habe, weil ich dachte, ich könnte meine Fähigkeiten erweitern, für alle Fälle. Du wirst die Quittung des Buchs über natürliche Familienplanung nicht finden, das ich im selben Laden gekauft habe, ebenfalls für alle Fälle. Die fast neue Flasche Gardenia werde ich der Heilsarmee spenden. Den Kassenbon des neuen Parfums mache ich zu Konfetti. Du wirst nie erfahren, welches es ist.

Über dich ist verdächtig wenig bekannt. Vielleicht gibt es einen verborgenen Schlüssel; etwas, das mir helfen kann. Gary hat einmal erwähnt, dass er jemanden kennt, der vor Jahren mit dir zusammengearbeitet hat. Vielleicht kann Gary mir weiterhelfen, trotz meines Widerwillens, mich näher mit dir zu beschäftigen.

Aber es geht nicht nur um dich. Nicht alles hat mit dir zu tun. Das darf ich nicht vergessen.

Ich freue mich auf die Verabredung mit Gary. Ich will wissen, was die Kollegen machen und was in meiner Abwesenheit an der Uni passiert. Für Gary stellst du keine Gefahr dar. Ihm kannst du nicht weh tun, wie du Rowena oder Hannah weh tun könntest. Du kannst ihn nicht benutzen, um an mich ranzukommen; er würde dich sofort durchschauen.

Außerdem ist Gary ein Mann. Ein großer Mann. Ein Kollege von dir. Ein Kollege, dessen Position höher und mächtiger ist als deine. Du legst dich nicht mit Leuten an, die dir gewachsen sind.

Ich nehme meinen Mut zusammen und öffne die Tür. »Ich treffe mich mit einem Freund, Miss Norton. Und ich muss einige Erledigungen machen. Ich muss los.« Bevor ich das Haus verlasse, sehe ich die breite, freundliche Straße in beide Richtungen hinunter. Kein hässlicher, feiger Schatten. Es sei denn, du versteckst dich in einem der hübschen Vorgärten, die alle unterschiedlich aussehen, wie die klassizistischen Häuser mit ihren verschiedenen Giebeln und Höhen und Pastellfarben und Fenstern.

Kurz frage ich mich, ob sich die Seekrankheit, die sich in mir ausbreitet, wie Schwangerschaftsübelkeit anfühlt.

»Kann ich Ihnen etwas aus der Stadt mitbringen, Miss Norton?«

Mit liebenswürdiger Miene rügt sie mich für meine Zerstreutheit. »Ich war gerade selbst einkaufen, meine Liebe«, sagt die stets aufgeweckte Miss Norton.

Woche 3
Der standhafte Liebhaber

MONTAG

Montag, 16. Februar, 08:12 Uhr

Kaum ist das Taxi um die Ecke gebogen, sehe ich dich vor dem Bahnhof. Du lehnst an der Mauer neben dem Eingang. Sobald ich aussteige, läufst du auf mich zu wie ein Paparazzo, der einen Star abgepasst hat. Als ich auf die Drehkreuze zugehe, bleibst du mir dicht auf den Fersen.

Herrgott, bist du lästig. Du bist die größte Nervensäge der Welt. Wenn ich nicht gerade Todesangst habe, sehe ich, dass du bestenfalls eine nervende Schmeißfliege bist. Aber es ist lange her, dass du dich von deiner besten Seite gezeigt hast. Du wirst von Tag zu Tag schlimmer, und ich möchte nicht wissen, was mich am Ende dieser Abwärtskurve erwartet.

»War es schön auf dem Markt am Mittwoch mit deiner Geschworenenfreundin, Clarissa?«

Mein Mund wird trocken, als du Annie erwähnst. Aber ich sage mir, dass eine Frau, die ich erst seit zwei Wochen kenne – und das auch nur zufällig, weil unsere Namen aus einem Hut gezogen wurden –, keinen Nutzen für dich haben kann. Ich schlucke und räuspere mich. Für Annie geht keine Bedrohung von dir aus, rede ich mir ein; sie kann dir nichts über mich verraten; Annie ist nicht Rowena. Dennoch nehme ich mir vor, mich ab jetzt außerhalb des Gerichts von Annie fern-

143

zuhalten – ich muss verhindern, dass du sie je wieder anschaust.

»Warum trägst du deinen Ring nicht, Clarissa?«

Ich überfliege die elektronische Anzeigentafel. Ohne stehen zu bleiben, suche ich den Zug nach Bristol. Zu meiner großen Erleichterung fährt er pünktlich um 8:22 Uhr.

»Wenn du deine Märchen gründlich gelesen hättest, wüsstest du, dass immer eine schreckliche Strafe wartet, wenn man ein Geschenk nicht würdigt.«

Ich rempele den Letzten in der Schlange vor dem Drehkreuz an und murmele eine Entschuldigung.

»Ich wusste nicht, dass du und Gary so gute Freunde seid, Clarissa.«

Am Samstag habe ich gespürt, dass du mir gefolgt bist, mich beobachtet hast, auch wenn ich dich nicht mehr gesehen habe, nachdem ich das Haus verlassen hatte. Auch Gary hat sich umgesehen, als wir das Café betraten, als hätte er sich ebenfalls beobachtet gefühlt.

»Waren die Pralinen gut, Clarissa?«

Nie ging die Schlange an den Drehkreuzen so langsam voran wie heute.

»Es ist sehr unhöflich von dir, nicht einmal danke zu sagen.«

Die Hoffnung, mich irgendwann zu gewinnen, hält dich nicht länger unter Kontrolle. Selbst dir muss inzwischen klar sein, dass du keine Chance hast.

»Es war nicht nett von dir, mich vor der Tür stehen zu lassen, Clarissa.«

Ich sage mir, du willst nur eine Reaktion provozieren. Aber ich werde nicht reagieren. Ganz gleich, was du sagst oder tust.

»Anscheinend muss ich dir Manieren beibringen, Clarissa.«

Ich sage mir, ich bin an einem belebten Ort, am helllichten Tag.

»Ich mag es nicht, wenn man mir die Tür vor der Nase zuschlägt.«

144

Ich sage mir, hier kannst du mir nichts tun.

»So was mag ich überhaupt nicht.«

Endlich bin ich am Drehkreuz, und ich bete, dass du mir nicht folgst. Aus dem Vorlesungsverzeichnis weiß ich, dass du um neun Uhr eine Veranstaltung hast, also stehen die Chancen gut. Ich stecke meine Fahrkarte in den Schlitz und schiebe mich durch das Drehkreuz. Aber ich höre dich. Du rufst hinter mir her.

»Mir gefällt der Feuerwehrmann nicht, Clarissa. Ich habe gesehen, wie du hier letzte Woche mit ihm gesprochen hast. Halt dich fern von dem Feuerwehrmann!«

Mir stockt der Atem. Du weißt, wer Robert ist. Du weißt, was er von Beruf ist. Wahrscheinlich war es nicht schwer, all das herauszufinden, wenn du ihm am Donnerstagabend nach Hause gefolgt bist. Vielleicht hast du durch den Briefschlitz gespäht und seinen Namen auf einem Umschlag gesehen und ihn dann im Internet recherchiert.

Ich habe ihn auch gegoogelt und mehrere Zeitungsartikel gefunden. Wie er am Volkstrauertag einen Kranz niederlegt, für Feuerwehrmänner, die im Einsatz ums Leben gekommen sind. Bei dem Artikel war ein Foto von ihm, so attraktiv und ernst in voller Uniform mit mehreren Orden und Auszeichnungen an der Brust. Er war Teil einer Mannschaft, die einen Hochhausbrand mit sechs Toten löschte und anschließend die Gedenkfeier für die Opfer besuchte. Er hat ein Kind aus einem brennenden Haus gerettet – für einen Feuerwehrmann bestimmt der höchste Triumph. Vor zehn Jahren war Robert aus den Trümmern eines eingestürzten Gebäudes gezogen worden und hatte eine Woche im Krankenhaus gelegen; ein Kollege war neben ihm gestorben.

Natürlich gefällt dir Robert nicht; dir muss klar sein, dass du keine Konkurrenz für ihn bist.

Mit festem Schritt gehe ich von dir weg. Ich blicke nicht zurück. Die Autoren der Broschüren sollten mich filmen. Ein Clip zum Thema *Der richtige Umgang mit Ihrem Stalker bei Provokation*. Ich bin ein leuchtendes Beispiel. Du existierst nicht. Du kannst die schlimmsten Dinge sagen, aber du bist nur ein Gespenst, das mit der Luft redet. Fürs Erste beschützt mich deine Vorlesung. Du folgst mir nicht.

Sie setzte sich in den Zug und inspizierte die Tasche, die sie am Wochenende genäht hatte. Mehrere Abende hatte sie bis in die Nacht hinein recherchiert, entworfen, zurechtgeschnitten und genäht. Es war ihre Anti-Stalker-Tasche, und sie wunderte sich, dass etwas so Hübsches eine so hässliche Funktion haben konnte. Sie untersuchte die Innentaschen, vergewisserte sich, dass alles sicher und zugleich griffbereit verstaut war, und dachte dabei über das nach, was Gary ihr erzählt hatte.

Rafe hatte vor zehn Jahren in London mit einer Frau zusammengelebt. Garys Informationsquelle war ein Freund, der damals an demselben Anglistikinstitut unterrichtete wie Rafe, an einer Londoner Universität. Auch die Frau hatte dort gearbeitet, als Sekretärin, so hatten die beiden sich kennengelernt. Doch als Rafe den Lehrauftrag in Bath bekam, hatte sie ihn verlassen und ihre Stelle gekündigt. Niemand wusste, was nach der Trennung aus ihr geworden war; sie war wie vom Erdboden verschluckt.

Aber Clarissa hatte einen Namen: Laura Betterton. Am Wochenende hatte sie im Internet nach ihr gesucht und nichts gefunden. Irgendwie hatte sie mit Zeitungsartikeln über eine Vermisste oder sogar mit Berichten über einen unaufgeklärten Mord gerechnet. Aber immerhin war Betterton kein sehr geläufiger Name. Auch wenn sie keine Laura fand, standen im Online-Telefonbuch die Adresse und Nummer eines James Betterton in London. Ohne mit etwas Bestimmtem zu rechnen, rief Clarissa dort an. Ein Mann antwortete, und sie fragte nach Laura.

»Wer spricht da?«

»Sie kennen mich nicht, aber …«

»Warum rufen Sie an?«

»Ich versuche sie zu finden. Laura, meine ich.«

Er schnaubte, eine Art unterdrücktes, verbittertes Lachen. »Und Sie können mir nicht Ihren Namen nennen?« Er legte auf.

Viele Menschen waren schroff und reizbar, wenn jemand die

falsche Nummer wählte. Doch sie hatte das Gefühl, da war noch etwas anderes in der Stimme des Mannes. Er klang alarmiert. Und zornig.

Fürs Erste wollte sie ihn nicht weiter mit Anrufen belästigen – sie wusste zu gut, wie unangenehm so etwas war. Außerdem war ihr Wunsch, mehr über Laura zu erfahren, vielleicht so groß, dass sie das Gras wachsen hörte.

Sally Martin zupfte an ihrer präraffaelitischen roten Mähne, als Mr Morden sie zu dem Samstag befragte, an dem sie Zeugin von Lotties Entführung wurde. Die Angeklagten hatten sich von ihr durch Bath führen lassen, als sie mit dem Transporter auf der Suche nach Lottie waren.

»Sie wollten nicht gesehen werden. Sie waren ihr bis zu ihrer Straße gefolgt. Wir standen erst seit einer Minute da, als Tomlinson sagte: ›Bingo.‹ Sparkle sagte: ›Rein mit ihr in den Wagen. Schnell.‹ Dann haben sie sie so schnell ins Auto gezerrt, dass ich kaum mitgekriegt hab, was passiert ist.«

Clarissa rutschte der Bleistift aus der Hand und fiel unter den Tisch. Als sie ihn vom Boden aufhob, schlug sie sich den Kopf an der Tischplatte an und blinzelte die Tränen weg, die ihr in die Augen schossen.

»Sie war totenbleich. Ich hab noch nie jemand gesehen, der solche Angst hatte. Sie hat sich auf die Lippe gebissen und die Hände gerungen. Sie hat den Kopf hängen lassen und versucht niemand anzugucken. Nach vielleicht zehn Minuten sind sie in meine Straße gefahren und haben mir gesagt, dass ich abhauen soll.«

»Warum weinen Sie, Miss Martin?«

»Ich hab sie schreien hören, als der Transporter weiter ist. Ich war so froh, dass ich draußen war, aber ich wusste, dass sie ihr was antun würden. Ich hab immer noch ihr Gesicht vor Augen. Das vergesse ich nie.«

Mr Belford blieb ungerührt von Sally Martins Tränen. »Einen Monat vor Miss Lockyers mutmaßlicher Entführung und Vergewaltigung observierte die Polizei Sie beide, als Sie illegal auf der Straße Ihrem Gewerbe nachgingen.«

Doch Sally Martin ließ sich von Mr Belfords Ausdrucksweise nicht einschüchtern. »Hören Sie, ich hab's kapiert, dass Sie so ein supergebildeter Typ mit lauter Fremdwörtern sind, aber kein Mensch versteht Sie.«

»Dann werde ich mich direkter ausdrücken. War Carlotta Lockyer eine Prostituierte?«

»Ja. Das war sie. Na und? Das heißt nicht, dass die Typen sie nicht vergewaltigt haben.«

Clarissa und Annie gingen schnell die Treppen hinunter.

Annie runzelte die Stirn. »Miss Martin ist wahrscheinlich die Einzige in diesem Verfahren, die wieder in Ordnung kommen wird.«

»Miss Lockyer nicht?« Clarissa hielt die Luft an. »Miss Lockyer kommt nicht wieder in Ordnung?«

»Nein«, sagte Annie. »Bei Miss Lockyer ist es hoffnungslos.«

Im Zug saßen sie einander an einem Tisch gegenüber. Die Heizung verströmte angenehm heiße Luft. Clarissa wand sich aus dem Mantel, legte ihn neben sich und lächelte Robert an.

Alles war normal. Sie war normal. Rafe war nicht da. Sie und Robert waren allein im Waggon. Sie war mit einem Mann zusammen, den sie mochte, und alles war normal. Sie war beinahe glücklich, bis auf das schlechte Gewissen, weil sie Rafe auf Robert aufmerksam gemacht hatte. Sie überlegte fieberhaft, wie sie Robert warnen könnte, ohne ihm von Rafe zu erzählen.

Der erste Versuch war kein Geniestreich, aber sonst fiel ihr nichts ein, und wahrscheinlich war es besser als nichts. »Meinen Sie, wir sollten im Alltag aufmerksamer sein, wegen der Gerichtsverhandlung?«

Er machte ein nachdenkliches Gesicht.

»Ich meine, müssen wir vorsichtiger sein, mehr auf unsere Umgebung achten?«

Er zog eine Augenbraue hoch.

»Für den Fall, also, falls uns jemand verfolgt oder versucht, Dinge über uns herauszufinden?« Sie klang immer lächerlicher.

»Ich mache mir wegen der Angeklagten keine Sorgen, Clarissa. Und das brauchen Sie auch nicht.«

Sie biss sich auf die Lippe. »Sie haben recht.«

»Die Angeklagten werden Ihnen nichts tun.«

Tolle Warnung, dachte sie. Super, Clarissa. »Natürlich nicht«, murmelte sie. »Ich sollte so was gar nicht denken.«

»Ich kann verstehen, dass Sie nervös sind. Ich habe es neulich Abend schon gemerkt. Ich will Sie nur beruhigen.«

»Das haben Sie schon.« Sie sagte sich, Robert war ein großer Junge, der auf sich aufpassen konnte; Robert war der Letzte, der sich fürchten musste.

»Ich habe Sie am ersten Tag im Zug gesehen. Sie waren mit Ihrem Telefon beschäftigt. Sehr …«, er suchte nach dem richtigen Ausdruck, »… darin vertieft.«

Sie freute sich, dass Robert sie bemerkt hatte, bevor sie von seiner Existenz wusste. Gleichzeitig wurde ihr der große Unterschied bewusst zwischen dem Gefühl, von ihm beobachtet zu werden, ohne dass sie es merkte, im Gegensatz zu dem Gefühl, wenn Rafe es tat.

»Erzählen Sie mir von einem Feuer.« Sie wünschte, Rafe würde sich nicht ständig in ihre Gedanken schleichen. Er ist nicht hier, sagte sie sich. Lass ihn nicht alles verderben, selbst wenn er nicht da ist.

»Feuer sind langweilig«, sagte er.

»Das ist nicht Ihr Ernst. Sie wissen, dass es nicht so ist.«

»Sie sind dran, mir was zu erzählen. Was gefällt Ihnen am Nähen?«

Sie blinzelte, überrascht von seiner Frage. »Ich bin nicht dran.«

»Nennen Sie mir nur die ersten hundert Gründe. Es interessiert mich.« Er hatte Grübchen. Sie wurden tiefer, wenn er lächelte.

»Ich schätze, es liegt in der Familie. Ich habe es geerbt. Oder es war Gehirnwäsche. Meine Großmutter hat wirklich alles selbst genäht. Meine Mutter … Sie ist unglaublich gut, eine leidenschaftliche Schneiderin – sie hat sogar Nähen unterrichtet. Sie strickt auch. Ist Ihnen aufgefallen, wie viele Stricksachen ich besitze?«

Er lachte. »Haben Sie das Kleid selbst genäht?«

Es war aus fließendem brombeerfarbenem Jersey. Der rechteckige Ausschnitt war gerade so tief, dass man den Ansatz ihrer Brüste erahnte. Durch die vertikalen Kräuselfalten lag das Oberteil eng an und wirkte irgendwie griechisch. Auch die langen Ärmel waren eng – die Male an ihren Handgelenken waren noch nicht ganz verschwunden. Sie spürte, wie ihr warm wurde. »Ja.«

»Es ist schön. Es …« Er brach ab. »Was noch?«

»Nähen ist gut für die Seele, sagt meine Mutter.« Sie lachte. »Ich glaube, sie hat recht. Es zahlt sich aus – die Zeit, die Mühe –, eigenhändig etwas zu erschaffen, etwas zu machen, das man anfassen kann. Meine Mutter hat mich gelehrt, den Wert von Materialien zu schätzen, und auch, was Massenproduktion mit den Menschen macht. Manche Leute, die ich kenne, finden, dass ich mein Talent verschwende.«

»Jemand Bestimmtes?«

»Das ist eine Prüfung, oder?« Sie wich der Frage aus – und dem Thema Henry.

Der Zug erreichte Bath. Sie zogen ihre Mäntel an, standen auf, stiegen aus und wünschten sich vor dem Bahnhof gute Nacht.

Sie konnte Rafe sehen, im Schatten auf der anderen Straßenseite. Er wollte gesehen werden. Doch sie weigerte sich, sich von ihm einschüchtern zu lassen. Sie würde ihm zeigen, dass seine Drohungen und seine Verfolgung keine Wirkung hatten. Sie würde ihr Leben leben. Und sie würde etwas mit einem Mann anfangen, wenn ihr danach war. Was spielte es für eine Rolle, ob Rafe wusste, wer Robert war? Es war kein Geheimnis.

Robert war erst ein paar Meter gegangen, als sie ihm hinterherrief: »Ich merke es mir, Robert.«

»Was denn?«

»Das nächste Mal sind Sie an der Reihe, mir etwas zu erzählen.«

Er versprach es mit einem ernsten Nicken, und sie lächelte, als sie davonging – Rafe zum Trotz –, weil sie Robert dazu gebracht hatte, stehen zu bleiben und sich nach ihr umzusehen.

Montag, 16. Februar, 18:45 Uhr

Die beiden Ziffern blinken langsamer, als mein Herz schlägt. Seit der Trennung von Henry und der monatelangen, fast vollkommenen Stille erschreckt mich die Zahl auf der Anzeige des Anrufbeantworters.

Vierzig. Vierzig Nachrichten. Nur du kannst mir an einem Tag vierzig Nachrichten hinterlassen. Alle Leute zusammengenommen, die ich kenne, könnten mir nicht an einem Tag vierzig Nachrichten hinterlassen.

Ich höre die erste Nachricht ab. Nichts. Stille. Ich zwinge mich, jede einzelne abzuhören, selbst überrascht von der leisen Hoffnung, es könnte ein Anruf von Rowena dabei sein. Natürlich ist keiner von ihr. Natürlich sind sie alle von dir; die Nummer ist jedes Mal unterdrückt, was bestätigt, dass du es bist. Ganz gleich, wie zittrig ich bin, ganz gleich, wie kurzlebig mein kleiner Sieg über dich am Bahnhof war, ich zwinge mich, ruhig und logisch zu denken.

Ich versuche mir zu erklären, woher du meine Nummer hast. Vielleicht hast du Rowena unter irgendeinem Vorwand danach gefragt, aber ich glaube, dann wäre selbst sie stutzig geworden. Wahrscheinlich ist meine alte Gewohnheit schuld, die Telefonrechnungen im Altpapier zu entsorgen, was allerdings bedeutet, dass du die Rechnung schon seit fast zehn Tagen haben musst. Vor drei Tagen habe ich höllisch aufgepasst, als ich sortiert habe, was zum Altpapier wandert und was in meinen neuen Aktenvernichter.

Ich frage mich, warum du so lange gewartet hast, bis du die Nummer benutzt hast. Ich weiß, dass ich es verstehen muss. Und dann dämmert es mir. Es geht dir um Kontrolle, die du ausübst, wann du willst. Du dosierst sie ganz bewusst, planst deine Attacken sorgfältig in einer Reihenfolge, die nur du verstehst, und legst besonderen Wert auf Regelmäßigkeit.

Ich werde meine Nummer ändern und die Anrufe unterdrückter Rufnummern sperren lassen.

Ich habe all dein Zeug in den alten Schrank gestellt, den mein Vater für mich restauriert hat. Dort wird nun auch der Anrufbeantworter landen, mit deinen vierzig wortlosen Nachrichten.

Beweismaterial ist von grundlegender Wichtigkeit. Bewahren Sie alle Beweise an einem sicheren Ort auf.

Als ich gerade nach dem Telefon greife, klingelt es schon wieder. Ich schreie auf, dann presse ich die Lippen zusammen, wütend, dass du es schon wieder geschafft hast, mich zu erschrecken. Du beobachtest mich. Du weißt, dass ich zu Hause bin; du weißt, dass ich das Klingeln höre. Wieder eine unterdrückte Nummer, wie ich auf dem Display sehe. Ich gehe nicht ran.

Trotz des Gefühls, in einem Alptraum gefangen zu sein, in dem ich mich nicht bewegen kann, knie ich mich vor die Buchse und reiße das Kabel aus der Wand, bevor sich der Anrufbeantworter einschaltet. Ich schneide dich ab, lasse dir nicht die Genugtuung, ein weiteres Mal zu mir durchzudringen. Ich lasse dich nicht in mein Schlafzimmer. Ich werde dich nie wieder in mein Schlafzimmer lassen.

DIENSTAG

Hast du nichts Besseres zu tun? Langweilst du dich nicht und wird dir nicht kalt, wenn du jeden Morgen hier stehst?

Ich spreche diese Fragen nicht aus, als ich dich wieder vor meiner Tür stehen sehe. Ich schaue dich nicht an. Ich gehe zielstrebig auf das Taxi zu.

»Dein Anrufbeantworter muss kaputt sein, Clarissa. Hast du das gewusst, Clarissa?«

Wenn du noch einmal meinen Namen aussprichst, schlage ich zu. Du hältst mir die Tür des Taxis auf, als wärst du höflich und wohlerzogen. Klein, wie ich bin, unterdrücke ich den Impuls dich wegzustoßen.

»Ich habe dich gewarnt. Du sollst dich von dem Feuerwehrmann fernhalten, Clarissa.«

Ich greife nach dem Türgriff, um die Tür hinter mir zuzuziehen, und sage dem Fahrer, dass ich nicht will, dass du mitfährst. Er fordert dich auf, vom Wagen zurückzutreten.

»Selbstverständlich«, antwortest du höflich, von Mann zu Mann, als wärst du der Vernünftige, doch du lässt die Tür nicht los und mich nicht aus den Augen. »Ich verabschiede mich nur von meiner Freundin. Wusstest du, dass ich mir Fotos von dir ansehe, wenn ich dich vermisse, Clarissa?« Damit lässt du die Tür los. Knallend fällt sie zu. Aber es ist nicht das Knallen der Tür, das in meinen Ohren klingelt. Es ist dein ätzender Abschiedskommentar.

Als sie den Gerichtssaal betraten, saß ein schlanker, weißhaariger, vornehm wirkender Mann kerzengerade hinter der blauen Trennwand im Zeugenstand. Lotties Großvater.

»Die Geschworenen nehmen zur Kenntnis, dass am Sonntag, den 29. Juli, um 15:30 Uhr ein Anruf von Carlotta Lockyers Mobiltelefon auf dem Festnetz von Mr John Lockyer einging«, erklärte Mr Morden. »Erinnern Sie sich an das Telefonat, Mr Lockyer?«

»Carlotta bat mich um fünfzehnhundert Pfund. Sie klang verängstigt. Verzweifelt. Völlig aufgelöst.«

Weitere Beweise dafür, dass Lottie entführt worden war. Dass sie weder dort sein wollte, wo sie war, noch in der Gesellschaft, in der sie sich befand.

Mr Lockyer senkte den Kopf und betrachtete seine Hände. Die Geste erinnerte Clarissa daran, wie alt ihre eigenen Eltern waren und dass sie sie auf keinen Fall mit ihrem Schmerz, ihrem Kummer und ihrer Angst belasten durfte.

Dienstag, 17. Februar, 12:50 Uhr

Ich fühle mich sicher, als ich mittags durch die Antiquariate in den staubigen Hallen hinter dem Gericht schlendere. Der Blick auf mich am Morgen wird dir sicherlich für den Rest des Tages reichen. Trotzdem blicke ich mich um. Ich muss völlig neurotisch aussehen, als hätte ich einen nervösen Tic. Ich ertappe mich dabei, dass ich mich frage, wo du bist. Das macht mir noch mehr Angst: Ich muss aufpassen, dass ich nicht genauso besessen von dir werde wie du von mir. Das ist das Ziel deiner ständigen Mission, meine Aufmerksamkeit zu halten. Ich darf nicht zulassen, dass es so weit kommt.

Ein paar Minuten gelingt es mir. Als ich zum Gericht zurückgehe, denke ich nur an meinen neuen Schatz, eine kostbare Ausgabe von Anne Sextons *Verwandlungen*. Der Zwerg auf dem Schutzumschlag ist unter der geblümten Papiertüte nicht zu sehen, aber ich habe sein Gesicht vor mir. An dieses weise Gesicht, zugleich zärtlich und verstörend, denke ich, als ich durch die Straßen gehe. Ich denke nicht an dich. Doch dann sehe ich dich, vor der Drehtür des Gerichts, und plötzlich hast du wieder alles andere verdrängt.

Meine Sicht wird schärfer. Alles wird lebendig. Die Geräusche werden lauter. Ein weißer Gefängnistransporter gleitet vorbei; seine Abgase brennen mir in der Nase.

Wie in Zeitlupe sehe ich Robert, der aus der anderen Richtung um die Ecke kommt. Er ist noch etwa dreißig Meter entfernt.

Ich muss an dir vorbei. Ich gehe auf die Drehtür zu.

Robert ist fünfundzwanzig Meter entfernt.

Ich bete, dass du nichts tust, was Robert auf dich aufmerksam macht, nichts, das auf irgendeine Verbindung zwischen uns hindeutet.

Zwanzig Meter.

Mit größtmöglichem Abstand gehe ich an dir vorbei. Dabei flüstere ich, ohne dich anzusehen: »Wenn du mir folgst, rufe ich das Sicherheitspersonal.«

Deine Stimme ist leise, aber deutlich. »Ich habe dich gesehen wie kein anderer Mann, Clarissa«, sagst du, und dann bin ich durch die Tür.

Ich sehe Robert nicht mehr, aber im Kopf berechne ich seine Entfernung von deiner Position. Noch zehn Meter. Noch fünf. Dann röhrt eine Hupe in der Ferne, und ich drehe mich erschrocken um. Du bist weitergegangen, in die entgegengesetzte Richtung, ohne Robert zu begegnen.

Robert holte sie in der Eingangshalle ein und lächelte, als sie die Taschen zum Durchleuchten auf das Fließband legten. Sie wechselten ein paar Worte mit den Sicherheitsleuten, inzwischen alte Bekannte, die sie kaum noch mit dem Handgerät scannten, obwohl sie beide höflich stehen blieben, nachdem sie durch den Metalldetektor getreten waren. Clarissa tat so, als wäre alles in bester Ordnung, und hoffte, Robert würde nicht merken, wie angespannt und außer Atem sie war.

Clarissa drückte mehrmals auf den Druckbleistift, damit die Mine herauskam.

Mr Morden befragte gerade eine alte Dame mit weißem Haar zu einem Vorfall, der sich eine Stunde vor Lotties Entführung ereignet hatte.

»Vier Männer sind in meinen Garten eingefallen. Einer trat gegen die Küchentür. Ein anderer rief nach oben zu den Fenstern, sie hätten meine Tochter Dorcas hinter den Schlafzimmervorhängen gesehen, und sie wüssten, dass sie da war und sie hörte, und sie solle gefälligst runterkommen, sonst würden sie einbrechen und sie holen, und dann wäre sie viel schlimmer dran. Er rief, das müsste sie doch inzwischen wissen. Er benutzte hässliche Ausdrücke.«

»Können Sie den Geschworenen wiederholen, was er genau gesagt hat?«

»Ich nehme solche Ausdrücke nicht in den Mund.«

Mr Morden wirkte angemessen geknickt, aber auch leicht amüsiert.

»Einer der Kerle sah mich am Telefon, als ich die Polizei rief. Da haben sie sich aus dem Staub gemacht. Aber seitdem schließt die Küchentür nicht mehr richtig.«

Es schneite leise, als Clarissa und Robert abends aus der Drehtür kamen. Von Rafe war keine Spur zu sehen.

»Ich wünschte, ich könnte für die alte Lady die Tür reparieren«, sagte Robert.

»Sogar nach Feierabend noch im Dienste der Menschheit.«

»So bin ich. Letztes Wochenende habe ich eine Schnecke vor einer Drossel gerettet. Die Drossel hat das Schneckenhaus gegen einen Stein geschlagen, um an sie ranzukommen.«

»Arme Drossel«, sagte Clarissa. »Da ist sie so schlau und benutzt Werkzeuge, und jetzt ist sie wahrscheinlich doch verhungert.«

»Ich würde es jederzeit wieder tun.« Er nickte entschlossen.

Beide lächelten, als würden sie einander gerade wegen ihrer Unterschiede mögen.

Sie waren erst bei der Brücke angelangt, als sie eine Stimme hörten. »Feuerwehrmann. Hey, Feuerwehrmann!«

Obwohl die Stimme ganz anders klang als Rafes, hielt Clarissa einen Moment den Atem an. Sie trat beiseite, als sich ein junger Mann vor Robert aufbaute. »Sie waren doch im Dezember bei uns in der Klasse und haben über Sicherheit im Straßenverkehr geredet«, sagte er herausfordernd.

»Ich erinnere mich an dich. Du bist danach zu mir gekommen. Sharif, oder? Du wohnst bei deiner Großmutter.« Robert stand fest auf beiden Füßen, sah dem Jungen direkt in die Augen und wartete geduldig. Clarissa war beeindruckt, dass er sich nach Monaten immer noch an die Details erinnerte, obwohl sich die beiden nur einmal gesehen hatten, wahrscheinlich in einem Klassenzimmer voller Jugendlicher.

»Ich habe über das nachgedacht, was Sie erzählt haben, und über die Dias, die Sie gezeigt haben. Aber Sie halten mich nicht davon ab, schnell zu fahren.«

»Ich schneide dich aus dem Wrack, egal ob tot oder lebendig«, sagte Robert.

Ein Schauer lief Clarissa über den Rücken, als sie sich vorstellte, wie sich Roberts Hände mit großem Werkzeug gleichmütig durch verbogenes Metall arbeiteten, damit die Notärzte an das menschliche Fleisch herankamen, das im Innern eingeklemmt war.

»Macht keinen Unterschied für mich«, sagte Robert.

Sharif biss sich auf die Lippe.

»Aber für deine Großmutter vielleicht.« Robert hielt ihm die Hand hin. Sharif schüttelte sie. »Danke für die Unterhaltung. Gut, von deinen Plänen zu hören.«

Clarissa nickte Sharif zum Abschied zu, ohne eine Reaktion zu erwarten, und ging mit Robert weiter. »Ist es Ihnen wirklich egal, ob sie tot oder lebendig sind?«

»Ja.«

»Und wenn es jemand ist, den Sie kennen?«

»Kommt darauf an, wer.«

Sie lächelte, doch sie schauderte wieder. »Wenn ich es wäre?«

»Dann wäre es mir nicht egal.«

Dienstag, 17. Februar, 18:20 Uhr

An der Haustür lehnt ein kleines, rechteckiges Paket, das in braunes Packpapier gewickelt und mit einer Schnur zugebunden ist. In sorgfältig gebändigter Kalligraphie steht mein Name darauf. Ich erkenne deine Schrift, selbst wenn du sie verstellst. Mein Herz schlägt schneller, als ich das Päckchen mit nach oben nehme. Ich setze die Tasche ab und lasse mich noch im Mantel aufs Sofa fallen. Dann ziehe ich die Schnur herunter und reiße mit zitternden Fingern das Papier auf.

Es ist, was ich erraten habe: ein kleines Buch im Postkartenformat. Du hast die schweren Seiten aus teurem cremefarbenem Papier per Hand zurechtgeschnitten. Du hast es auch selbst gebunden, mit einem dicken Faden, den du durch eng nebeneinanderliegende, gestanzte Löcher gefädelt hast. Es ist ein schönes Objekt. Wäre es nicht von dir, würde ich die Handarbeit bewundern.

Eine Sammlung von vier Märchen, ausgewählt von Rafe Solmes, steht auf dem Einband, und unter dem Titel: »Limitierte Auflage: Nummer 1 von 1«. Es steht auch eine Widmung darin: *Für Clarissa, die schön ist und gern Wein trinkt.* Ich sehe mir das Inhaltsverzeichnis an. Ich kenne die Märchen nur zu gut. Zuerst kommt »Das Mordschloss«. Dann kommt »Blaubart«.

Ich schlage das Buch beim dritten Teil auf, »Fitchers Vogel«. Du hast den ersten Absatz unterstrichen.

Es war einmal ein Hexenmeister, der nahm die Gestalt eines armen Mannes an, ging vor die Häuser und bettelte und fing

die schönen Mädchen. Kein Mensch wusste, wo er sie hin-
brachte, denn sie kamen nimmermehr wieder zum Vorschein.

Es ist die Geschichte von Sexualverbrechen und Mord, wiederholt und in verschiedenen Varianten. Die Opfer sind natürlich jung und schön. Warum sonst würde er sich für sie
interessieren? Wie so viele Märchen ist es die Geschichte von
liebreizenden Jungfrauen, die auf geheimnisvolle Weise verschwinden, und von der spannenden Frage, was aus ihnen wird, nachdem sie sich in Luft ausgelöst haben. Der
Zauberer täuscht Schwäche vor, um sie zu fangen. Es ist das
Mitleid mit dem scheinbar armen Mann, das sie verletzlich
macht.

Das alles, in zwei Sätzen. Grimms Märchen haben das
Muster und die Methoden vorgegeben, lange bevor die be-
rüchtigten Serienmörder des zwanzigsten Jahrhunderts sich
ihr erstes Opfer schnappten.

Die falsche Armschlinge oder die täuschenden Krücken.
Die einstudierten Seufzer der Verlegenheit, der tapfer ertra-
gene Schmerz, als er versucht, die Kiste mit Lebensmitteln
oder Büchern in den fensterlosen Transporter zu laden. Er
verlässt sich auf die Hilfsbereitschaft und das Mitgefühl der
Frau, die vorbeikommt. Und auf ihre romantischen Hoffnungen, mit denen sie dem gutaussehenden Fremden ihre
Hilfe anbietet; vielleicht fragt sie sich schon, ob das die Geschichte sein wird, die sie später ihren Kindern erzählen
wird. Oder sie denkt an die anderen Geschichten, in denen
jede gute Tat belohnt wird. Natürlich verdoppelt er den
Charme und lässt noch einmal sein schönstes Lächeln er-
strahlen, bevor er sie in den Transporter stößt, hinter sich
die Tür zuzieht und ihr den Lappen mit dem Chloroform
aufs Gesicht presst.

Ich schlage die vierte und letzte Geschichte auf, »Der
Räuberbräutigam«, in der du wieder den Absatz markiert
hast, den ich lesen soll.

*So führten die Räuber eine andere Jungfrau mit. Sie waren
betrunken und hörten nicht ihr Schreien und Jammern. Sie
gaben ihr Wein zu trinken, drei Gläser, ein Glas weißen
Wein, ein Glas roten und ein Glas gelben, und davon zer-
sprang ihr das Herz. Darauf rissen sie ihr die feinen Kleider
ab, legten sie auf einen Tisch, zerhackten ihren schönen Leib
in Stücke und streuten Salz darüber.*

Eine junge Frau wird unter Drogen gesetzt, ausgezogen, auf
den Rücken gelegt und gefoltert. Das ist die Reihenfolge der
Missetaten. Ihr Schreien und Betteln macht das Verbrechen
nur noch aufregender; es zeigt, dass sie nicht einmal die Augen verschließen kann vor der schrecklichen neuen Welt, in
der sie gelandet ist. Es zeigt, um welche Art von Geschichte
es sich eigentlich handelt. Ein Sexualverbrechen getarnt als
Märchen. Sex getarnt als Kannibalismus. Sexueller Sadismus
getarnt als Fleischzubereitung. Gruppenvergewaltigung getarnt als Räuberbande. So konnten die Grimms ihre Geschichte an den Zensoren vorbeischmuggeln, die bekannt-
lich keine aufmerksamen Leser waren. Das zersprungene
Herz ist nicht buchstäblich zu verstehen. Es ist keine Geschichte über Nekrophilie. Die junge Frau stirbt nicht, bevor
ihr diese Dinge angetan werden. Sie ist verzweifelt und bei
Bewusstsein und zu Tode verängstigt, als man ihr das antut.
Das ist mit dem zersprungenen Herzen gemeint.

Ich weiß, wie du diese Geschichten liest und wie ich sie
lesen soll. Ich begreife, wie du mich in deiner Widmung mit
den grauenhaften Verbrechen, mit dem schrecklichen Schicksal der Mädchen in Verbindung bringst.

Ich erinnere mich an Mr Mordens Eröffnung, in der er
sagte, was Lottie geschehen ist, sei kein Märchen gewesen.
Doch er hat sich geirrt. Was ihr geschah, könnte direkt aus
einem Märchenbuch stammen.

Schon bevor ich einen Fuß in den Gerichtssaal gesetzt
habe, wusste ich, wie wichtig Beweise sind. Trotzdem habe
ich immer noch den Impuls, alles zu vernichten, was du be-

rührt hast, damit du nicht die Luft um mich herum vergiftest. Ich will deine Gegenwart minimieren – in meinem Kopf und in meiner Wohnung. Aber ich darf dem Impuls nicht nachgeben.

In Bezug auf die Polizei sind die Broschüren äußerst widersprüchlich.

Rufen Sie sofort die Polizei. – Gehen Sie nicht zur Polizei, solange Sie keine eindeutigen Beweise in der Hand haben.

Die Polizei ist dazu da, um Ihnen zu helfen. – Rechnen Sie damit, dass die Polizei nicht viel für Sie tun kann.

Doch wenn es um die Beweislast geht, ist der Rat eindeutig: Ich kann nicht zu viel sammeln; höchstens zu wenig.

Ich brauche mehr Beweise – so viele, dass die Polizei keine Chance hat, an meinem Wort zu zweifeln oder mich zu ignorieren. So viele, dass sie mich niemals so bloßstellen können, wie sie es bei Lottie tun.

Ich öffne den schönen Schrank meines Vaters. Dein Buch und die Verpackung schiebe ich nach ganz hinten, zu den anderen Sachen. Dann verberge ich alles sorgfältig hinter Stapeln von Stoffresten. Ich schlage die Tür so fest zu, dass ich selbst zusammenzucke. Am Ende wasche ich mir die Hände, damit kein Rest deiner DNA auf meiner Haut zurückbleibt, nachdem ich angefasst habe, was du angefasst hast.

Ich schlucke zwei Tabletten und gehe ins Bett. Ich habe die *Verwandlungen* aufgeschlagen, aber ich lese nur ein paar Seiten, bevor mich das Schlafmittel davonträgt.

Als ich am nächsten Morgen aufwache, liegt das Buch offen auf meiner Brust. Die Worte scheinen mir durch die Haut ins Blut gesickert zu sein. Mir geht Sextons »Dornröschen« nicht aus dem Sinn. Nichts kann sie von dem heilen, was in der Dunkelheit geschehen ist. Selbst als der Kuss des Prinzen sie vom Fluch des hundertjährigen Schlafs erlöst hat, quält sie weiterhin panische Angst davor, die Augen zu schließen.

MITTWOCH

Sie ging über den Markt. Sie wollte nicht ins Gericht eilen und sich verstecken, bevor der Tag überhaupt angefangen hatte.

Mit Annies Mahnung im Kopf, mehr Eisen zu essen, kaufte sie ein Stück Bio-Rindfleisch zum Kochen. Am Wochenende würde sie einen Schmortopf machen, nach dem Rezept ihrer Mutter. Bei der Gemüsefrau besorgte sie Lauch und Karotten und Rosenkohl und Pastinaken und Gemüsezwiebeln. Sie erstand auch eine Flasche Rotwein. Nur wegen des Märchens würde sie nicht darauf verzichten, mit Wein zu kochen oder Wein zu trinken. Es war Weißwein, den sie an jenem Novemberabend getrunken hatte und gegen den sie immer noch eine unüberwindliche Aversion verspürte. Rotwein war sicher, redete sie sich ein. Daran musste sie festhalten. Es musste noch sichere Dinge geben.

Sie packte alles in eine Stofftasche, die sie in weniger als einer Stunde genäht hatte, mit einem wunderschönen Karomuster in Blau- und Grautönen. Die Lebensmittel würden den Tag im Schließfach überstehen. Würde sie mit dem Einkaufen bis nach der Verhandlung warten, wäre auf dem Markt alles so gut wie ausverkauft; außerdem wollte sie die Chance auf einen Spaziergang mit Robert am Abend nicht versäumen. Auch das ließ sie sich nicht von Rafe nehmen.

Er nahm ihr schon genug. Sie blieb einen Moment stehen, um hektisch in ihr Telefon zu tippen und die E-Mail einer befreundeten Kollegin zu beantworten. Caroline war die Sekretärin des Rektors und hatte Clarissa gefragt, ob sie am Samstag mit ihr mittagessen gehen wollte. Obwohl Clarissa bezweifelte, dass Rafe viel mit Caroline zu tun hatte, konnte sie es nicht riskieren. Also schickte sie eine höfliche Entschuldigung, in der viel tieferes Bedauern lag, als Caroline ahnen konnte.

Sie schob das Handy zurück in die Tasche und sah auf. Ein Mann mit einem Fußballschal unterhielt sich lachend mit einer Markthändlerin. Er reichte ihr das Geld, nahm seinen Kaffee, dann schien er Clarissas Blick zu spüren und drehte sich um. Sie sahen einander in die Augen; Clarissa wusste, dass er sie wiedererkannte, auch wenn sein Gesicht ausdruckslos blieb. Dann riss sie eine Stimme von Mr Mordens Blick los.

»Guten Morgen, Clarissa.« Robert stand neben ihr. »Ich habe Sie erschreckt. Entschuldigen Sie.«

»Nein«, sagte sie. »Nicht Ihre Schuld.« Sie hielt ihren fast leeren Pappbecher hoch. »Ich habe nur zu viel Kaffee getrunken.« Sie erwähnte nicht, dass sich ihr Kaffeebedarf proportional zu ihrem wachsenden Schlaftablettenkonsum verhielt.

»Ich habe letzte Nacht von Ihnen geträumt.« Schnell setzte er nach: »Nichts Schlimmes. Ich erinnere mich nicht. Nur daran, dass Sie da waren.«

»Ich hoffe, die Angeklagten waren nicht da«, entgegnete sie.

»Sicher nicht.« Er lächelte. »Ich schätze, es liegt an all der Zeit, die wir zusammen verbringen.«

Sie nickte. »Wahrscheinlich träume ich auch von Ihnen«, sagte sie. »Aber wenn ich aufwache, habe ich es vergessen.«

»Besser so«, erwiderte er, und das Thema war beendet.

»Die Begegnung mit dem Jungen gestern war seltsam. Er kannte nicht mal Ihren Namen. Einfach: ›Feuerwehrmann. Hey, Feuerwehrmann!‹ Da ist mir klargeworden, was für einen großen Teil Ihrer Identität Ihr Beruf ausmachen muss. Fühlt es sich nicht komisch an, kein Feuerwehrmann zu sein, solange Sie hier sind?«

Er lachte. »Es ist toll.«

Sie blieben vor einem großen klassizistischen Gebäude stehen, in dem eine Bank untergebracht war, das aber aussah wie ein venezianischer Palazzo.

»Ich habe auch darüber nachgedacht, was für eine eigene Welt die Feuerwache sein muss. Und für Sie ein zweites Zuhause.«

»Leider bekomme ich nicht viel Schlaf, wenn ich Nachtschicht habe.«

Sie gingen um eine Ecke, Seite an Seite, und machten einen Bogen um einen Imbiss, dessen Schlange bis auf die Straße reichte.

»Wenn Sie auf der Wache eingeschlafen sind, müssen Sie beim Aufwachen überlegen, wo Sie sind?«

»Ich weiß immer, wo ich bin.«

Sie sah ihn staunend an, wie einen Zauberer, der von einem phantastischen Trick erzählte, und zweifelte kein bisschen an seinen Worten. »Haben Sie auf der Wache einen Lieblingsplatz?«

»Den Trockenraum. Wo die Übungsdummys hängen. Sie sind mit Sand gefüllt und haben verschiedene Gewichtsklassen. Ein paar davon sind echt schwere Jungs. Bei den Übungen werden sie nass gemacht, und dann müssen wir sie retten.«

»Baumeln sie an großen Haken hin und her? Die Dummys? So stelle ich es mir vor.«

Sie warteten, als mehrere Gefängnistransporter in die Tiefgarage unter dem Gerichtsgebäude fuhren.

»Nein, die Dummys bewegen sich nicht. Ich lese gern dort. Es ist so friedlich.«

»Was lesen Sie?«

Er zögerte. »Gedichte.«

»Was für Gedichte?« Sie war ungeheuer neugierig und ein wenig überrascht.

»Vor allem Keats. Ich mag Keats.«

Einmal hatte sie Robert mit einem Taschenbuchkrimi gesehen – einem dieser Spionagethriller, die stapelweise im Bahnhofskiosk auslagen. Auf dem Cover klammerte sich eine Frau in Not an einen pistoleschwingenden Helden. So ziemlich das

Gegenteil von Keats. Aber sie musste fair bleiben. Rafe hatte sie argwöhnisch gegen die Menschen gemacht. Sie las selber sowohl Thriller als auch Gedichte, und das machte sie noch lange nicht zu einer Serienmörderin. Warum durfte nicht auch Robert verschiedene Genres lesen?

Sie dachte an Henry. Henry konnte die Romantik nicht ausstehen. Er fand, dass Gedichte sich mit aktuellen sozialen, politischen und wirtschaftlichen Themen befassen sollten. Henry schrieb über negatives Eigenkapital und verseuchte Landschaften und Butterberge. Er machte clevere Wortspiele. Seine Gedichte beeindruckten sie, aber sie berührten sie nicht. Sie waren gnadenlos ambitioniert, genau wie er.

»Keats ist auch einer meiner Lieblingsdichter«, sagte sie. Und dann: »Das heißt, der Trockenraum ist auch ein Lesesaal.«

Robert grinste. »Und ein Redesaal. Feuerwehrmänner lieben es zu reden. Wenn ein Neuer dabei ist, der vielleicht seinen ersten Toten hatte – darüber muss man mit ihm reden.«

»Das ist wirklich wichtig. So etwas muss ein einschneidendes Erlebnis sein.«

Er zuckte die Schultern. »Der Trockenraum ist der wärmste Raum der Wache. Im Winter trinken wir dort Tee. Manchmal setze ich mich allein hinein. Oder ich nehme einen der Neuen mit und übe mit ihm Knoten. Wir müssen Knoten machen können, ohne hinzusehen, schnell, ohne nachzudenken.« Er bewegte die Hände, als hätte er ein Seil zwischen den Fingern.

Die Transporter waren längst in der Tiefgarage verschwunden. Sie gingen weiter, beide erhitzt. Dann waren sie an der Drehtür, passierten die Sicherheitskontrollen, verstauten ihre Sachen in den Schließfächern und gingen die Treppe zu Saal 12 hinauf. Der Spaß war vorbei.

Als Clarissa sich in die Geschworenenbank setzte, musterte Mr Morden sie und Robert ein paar Sekunden lang, dann wandte er sich der nächsten Zeugin zu. Sie war zierlich und schmal und hatte langes schwarzes Haar.

Drei Monate vor Lotties Entführung, als Clarissa die dritte gescheiterte künstliche Befruchtung beweinte, war Polly Horton hochschwanger gewesen. Wären sie einander damals auf der Straße begegnet, Polly mit dem glücklichen, zufriedenen Gesicht über der runden Kugel, hätte Clarissa den Blick abgewandt.

Polly war einkaufen auf dem Markt, als Thomas Godfrey auf sie zukam. »Als ich Godfrey sah, bekam ich riesige Angst. Elias – mein Freund – hat ihnen Geld geschuldet. Godfrey hat zu mir gesagt: ›Du kommst jetzt mit nach London.‹«

»Waren Sie einverstanden mit dem Vorschlag, mit nach London zu fahren?«

»Nein, war ich nicht. Aber Godfrey hat den Arm um mich gelegt, und ich konnte nicht weg.« Sie streckte ihren gebogenen Arm aus. »So.«

Godfrey schüttelte finster den Kopf, als wollte er sie durch die blaue Trennwand telepathisch einschüchtern. Mr Harker sah ihn böse an.

»Ich fing an zu heulen. Ein Mann, der danebenstand, fragte mich, ob alles in Ordnung sei. Godfrey hat zu ihm gesagt: ›Kümmer dich um deinen eigenen Scheiß!‹, aber dann ist er abgezogen. Wenn der Mann sich nicht eingemischt hätte«, sie wischte sich eine Träne ab, »hätte Godfrey mich gezwungen mitzukommen, da bin ich mir ganz sicher.«

Was Clarissa aus allem heraushörte, war, dass Polly zur Polizei gegangen war, aber Godfrey war nie befragt worden, geschweige denn vorgeladen. Was sie verstand, war, dass eine versuchte Entführung nicht bewiesen werden konnte, selbst wenn es einen Zeugen gab. Clarissa wusste nicht, ob Saal 12 sie lehrte oder lähmte. Beides vielleicht.

Mr Harker stand auf, um Godfrey zu verteidigen. »Miss Horton, erklären Sie dem Gericht bitte, weshalb Sie wegen des Besitzes von Heroin und Crack verurteilt wurden und ein Jahr auf Bewährung bekamen.«

»Es waren nicht meine Drogen«, flüsterte Polly. »Ich wollte nicht, dass Elias ins Gefängnis muss.«

»Sie haben die Schuld für Ihren Freund auf sich genommen. Sie würden alles tun, um ihn zu schützen und die Aufmerksamkeit von seinen Drogengeschäften abzulenken. Sie würden sogar einen Unschuldigen verleumden. Mr Godfrey hatte kein Motiv, Sie zu entführen. Und es ist auch nicht plausibel, dass er es am helllichten Tag auf einem belebten Wochenmarkt versuchen würde, oder?«

Annie und Clarissa sahen nach, ob sie allein auf der Toilette waren.

Die Worte sprudelten nur so aus Annie heraus. »Ich hasse verblendete Frauen.« Untypischerweise hatte Annie Make-up aufgelegt. Sie trug einen blauen Bleistiftrock und eine tiefausgeschnittene schwarze Bluse, die sie vor den Angeklagten unter einer Strickjacke versteckte. Jetzt wanderte die Strickjacke in ihre Handtasche.

»Du siehst so hübsch aus, Annie«, sagte Clarissa.

Annie zog die Schultern hoch, machte eine Grimasse und schüttelte abwehrend den Kopf. »Ich bin fünfunddreißig, Clarissa. Ich bin eine langweilige Buchhalterin, und genauso sehe ich auch aus.«

»Buchhalter sind nicht langweilig. Ihr kennt die Geheimnisse anderer Leute. Außerdem sehen Buchhalter völlig unterschiedlich aus. Du bist hübsch – so was wie einen Buchhalter-Look gibt es überhaupt nicht.«

»Die neue Freundin meines Mannes ist fünfundzwanzig und arbeitet in einem Fitnessstudio, und sie sieht eindeutig so aus.« Annies Schnauben klang fast wie ein Lachen. »Er ist zu verknallt, um mitzukriegen, dass der Zeigefinger unserer Sechsjährigen, seit er uns sitzengelassen hat, nur noch zwischen Nase und Mund hin- und herwandert, und alle fünf Sekunden kratzt sie sich am Po, und dann zuckt sie ständig mit dem Kopf wie ein Truthahn.«

»Als Kind habe ich das auch alles gemacht. Ich bin da rausgewachsen. Zum Teil wenigstens.« Annie brachte ein Lächeln zustande, und Clarissa fuhr fort. »Du hilfst ihr da durch. Das weiß ich. Du wirst alles Nötige tun. Diese Tics sind vorübergehend, immerhin gibt es einen eindeutigen Auslöser. Es klingt nicht so, als wäre körperlich was nicht in Ordnung.«

Annie nickte und gab Clarissa einen sanften Schubs in Richtung Waschbecken. »Wasch dir die Hände. Wir dürfen nicht so viel quatschen.«

Beide wedelten mit den Händen, als sie fertig waren, ohne dem ständig kaputten Handtrockner auch nur eine Chance zu geben, dann liefen sie durch den Aufenthaltsraum und die Treppe hinunter. Robert war nirgends zu sehen. Clarissa fragte sich, wohin er so schnell verschwunden war.

Vor der Drehtür blieben sie stehen. Clarissa sah sich auf der Straße um, halb in der Hoffnung, Robert doch noch zu sehen, halb in der Angst, Rafe zu entdecken. Keiner von beiden war da, und sie stellte fest, dass ihre Enttäuschung über Roberts Verschwinden größer war als ihre Erleichterung über Rafes Abwesenheit.

»Ich muss los«, sagte Annie. »Mein Mann – oder wie ich ihn nennen soll – liefert Lucy ab. Wir treffen uns in einem Burgerladen um die Ecke. Bei den glücklichen Familien.«

Clarissa zupfte einen Fussel aus Annies dunklem Haar. »Er wird sehen, was er verpasst.«

Annie schossen Tränen in die Augen. »Danke.« Sie drückte Clarissas Arm. »Du seltsame Herzogin«, sagte sie liebevoll. Dann wandte sie sich ab und eilte davon. Clarissa wartete, bis Annie wohlbehalten außer Sichtweite war, dann ging sie auch.

Mittwoch, 18. Februar, 17:45 Uhr

Wenigstens wartest du nicht selbst auf mich, als ich nach Hause komme. Doch Miss Norton hat mir einen Umschlag auf das weiße Bord gelegt, der sich im goldgerahmten Spiegel darüber spiegelt. Sechs Worte stehen auf der kleinen cremefarbenen Karte. *Ich träume immer noch von dir.*

Ich versuche, nicht daran zu denken, was du in deinen Träumen mit mir tust. Ich frage mich, wie ich dort gelandet bin. Komme ich wieder raus, wenn ich herausfinde, wie das passiert ist? Ist das der Schlüssel? Am liebsten würde ich die

Zeit zurückdrehen, zurückspulen zu dem Augenblick, kurz bevor alles schiefgegangen ist, und die Dinge dann in einer anderen Richtung weiterlaufen lassen. Das Schwierige ist, herauszufinden, welcher Augenblick das war.

Doch rückblickend sehe ich nur, dass ich dich nicht aufhalten konnte. Nichts, was ich hätte tun können, hätte dich gestoppt, egal, wie klar ich dich kommen sehe, wenn ich zurückschaue.

DONNERSTAG

Du stehst zwischen den beiden Flügeln der dunkelgrünen Doppeltür des Bahnhofs. Wenn ich hineinwill, muss ich ganz nah an dir vorbei. Deswegen hast du den Standort gewählt. Ich versuche es bei den anderen beiden Türen, doch sie sind zu.

Du grinst, als ich nach ein paar Sekunden wieder da bin, siehst zu, wie ich mit größtmöglichem Abstand durch den Eingang haste. Ich schlage mir am Türrahmen den Musikknochen an. Du folgst mir zur Schlange, bist direkt hinter mir. Ich versuche, dich zu ignorieren wie einen Schatten, den ich weder sehen noch hören kann, aber es fällt mir schwer, als ich mir den Ellbogen reibe, der sich seltsam taub anfühlt. Aus Angst, mit dir zusammenzustoßen, muss ich den Impuls unterdrücken, mit dem Arm zu flattern wie ein wild gewordenes Huhn.

Du sagst nichts, bis ich ans Drehkreuz komme. Dann schlägst du zu. Als ich hastig die Fahrkarte in den Schlitz schiebe und die Millisekunden zähle, bis das Kreuz sich drehen lässt, flüsterst du: »Du bist so hübsch, wenn du schläfst, Clarissa.« Zuckerbrot statt Peitsche. Meine Fahrkarte wird ausgespuckt, das Drehkreuz klickt, und ich schiebe mich durch.

Du siehst nicht, wie mir in der Unterführung die Knie nachgeben und ich stürze. Doch ich rappele mich schnell wieder hoch, schleppe mich die Treppe hinauf, steige in den Zug und lasse mich auf den Sitz fallen, während ich das Gefühl habe, dass meine Glieder sich auflösen. Du zermürbst mich. Zermürbst meinen Körper. Bis ich in Einzelteile zerfalle.

Der Mann neben mir starrt mich an und fragt, ob alles in Ordnung sei, aber ich kann nicht sprechen, sondern schlucke nur und nicke dann. Er zögert kurz, dann wendet er sich wieder seiner Zeitung zu.

Einer meiner Strümpfe ist kaputt und klebt an meinem aufgeschürften Knie, aber es ist nur ein Kratzer. Meine Fingerspitzen kribbeln, als würden sie wieder auftauen, aber ich weiß, dass weder die Kälte noch mein Musikknochen daran schuld sind.

Ich überlege, ob ich in der Mittagspause den Arzt anrufen und mir ein Rezept für irgendein angstlösendes Mittel schicken lassen soll. Dann fällt mir ein, dass auch Lottie Beruhigungsmittel genommen hat, und ich verwerfe die Idee. Mit den Schlaftabletten eifere ich ihr schon zu sehr nach. Außerdem weiß ich, dass Medikamente dich nicht verschwinden lassen. Die alte Weisheit, dass man die Ursache behandeln soll und nicht die Symptome, trifft voll zu. Es wäre unvernünftig, die Angst zu behandeln. Die Angst warnt mich vor einer bestehenden Gefahr, und ich darf sie nicht ignorieren.

Der Tag vor Gericht war ein Karussell der Angst. Ein Zeuge nach dem anderen warf furchtsame Blicke auf die blaue Trennwand, als müsste er sich vergewissern, dass sie nicht plötzlich durchsichtig wurde. Jedes dieser winselnden menschlichen Wracks behauptete, so auf Drogen gewesen zu sein, dass es sich nicht erinnerte, was es gesagt, getan oder gesehen hatte. Annie fluchte und knurrte und nickte und zischte und sah aus, als wollte sie sie alle umbringen.

Sie gingen wieder gemeinsam zum Bahnhof, Seite an Seite, ohne einander zu berühren. Es graupelte. Robert hielt einen Schirm über sie beide. Clarissa gefiel das, und sie bemühte sich, es auch zu zeigen. Inzwischen hatte sie erkannt, dass Robert ein wirksames Mittel gegen Rafe war: Wenn sie mit Robert zusammen war, tauchte Rafe nicht auf. Es war wohl auch kein Zufall gewesen, dass Rafe erst auf der Bildfläche erschien, nachdem Henry weg war.

Auf der Straße fuhr ein Wagen an ihnen vorbei, der auf ihrer Höhe langsamer wurde. Im ersten Moment erschrak sie, doch das Gesicht, das sie durch die Scheibe ansah, war nicht Rafes. Erleichterung machte sich in ihr breit. Robert nickte Mr Tourville höflich zu, der den Gruß erwiderte, bevor er davonfuhr.

»Seltsamer Vogel, oder?«, fragte sie. »Oder liegt es an mir?«

»Es liegt an Ihnen.«

Ein paar Sekunden dachte sie mit gespieltem Ernst nach, dann schüttelte sie den Kopf. »Meinen Sie, man wirft uns aus der Jury, weil wir zusammen zum Bahnhof gehen? Wir teilen uns einen Schirm. Vielleicht verpetzt uns Mr Tourville beim Richter.«

»Ich habe kein Gesetz gefunden, das dagegenspricht.«

»Haben Sie gesucht?«

»Wir sind bestimmt nicht die Einzigen.« Sein Telefon klingelte, doch er ignorierte den Anruf.

»Sie sind beliebt.«

»Ich gehe einfach nicht dran.«

»Wenn Sie müde Finger haben, kann ich wieder für Sie tippen.«

»Sie sind sehr hilfsbereit. Aber ich glaube, Jack hatte in letzter Zeit genug Aufregung.«

»Ich hoffe, er hat Sie letzte Woche im Pub angemessen begrüßt.«

»Mit einem dicken Kuss, Clarissa. Unsere Beziehung hat sich schlagartig verändert. Jetzt nennt er mich Liebster, und das alles verdanke ich Ihnen.«

»Wie süß. Ich stifte immer gern Freundschaften.«

»Sie haben ein großes Herz.«

Der Graupelschauer hatte aufgehört. Sie wusste nicht, seit wann die Scheibenwischer der vorbeifahrenden Autos ausgeschaltet waren. Sie wusste nur, dass sie es schade fand, als er den Schirm zuklappte.

Donnerstag, 19. Februar, 21:00 Uhr

Ich sitze an der Nähmaschine und säume einen Rock. Morgen werde ich ihn tragen, mit Stiefeln und einem enganliegenden schwarzen Kaschmirpullover. Er ist braun, aus Wildlederimitat, in leichter A-Linie geschnitten und reicht bis knapp über die Knie. Vorne wird er mit einer Reihe silberner Knöpfe geschlossen. Ich hoffe heimlich, dass er Robert gefällt – ein paarmal habe ich ihn dabei ertappt, wie er mich ansah, als er sich unbeobachtet fühlte.

Als ich fertig bin, kreischt der Rauchmelder, und ich laufe in die Küche. Die Linsensuppe, die ich aufgesetzt hatte, ist zu einem dicken, ungenießbaren Brei verkocht. So was passiert mir öfter. Schnell stelle ich das Gas ab und schalte den Dunstabzug ein, der den Rauch absaugt.

Dann steige ich auf einen Stuhl, um den Rauchmelder abzuschalten. Es ist eine Erleichterung, die rote Taste zu drücken. Doch selbst in der Stille vibrieren meine Trommelfelle noch.

Auf der Küchentheke liegt die Post, die ich beim Hereinkommen mitgebracht habe. Vorhin habe ich sie dorthin geworfen, zu nervös, um mich damit zu befassen. Ich beschloss, erst den Rock fertigzunähen, bevor ich mich darum kümmere.

Obwohl an dem Umschlag in der Mitte des Stapels nichts Ungewöhnliches ist, weiß ich sofort, dass er von dir ist. Inzwischen habe ich einen Instinkt dafür. Ich ziehe das weiße Blatt aus dem Umschlag, falte es auseinander und lese:

Du kennst Tausendundeine Nacht, *Clarissa. Du weißt, wie König Schahriyâr seine erste Frau für ihre Untreue bestrafte und ihren Geliebten. Und du weißt, was er mit den anderen tat, die nach ihr kamen, Clarissa, nachdem er die Hochzeitsnacht mit ihnen verbracht hatte, damit sie nie die Chance hätten, ihn zu betrügen.*

Ich habe ein enges Gefühl in der Brust und frage mich kurz, ob das ein Herzinfarkt ist. Meine Beine verwandeln sich in etwas, das mein Gewicht nicht halten kann. Ich sinke auf die graublauen Schieferfliesen. Ich weiß nicht, wie lange ich da sitze, in meinen Schoß schluchze, mein Leben an mir vorbeiziehen lasse. Wie viele Schnappschüsse hast du mir aus meinem Leben gestohlen? Mich beobachtet, wenn ich es wusste. Mich beobachtet, wenn ich es nicht wusste.

Und ihren Geliebten.

Selbst wenn Robert nicht mein Geliebter ist, denkst du dir, dass ich es gern hätte, und du lässt mich wissen, dass du ihn beobachtest. Ich ärgere mich, dass ich ihn mit reingezogen habe. Jetzt kann ich mir nicht mehr einreden, Robert wäre zu groß und zu stark, um in Gefahr zu sein.

Ich richte mich auf, halte mich am Herd fest, um mich hochzuziehen. Dabei komme ich mit der linken Hand an den gusseisernen Suppentopf, der immer noch glühend heiß ist. Ich schreie auf, taumele zur Spüle, halte die Hand unter eiskaltes Wasser. Schon erscheinen lange, böse rote Striemen an meinem Ring- und Mittelfinger. Ich hechele wie eine Frau in den Wehen.

Ich lasse das Chaos in der Küche zurück, einschließlich deines Briefs, der auf dem Boden liegt. Er wird später zu den anderen Dingen in den Wohnzimmerschrank wandern.

Im Bad wickele ich mir einen nassen Waschlappen um die Hand. Meine Finger pulsieren und schmerzen höllisch. Ich schlucke ein paar Tabletten, die eine Kombination aus Schmerz- und Schlafmittel enthalten. Ich habe sie gekauft, als Henry mich vor zwei Jahren mit nach New York nahm.

Leider löst der Schmerz die festen Schlösser, mit denen ich die Erinnerungen an diese Zeit verschlossen habe – wie glücklich er mich damals machte –, und jetzt schmerzt auch mein Herz.

Du warst das. Es ist deine Schuld. Als hättest du ein Brandeisen genommen und es mir auf die Finger gedrückt.

FREITAG

Als ich zum Taxi gehe, sehe ich, dass die schwarze Tüte, die ich für die Müllabfuhr rausgestellt habe, fort ist und mein Altpapier ebenfalls, obwohl die Mülltüten und das Altpapier vor den anderen Häusern noch da sind. Es spielt keine Rolle. Du wirst nichts Interessantes darin finden.

Du stehst vor dem Bahnhof, als das Taxi mich absetzt. Du beobachtest mich wie bei einem wissenschaftlichen Experiment, gespannt auf meine Reaktion.

Wortlos folgst du mir ins Gebäude, und ich halte die Luft an, spüre, wie ich rot werde, während ich versuche, deine Gegenwart zu ignorieren. Wärst du glücklich, wenn du wüsstest, dass meine Hand deinetwegen verbunden ist? Ich sage es dir nicht. Ich sehe dich nicht an.

Als ich versuche, meine Monatskarte aus der Hülle zu ziehen, die ich ungeschickt in der verbundenen Hand halte, fällt mir die Hülle herunter. Ich muss mich bücken und werde noch röter, weil sich hinter mir eine Schlange bildet. Endlich schaffe ich es, die Fahrkarte in den Schlitz zu schieben. Die ganze Zeit ruht dein Blick auf mir. Ich spüre ihn. Ernst und forschend und nur auf mir. Diesmal hast du ebenfalls eine Fahrkarte dabei und folgst mir. Du gehst neben mir durch die Unterführung.

In meinen Ohren rauscht es. Ich sehe, wie sich die Münder der Leute bewegen, doch sie hören sich weit weg an. Es ist, als wäre ich in einem surrealistischen Film.

»Was ist mit deiner Hand passiert, Clarissa?«

Oder in einem grotesken Bilderbuch. Die Leute wirken riesig, sie kommen direkt auf mich zu, dann schlingern sie im letzten Augenblick aus meiner Bahn.

»Möchtest du im Zug Gesellschaft haben, Clarissa?«

In der Unterführung wird es dunkler. Ich blinzele schnell und fest, versuche, den Nebel, der sich zusammenzieht, zu vertreiben.

»Hast du in letzter Zeit schöne Märchen gelesen, Clarissa?«

Ich atme schwer und schnell.

»Nur wenige verstehen sie so gut wie du, Clarissa.«

Ich bekomme keine Luft.

»Clarissa? Clarissa. Clarissa.« Dein Gesicht ist über mir, deine Zunge schnellt hervor, als du dir wie ein Reptil die Lippen leckst. »Ich habe das fehlende Teil, Clarissa.« Deine Hände sind unter meinen Armen. Ich gleite zu Boden.

Ich schlage die Augen auf. In der Unterführung ist es hell. Ich liege auf der linken Seite. Die Kälte des Betons unter den schmierigen Fliesen kriecht mir durch die Kleider in die Haut. Mein Kopf liegt auf einem fremden Mantel.

Ein Bahnbeamter und eine füllige Frau mittleren Alters knien neben mir. Die Frau zupft an meinem Rock. Ich will ihre Hand wegstoßen, doch dann merke ich, wie entblößt ich daliege. Der Rock ist hochgerutscht, und man sieht den Saum meiner halterlosen Strümpfe. Sie versucht, mich zu bedecken.

Im Vorbeigehen starren mich die Leute an: Ich bin der Autounfall.

Ich kämpfe mich hoch, sitze, dann komme ich auf die Beine und lehne mich an eins der großen gerahmten Werbeposter, das an der Wand der Unterführung leuchtet. Es ist ein

Plakat von *Cinderella*, dem Ballett, das ich nicht mit dir sehen wollte. Ich blicke mich um, aber von dir ist keine Spur zu sehen. Der Bahnbeamte und die Frau erklären mir, ich sei ohnmächtig geworden und sollte mich untersuchen lassen; sie wollen den Notarzt rufen oder mich wenigstens in ein Taxi nach Hause setzen.

Die Frau hebt ihren Mantel auf, und ich sehe die feuchten Flecken vom schmutzigen Boden. Ich entschuldige mich, danke ihr noch einmal für ihre Güte, biete ihr Geld für die Reinigung an, doch sie lehnt ab.

»Ein Mann hat Sie aufgefangen«, sagt sie. »Wäre er nicht gewesen, wären Sie schwer gestürzt und hätten sich verletzt. Er war ganz vorsichtig und sanft, aber dann musste er seinen Zug erwischen.«

Du hast dich als Held, als Retter präsentiert. Der Gedanke ist so widerlich, dass ich noch schwerer gegen das Plakat sinke. Meine Knie werden wieder weich. Ich fürchte, dass ich mit dem Rücken langsam an der Wand hinunterrutsche und in einem kleinen Häufchen am Boden lande. Falls du je Zeugen brauchst, werden diese beiden aussagen, was für ein galanter Ritter du gewesen bist.

Der Bahnbeamte reicht mir meine neue Tasche, und ich hänge sie mir über die Schulter. Ich muss ihnen versprechen, dass es mir wirklich bessergeht, und noch einmal sagen, wie sehr sie mir geholfen haben, aber jetzt müsse ich nach Bristol. Väterlich besteht er darauf, mich zum Bahnsteig und zu meinem Zug zu begleiten.

Sie saß mit Robert an einem der hässlichen Plastiktische. Die verbundene Hand hatte sie auf dem Schoß, wo er sie nicht sah. Die verbrannte Haut spannte. An ihren Fingern hatten sich längst große Blasen gebildet. Wenigstens war es nicht ihre Schreibhand, so dass sie sich ungehindert Notizen machen konnte. Bevor sie heute Morgen aus dem Haus gegangen war, hatte sie auf leeren Magen drei Ibuprofen geschluckt und sich vorgestellt, was ihre Mutter zu ihrem Medikamentenmissbrauch sagen würde. Vielleicht war sie deswegen in Ohnmacht gefallen. Wenigstens wirkten die Tabletten auch gegen das schmerzhafte Pochen in ihrem Schädel.

Es war nur eine kleine Brandwunde. Nichts im Vergleich zu dem, was Robert jeden Tag sehen musste. Trotzdem fühlte sie sich wund, als wäre ihr ganzer Körper mit Brandblasen überzogen. Wahrscheinlich sah sie normal aus, doch sie fürchtete, jeden Moment in Tränen auszubrechen.

Robert musterte sie mit zusammengekniffenen Augen. »Sie sehen traurig aus.«

Sie wollte abwehrend lächeln, aber sie schaffte es nur, sich auf die Lippe zu beißen; wieder meldete sich ihr schlechtes Gewissen, weil sie Rafes Aufmerksamkeit auf Robert gelenkt hatte und nicht den Mut besaß, es ihm zu sagen. Welcher vernünftige Mann würde sich mit ihr einlassen, wenn er wüsste, was für ein Wrack sie war? Außerdem würde sie mit einem solchen Eingeständnis eine Nähe zwischen ihnen voraussetzen, eine Verbindlichkeit, derer sie sich nicht sicher war. Sie wollte Robert nicht mit ihren Problemen belasten.

Und doch fand sie es falsch, nichts zu tun. Wieder überlegte sie, wie sie ihn zu mehr Wachsamkeit bringen konnte. Der Versuch, subtil zu sein, war kläglich gescheitert; also sagte sie es freiheraus: »Sie können sich verteidigen, oder?«

»Ich bin eins neunzig. Als Teenager habe ich jedes Wochenende geboxt und gefochten, und jetzt trainiere ich Teenager. Sie brauchen sich um mich keine Sorgen zu machen.«

»Verstehe«, sagte sie.

»Einmal musste ich einen Mann niederschlagen, weil er uns daran hindern wollte, seine Frau zu retten.«

Sie brachte ein Lachen zustande, aber es war schwach. »Und, haben Sie es geschafft?«

»Natürlich. Sie blieb unversehrt. Dafür hatte er ein Veilchen.«

Sie lächelte, aber nur kurz. »Ich musste darüber nachdenken, wie hart es sein muss. Manche Leute nicht retten zu können. Menschen leiden zu sehen. Vielleicht ist das Tapferste von allem, damit zu leben.«

»Man gewöhnt sich dran. So viel Tapferkeit braucht's dazu nicht.«

»Ich wollte Sie etwas fragen«, begann sie.

»Sie wollen mich aber nicht bitten, Ihnen Jack vorzustellen, oder?«

»Das wäre ein bisschen zu schnell. Vielleicht in ein, zwei Wochen.«

»Sehr weise.« Dann war er wieder ernst. »Was wollten Sie fragen?«

»Ist es besonders schlimm«, fragte sie, »wenn ein Kind stirbt?«

»Tot ist tot, Clarissa.« Dann griff er über den Tisch und berührte ihren Arm. »Tut mir leid. Ich habe Sie erschreckt. Ja, es ist schlimmer, wenn ein Kind stirbt – es war ein Fehler, zu denken, Flapsigkeit wäre leichter zu verdauen als die Wahrheit. Sie sind heute ziemlich niedergeschlagen, nicht wahr?«

»Ein bisschen vielleicht.«

»Jeder Tod ist auf seine eigene Art traurig. Die Tode, die wir erleben, sind unnötig. Sie kommen zu früh. Aber ich vergesse manchmal, wie es auf andere wirken muss. Der Tod härtet einen ab. Sonst könnte ich meinen Beruf nicht ausüben. Die meisten von uns sprechen nicht darüber, außer mit anderen Feuerwehrmännern. Deshalb habe ich in so was keine Übung. Wenn ich mit Ihnen rede, bin ich wohl nicht vorsichtig genug.«

Sie strich sich den Rock glatt, bevor sie den Gerichtssaal betrat. Als sie die Finger streckte, fühlten sie sich an, als würde die Haut reißen.

Es stach sofort ins Auge, dass die blaue Trennwand fehlte. Bis jetzt war noch kein Zeuge da gewesen, der sich nicht dahinter verstecken wollte. Die Tür ging auf. Herein polterte ein Mann mit einer Brust wie ein Fass und Armen wie Baumstämme. Er hielt den hellblonden Kopf gesenkt. Neben ihm ging ein Gefängniswärter.

»Ich bin nicht froh, dass ich hier bin. Ich sitze im Knast. Meine Aussage könnte« – Charlie Barton machte eine dramatische Pause – »Konsequenzen haben. Ich bin nur im Namen der

Gerechtigkeit hier, um über die Vergewaltigung zu reden. Was der Kleinen passiert ist, ist eine schlimme Sache. Ich mochte sie.«

Mr Morden nickte voller Bewunderung für ein so rares Beispiel an Tapferkeit. »Sie sind ein großer, kräftiger Mann, und das meine ich mit allem Respekt. Und doch hat Mr Azarola Sie zusammengeschlagen?«

»Ja. Ich hatte Angst vor ihm. Ich bin weggerannt.«

»Ich habe keine weiteren Fragen.«

»Aber ich bin hier, um der Kleinen zu helfen. Wie soll ihr das helfen? Sie haben mich doch gar nicht nach ihr gefragt.«

Es war fast zwanzig vor fünf. Clarissa wollte im Stechschritt vom Gericht zum Bahnhof gehen, um den Fünf-Uhr-Zug noch zu erwischen. Ihre Finger brannten, sie waren heiß und spannten derart, dass sie das Gefühl hatte, die Haut würde jeden Moment aufspringen, selbst wenn sie die Hand nicht bewegte. Sie hatte vor, ein paar von Henrys beruhigenden Schmerztabletten zu schlucken, direkt ins Bett zu gehen und in den Schlaf abzutauchen. Am Morgen hatte er sie angefasst. Sie durfte nicht zulassen, dass sie je wieder in seiner Gegenwart das Bewusstsein verlor, ihm schutz- und hilflos ausgeliefert war, nicht mal für Sekunden. In der nächtlichen Bewusstlosigkeit aber war sie in Sicherheit, und ihr war nach einer starken Dosis Vergessen.

Eilig sammelte sie ihre Sachen ein und verließ den Aufenthaltsraum mit Wendy. Sie fragte sich, ob Robert schon vorausgegangen war. Und ob Rafe da wäre. Würde er sich zeigen, sich an ihrer Reaktion weiden, wie heute Morgen? Oder würde er den ganzen Heimweg über im Schatten lauern? Wo konnte er sich verstecken?

Ihr fiel auf, dass sie inzwischen mit seinen täglichen Belästigungen lebte, als hätte sie ihn in ihrem Alltag akzeptiert und versuchte nur noch, ihn so diskret wie möglich mit ihrem Leben zu vereinbaren. Sie verwendete einen großen Teil ihrer Energie darauf, seine Wirkung auf alles andere zu minimieren und ihn vor allem von Robert fernzuhalten. Das durfte nicht sein, dachte sie, voll Wut auf sich selbst. Sie musste sich im Kampf gegen ihn wirkungsvollere Strategien einfallen lassen.

Unten an der Treppe stand der hünenhafte Zeuge, von klein wirkenden Sicherheitsleuten umringt, die Hände in Handschellen vor dem Bauch. Er sah Clarissa und Wendy respektvoll an, und Clarissa stellte sich vor, wie Charlie Barton Rafe zusammenschlug. Dann senkte er voller Achtung den Kopf, bevor er durch eine Tür verschwand, die ihr nie aufgefallen war, mit seinen kleinen Wächtern im Schlepptau.

Freitag, 20. Februar, 17:40 Uhr

Du siehst, dass Robert nicht bei mir ist. Wahrscheinlich ist das für dich der Anlass zum Handeln. Kurz nach der Brücke, inmitten von hastenden Geschäftsleuten, rempelst du mich so heftig an, dass ich dich anschauen muss.

»Willst du mir nicht dafür danken, dass ich dich aufgefangen habe, Clarissa?«

»Dein Haar hat so gut gerochen heute Morgen, Clarissa.«

»Deine Wangen sind so weich wie der Rest von dir, Clarissa.«

»Weißt du noch, wie ich gesagt habe, du bist so hübsch, wenn du schläfst, Clarissa?« Du überholst mich schnell, dann hältst du in der behandschuhten Hand ein Foto hoch über deinen Kopf und lässt es hinter dir auf den Bürgersteig flattern.

Es landet mit dem Bild nach oben. Du drehst dich um und siehst zu, wie ich mich danach bücke. Meine Hände zittern so stark, dass ich es zweimal fallen lasse und mit ungeschickten Fingern auf dem schmutzigen Pflaster herumtasten muss, bevor ich es einstecken kann. Zufrieden lächelst du und gehst davon.

Trotz all meiner ängstlichen Überlegungen, was du in jener Nacht mit mir gemacht haben könntest, habe ich so etwas nicht kommen sehen. Ich habe den Gedanken nicht zu-gelassen.

Obwohl es tief in meiner Tasche steckt, glüht das Bild vor meinen Augen, als wäre es auf eine riesige Leinwand proji-ziert. Ich liege auf dem Rücken, schlafe ausgestreckt in mei-nem eigenen Bett. Ich trage einen lavendelfarbenen Slip. Mehr nicht. Strümpfe und BH liegen neben mir. Ich habe die Arme über den Kopf gestreckt, die Fingerspitzen berühren den Bettrahmen. Meine Augen sind geschlossen.

Ich habe diesen Slip seit deiner Nacht in meiner Wohnung nicht mehr gesehen, fällt mir jetzt auf. Es besteht kein Zwei-fel, dass du das Foto damals aufgenommen hast. Vor Angst wird mir übel. Ich bin sicher, dass dies nicht das einzige Foto ist.

Es war inzwischen eine Woche her, dass sie es zum ersten Mal versucht hatte, und sie musste es wieder probieren. Kaum war sie zu Hause angekommen, wählte sie James Bettertons Num-mer.

Diesmal war eine Frau am Apparat.

Clarissa versuchte normal zu klingeln, als wäre der Anruf nichts Ungewöhnliches. »Hallo, ist Laura zu sprechen?«

Die Frau sog scharf die Luft ein. Sie klang, als kämen die Worte gegen ihren Willen aus ihrem Mund. »Haben Sie etwas von ihr gehört?«

»Nein. Tut mir leid. Ich versuche sie zu finden …«

»Lassen Sie uns in Ruhe.« Die Frau legte auf.

Clarissa hielt den Hörer noch lange in der Hand und lauschte dem Tuten in der Leitung und dem Trommeln ihres Herzens. Rafes Märchenzitate vermischten sich mit ihren Ängsten um Laura Betterton. Sie hätte sich zu gern für paranoid gehalten; alles war besser, als recht zu haben. Doch von Minute zu Mi-nute wuchs ihre Gewissheit, dass Rafes Hinweise auf die Mär-chen keine leeren Drohungen waren, keine neckischen Scherze seiner schmutzigen Phantasie; sondern Hinweise auf etwas, das er tatsächlich getan hatte.

Sie stellte sich die zerstückelten Leichen der Jungfrauen aus dem »Räuberbräutigam« vor. Das Becken des Zauberers mit den geschlachteten Mädchen aus »Fitchers Vogel«. Die Foltergeräte und den blutverschmierten Fußboden in der geheimen Kammer von Blaubart. König Schahryârs Reihe von bestraften Königinnen; jede von ihnen erfuhr in der Hochzeitsnacht, dass sie am Morgen die Klinge seines Schwerts am Hals spüren würde statt seiner Lippen.

Rafe wohnte abgelegen, in einem Dorf außerhalb von Bath. Hatte er dort eine blutige Kammer voller Leichen? Einen Friedhof im Garten? Eine Badewanne mit Säure?

Die Phantasie ging mit ihr durch, versuchte sie sich zu beruhigen. Es waren die Tabletten, die sie wegen ihrer Hand geschluckt hatte, der bohrende Schmerz und die irrationale Angst, ganz abgesehen von der hässlichen Realität des Gerichtsverfahrens. Und mehr als alles andere das schockierende Foto von ihr, das er ihr gegeben hatte.

Zwei Stunden später schlief sie auf dem Sofa im Wohnzimmer ein, nachdem sie beschlossen hatte, ein neues Bett zu kaufen, weil sie an dem Ort, wo er das Bild von ihr gestohlen hatte, nie wieder schlafen würde. Ihr Nachthemd – altmodisch, mädchenhaft, gemütlich, von ihrer Mutter selbst genäht – war hochgerutscht. Sie zupfte mit der gesunden Hand an der blassblauen Baumwolle. Dann wickelte sie die Decke enger um sich. Sie versuchte, das Bild aus ihrem Kopf zu vertreiben, aber es war, als klebte es an der Innenseite ihrer Lider. Das Foto war kein Beweis gegen ihn. Es war ein Beweis gegen sie. Ein Beweis dafür, dass sie ihn hereingebeten hatte. Ein Beweis für Intimität – oder zumindest die Illusion davon. Ein Beweis, den sie niemandem freiwillig zeigen würde, und das wusste er.

Woche 4
Der Vergesslichkeitstrank

MONTAG

Es ist die gewohnte Routine. Du stehst vor dem Haus, diesmal allerdings mitten im Vorgarten, in der Nähe von Miss Nortons kahlem Apfelbaum statt auf dem Gartenweg. Ich gehe schnell auf das Taxi zu.

»Du hast meinen Respekt verloren, Clarissa«, rufst du aus mehreren Metern Entfernung.

Ich sehe geradeaus.

»Ich habe dich gewarnt, Clarissa. Ich habe dich mehrmals gewarnt. Aber du hast nicht aufgehört. Du bist selbst schuld.«

Du kommst nicht näher. Bewegst dich nicht vom Fleck. Ganz ruhig siehst du dem Taxi hinterher, als es davonfährt.

Wirst du das Foto zum Poster vergrößern lassen und es öffentlich aufhängen, irgendwo, wo Robert es sieht? Du kennst die Adresse meiner Eltern. Wirst du es ihnen schicken?

Bei dem Gedanken an meine Eltern wird mir flau, und mein Herz klopft noch schneller, obwohl ich weiß, dass sie vor dir sicher sind, körperlich zumindest. Ich weiß, du wirst sie in Brighton in Ruhe lassen. Brighton ist zu weit weg von mir. Sie müssen unbedingt in Brighton bleiben. Und ich darf auf keinen Fall dorthin fahren, in nächster Zeit zumindest nicht.

Sie war froh, als die Tür des Geschworenenbereichs hinter ihr ins Schloss fiel. Am Wochenende hatte sie weder den Schmortopf gekocht noch die Flasche Rotwein angerührt, obwohl sie die Wohnung kein einziges Mal verlassen hatte. Sie hatte nicht mal aus dem Fenster gesehen, vor lauter Angst, dass er draußen stand.

Sie wusste, sie durfte sich nicht jedes Wochenende einschließen. Schloss auch Laura sich irgendwo ein? Das war wahrscheinlicher als der Horrorfilm mit den zerstückelten Leichen, der in ihrem Kopf ablief.

Etwas, das Lottie gesagt hatte, ließ sie nicht mehr los. *Ich dachte, wenn ich einfach so tue, als wäre nichts, und ihm aus dem Weg gehe, würde das Problem vielleicht von selbst verschwinden.* Clarissa konnte den Wunsch nachvollziehen, aber sie wusste, sie konnte es sich nicht leisten.

Sie hatte ihn abgewiesen, und das konnte ein Auslöser für alles Mögliche sein. Offensichtlich hatte Laura das Gleiche getan. Zurückweisung war wahrscheinlich der Schlüssel zu allem. Niemand hatte es gern, abgewiesen zu werden, aber der Großteil der Menschen fand einen Weg, damit umzugehen, und ließ sich nicht mehrmals täglich eine Abfuhr erteilen. Bis jetzt hatte sie Rafe nur für einen Sadisten gehalten, doch nun wurde ihr klar, dass er auch ein Masochist war. Sie stellte sich vor, wie er halb erfroren ohne Mantel in der Kälte stand, und fragte sich, ob er sich absichtlich quälte, um ihr noch mehr vorwerfen zu können.

Sie dachte, dass sie vielleicht mehr herausfinden würde, wenn sie versuchte, ihn als Gepeinigten zu sehen; wenn sie versuchte, sein Verhalten als das Resultat einer schweren Krankheit oder Verletzung zu betrachten. Wenn er sich zurückgewiesen fühlte, immer wieder zurückgewiesen, dann musste er Ohnmacht empfinden; also versuchte er, sadistische Macht über sie auszuüben, um sich gegen das zu wehren, was er als wiederholte grausame Ablehnung auffasste. Sie hatte immer nur nein zu ihm gesagt – mit Worten, mit Taten oder mit dem Ausbleiben jeglicher Reaktion; nein war alles, was sie sagen konnte; die Macht des Vetos war ihre einzige Macht; doch mit jedem Nein wurden seine

Handlungen strafender und gefährlicher. Nicht nur für sie – auch für ihn.

Aber es funktionierte nicht; sie schaffte es nicht, ihn als einen verletzten, gequälten Menschen zu sehen, der Verständnis brauchte; sie war sogar froh, dass sie ihn nicht verstand; es war ihr zuwider, ihm freiwillig noch mehr Platz in ihrem Kopf einzuräumen, als er sich ohnehin nahm. Ihre Eltern hatten ihr beigebracht, nicht an das Böse zu glauben, aber sie war sich nicht mehr sicher, ob sie recht hatten. Sie hatten ihr beigebracht, dass jeder Mensch Vergebung verdiente, aber sie konnte ihm nicht vergeben. Sie hatten ihr beigebracht, die Ansichten anderer Menschen zu respektieren, ganz gleich wie schwer es war; und vielleicht gab es jemanden auf der Welt, der seine Ansichten respektierte, aber ihr war es unmöglich. Er war ihr Feind, schlicht und einfach. Wie um sie daran zu erinnern, wurde der Schmerz in ihren Fingern ein paar Sekunden lang intensiver.

Inzwischen hatte sie so viele Beschreibungen und Ratschläge gelesen, dass ihr der Kopf schwirrte. Doch einen Aspekt hatte sie nicht gefunden, etwas, das ihr hätte helfen können, sich weniger einsam zu fühlen: Nirgends war zu lesen, dass Stalkingopfer möglicherweise deshalb nicht zur Polizei gingen, weil sie Angst vor Enthüllungen aus der eigenen Vergangenheit hatten.

Sie war selbst schuld, das hatte man Lottie auf verschiedene Arten zu verstehen gegeben. Würde man das auch zu Clarissa sagen? Dass sie kein Recht hatte, sich zu beschweren, weil sie eingewilligt hatte, mit ihm zu schlafen, und danach die ganze Nacht freiwillig neben ihm gelegen hatte? Das jedenfalls schien das Foto zu zeigen. Und dass sie zu betrunken war, um sich zu erinnern.

Ihr wurde schlecht bei der Vorstellung, dass Robert jemals davon erfuhr. Deshalb verdrängte sie den Gedanken daran, dass es unfair war, ihn nicht einzuweihen.

Als der Gerichtsdiener die Geschworenen aufrief, grübelte sie immer noch und fragte sich, was sie tun sollte. Sie konnte den Gedanken nicht ertragen, dass irgendjemand das Foto zu sehen bekam. Aber wenn sie es der Polizei vorenthielt, würde er es zu seiner Verteidigung vorbringen, und dann stünde sie schlecht da; sie würde unglaubwürdig wirken.

Beim nächsten Zeugen war die Trennwand wieder da. Nach dem Eid küsste Alex Wyerley die Bibel. Doch noch bevor Mr Morden mit seinen Fragen beginnen konnte, stand Mr Williams auf und erhob Einspruch, und die Geschworenen standen auf und verließen wieder den Saal.

Ein paar Minuten später saßen die zwölf Geschworenen im Aufenthaltsraum um das schiefe Oval aus den drei wackeligen Tischen, die sie zusammengeschoben hatten, und tranken Kaffee. Die Verhandlungspause würde eine halbe Stunde dauern, hatte der Gerichtsdiener gesagt.

Clarissa zuckte zusammen, als sie aus Gewohnheit beide Hände um den weißen Becher legte.

»Lassen Sie mich mal sehen.«

Erst als Robert sie ansprach, merkte sie, dass sie vergessen hatte, die Hand zu verstecken. Sie streckte den Arm aus, lächelte Wendy, die zwischen ihnen saß, entschuldigend zu und legte die Hand vor Robert auf den Tisch. »Es ist nicht so schlimm«, sagte sie. »Es spannt nur ein bisschen, wenn ich die Finger bewege.«

Wendy tätschelte Clarissa die Schulter. »Sie Arme.«

Robert nahm vorsichtig ihre Hand und untersuchte sie. »Wann ist das passiert?«

Sie tat so, als müsste sie erst nachdenken. »Vor drei oder vier Tagen. Donnerstagabend, glaube ich.«

»Und wie?« Er hielt ihre Hand immer noch, doch er sah sie eindringlich an.

»Reine Tollpatschigkeit. Ich bin gegen einen heißen Topf gekommen.«

»Das tut beim Duschen bestimmt höllisch weh«, sagte einer der anderen Männer.

Robert legte ihre Hand behutsam auf den Tisch zurück. »Sie kommen mir gar nicht tollpatschig vor.«

»Manchmal bin ich es.« Selbst in ihren Ohren klang ihr Lachen künstlich.

»Man sagt – wie war das noch mal? –, bei mehr als fünf Zentimetern müssen Sie zum Arzt. Sie sind nahe dran.«

»Da ist eine Notfallpraxis auf der anderen Straßenseite«, sagte Wendy. »Sie sollten in der Mittagspause vorbeigehen. Die sollen mal einen Blick draufwerfen.«

Vor Schmerzen konnte sie sich kaum konzentrieren, aber sie zwang sich aufzupassen, als Tomlinsons Verteidiger Mr Belford aufstand. Er starrte Alex Wyerley mit seinem durchdringenden Blick an. »Wie würden Sie Ihr Verhältnis zu Carlotta Lockyer beschreiben?«

»Freunde. Wir gehörten beide zur Drogenszene von Bath. Ich bin jetzt clean, mit Gottes Hilfe.«

»Haben Sie mit ihr geschlafen?«

»Das geht Sie nichts an«, antwortete Wyerley.

»Es ist lobenswert, dass Sie so ein Gentleman sind«, mischte sich der Richter ein, »aber Sie müssen die Frage beantworten.«

Wyerley holte langsam Luft, dann seufzte er. »Ja, ich habe mit ihr geschlafen.«

»Wer steht hier eigentlich vor Gericht?«, flüsterte Annie. »Die Männer auf der Anklagebank oder Miss Lockyer?«

Auf dem Weg zum Bahnhof blieben Clarissa und Robert auf der Brücke stehen. Sie spürte, wie sich ihre Nackenhaare sträubten, doch sie beschloss, die Ahnung zu ignorieren, sich nicht nach Rafe umzusehen, sondern einfach nur zu genießen, dass sie mit ihrem Feuerwehrmann zusammen war.

Ihr Feuerwehrmann, dachte sie und lächelte innerlich. Sie würde ihn nicht aufgeben. Ihn würde sie sich von Rafe nicht nehmen lassen. Sie musste daran glauben, dass Rafe für Robert so wenig eine Gefahr darstellte wie eine Taube für einen Adler.

Robert boxte – er würde Rafe niederschlagen wie den Mann, der zu verhindern versucht hatte, dass Robert seine Frau rettete. Robert ging jeden Morgen joggen – er hatte Ausdauer. Robert konnte fechten – er war aufmerksam und taktisch geschult und fit; seine Reaktionszeit war kurz; er würde einer Waffe ausweichen, die auf ihn gerichtet war, und er würde genau zielen. Robert war Linkshänder; Rafe würde den Schlag nicht kommen sehen. Robert war mehrere Zentimeter größer als Rafe und viel durchtrainierter. Robert war ausgeglichen und geistig gesund; noch zwei Eigenschaften, die auf Rafe nicht zutrafen.

Zufrieden betrachtete Robert den neuen Verband an ihren Fingern.

»Sie hatten recht.« Sie hielt die linke Hand hoch. »Heute Morgen sind die Blasen aufgegangen. Alles, was Sie über Brandwunden gesagt haben, hat die Krankenschwester auch gesagt.«

Er nickte, ging jedoch nicht darauf ein, dass er recht gehabt hatte. »Es tut weh, oder?« Er sah sie ernst an, und sie musste es zugeben. Ihre Blicke trafen sich kurz, und er lächelte. »Lottie hat viele Freunde, nicht?«

»Ja, stimmt. Das hat sie. Sie ist ein vielbeschäftigtes Mädchen.«

Beide lachten.

»Ich mag Lottie«, sagte Clarissa. Sie konnte die Möwen über ihnen hören.

»Mr Wyerley auch«, sagte Robert. »Und Mr Barton.«

Clarissa fragte sich, ob Sex zwischen Geschworenen gesetzlich verboten war. »Zu schade«, murmelte sie so leise, dass sich ihre Worte fast im Wind verloren. Sie sah einem Schwan nach, der unter ihnen durchs Wasser glitt. Doch sie wusste, dass er nachfragen würde.

»Schade?«, wiederholte er.

»Es war so nett, Sie kennenzulernen.« Sie spürte seinen eindringlichen Blick. »Ich finde es schade, dass wir uns nicht mehr sehen, wenn die Verhandlung vorbei ist.«

»Sieht nicht so aus, als wäre sie bald vorbei.«

Du sitzt in deinem unscheinbaren blauen Wagen und wartest auf mich. Ich habe es so satt, dich in meiner Straße zu sehen. Ich suche nach Pfundmünzen und drücke sie dem Taxifahrer in die Hand.

Wahrscheinlich ist es gut, dass ich kein Auto habe. Sonst würdest du mir einen Peilsender unter den Wagen kleben. Dann hättest du noch etwas, das mich angreifbar macht.

Ich beuge mich im Sitz nach vorne, überlege, ob ich den Taxifahrer bitten soll, zu warten, bis ich im Haus bin. Doch er kann es nicht erwarten, den nächsten Passagier aufzugabeln, und murmelt schon in sein rauschendes Kommunikationssystem, die Ausnahme von der Regel meiner Mutter, wonach alle Taxifahrer sich als Leibwächter sehen.

»Alles klar?«, fragte er. Wink mit dem Zaunpfahl. Los jetzt, raus hier!

Ich öffne meine Anti-Stalker-Tasche – alles ist griffbereit. »Einen Moment.« Ich brauche den Taxifahrer nicht. Ich kann mich selbst verteidigen. Indem ich den Kampf gegen dich aufnehme.

Ich nehme mein neues Telefon aus dem Fach, das ich eigens dafür genäht habe. Ich starte die Kamera. Ich habe es geübt, um im Notfall schnell zu sein. Ich habe mir genau überlegt, was ich tun kann. Mir ging nicht mehr aus dem Kopf, wie Lottie mit dem Handy in ihrer Tasche kämpfte und es nicht schaffte, per SMS einen Hilferuf an ihren Freund zu schicken. Kaum habe ich die Autotür zugeschlagen, braust das Taxi davon.

Du parkst zwei Häuser weiter. Die Schnauze deines Wagens zeigt auf mich. Ich stehe mitten auf der stillen Straße. Du nickst langsam. Wenigstens steigst du nicht aus und verteilst noch mehr hässliche Fotos auf dem Bürgersteig. Du willst nur, dass ich weiß, du bist da, liegst auf der Lauer und beobachtest mich. Weil es in deiner Macht liegt.

Ich denke daran, wie Lottie in ihre Straße bog und den Transporter vor ihrem Haus sah. Bei Lottie stand es eins gegen vier. Meine Chancen sind besser. Eins gegen eins. Ich gegen dich.

Ich habe das Telefon in der Hand und zoome dich ohne hinzusehen heran, so wie ich es geübt habe. Meine Straße ist gut beleuchtet. Das Telefon hat einen automatischen Blitz. Du bist nicht der Einzige, der Fotos machen kann.

Ohne den Schmerz in meinen Fingern zu spüren, hebe ich den Arm und ziele auf dich.

Klick: dein Wagen in meiner Straße. Ich zoome dich näher heran. Klick: dein Nummernschild, gerade so zu lesen. Und dann zoome ich so nah heran, wie es geht. Klick: dein Gesicht. Vielleicht sieht man es durch die Windschutzscheibe nicht, aber es ist den Versuch wert.

Drei Fotos, so schnell gemacht, dass du überrumpelt bist; du brauchst einen Moment, bevor du begreifst, was passiert ist, und du reagierst mit Verspätung.

Du reißt die Tür auf. Das war nicht dein Plan für heute Abend. Ich bin schon losgerannt, dennoch drehe ich mich automatisch um, um meinen Vorsprung abzuschätzen. Aber du bist groß und nicht der Typ, der flink aus einem Auto springen kann. Ich sehe deinen dünnen Mund, wutverzerrt, und ich renne schneller, fliege über den Gartenweg, so schnell, dass du keine Chance hast, mich einzuholen. Den Schlüssel habe ich schon griffbereit – ein weiteres nützliches Fach in meiner Tasche –, ich habe strategisch gedacht, als ich sie entworfen habe. Als ich den Schlüssel ins Schloss schiebe und gegen die schwere Holztür drücke, weiß ich, dass du aufgegeben hast. Ausnahmsweise bin ich in einem Alptraum, in dem alles richtig läuft.

Ich weiß nicht, wie lange ich an der Tür lehne und warte, bis mein Atem sich beruhigt hat. Lange genug, um Miss Norton aus ihrer Wohnung zu locken.

»Wie schön, Sie zu treffen, Clarissa«, sagt sie. »Gut, dass

Sie ausnahmsweise etwas Farbe im Gesicht haben. Möchten Sie auf eine Tasse Tee hereinkommen?«, sagt sie.

Eine Tasse Tee ist genau das, was ich brauche. Und Miss Nortons freundliche, geistreiche Gesellschaft.

»Sehr gerne, Miss Norton.« Sie strahlt, und sofort habe ich ein schlechtes Gewissen, weil ich ihre Einladung nicht öfter annehme oder selbst eine ausspreche. Als ich ihr folge, nehme ich den Umschlag mit der neuesten Ausgabe meiner Nähzeitschrift vom Bord, wo sie sie für mich hingelegt hat.

Miss Norton lässt mich auf dem Chintzsofa Platz nehmen. Es ist mit Spitzenschonbezügen abgedeckt, ursprünglich wohl cremefarben, doch mit den Jahren bräunlich geworden. »Setzen Sie sich und ruhen sich aus, meine Liebe«, befiehlt sie mir. »Lesen Sie Ihre Zeitschrift. Lassen Sie sich ein bisschen von mir verwöhnen. Das haben Sie sich verdient, wo so viel auf Ihren Schultern lastet. Es muss alles sehr anstrengend und zermürbend sein.« Sie schlurft in die Küche.

Ich sehe mich in Miss Nortons Wohnzimmer um und muss lächeln. Ihre Möbel sind dunkel und schwer, sie stammen noch von ihren Eltern, denen das ganze Haus gehört hatte, bevor Miss Norton Wohnungen daraus gemacht und sie zum Teil verkauft hat; Miss Norton wurde hier geboren.

Dann öffne ich den Umschlag mit der Nähzeitschrift, voller Vorfreude auf die Ablenkung, darauf, dich ganz aus meinem Kopf zu verbannen. Aber das wirst du niemals zulassen, nicht wahr?

Ich schnappe nach Luft, als hättest du mir in den Bauch geboxt. Das blonde Model auf der Titelseite trägt kein neues Frühlingskleid.

Sie trägt Gürtel und Ketten und Drähte, die sich um ihre Arme und Schenkel, Brüste und Hüften winden. Sie ist an eine Art OP-Tisch mit ausziehbaren Beinstützen gefesselt. Der Großteil ihrer blassen Haut ist nackt. Die gespreizten Beine sind am Knie angewinkelt, die Füße hochgelegt. Sie kann sich nicht bewegen. Selbst Hände, Füße, Finger und Zehen sind mit einer Art chirurgischem Klebeband fixiert.

Ihre Brustwarzen sind von Metallringen durchbohrt, die Brüste von einem kreuz und quer gebundenen Seil zusammengequetscht. In ihrem Mund steckt ein Lederknebel. Ein muskulöser Männerarm, der einen Lederhandschuh trägt, hält ein blitzendes Instrument ins Bild. Der Besitzer des Arms ist nicht zu sehen. Hals und Stirn der Frau sind mit Hundehalsbändern an den Tisch geschnallt, so dass sie den Kopf nicht drehen kann, doch ihre Augen sind weit aufgerissen und starren den unsichtbaren Mann mit flehendem Blick an.

»Sie trinken Ihren Tee nicht zu stark und ohne Milch, oder, Clarissa?«, ruft Miss Norton.

Ist die Pose wirklich nur gestellt? Ich rede mir ein, es muss so sein. Die Frau kann kein echtes Entführungsopfer sein. Der OP-Tisch kann nicht echt sein. Aber ihr Grauen wirkt sehr echt.

Das ist es, was du dir gern anschaust.

»Clarissa?«, ruft Miss Norton noch einmal. »Haben Sie mich gehört?«

»Ja, Miss Norton«, bringe ich heraus, ohne zu wissen, wozu ich ja sage.

Die Überschriften springen mich an.

Zitternde Sklavin gesteht: Angst macht mich feucht.

Das ist es, was du gern liest.

»Kekse?«, fragt Miss Norton.

Verführung in Zwangsjacke: Mach sie machtlos.

Das ist es, was du gern tust.

Ich denke daran, wie du im Park meine Arme hinter dem Rücken festgehalten hast. An den Schraubstock deiner Hand in meinem Nacken, so dass ich mich nicht rühren konnte. An die widerlichen Dinge, die du gesagt hast, und wie ich so tun musste, als hörte ich sie gern, und wie dich meine Antworten angemacht haben – ja, ja, ja –, als dein Lederhandschuh über meinen Körper glitt. Ja, ja, ja.

»Ich habe sie heute Morgen gebacken«, sagt Miss Norton. »Ich hatte gehofft, Sie zu treffen. Ich wollte Ihnen etwas Gutes tun. Es war so lieb von Ihnen, mir Pralinen zu schenken. Sie haben genau meinen Geschmack getroffen.«

Einlauf-Ekstase und Heimoperationen.

»Clarissa? Hören Sie mich?«

Reich der Folter: Die verbotenen Kammern unserer Leser. Hast du eine solche Kammer?

»Das klingt gut, Miss Norton«, bringe ich irgendwie heraus.

»Freut mich, Clarissa. Sie sind viel zu dünn, meine Liebe.« *Gefesselte Schönheiten auf der Streckbank: Plugs bis zum Anschlag.*

Wieder denke ich an jene Novembernacht. Und die Spuren an meinem Körper am nächsten Morgen.

Das Foto. Muss ich dankbar sein, dass es so harmlos ist?

»Clarissa?« Miss Norton steht in der Tür.

Erschrocken stopfe ich die Zeitschrift zurück in den Umschlag, ungeschickt mit meinen steifen, verbundenen Fingern, so dass das braune Packpapier einreißt.

Ich habe genug gesehen. Selbst als das Magazin wieder im Umschlag steckt, verfolgen mich die Titel. Sie sind fürchterlich schlecht. Annie würde laut lachen. Sie würde mir sagen, das Ganze sei eine billige Fälschung. Sie würde dir eine knallen, mitten in dein scheußliches Gesicht. Aber ich kann nicht lachen. Es ist nicht witzig. Nichts davon ist als Scherz gemeint. Das Foto auf der Titelseite ist das hässlichste, abartigste, schrecklichste Bild, das ich je gesehen habe.

Fesselspiele: Festgezurrt und wund geritten.

Ich springe auf und helfe Miss Norton mit einer wunderschönen alten Porzellanplatte. Sie ist angegilbt und gesprungen. Die Kekse sind goldgelb. »Das sieht köstlich aus«, sage ich, auch wenn ich in diesem Moment nichts auf der Welt köstlich finden könnte. Als ich versuche, die Platte vorsichtig auf den Wohnzimmertisch zu stellen, geben meine Finger nach, und sie landet mit einem Scheppern auf dem Holz. Ich wundere mich, dass sie überlebt.

Petplay: Angeschirrt im Viehstall.

»Helfen Sie mir mit dem Teetablett?«, ruft Miss Norton, die von meiner Tollpatschigkeit anscheinend nichts mitbekommen hat. Es ist ein Glück, dass ihre sonst so scharfe Aufmerksamkeit von ihrer Rolle als Gastgeberin beansprucht wird.

Ich taumele in die Küche, eine perfekte Zeitreise in die 1970er, alles in Beige und Braun.

Stramme Strafen: Qualvolle Lust der Gefangenschaft.

Dafür kriegst du deine Strafe. Das hast du im Park zu mir gesagt. War es das, was du meintest?

»Ich finde das Teesieb nicht, meine Liebe«, sagt Miss Norton.

Blind krame ich in Miss Nortons überfüllten Schubladen herum.

Schule des Gehorsams: Sperr mich ein und schlag mich fest.

Ich denke an deine Theorie, warum Blaubart seine erste Frau getötet hat. *Die schlimmste Form des Ungehorsams*, hast du gesagt. Ich erinnere mich, wie das Wort bei mir die Alarmglocken schrillen ließ. *Ungehorsam.* Selbst als dein Wein seine Wirkung entfaltete, verstand ich sofort, was für ein hässlicher Teil deines Wortschatzes es war; ein hässlicher Teil deiner Sicht auf das, was Männer und Frauen füreinander sein können.

Du musst tun, was ich dir sage. Auch das hast du im Park gesagt.

Die schrecklichen Titel meinen genau das Gleiche.

»Was ist denn, Clarissa?« Miss Norton lacht liebenswürdig. »Es liegt direkt vor Ihnen.« Sie nimmt das Teesieb und legt es neben ihr hübsches Teeservice mit dem Rosenmuster. Dampf kräuselt sich aus dem Schnabel der Kanne, und ich verbrenne mir fast die andere Hand, als ich das Tablett hochnehme. Ich wanke ins Wohnzimmer und setzte es mit klirrenden Tassen auf dem Tisch ab.

In jedes Loch: Lektionen, die sie nicht vergisst.

»Setzen Sie sich, Clarissa«, sagt Miss Norton.

Ich setze mich.

Folter und Torturen, denen sie nicht widerstehen kann.

»Bedienen Sie sich, Clarissa.«

Ich greife nach einem Keks, beiße ein winziges Stück ab und versuche zu kauen. Ich habe das Gefühl, ich ersticke. Ich zwinge mich zu schlucken, und während Miss Norton damit beschäftigt ist, den Tee auszuschenken, lasse ich den restlichen Keks in meiner Handtasche verschwinden.

Training für alle Körperteile: Zwing sie in Formen und Größen, die dich geil machen.

Miss Norton plappert fröhlich vor sich hin, glücklich, mich in ihrem Reich zu haben, aber ich höre kaum zu. »Es ist so nett, dass Sie hier sind. Sie müssen mich öfter besuchen, Clarissa«, sagt sie, und ich verspreche es ihr.

Meine Hände zittern. Als ich die Tasse anhebe, verschütte ich Tee auf Miss Nortons grünen Teppich. Ich entschuldige mich und stehe auf, um einen Lappen zu holen, aber ich verliere die Balance. Mit voller Wucht schlage ich mir das Schienbein am Tisch an, schreie auf und kippe noch mehr Tee auf den mit Rosen verzierten Axminster-Teppich. Miss Norton schickt mich zurück auf meinen Platz und sagt, ich müsse mir keine Sorgen machen; sie sehe, wie müde ich sei, und nach einem schauerlichen Tag vor dem Strafgericht hätte jeder wackelige Knie; sie gehe selbst; ich müsse mich ausruhen und solle nicht mal daran denken, mich zu rühren.

Schandsklavin in Folterkeller aufgehängt und ausgepeitscht.

Als Miss Norton das Wohnzimmer verlässt, sehe ich mir noch einmal den Umschlag an. Es ist weder eine Vertriebsfirma noch sonst ein Absender angegeben. Da ist nur der Poststempel. Mein Name und meine Adresse sind auf ein Klebeetikett gedruckt. Mehr nicht. Hast du die Zeitschrift im Hinterzimmer eines Sexshops gekauft, zu dem nur spezielle Kunden Zugang haben? Hast du sie online bestellt, über eine Website, die man mit einer normalen Suchmaschine nicht findet? Vielleicht bist du Mitglied bei einem geheimen Männerclub, der an alles herankommt. Die schlimmste Erklärung wäre, dass du die Zeitschrift selbst gemacht hast. Doch es muss eine Möglichkeit geben, dass die Polizei den Absender ausfindig macht und irgendwie eine Verbindung zu dir herstellt.

Ich werfe noch einen kurzen Blick auf die Titelseite.

Die Frau auf dem Titel wurde nicht mit Photoshop retuschiert; niemand sollte bei der Nachbearbeitung unangenehme Fragen stellen. Wie es aussieht, ist die Wimperntusche von echten Tränen verschmiert; kein Maskenbildner wurde angeheuert, weil Zeugen unerwünscht waren. Könnte die Frau Laura Betterton sein? Das Licht ist schlecht, als hätte das Shooting in einer fensterlosen, schalldichten Privatgarage stattgefunden; nicht in einem Studio, wo das Model beim Betreten gesehen werden könnte und hinterher ungehindert wieder gehen durfte.

Ich lege die Zeitschrift zum zweiten und letzten Mal weg, entschlossen, sie nie wieder aus dem braunen Umschlag zu nehmen. Etwas an der Amateurhaftigkeit macht das Heft noch finsterer und echter. Es wirft die Frage auf, wo die Grenze zwischen Inszenierung und Wirklichkeit verläuft. Gegen meinen Willen denke ich darüber nach, wer die Frau auf der Märzausgabe ist und wie sie dazu kam, so fotografiert zu werden, wer sich das Ganze ausgedacht hat und wo sie jetzt ist. Ob du solche Dinge schon getan hast, frage ich mich nicht. Ich weiß es.

DIENSTAG

Die Zeugin saß zusammengesunken auf dem Stuhl, mit halbgeschlossenen Augen. Dorcas Wykes. Die Tochter der zierlichen alten Dame, die keine Schimpfwörter in den Mund nehmen wollte. Dorcas versteckte sich nicht mehr hinter Schlafzimmervorhängen; eine Vollzugsbeamtin saß neben ihr.

Clarissa merkte, dass sie genauso krumm dasaß, und richtete sich auf.

»Ich weiß, es ist fast zwei Jahre her, aber ich muss mit Ihnen über ein belastendes Erlebnis von damals sprechen.« Mr Mordens Stimme war sanft. Dorcas funkelte ihn an.

»Erinnern Sie sich an eine Fahrt von Bath nach London am Samstag, den fünften Mai?«, fragte Mr Morden. »Sie wurden von Leuten im Wagen mitgenommen, die Sie kennen.«

Dorcas drehte sich um und warf einen Blick hinter sich. Sie schüttelte langsam, aber wütend und nachdrücklich den Kopf. »Nein.« Entschiedenes Kopfschütteln. »Nein.« Dann schlang sie die Arme um die Brust und begann sich vor und zurück zu wiegen. Das blonde Haar fiel ihr wie ein Vorhang vor das gefängnisbleiche Gesicht. Sie begann zu schluchzen und schwer zu atmen.

»Ich muss die Geschworenen bitten, sich zu einer kurzen Pause zurückzuziehen«, sagte der Richter, »damit Miss Wykes sich sammeln kann.«

Die Tür zwischen Saal 12 und dem grellerleuchteten Nebenraum war noch nicht ganz zu, als der Junge mit den lila Haarspitzen laut verkündete: »Arme Irre. Immerhin ist sie hübsch.«

Er war Schlosserlehrling, auch wenn er aussah wie ein Elf. Am auffälligsten an ihm war, dass er immer Kopfhörer trug, im gleichen Lila wie seine Haarspitzen. Einmal hatte er sie sogar im Gerichtssaal aufgelassen, bis Robert ihm auf die Schulter getippt und ihm geraten hatte, sie abzunehmen, bevor der Richter es merkte.

»Pssst«, machten mehrere gleichzeitig.

Annie versetzte ihm einen Stoß mit dem Ellbogen und zischte, er solle die Klappe halten. Aber dann verdrehte sie selbst die Augen. »Sie verschwendet meine Zeit. Ich kann's nicht leiden, wenn Leute meine Zeit verschwenden. Woher nimmt sie das Recht, meine Zeit zu verschwenden?«

»Mir tut sie leid«, sagte Clarissa müde. »Dieser Fall ist wie ein Wettbewerb. Wer ist das ärmste Würstchen?« Als sie im Hauptfach ihrer Anti-Stalker-Tasche nach dem Lippenbalsam suchte, stieß sie beim Herumwühlen in ihren Sachen auf etwas Seidiges. Sie zog es heraus. Als sie erkannte, was sie in der Hand hielt, schloss sie erschrocken die Faust darum.

Dienstag, 24. Februar, 11:45 Uhr

Ich versuche, ein gleichmütiges Gesicht zu machen, während ich die Faust fest zusammenpresse.

Was ich in meiner Handtasche gefunden habe, ist ein Stück aufgeschlitzter lavendelfarbener Seidenjersey. Was ich gefunden habe, ist der Slip, den ich in jener Novembernacht trug. Du musst ihn mir in die Tasche geschmuggelt haben, als ich ohnmächtig in der Bahnhofsunterführung auf dem Boden lag.

Doch er sieht anders aus als auf dem Foto, das du gemacht hast. Du hast die Nähte an beiden Seiten durchtrennt. Du hast den Schritt rausgeschnitten, und er ist nicht in meiner

Tasche. Wann hast du das getan? Hatte ich den Slip dabei noch an? Hat die Schere meine Haut berührt, als du ihn aufgeschlitzt hast? Ich sehe das Foto so klar vor mir, als hätte ich es vor der Nase. Immer wieder gehen mir deine Worte durch den Kopf. *Ich habe das fehlende Teil, Clarissa.*

Clarissa saß wieder auf ihrem Platz in der Geschworenenbank. Die Menschen um sie herum bewegten die Münder, aber sie hörte nichts. Mr Morden schien weit weg und viel kleiner als sonst zu sein, als sähe sie ihn am Ende eines Tunnels oder durch die falsche Seite eines Fernglases. Doch nach ein paar Minuten kamen die Geräusche zurück, und Mr Morden wuchs wieder zu seiner normalen Größe, wie bei *Alice im Wunderland*. Clarissa wusste nicht genau, wie viel sie verpasst hatte, aber wenigstens war sie nicht ohnmächtig geworden, und nicht einmal Annie hatte etwas gemerkt. Sie pikste sich mit dem Druckbleistift in die Daumenspitze. Konzentrier dich, befal sie sich.

»Am Montag, den siebten Mai, gingen Sie aus freien Stücken zur Polizei. Sie waren zwei Tage lang dort, Miss Wykes, um als Zeugin auszusagen.«

»Erinner mich nich.«

Annie schüttelte verächtlich den Kopf. Das könnte ich sein, dachte Clarissa betroffen. Sie verstand, wie beängstigend und demütigend es sein musste, in der Öffentlichkeit über schreckliche Dinge zu sprechen, die einem passiert waren. Auch Clarissa konnte zu jemandem werden, der bei Menschen wie Annie Verachtung auslöste.

In der Mittagspause bewegte sich Clarissa wie in Trance von der Damentoilette, wo sie sich übergeben hatte, über die Cafeteria, wo sie eine Flasche Mineralwasser kaufte, zum Aufenthaltsraum, wo sie ein Buch in den Händen hielt, ohne es zu lesen; dann wiederholte sie den Rundgang.

Als die Geschworenen in Saal 12 zurückkehrten, pikste sie sich wieder mit dem Bleistift, ohne zu merken, was sie tat, bis

Annie ihn ihr wegnahm, entsetzt den Kopf schüttelte und auf einen kleinen Blutstropfen an Clarissas Daumen zeigte.

In Clarissas Ohren rauschte es. Mr Mordens Worte ergaben keinen Sinn. Sie presste die Hände an die Schläfen, schaute auf ihre Notizen hinunter und konnte ihre eigene Handschrift nicht lesen. Überall sah sie Ketten und Gürtel und Seile. Und die entsetzten Augen der Frau mit dem Knebel. Den Lederhandschuh und das glänzende Instrument. Die scheußlichen Titel aus der Zeitschrift.

Mr Morden schob seine Armbanduhr zurecht, glättete seine Papiere und wippte auf den Füßen vor und zurück, sichtlich mit der nächsten Frage kämpfend. »Haben Sie am Sonntag, den sechsten Mai, in London vor ihrer Heimreise einen Park besucht?«

Dorcas sprang fast von ihrem Stuhl auf, doch dann warf sie einen Blick auf die blaue Trennwand und blieb, wo sie war – in Deckung. »Nein.«

Als sie ein kleines Mädchen gewesen war, waren Parks stets Orte der Freude für Clarissa gewesen. Orte, wo sie mit ihren Eltern Picknicks machte, die ihre Mutter aufwendig zubereitet und verpackt hatte. Orte, wo sie mit ihrem Vater aus feuchtem Sand Burgen und Seejungfrauen baute. Parks waren keine gefährlichen Orte gewesen.

Sie dachte an den Park oben auf dem Hügel, den sie einst so geliebt hatte. Jetzt war dieser Park gleichbedeutend mit einem Paar Hände in Handschuhen, die ihr Handgelenk packten, Leder, das zwischen ihre Beine gepresst wurde, demütigenden Worten, einem Wagen, in den sie hineingezerrt werden sollte. Jetzt hasste sie den Park. Sie wollte nie wieder dorthin, auch wenn sie wusste, dass sie Glück gehabt hatte.

Dorcas war in dem Park in London kein Computerfachmann zu Hilfe gekommen. Kein Bruce mit weichem schwarzem Fell.

Mr Morden änderte den Kurs. »Miss Wykes, Ihre Mutter hat hier vor den Geschworenen gesprochen. Sie …«

»Die Geschworenen können mich mal.«

Der Richter sah wütend aus. »Die Verhandlung wird ausgesetzt und auf morgen vertagt.«

Es war ein unverhofftes Geschenk, mit Robert in einem Café an der Brücke zu sitzen, auf seinen spontanen Vorschlag hin, einen späteren Zug zu nehmen und etwas Heißes trinken zu gehen.

Sie trank einen kleinen Schluck Tee, den er für sie bestellt hatte. Ihr war übel, seit sie die Zeitschrift in der Hand gehalten hatte; als sie den Slip in ihrer Handtasche entdeckte, war es schlimmer geworden; und seit den Hinweisen auf Dorcas' Erlebnis in London und dem Anblick der verstörten Frau im Zeugenstand hatte sich die Übelkeit in Gift verwandelt. Doch das Zusammensein mit Robert machte sie so glücklich, dass die Übelkeit nachließ, vorerst zumindest.

»Einmal, es war nicht in meinem Dienst«, erzählte er gerade, »schrie eine Frau vor einem brennenden Haus: ›Meine Babys, meine Babys. Jemand muss meine Babys retten!‹ Ich habe erwähnt, dass wir immer paarweise reingehen, oder?«

Sie nickte und fragte sich, wie sie es schaffte, ihm vorzuspielen, sie wäre normal.

»Zwei Männer sind rein, um die Babys zu retten«, sagte er. »Beide sind ums Leben gekommen.«

»Und die Babys?«

»Es stellte sich raus, dass ihre Babys Wellensittiche waren.«

Clarissa schüttelte betroffen den Kopf. »Sie wären nicht noch mal reingegangen, oder, Robert?«

»Ich gehe keine unnötigen Risiken ein.« Er nahm einen Bissen von der Zitronentarte, die er bestellt hatte, und machte ein Gesicht wie ein kleiner Junge, der eine Süßigkeit erbeutet hat. Er kaute mit Genuss und seufzte vor Wohlgefühl. Dann schob er ihr den Teller hin. »Außer beim Nachtisch.« Es gab nur eine Gabel. »Möchten Sie die Hälfte?«

Unwillkürlich grinste sie, bis ihr die Wangen weh taten. Sie griff nach der Gabel und probierte die mit Zitronenschale bestreute Buttercreme, von der sie allerdings kaum etwas schmecken konnte.

»Glauben Sie nicht, ich hätte nicht bemerkt, dass Sie nur von der Creme gegessen haben.«

»Das mache ich immer so. Jetzt kennen Sie mein dunkelstes Geheimnis.«

»Und Sie kennen meins«, sagte er. »Ich rede nie über die Arbeit. Meine Frau, sie will – wollte – nie etwas davon hören. Ich schätze, es ist langweilig.«

»Niemand könnte Ihre Arbeit langweilig finden.« Sie wusste, dass sie ihm mit ihrer Neugier, ihrer Aufmerksamkeit und Bewunderung schmeichelte und dass es funktionierte, aber sie meinte es ernst, jedes Wort.

War ihre Schwärmerei für Robert so gefährlich wie Rafes Schwäche für sie? Natürlich nicht, beruhigte sie sich. Es war überhaupt nicht vergleichbar. Sie versuchte, nicht an den ausgeweideten Slip in ihrer Handtasche zu denken.

Sie hob die Hand in seine Richtung, dann zögerte sie. Er sah sie mit zusammengekniffenen Augen an, ermutigend und spöttisch zugleich, während sie ihm einen Krümel vom Kinn strich. Dann saßen sie beide sekundenlang wie erstarrt da.

Unvermittelt dachte sie daran, wie Henry ihr mit dem Finger Schokolade von den Lippen gewischt und sie anschließend geküsst hatte.

Sie schüttelte den Kopf, versuchte Henry abzuschütteln, und redete im Plauderton weiter. »Sind alle Feuerwehrmänner so wie Sie?«

»Ja. Simple Bedürfnisse. Reichlich Fleisch und Kartoffeln, und schon sind wir froh. Da sind wir alle gleich.«

»Das glaube ich nicht.«

Er lachte. »Ich schätze, Sie kennen nicht viele Feuerwehrmänner …«

Sie lachte auch. »Sie sind auf jeden Fall mein erster.«

»… oder sonst viele Menschen.«

»Ich fürchte, Sie haben recht. Am besten erweitere ich ab morgen meinen Bekanntenkreis, indem ich mit Grant Kaffee trinken gehe. Aber dann müssen Sie das Gleiche mit Sophie tun.« Grant und Sophie waren die Geschworenen, die sie beide am wenigsten mochten.

»Eins ist sicher …«, begann er.

»Was denn?«

»Mit Sophie möchte ich nicht hier sitzen.«

»Na gut, aber Grant frage ich trotzdem«, gab sie zurück.

Dienstag, 24. Februar, 19:00 Uhr

Diesmal steht auf dem braunen Umschlag nur mein Name. Mein voller Name. Getippt. Kein Kommentar. Keine Botschaft. Nur das Foto. Ein einziges.

Ich liege in meinem Schlafzimmer, fast nackt, Arme und Beine gespreizt, so dass mein Körper ein X bildet, Hände und Füße an die Bettpfosten gefesselt, mit einer schwarzen Augenbinde und einem schwarzen Schal über dem Mund. Ich trage immer noch meinen Slip, aber du hast den Schritt rausgeschnitten. Strümpfe und BH liegen wie vorher neben mir, doch jetzt ist auch eine Schere dabei. Außerdem hast du eine zusammengerollte Peitsche neben mir auf dem Bett drapiert.

All dein falsches Gerede von Liebe. Die Wahrheit ist hier auf dem Foto zu sehen. Was du wirklich von mir willst, was du von Anfang an mit mir vorhattest. Mich in die Falle locken und beherrschen und quälen. Was du ohnehin jeden Tag tust. So hättest du mich gern. Eine Gummipuppe, die nicht sprechen kann, sich nicht bewegen kann, deren Gesicht kaum zu sehen ist, die nicht einmal bei Bewusstsein ist – du kannst mit ihr machen, was du willst.

Sie kann nicht nein sagen. Sosehr es dir gefällt, das Wort »ja« zu hören, es ist gar nicht nötig. Es spielt keine Rolle. Du tust sowieso, was dir gefällt, mit oder ohne Zustimmung, solange du damit durchkommst.

Ich überlege, ob du mein Gesicht abgedeckt hast, damit du das Foto verwenden kannst. In meiner Nähzeitschrift gibt es eine Rubrik, in der Leserinnen Fotos ihrer Stücke zeigen. Dabei steht, für welchen Anlass ein Kleidungsstück genäht wurde; ob Profiwerkzeuge benutzt wurden oder ob die Leserin sich mit Gegenständen aus dem Haushalt beholfen hat. Wahrscheinlich gibt es in deiner Zeitschrift auch so eine Leserseite.

Vielleicht ist das Foto dein Beitrag, mit einem kurzen Bericht für deine Freak-Gemeinde, was du mit mir gemacht hast. Sollte ich dir dafür dankbar sein, dass man mich nicht erkennt?

Ich versuche mir einzureden, der Körper auf dem Bett sei nicht wirklich ich, er sei nur meine Hülle, aber es funktioniert nicht.

Wieder denke ich an die Passage aus dem »Räuberbräutigam«, die du unterstrichen hast. Die drei Gläser Wein und das zerspringende Herz, der zur Schau gestellte nackte Leib der Frau, das Salz in den Wunden. Das hast du mit mir gemacht. Das machst du noch immer.

Wie viel Zeit hast du damit verbracht, mich in Pose zu bringen und zu fotografieren? Ich denke an deine vollgestopfte Aktentasche mit dem Schloss. Jetzt weiß ich, welche Accessoires du dabeihattest. Ich weiß, wo die wunden Stellen an meinem Körper herkamen.

Ich habe nie bezweifelt, dass wir Geschlechtsverkehr hatten. Der Schmerz zwischen den Beinen am nächsten Tag und die Blasenentzündung waren eindeutig. Jetzt weiß ich, dass ich dabei gefesselt gewesen sein muss. Ich schaffe es gerade noch ins Bad zum Waschbecken, bevor ich mich übergebe.

Du hattest dieses Foto die ganze Zeit, und ich wusste nichts davon, konnte mich an die Vergewaltigung nicht erinnern. Wie kann es sein, dass ich mich nicht erinnere? Dafür gibt es nur eine Erklärung: Du hast mir etwas in den Wein getan, daran habe ich nicht mehr den leisesten Zweifel.

Ich spritze mir kaltes Wasser ins Gesicht und putze mir die Zähne. Dann verstaue ich deine widerliche Trophäe ganz hinten im Kleiderschrank. Nicht im Wohnzimmerschrank bei den anderen Beweisen. Ich bin nicht so dumm, das Foto zu vernichten, aber du bist gerissen genug, um zu wissen, dass ich es nicht ertragen könnte, es jemandem zu zeigen. Das erste Foto ist harmlos dagegen.

Ich fahre den Laptop hoch und bestelle eine neue Matratze und ein neues Bett im Internet. Ich hatte es schon lange vor, aber jetzt muss ich es tun. Es hilft mir, etwas zu tun. Die Kopf- und Fußteile bestehen aus durchgehenden Brettern. Keine Latten. Keine Pfosten. Ich zahle einen Aufpreis, damit sie bei der Lieferung mein altes Bett direkt entsorgen. Die nächsten vier Wochen schlafe ich auf dem Sofa, bis das neue Bett da ist.

Jeden Morgen sammele ich meine Decke und Kissen ein und verstaue sie in der alten Zedernholztruhe, eines der Hochzeitsgeschenke meiner Eltern. Dieses Ritual soll mich daran erinnern, dass das Arrangement vorübergehend ist und nur für die Nacht. Mein Schlafzimmer wird wieder mein Schlafzimmer sein. Doch ich werde nie wieder in dem alten Bett schlafen, wo du mir diese Dinge angetan hast, an diesem Ort der Alpträume, die du mich nicht vergessen lässt.

MITTWOCH

Du stehst nicht vor dem Haus, also weiß ich, dass du vor dem Bahnhof stehen wirst. Du versäumst es bestimmt nicht, meine Reaktion auf dein letztes Geschenk zu sehen. Dem kannst du nicht widerstehen. Darauf kannst du nicht warten.

Natürlich habe ich recht. Kaum bin ich aus dem Taxi gestiegen, gehst du neben mir her. Ich wünschte, ich hätte nicht recht gehabt. Ich wünschte, ich würde dich nicht so gut kennen.

»Gefällt dir das Souvenir unserer gemeinsamen Nacht, Clarissa?«

Ich sehe dich nicht an und spreche nicht mit dir. Du weißt genau, dass ich das nicht tun werde. Wir überraschen einander nicht mehr.

»Wir können das Ganze noch verfeinern, Clarissa. Wie in der Zeitschrift. Ziemlich inspirierend, oder?«

Ich mache den Fehler, dich kurz anzusehen. Deine Lippen sind schmal und blass, aber sie glänzen, als hättest du sie gerade befeuchtet.

Du trägst die Lederhandschuhe, die du im Park anhattest. Mir fällt auf, dass sie genauso aussehen wie der Handschuh auf dem Cover deiner Zeitschrift. Meine Handgelenke brennen, als ich an deinen Griff denke, auch wenn sie seit über einer Woche verheilt sind.

Du beugst dich vor. »Die Fesseln haben dich heiß gemacht. Ich musste dich knebeln, sonst hättest du die ganze Nachbarschaft aufgeweckt. Der Knebel hat dich noch schärfer gemacht. Und die verbundenen Augen.«

Ich ramme dir den Ellbogen in die Seite, fest, und freue mich über dein schmerzverzerrtes Gesicht. »Lass mich in Ruhe!« Die Worte platzen heraus, als hätte ich zu lange die Luft angehalten.

»Ich habe noch mehr Fotos, Clarissa. Wir haben uns beim Vorspiel viel Zeit gelassen. Darauf lege ich großen Wert. Möchtest du sie sehen? Meinst du, deinem Feuerwehrmann würden sie gefallen? Ich weiß, wo er wohnt.«

Ich schiebe mich durch das Drehkreuz, ohne mich umzusehen, und rechne damit, dass du mir folgst. Aber du bleibst stehen, und als ich zur Unterführung gehe, höre ich, wie du von der anderen Seite der Absperrung hinter mir herrufst: »Ich habe dich nur aufgezogen, Clarissa. Ich behalte meine Souvenirs für mich. Du weißt, dass ich dich nie mit jemandem teilen würde.« Du lachst. Ich höre dich selten lachen. Es klingt bitter und hasserfüllt und so, als würdest du mich verfluchen.

Clarissa kniff die Augen zu, aber sie hörte nicht auf, sich selbst als alptraumhafte Kreatur aus der Zeitschrift oder einem S&M-Film vor sich zu sehen. Sie zwang sich zur Konzentration und kämpfte gegen die Versuchung an, sich wieder mit dem Bleistift in den Finger zu piksen. Sie fragte sich, ob die Polizei bei der Suche nach Tätern und Opfern auch solche Zeitschriften durchsah.

Dr. Betty Lawrence, Gerichtsmedizin, 146, notierte sie. Annie tippte auf das Papier und schüttelte in gespielter Verzweiflung über Clarissas seitenlange Notizen den Kopf. Auch Robert zog sie manchmal damit auf; er hatte höchstens eine Handvoll Seiten gefüllt.

Dr. Lawrence erklärte, was ein genetischer Fingerabdruck war. Clarissa stellte sich die Spurensicherung an ihrem Bett vor, Kriminaltechniker, die mit Wattestäbchen Proben nahmen und weitere Fotos von ihr machten. Er hatte sie zu einem Spektakel gemacht, zu etwas Groteskem. Irgendwie musste sie verhindern, dass seine Sicht stärker wurde als ihr Selbstbild.

»Ich habe Carlotta Lockyers Kleidungsstücke untersucht«, sagte Dr. Lawrence.

Clarissa versuchte, noch aufrechter zu sitzen und nicht mehr an das Foto zu denken. Sie versuchte, sich nicht Roberts Abscheu auszumalen, wenn er das Foto je sah. Sie stellte es sich auf einer großen Leinwand im Gerichtssaal vor, so wie hier, und betete, dass es nie so weit käme.

»Dazu gehört ein rosa Slip, der hinter dem Schrank im Badezimmer in der Wohnung gefunden wurde, in der Miss Lockyer mutmaßlich festgehalten wurde. Auf dem Slip befinden sich Blutflecken. Das Blut stammt von Miss Lockyer.«

Sie dachte an ihre eigene zerschnittene Unterhose: ein nummeriertes Beweisstück, gefunden in ihrer Wohnung; der herausgetrennte Schritt als weiteres Beweisstück, gefunden in seiner Wohnung – vielleicht bewahrte er ihn in einer Vitrine auf. Was würde ein Gerichtsmediziner auf seinem Souvenir entdecken? Sie versuchte, das Gefühl der Demütigung zu unterdrücken, als sie sich vorstellte, wie jemand die Flecken unter die Lupe nahm. Sein Sperma auf einem Objektträger. Ihre Körperflüssigkeiten unter dem Mikroskop.

Mittwoch, 25. Februar, 13:15 Uhr

Ich will mich nicht verstecken. Es kotzt mich an, dass du mich dazu bringst. Ich stehe in der Schlange eines grellerleuchteten Lebensmittelladens, um einen Joghurt zu kaufen.

Es ist absurd zu denken, ich könnte etwas so Gewöhnliches tun, wie einen Laden zu betreten. Meine verzweifelte Sehnsucht nach Freiheit, nur für ein paar Minuten, hat mich dazu verleitet. Doch es ist töricht von mir, an normalen Handlungen festzuhalten. Ich tue mir sehr, sehr leid, und ich weiß, dass ich damit aufhören muss.

Ich höre dich, bevor ich dich sehe. Deine Stimme ist leise, nur für meine Ohren gedacht. Ich spüre deinen warmen Atem. »Beim letzten Mal habe ich die Peitsche noch nicht benutzt, Clarissa. Nicht richtig jedenfalls, auch wenn dir unsere ersten kleinen Experimente damit gefallen haben. Nächstes Mal.«

Eskalation. Alle Stalking-Broschüren warnen davor. Überall steht, dass es früher oder später dazu kommen wird. Als ich das Wort zum ersten Mal las, konnte ich mir nicht vorstellen, was Eskalation bedeuten könnte, was Eskalation im wirklichen Leben ist, was du tun würdest, wenn deine Obsession eskaliert. Ich habe mich geweigert, das Wort mit Inhalt zu füllen. Deine Hände auf mir, im Park. Deine abartigen Fotos.

Ich stelle den Joghurt in irgendeinem Regal ab und fliehe aus dem Laden. Ich bin eine schlechte Läuferin. Nach Sekunden geht mir die Puste aus, und ich habe Seitenstechen. Die Leute sehen mir nach, als ich mich auf dem Markt lächerlich watschelnd durch die Menge drängele, um in die Sicherheit des Geschworenenbereichs zu fliehen. Inständig hoffe ich, dass Robert nicht unter ihnen ist und mich nicht so sieht. Ich schaue mich um, als ich keuchend um die letzte Ecke stolpere, aber du folgst mir nicht. Mir am helllichten Tag hinterherzurennen würde deine Jagd auf mich zu offensichtlich machen, das siehst sogar du ein.

Wahrscheinlich lag es daran, dass der Schrecken sie nun die ganze Zeit nicht mehr losließ und sich noch intensivierte. Vermutlich fielen ihr deshalb die Bettertons wieder ein. Sie fand eine ruhige Ecke im Aufenthaltsraum und wählte ihre Nummer. Die Frau war am Telefon.

Sie hatte nur eine Sekunde, um ihr Anliegen vorzubringen. »Ich muss wissen, was mit Laura passiert ist«, sagte sie.

»Wir auch.« Dann war die Leitung tot.

Sie wählte noch einmal. »Bitte sprechen Sie mit mir«, sagte sie. »Bitte.«

»Lassen Sie uns in Ruhe.« Wieder war die Leitung tot.

Sie versuchte es ein drittes Mal. Keine Antwort.

Wenn sie nicht angerufen und nach Laura gefragt werden wollten, warum stand ihre Nummer im öffentlichen Telefonbuch? Warum war es so leicht, sie zu finden? Clarissa hatte ihre Nummer nicht unterdrückt, als sie anrief, in der Hoffnung, weniger Argwohn zu erregen oder vielleicht sogar zurückgerufen zu werden, auch wenn sie nicht wirklich daran glaubte. Warum gingen sie immer wieder ans Telefon?

Abends war sie immer noch voller Adrenalin, als die Geschworenen im Nebenzimmer auf den Gerichtsdiener warteten, der sie nach unten begleiten sollte. Sie versuchte Annie abzuwimmeln, die wissen wollte, warum sie so blass war.

Grants tiefe Stimme war eine willkommene Ablenkung. »Warum war da nur so wenig von Tomlinsons Sperma? Das ist doch unlogisch. Wenn er ihr ins Gesicht gespritzt hätte, wie sie behauptet, und sie es mit dem T-Shirt und der Jeans abgewischt hätte, müsste doch mehr Sperma da gewesen sein.«

»Die Spermamenge ist von Mann zu Mann unterschiedlich. Ein Milliliter ist genauso normal wie fünf Milliliter.« Clarissas Stimme war ruhig, auch wenn sie sich innerlich aufregte. »Dass die Spurensicherung nur wenig Sperma an ihren Kleidern gefunden hat, heißt nicht, dass Miss Lockyer lügt.« Sie fing Grants Blick auf und spürte, wie sie rot wurde. »Vielleicht produziert er einfach nicht viel.«

Clarissa und Robert hatten sich angewöhnt, am Ende des Prozesstags zu trödeln, um das Gebäude gemeinsam verlassen zu können. Sie war wirklich gern mit ihm zusammen; die Tatsache, dass er ein gutes Mittel gegen Rafe darstellte und den Spaziergang zum Bahnhof vor ihm sicher machte, war ein zusätzlicher Gewinn.

Während sie so tat, als würde sie nicht auf ihn warten, studierte sie die strengen Warnhinweise über dem Schalter der Gerichtsbeamtin, als wollte sie sie unbedingt vor dem Gehen auswendig lernen. Verboten waren jegliche Beeinflussung der Jury, Fotografieren, es war verboten, über das zu sprechen, was im Beratungszimmer der Geschworenen stattfand; dies stellte eine Straftat dar, die mit einer Geldstrafe oder sogar Gefängnis geahndet wurde – und die nicht verjährte.

Als Robert auftauchte, las sie ihm die wichtigen Regeln vor. Mit gespielter Ernsthaftigkeit nickte er zu jeder einzelnen.

»Haben Sie Grants Gesicht gesehen, als Sie über Spermamengen gesprochen haben?«

»Ich habe es bewusst vermieden hinzusehen.« Das war eine Lüge. Sie grinsten beide.

»Leider macht das Thema die meisten Männer verlegen«, erklärte er.

Sie fragte sich, ob er recht hatte.

»Aber es war wichtig, dass Sie es gesagt haben«, sagte er. »Woher wissen Sie so etwas?«

»Ich bin gut in Biologie.«

»Das glaube ich gern. Aber steckt noch mehr dahinter?«

»Zu viele gescheiterte künstliche Befruchtungen. So genannte ›von der Norm abweichende Samenqualität‹.«

»Autsch«, sagte er.

Sie sah ihm direkt in die Augen. »Ich weiß mehr über Sperma, als ich je wissen wollte.«

Er lachte, aber dann wurde er schnell wieder ernst. »Es hat also nicht geklappt?«

»Nein«, antwortete sie. »Kein Baby.« Sie versuchte, nicht traurig zu wirken, aber sie fürchtete, sie konnte es nicht verbergen. »Ich musste Henry schwören, dass ich niemandem erzähle, warum wir zur Behandlung mussten, aber ich glaube, meine Schweigepflicht ist verjährt.«

Es war kein Vertrauensbruch, sagte sie sich: Robert würde

Henry niemals kennenlernen. Aus irgendeinem Grund wollte sie nicht, dass Robert dachte, sie wäre diejenige, die Probleme mit der Fruchtbarkeit hatte.

»Kinder waren sowieso nicht der Grund, aus dem wir zusammenkamen. Er ist kein Mann, der sich groß für Kinder interessiert. Er hat sich breitschlagen lassen, weil er wusste, wie sehr ich mir ein Kind gewünscht habe.«

»Wären Sie bei ihm geblieben, wenn er kein Kind gewollt hätte?«

»Ich habe ihn sehr geliebt, also wahrscheinlich schon«, antwortete sie langsam. »Aber Henry hat mir schon früh versprochen, dass wir es versuchen würden. Ich weiß nicht, ob die Beziehung es überlebt hätte, wenn er sein Versprechen gebrochen hätte. Am Ende ist sie daran zerbrochen, dass er es gehalten hat. Er hatte furchtbare Angst, ein Kind würde ihn am Schreiben hindern.«

»Verständlich«, sagte Robert.

Sie nickte. »Insgeheim war er wohl jedes Mal erleichtert, wenn die künstliche Befruchtung missglückte. Wir haben nie darüber gesprochen, aber ich wusste es.«

Ihr fiel eine Nachricht ein, die Rafe ihr kurz vor dem Prozess geschickt hatte und die jetzt bei den anderen Dingen lag, die Dr. Lawrence hoffentlich nie untersuchen musste. *Ich könnte dir ein Kind schenken, Clarissa. Lass mich.*

»Das tut mir leid«, sagte Robert.

»Ich weiß nicht, ob ich es verdient hätte. Ich habe mich durch nichts davon abhalten lassen und nicht ernsthaft bedacht, wie zwiespältig Henrys Gefühle waren. Wahrscheinlich hatte ich zu große Angst, um richtig hinzusehen; Angst, dass sich etwas zwischen mich und meinen Wunsch stellen könnte. Ich habe mir eingeredet, wenn das Baby erst da wäre, würde er es lieben und sich darüber freuen. Ich war wie besessen von dem Wunsch. Ich habe sogar Schnittmuster für Babykleider und Windeln gekauft.« Verlegen verdrehte sie die Augen.

»Er muss Sie sehr geliebt haben, um so etwas für Sie zu tun, wenn er so ist, wie Sie sagen.«

»Er ist – er war kompliziert. Und dann wollte er nicht mehr. All die gescheiterten Versuche waren einfach zu viel für ihn. Für uns beide, auch wenn ich es damals nicht zugeben konnte. Er hatte ein schlechtes Gewissen – soweit man das von Henry sagen kann –, und es machte ihn wütend, mit anzusehen, wie ich all die Medikamente nahm und was sie mit mir machten, obwohl es an ihm lag, und das alles wegen etwas, das er nicht mal wirklich wollte.« Sie lachte. »Im Spritzenkonsum hätte ich Lottie Konkurrenz machen können.«

Er lachte nicht. »Sie waren traurig.«

»Ja, das war ich.« Sie starrte hinunter auf das Straßenpflaster. »Ich war sehr, sehr traurig. Ich wünschte mir so sehr ein Baby, wollte unbedingt Mutter sein. Darüber habe ich Henry aus den Augen verloren. Es war nicht fair ihm gegenüber.« Es tat gut, Robert etwas Wahres über sich zu erzählen; sie war gespannt, was er daraus machen würde.

»Darf ich fragen, warum Sie nicht geheiratet haben?«

Sie dachte nicht gern daran, antwortete ihm aber trotzdem. »Seine Frau war Katholikin. Sie wollte sich nicht scheiden lassen. Sie sagte, vor Gott wären sie für immer verheiratet. Henry hatte ein zu schlechtes Gewissen, um sie zu einer Scheidung zu drängen. Ich auch.«

»Klingt, als wären sie immer noch verheiratet.«

»Sie sind inzwischen seit fünf Jahren getrennt, und er hat sich immer noch nicht scheiden lassen.«

»Er war also bereit, mit Ihnen ein Baby zu bekommen, und hat Ihnen die ganze medizinische Behandlung zugemutet, aber geheiratet hat er sie nicht.«

»Das Gleiche hat meine Mutter auch gesagt.«

»Gut zu wissen, dass ich Sie an Ihre Mutter erinnere.«

»Meine Mutter ist ein toller Mensch.« Sie lächelten beide. »Ich habe immer gedacht, habe mir immer eingeredet, wenn ich erst mal schwanger wäre, würde alles anders. Wenn es einen so wichtigen Grund gäbe, würde er die Scheidung durchsetzen.«

»Mag sein.« Robert klang nicht überzeugt.

»Ich glaube, er hatte Angst davor, noch einmal zu heiraten. Mit einer Ehe war er schließlich schon gescheitert. Außerdem war für ihn das Wichtigste, dass wir zusammen waren. Sie wissen schon, wer braucht das Stück Papier und so. Ich glaube, da ist was dran.«

Robert sah mit gerunzelter Stirn zur anderen Straßenseite hinüber. Zweifellos stand Rafe dort drüben. Clarissa glitt im schwarz gewordenen, gefrorenen Schnee aus, und Robert hielt sie fest.

Sie wollte diese Gelegenheit nicht verpassen, Robert zu warnen. »Haben Sie etwas gesehen?« Sie wollte ihn in seinem Gefühl bestärken, dass etwas nicht in Ordnung war, wollte sichergehen, dass er bereit war, sich zu verteidigen.

Er schüttelte den Kopf. »Nein, nichts.«

Sie wusste nicht, was ihr mehr Angst machte, sein Leugnen oder die Frage, was passieren würde, wenn er zugab, dass er Rafe gesehen hatte. Sie zwang sich nachzuhaken. »Wenn da irgendwas ist, das Ihnen nicht geheuer vorkommt …«

»Ich habe Ihnen doch gesagt, ich mache mir keine Sorgen.«

»Über manche Dinge sollte man sich aber Sorgen machen.«

»Sie brauchen nicht auf mich aufzupassen. Das ist nicht Ihre Aufgabe.« Anscheinend machte sie ein betroffenes Gesicht, denn er lächelte gezwungen. »Ich glaube, wegen Henry sind Sie zu hart zu sich«, sagte er und wechselte damit das Thema. »Und wegen seiner Frau. Man kann sich nicht aussuchen, in wen man sich verliebt.«

Sie war zu nervös wegen Rafe, um sich bewusst zu machen, was er gesagt hatte, aber später fielen ihr seine Worte wieder ein. Einen Moment überlegte sie noch, ob sie einen weiteren Versuch unternehmen sollte, ihn zu warnen; doch dann gab sie es auf, weil sie nicht wieder scheitern wollte.

»Erzählen Sie mir, wie Ihre Frau gestorben ist?« Sie fand, dass sie ebenfalls das Recht hatte, das Thema zu wechseln; und nach seinen Fragen über Henry konnte es auch etwas Schwieriges, Persönliches sein.

»Es war ein Verkehrsunfall. Am späten Vormittag. Im Gegenverkehr scherte ein Auto aus und fuhr frontal in sie rein. Sie war sofort tot. Ich hatte Nachtschicht gehabt und war direkt ins Bett gegangen. Ich weiß nicht, wo sie hinwollte. Ich wusste nicht mal, dass sie aus dem Haus gegangen war.«

Er klang kühl. Beim Sprechen sah er zu Boden. So hatte sie ihn noch nie gesehen. Er gab etwas von sich preis, doch gleichzeitig verbarg er etwas.

DONNERSTAG

Es war das erste Mal, dass sie die Mittagspause miteinander verbrachten. Clarissa und Robert spazierten über die Pfade eines ruhigen, nahe gelegenen Parks. Kaum hatten sie das Tor durchschritten, ließen sie den Verkehrslärm von Bristol hinter sich. Ohne Robert wäre Clarissa niemals hierhergekommen. Sie vermisste Parkspaziergänge.

Robert setzte sich auf eine Holzbank am Fuß eines Baums, sie setzte sich daneben und zog die Beine unter sich. Von seiner unvermittelten Kühle vom Vortag war nichts mehr zu spüren.

»Irgendwie stellt Lottie sich nicht sehr geschickt an, oder?«, sagte er.

Traurig schüttelte Clarissa den Kopf und hoffte, dass man nicht irgendwann das Gleiche über sie sagen würde. »Erzählen Sie mir, was das Schlimmste ist, das Sie je getan haben.« Sie war selbst überrascht von dieser Aufforderung.

Er dachte ein paar Sekunden nach. »Ich habe meine Frau bei einem Blind Date kennengelernt. Sie …« Er brach ab. »Ein andermal. Das ist jetzt keine passende Geschichte.« Doch er lächelte, ein tapferes, gelassenes Lächeln, um seine Verschlossenheit wettzumachen, und sie dachte, das Thema sei zu schmerzhaft für ihn. Sie wollte ihn nicht drängen, über seine verstorbene Frau zu sprechen, vor allem, nachdem sie seine Reaktion gestern erlebt hatte.

»Sie können natürlich auch die Aussage verweigern«, sagte er dann, »aber erzählen Sie mir, was Ihre schlimmste Tat war?«

Sie beobachtete ein Rotkehlchen, das durchs Gras hüpfte und anscheinend nichts zu fressen fand. Dann zwang sie sich, ihn anzusehen. »Mit jemandem zu schlafen, der mir nichts bedeutet hat«, sagte sie leise.

»Das ist nicht so schlimm«, entgegnete er. »Und auch nicht so ungewöhnlich«, fügte er hinzu.

»Doch, es ist – es war ziemlich schlimm.« Und es gab noch viel mehr, was sie anführen könnte.

Zum Beispiel, wie das Telefon klingelte, ein paar Monate, nachdem Henry seine Frau verlassen hatte und bei ihr eingezogen war. Aus dem Hörer brüllte seine Frau, es ging um Männer in der Midlifecrisis und jüngere Frauen und Klischees. Sie sagte, Clarissa sei bei weitem nicht die Erste, mit der Henry eine Affäre habe. Sie sagte, Henry sei zeugungsunfähig. Sie sagte, Henry wolle sowieso keine Kinder und sei deshalb froh, dass er unfruchtbar sei. Sie sagte, Henry werde Clarissa um die Chance bringen, Mutter zu werden, und ehe sie sichs versah, wäre es zu spät. Sie sagte, sie wisse zu gut, wie sich das anfühle.

Henry hatte Clarissa den Hörer aus der Hand gerissen und versucht, die Frau zu beruhigen, aber Clarissa hörte die letzten Worte, die sie schrie, bevor Henry auflegte: Clarissa sei eine dreckige Männerdiebin und werde bekommen, was sie verdiene. Es klang wie ein Fluch, und Clarissa fürchtete, dass er nun wahr wurde.

Später hatte Henry Clarissa im Arm gehalten und sie getröstet und ihr versprochen, er werde sein Bestes geben, ihr ein Baby zu schenken, wenn das ihr Wunsch sei, auch wenn er ihr erklärte, dass es auf natürlichem Weg nicht möglich sei. Doch Clarissa musste immer an die arme Frau denken, die Henry nicht im Arm hielt, obwohl sie es ebenso wollte; die Frau, die nie ein Kind bekommen hatte, obwohl sie sich nichts mehr gewünscht hatte. Sie verhielt sich nicht wie eine Frau, die ihren Mann nicht mehr liebte, auch wenn Henry Clarissa geschworen hatte, es wäre so.

Robert sah Clarissa eindringlich an, als wollte er in ihren Kopf sehen, doch was darin vorging, war genau das, was sie ihm verbergen wollte. »Erzählen Sie mir mehr von brennenden Häusern.« Ihre Zähne klapperten.

»Sie frieren ja.«

»Nein.« Sie wollte noch nicht gehen.

Er nahm seinen Schal ab und legte ihn ihr um den Hals. »Ihnen steht er viel besser.«

Sie rückte auf der Bank ein Stück näher zu ihm. »Erzählen Sie«, sagte sie wieder. »Bitte.«

»Gegen Sie hab ich wohl keine Chance.« Dann machte er wieder ein ernstes Gesicht. »Sie müssen spüren, was das Feuer vorhat«, sagte er. »Wie es sich verhalten wird. Sie müssen alle Sinne benutzen, nicht nur den Verstand. Sie können das Feuer atmen sehen«, sagte er, »es pulsiert. Die tanzenden Engel sind tödlich«, sagte er, »wenn es so aussieht, als bestünde die Decke aus Sternen. Sie dürfen nicht der Versuchung nachgeben, sie anzusehen.«

»Wie die Sirenen«, bemerkte sie.

Er nickte. »Wie die Sirenen. Wenn Sie die tanzenden Engel sehen, müssen Sie sofort raus, bevor es zum Flashover kommt. Wenn Sie nicht sofort abhauen, bleibt nichts von Ihnen übrig.«

Mr Belford erhob sich gemächlich, nahm sich Zeit, seine Notizen zu lesen, dann beugte er sich vor und flüsterte seinem Assistenten etwas ins Ohr. Ein Griff in seine Trickkiste, um Zeugen zu zermürben. Als er sie endlich ansprach, strich sich die Frau im Zeugenstand nervös das Haar hinter die Ohren.

»Zu dem Zeitpunkt, als Sie Miss Lockyer untersuchten, waren Sie erst seit zwei Monaten Rechtsmedizinerin bei der Polizei. Sie verfügten also nicht über viel Erfahrung in Ihrem Beruf, oder?«

Dr. Goddard rutschte auf ihrem Stuhl herum. »Ich bin seit zwanzig Jahren praktizierende Ärztin.«

Er schob die Brille herunter, um sie zu mustern. »Sie haben festgestellt, dass Miss Lockyer über Empfindlichkeit in der Brust und Schmerzen beim Atmen klagte. Das sind die angeblichen

Verletzungen in Ihrem Bericht: die subjektive Beschreibung der Symptome durch die Patientin. Ob Miss Lockyer die Wahrheit sagte oder nicht, konnten Sie nicht überprüfen.«

Donnerstag, 26. Februar, 20:40 Uhr

Ich schrecke zusammen, als es leise an die Tür meiner Wohnung klopft. Ich habe das Gefühl, ich würde mitten in einem Langstreckenlauf plötzlich stehen bleiben. Ich greife nach dem Telefon. Wenn du es bist, rufe ich sofort die 999 – falls du tatsächlich ins Haus eingedrungen bist, ist das ein echter Notfall. Doch es ist Miss Nortons Stimme, die auf mein erschrockenes »Wer ist da?« antwortet. Mir fällt der Rat des Schlosserlehrlings ein, der Annie und mir empfohlen hat, einen Spion in die Wohnungstür einbauen zu lassen – ohne die lila Kopfhörer abzusetzen, als er mit uns sprach. Nach diesem Fehlalarm nehme ich mir fest vor, am Wochenende einen Handwerker zu rufen.

Miss Norton trägt ihren taubenblauen Bademantel aus dickem Filz. Sie riecht nach Babypuder. Puderreste sind an ihren Handgelenken und an den Händen zu sehen, in denen sie einen großen, länglichen Karton hält. Damit geht sie voraus in mein Wohnzimmer, als wäre es ihre Wohnung und ich der Gast. Sie setzt sich aufs Sofa und klopft auf den Platz neben sich. »Setzen Sie sich mal her, meine Liebe«, beginnt Miss Norton. Ihre gewohnte Herzlichkeit ist etwas abgekühlt. Mit gerunzelter Stirn hält sie die Schachtel fest auf ihrem zierlichen Schoß. »Es war weder ein Brief noch ein Name dabei, Clarissa.«

Ich brauche weder Brief noch Namen. Ich weiß, dass die Schachtel von dir ist.

»Deswegen habe ich sie aufgemacht«, erklärt sie.

Egal, was darin ist, es kann nicht gut sein. Hätte ich ein Haustier, würde ich darauf wetten, dass es tot in der Schachtel liegt.

Miss Norton hebt den Deckel hoch, und ich bezwinge meine Scheu und sehe hinein. Ich weigere mich, meine Angst zu zeigen, auch wenn ich mich darauf konzentrieren muss, tief ein- und auszuatmen.

Aber es springt mir kein Monster entgegen. Es platzt keine Bombe, und aus der Kiste weht auch nicht der Geruch des Todes. Es riecht nur nach Rosen.

Schwarze Rosen. Ich glaube, ich habe noch nie schwarze Rosen gesehen, und ich frage mich, ob sie ein seltener Hybrid sind, eine Rarität. Ich stelle mir vor, wie jemand sie angemalt hat, wie die Blumen in *Alice im Wunderland*. Gegen meinen Willen finde ich sie schön. Wären sie nicht von dir, fände ich sie wunderschön. Die Rosen sind bemerkenswert. Sie sind mit roten Mohnblumen und dunkelroten Anemonen zu einem Strauß gebunden.

Bis Miss Norton weiterspricht, kommt mir das Geschenk gar nicht so furchtbar vor, auch wenn mein Sinn für das Furchtbare sich in letzter Zeit doch sehr stark relativiert hat.

»Es sind Totenblumen, Clarissa. Alle drei«, erklärt Miss Norton. »Das ist Grabschmuck. Wenn man so alt ist wie ich, hat man so was schon öfter gesehen. Das ist ein Strauß, der auf einen Sarg gehört. Ich weiß, ich habe nicht mehr allzu viel Zeit auf dieser Erde, aber ich fürchte, die Blumen sind nicht für mich gedacht.«

Ich drücke Miss Nortons Hand. Mein Mund ist trocken. Ich sehe die Schere vor mir, mit der du meinen Slip zerschnitten hast, die Schere zwischen meinen Beinen, die Schere, die diese Blumen geschnitten hat. Plötzlich spüre ich einen kurzen, heftigen Stich im Unterleib, eine Art Krampf in der Gebärmutter oder beim Schambein. Ich weiß, dass ich mir den Schmerz nicht einbilde; morgen müsste ich meine Tage bekommen, das Stechen hat sicher damit zu tun.

»Sie denken vielleicht, ich sei eine einfältige alte Dame, Clarissa, eine liebenswerte alte Jungfer, die nichts weiß und nichts erlebt hat« – ich schüttele protestierend den Kopf –, »aber ich weiß, dass hier etwas ganz und gar nicht stimmt.

Ihre Eltern wären sehr unglücklich darüber. Soll ich sie anrufen? Sie schreiben ihre Nummer und Adresse immer auf ihre Weihnachtskarten, für alle Fälle. Sie sind so reizend …«

»Ich brauche einen Schluck Wasser.« Miss Norton lässt mich nicht aus den Augen, als ich mich vom Sofa hochkämpfe und in die Küche taumele. Ich stürze zwei Gläser Wasser hinunter, verschütte die Hälfte auf meiner Brust. Ich wische mir mit dem Ärmel über Augen und Mund. Dann stütze ich mich am Kühlschrank ab und lehne die Stirn an das kalte Metall, um mein Gehirn zu kühlen.

Ich gehe zurück ins Wohnzimmer, setze mich neben Miss Norton und gebe ihr einen Kuss auf die Wange. »Bitte, rufen Sie meine Eltern nicht an, Miss Norton.« Ich berühre die Schachtel. »Darf ich?« Sie nickt, und ich nehme ihr den Karton ab und sehe ihn mir genau an. Kein Hinweis auf ein Blumengeschäft. »Meine Eltern machen sich sowieso schon zu viel Sorgen.« Ich suche unter dem Strauß, betaste das Seidenpapier, in das er eingeschlagen ist. Miss Norton hat recht. Du hast keine Hinweise hinterlassen. »Ich will sie nicht unnötig aufregen.« Doch es gibt andere Wege, herauszufinden, woher die Blumen kommen; es muss ein Sonderauftrag gewesen sein.

»Es ist ein hässliches Geschenk. Es kommt einer Drohung gleich, einer jungen Dame so etwas zu schicken«, sagt Miss Norton. »Ich habe mir Gedanken gemacht, Clarissa, meine Liebe, seit Sie am Valentinstag so bestürzt waren. Über den Mann, der Sie erschreckt hat. Ich habe ihn seitdem nicht gesehen, aber ich nehme an, Sie schon. Sie müssen sich Hilfe holen, meine Liebe. Sie müssen Anzeige gegen ihn erstatten.«

Ich bin wieder ruhiger, erleichtert, dass kein weiteres Foto in der Schachtel ist. Es macht sich wieder bemerkbar, wie sehr sich alles relativiert hat. Diese Lektion erteilst du mir gründlich. Du hast klargestellt, wie gern du mir Lektionen erteilst.

Ich schließe die Schachtel, gehe zum Wohnzimmerschrank und nehme einen weiteren Stapel Textilien heraus, um Platz zu schaffen. »Ich werde Anzeige erstatten«, erkläre ich. »Versprochen. Ich muss nur vorher ein paar Details klären, damit ich mit der Anzeige durchkomme. Ich will, dass sie Erfolg hat.«

Wie die guten Feen im Märchen ist Miss Norton streng. Als sie aufsteht, um zu gehen, lehnt sie mein Angebot ab, sie nach unten zu bringen, doch sie geht nicht ohne eine letzte Mahnung. »Warten Sie nicht zu lange, meine Liebe.«

FREITAG

Die Geschworenen aus Saal 12 hatten sich angewöhnt, im Aufenthaltsraum Poker zu spielen. Sie hatten zwei der wackeligen Tische zusammengeschoben, und dort redeten und klatschten und lachten sie laut, schnappten theatralisch nach Luft oder regten sich künstlich auf. Andere Geschworene, die ihre durchschnittlichen neun Tage absolvierten, kamen und gingen, doch sie blieben Außenseiter und sahen zu, vielleicht mit einem Anflug von Neid auf die seltsame Kameradschaft, mit der die Alteingesessenen den Geschworenenbereich nach der wochenlangen Verhandlung besetzten.

Clarissa konnte nicht Poker spielen, aber gelegentlich setzte sie sich dazu, las ihr Buch oder trank Kaffee. Robert spielte manchmal mit. Clarissa vermutete, dass er es nicht ganz freiwillig tat, sondern um seinen guten Willen zu beweisen. Feuerwehrmänner mussten gut in Teamarbeit sein, dachte sie; sie mussten eine besondere Sensibilität dafür haben, wie Gruppen funktionierten und wie man sie manövrierte. Die anderen nahmen Roberts Teilnahme immer herzlich auf, vor allem die Männer. Clarissa war überzeugt, dass sie ihn zum Sprecher der Geschworenen wählen würden.

Gewöhnlich fand das Pokerspiel in der Mittagspause statt, aber am Freitag der vierten Woche kündigte der Gerichtsdiener aus geheimnisvollen Gründen eine Verzögerung des Verhandlungsbeginns an, die mindestens eine Stunde betragen würde, und so versammelten sich die Geschworenen aus Saal 12 schon morgens mit den Karten um den Tisch. Clarissa war überrascht, Robert abseits sitzen zu sehen, allein am anderen Ende des Raums. Er saß an einem Tisch am Fenster, und das Licht fiel auf einen Skizzenblock, den er vor sich hatte.

Er arbeitete konzentriert. Sie sah ihm eine Weile zu, wollte ihn nicht stören, als sie leise näher trat, wollte eigentlich gar nicht bemerkt werden, aber dann sah er auf und ertappte sie, wie sie seine Zeichnung betrachtete. Robert hatte eine Karikatur von Mr Morden gezeichnet. Er hatte ihn genau getroffen, und auch wenn es ein komisches Porträt war, fing es dennoch Mr Mordens Ernsthaftigkeit und Intelligenz ein.

»Zeichnen können Sie also auch?«, stellte sie fest. »Wenn Sie nicht gerade Gedichte lesen oder als heldenhafter Retter unterwegs sind.«

Er sah sie mit dem Pokerface an, das er für sie reserviert hatte. »Ich kritzel ganz gern ein bisschen.«

»Es ist gut.«

Jetzt lächelte er verlegen, und sie sah, wie schüchtern er war, wenn es um seine Karikaturen ging, aber auch heimlich stolz, ohne es zugeben zu wollen. »Die Jungs auf der Wache finden es ganz witzig, wenn ich sie zeichne.«

»Sie müssen ein unglaubliches visuelles Gedächtnis haben. Wie bei der Sache mit dem Feuerzeug. Sie sollten Mr Morden die Zeichnung schenken.«

Das Lächeln schmolz zu etwas Tieferem, Unkontrollierbarem. »Wenn Mr Morden es dem Richter zeigt, wandere ich vielleicht hinter Gitter. Missachtung des Gerichts.« Er klappte den Skizzenblock zu. »Es gibt schönere Dinge, die ich zeichnen könnte. Anderswo.«

Am Abend zuvor hatte sie endlich die pflaumenblaue Seide für das Nachthemd aus dem Buch mit den japanischen Schnittmustern zugeschnitten. Sie kämpfte vehement dagegen an, dass Rafe und seine verstörenden Blumen und seine schrecklichen Fotos ihr Leben beherrschten. Sie stellte sich vor, sie würde das

Nachthemd für Robert tragen. Eine Nacht mit Robert würde alle Spuren auslöschen, die Rafe hinterlassen hatte. Eine Nacht mit Robert würde die Wirkung der Fotos bannen wie einen Fluch, und all das, was Rafe ihr angetan hatte, hätte keine Macht mehr über sie.

Mr Belford fuhr fort, die Polizeiärztin auseinanderzunehmen. »Ach, kommen Sie, Dr. Goddard. Eine brutale Vergewaltigung durch zwei große Männer, und keine sichtbaren Verletzungen im Vaginalbereich?«

»Vergewaltigungsopfer weisen nicht zwangsläufig sichtbare vaginale Verletzungen auf. Viele fügen sich aus Angst und leisten keinen körperlichen Widerstand.«

Clarissa dachte an Rafes Wutanfall im Park. Seine Verwunderung. *Du hast nur so getan.* Sie würde nie erfahren, wovor ihre scheinbare Kooperationsbereitschaft sie bewahrt hatte; doch sie hatte ihr Zeit gekauft, daran bestand kein Zweifel.

»So die herrschende Meinung unter Medizinern«, fuhr Dr. Goddard fort. »Abgesehen davon kann auch einvernehmlicher Sex zu vaginalen Verletzungen führen. Oberflächliche Verletzungen der Scheidenwand oder das Fehlen solcher sind jeweils neutrale Befunde.«

»Warum haben Sie Miss Lockyer zu ihrer Sexual- und Menstruationsgeschichte befragt?«

»Weil es bei mutmaßlicher Körperverletzung relevant sein kann. Bei vaginalen Blutungen muss geklärt werden, ob es sich um Menstruationsblut oder um eine postkoitale Blutung handelt.«

Das hatte sie nach der Nacht mit Rafe gehabt: einen einzigen Tag Schmierblutungen. Ihre Periode hatte eine Woche später eingesetzt. Sie wusste immer genau, wo in ihrem Zyklus sie war, eine Gewohnheit, seit sie und Henry versucht hatten, ein Kind zu zeugen. Außerdem war es nicht schwer, da ihr Zyklus zuverlässig siebenundzwanzig oder achtundzwanzig Tage dauerte; selbst starker Stress hatte keinen Einfluss auf ihre Menstruation. Trotz der Angst, dass Rafe sie geschwängert haben könnte, hatte sie gewusst, dass es höchst unwahrscheinlich war.

»Das Blut, das die Gerichtsmediziner an Miss Lockyers Kleidung fanden, hätte Menstruationsblut sein können«, bemerkte Mr Belford. Auf seinem Aktenordner lag ein zerlesenes Medizinwörterbuch. »Menstruationsblut ist von anderem Vaginalblut nicht zu unterscheiden.«

»Das stimmt. Aber die mutmaßliche Vergewaltigung fand am fünften Tag des Zyklus statt. Für gewöhnlich bluten Frauen zu diesem Zeitpunkt nicht mehr. Es kann höchstens zu Schmierblutungen kommen.«

Freitag, 27. Februar, 18:30 Uhr.

Auf dem ganzen Heimweg denke ich nicht an dich. Ich denke nicht an die Fotos. Ich denke nicht an deine Zeitschrift.

Ich habe meinen Schirm vergessen. Als wir zum Bahnhof gehen, hält Robert seinen Schirm über uns beide. Im Zug setzt er sich neben mich, und als sein Arm meinen berührt, wird mir warm im Gesicht. Er stellt sich mit mir in die Schlange am Taxistand, und wir reden und reden, bis ich an der Reihe bin und er fürsorglich die Tür für mich öffnet und hinter mir schließt. Er hat sein typisches leichtes Lächeln auf den Lippen, als er dem abfahrenden Wagen nachsieht.

Als das Taxi den Hang hinauffährt, denke ich nur an Robert, stelle mir vor, wie es wäre, mit ihm zu schlafen.

Sobald ich das Haus betrete und deinen Umschlag sehe, bist du wieder da, wo du sein willst, in meinem Kopf. Noch bevor ich ihn öffne, weiß ich, dass ein neues Foto darin ist.

Der nächste Schritt. Die Augenbinde, der Knebel und die Fesseln sind wie gehabt, aber du hast den Slip entfernt. Er liegt neben mir, die Seitennähte durchtrennt, damit du ihn mir ausziehen konntest, ohne die Fußfesseln zu lösen. Außerdem hast du die Peitsche auseinandergerollt und das Ende auf meinen Bauch gelegt.

Ich zwinge mich, rational zu denken. Die Peitsche ist nur Teil deiner Inszenierung. Du hast sie nicht benutzt. Ich bin mir ganz sicher. Ich hätte die Striemen nicht übersehen. Nur meine Knöchel und Handgelenke waren wund. Worüber ich eigentlich froh bin. Die Abschürfungen deuten darauf hin, dass ich mich, selbst als ich bewusstlos war, gegen die Fesseln gewehrt habe. Ich habe versucht, mich zu befreien, Widerstand zu leisten. Obwohl dich meine Gegenwehr wahrscheinlich angeturnt hat, bin ich froh über den Beweis, dass ich dich nicht wollte. An der Innenseite meiner Schenkel waren rote Abdrücke, die später zu blauen Flecken wurden, wahrscheinlich von deinen Händen, aber das war, nachdem du die Fotos gemacht hattest. Ich hatte keine blutigen Striemen von der Peitsche.

Ich lege das Foto zu den anderen in den Kleiderschrank. Dann betrachte ich mein Bett, die Laken frisch und unbenutzt unter der neuen Patchworkdecke, die ich genäht habe. Ich denke an Lottie, wie sie sich in der Wohnung in London in einer Ecke der dünnen Matratze zusammengerollt hat. Ich habe weder etwas gegessen noch geduscht, noch die Zähne geputzt. Ich habe mich nicht ausgezogen. Mir ist sehr, sehr kalt.

Ich gehe ins Wohnzimmer und krieche aufs Sofa unter die Decken. Inzwischen habe ich alles hierhergebracht, was ich für die Nacht brauche. Ich greife nach dem Schlafmittel auf dem Couchtisch und schlucke zwei Tabletten, obwohl meine Mutter sagen würde, ich werde abhängig. Dann rolle ich mich auf der Seite zusammen und versuche so ruhig wie möglich zu planen, was ich morgen vorhabe. Ich habe das Gefühl, ich würde nie einschlafen, aber dann merke ich überrascht, wie ich davontreibe, getragen von Medikamenten, die so gut wirken wie ein Zauberspruch. Ich habe Angst, dass du mir auch in meinen Träumen auflauerst.

Sie lag in einem goldenen Sarg, die Todesblumen im Arm, doch Rafe riss ihr den Strauß aus der Hand, zerrte sie aus dem mit weißer Seide gefütterten Sarg und warf sie auf den rauen Beton, der sich wie Sandpapier anfühlte. Sie lag nackt auf dem Boden, versuchte sich unter der Patchworkdecke zu verstecken. Die Angeklagten standen im Kreis um sie herum, zogen an der Decke, traten sie, schlugen sie mit einem Besen. Der Besen wurde zu einer Peitsche. Sie hoben sie hoch und zwangen sie zurück in den Sarg, der auf einem Tisch stand. Dann drückten sie sie herunter, bis sie sich nicht mehr rühren konnte, und feuerten Rafe von der Seite an, als er auf sie stieg und das Gewicht seines Körpers die Dornen der schwarzen Rosen in ihre nackten Brüste drückte und sie keine Luft mehr bekam. Robert stand daneben und sah schweigend zu, eine Schere in der behandschuhten Hand. Sie versuchte seinen Namen zu rufen, doch sie brachte keinen Ton heraus.

SAMSTAG

Der Wecker klingelte um fünf Uhr morgens. Sie hatte sich in der Nacht die Kleider ausgezogen, und jetzt zitterte sie in den verknoteten Laken, die feucht vom Schweiß ihrer Alpträume waren. Sie tastete nach dem Telefon, rief die Taxifirma an, die sie immer benutzte, und bestellte ein Taxi für kurz vor sechs. Sie hatte sich jeden Schritt genau überlegt. Sie würde den ersten Zug nehmen. Die Zeitfenster waren knapp, doch das war Absicht; sie wollte ihm nicht die geringste Chance geben, sie am Bahnhof aufzuspüren.

Ihre Existenz hatte sich auf ein Leben von Montag bis Freitag reduziert, in dem es außerhalb des Gerichts nichts gab. Doch heute würde es anders sein.

Sie duschte, seifte sich gründlich ein, um den sauren Schweiß der schlechten Träume abzuwaschen, und spürte, wie unter dem heißen Wasserstrahl allmählich die Kälte aus ihren Knochen wich. Sie föhnte sich das Haar und steckte es zu einem lockeren Knoten hoch, dann wählte sie Kleider aus, die sie warm halten würden. Stiefel, dicke Strümpfe und ein dunkelblaues Wollkleid, den üblichen Mantel und einen Schal, den ihre Mutter gestrickt hatte. Sie warf Handschuhe, Mütze und einen Schirm in ihre Tasche, dann packte sie noch den Londoner Stadtplan dazu. Einer plötzlichen Eingebung folgend, griff sie nach ihrem Pass.

Doch zuerst würde sie seine eigene Strategie gegen ihn einsetzen. Als der Taxifahrer klingelte, bat sie ihn, kurz zu warten. Sie wählte seine Festnetznummer – er hatte sie ihr unzählige Male aufgedrängt. Vorsorglich wählte sie 141 vor, damit er nicht sah, wer anrief. Irgendwann antwortete er, offenkundig aus dem Schlaf gerissen. Beim Klang seiner Stimme wurde ihr flau – es widerstrebte ihr zutiefst, sich freiwillig seiner Stimme auszusetzen. Ohne ein Wort legte sie auf, beruhigt, ihn zehn Kilometer entfernt zu wissen, und sicher, dass er ihr nicht folgen konnte. Dann stürmte sie aus dem Haus.

Es war ein Risiko. Möglicherweise waren sie nicht zu Hause. Oder sie ließen sie nicht hinein. Ihren Besuch anzukündigen hätte nichts genutzt. Doch sie zwang sich, nicht weiter als bis zu ihrer Ankunft zu denken.

Um halb neun stand sie in London vor dem liebevoll gepflegten alten Reihenhaus und sammelte ihren Mut. Doch bevor sie klingeln konnte, ging die Haustür auf, wenn auch nur einen Spaltbreit, und eine adrette, forsch wirkende Frau Mitte sechzig spähte misstrauisch heraus und wollte wissen, warum sie seit fünf Minuten dort herumstand.

Clarissa hatte keine Zeit für Formalitäten. »Es ist wegen Rafe Solmes.«

Die Hand der Frau zitterte leicht, und sie presste die Lippen zusammen. »Sind Sie eine Freundin von ihm?«

»Nein. Ganz bestimmt nicht. Im Gegenteil.«

»Das müssen Sie ja sagen.« Die Frau wollte die Tür wieder schließen.

»Bitte!« Clarissa schob den Fuß in den Türspalt. »Er macht mir das Leben zur Hölle.«

»Nehmen Sie Ihren Fuß weg.«

Clarissa hörte, wie jemand die Treppe herunterkam, die schnellen, lauten Schritte eines Mannes, doch sie zog den Fuß nicht zurück. »Bitte!«, wiederholte sie. »Ich muss wissen, was mit Laura passiert ist. Sie sind ihre Mutter, nicht wahr?«

»Charlotte?«, erklang die Stimme des Mannes.

Die Frau stemmte sich gegen die Tür. Clarissa fürchtete, sie würde ihr trotz des schweren Stiefels den Fuß brechen. »Wie können Sie nur?«, sagte die Frau.

Über sich selbst erschrocken zog Clarissa den Fuß weg, und die Tür schlug zu.

Sie wusste nicht, was sie jetzt tun sollte. Sie überlegte, so lange zu klingeln, bis sie hereingelassen wurde, aber sie wusste, dass sie ihre Chance vertan hatte. Sie sank auf das niedrige Mäuerchen, das den Gartenweg begrenzte. Sie stützte die Ellbogen auf den Oberschenkeln ab und ließ den Kopf in die Hände sinken. Sie wusste nicht, wie lange sie so dasaß; sie fühlte sich taub, und die seltene Leere in ihrem Kopf war eine Erleichterung.

Irgendwann bemerkte sie Stimmen, die auf der anderen Seite der Tür eindringlich miteinander sprachen. Zu ihrer Überraschung ging der Briefschlitz auf. »Warten Sie«, rief die Frau grimmig hindurch.

Es dauerte zehn Minuten, bis die Tür wieder aufging, diesmal ganz. Dort stand der Mann, er war kaum größer als Clarissa. Er trug dunkelgraue Hosen und einen schwarzen Pullover. Er roch nach Seife. Wahrscheinlich war er Ende sechzig, doch er strahlte eine drahtige Energie aus.

»Sie sind die Frau, die uns angerufen hat«, stellte er fest, und Clarissa nickte. »Dann geben Sie wohl nicht so leicht auf.«

»Das kann ich nicht.«

Er sagte nichts weiter, sondern trat zur Seite, um sie hereinzulassen. Der Duft von Toast und Kaffee stieg ihr in die Nase. Statt Appetit zu bekommen, wurde ihr leicht übel. Als sie ihm folgte, fiel ihr auf, dass niemand wusste, wo sie war. Sie betrat ein fremdes Haus, und niemand wusste Bescheid. Die Regeln, nach denen sie lebte, die Regeln, die ihre Mutter ihr beigebracht hatte, verloren mit jedem Tag an Bedeutung.

An den Wänden des Flurs hingen unzählige Familienfotos. Immer war in der Mitte ein Mädchen zu sehen. Das musste Laura sein, daran bestand kein Zweifel.

Ein rosa Bündel im Arm der jungen Mrs Betterton, die strahlend ihr Neugeborenes bestaunte. Ein Kleinkind, das seine ersten Schritte auf Mr Betterton – damals noch mit dunkelbraunem, fast schwarzem Haar – zu machte und mit offenen Armen erwartet wurde. Ein Teenager mit Zeugnis in der Hand zwischen den stolzen Eltern. Eine junge Frau Anfang zwanzig im Brautjungfernkleid auf dem Gruppenbild einer Hochzeitsfeier.

Sie war in jedem Alter zu erkennen, blond und hellhäutig, schmal, mit zarten Zügen und auffallend hübsch. Doch bei etwa dreißig blieb sie stehen, wie Clarissa mit einem Schaudern auffiel. Auf keinem Foto sah sie älter aus als dreißig – ungefähr so alt, wie sie laut Gary während ihrer Beziehung mit Rafe vor zehn Jahren gewesen sein musste.

Clarissa dachte an die Frau auf der Titelseite der Zeitschrift und überlegte, ob es Laura sein könnte. Sie war ein ähnlicher Typ, aber da ihre untere Gesichtshälfte verdeckt und die Ausleuchtung miserabel war, ließ es sich unmöglich sagen, zumindest wenn man kein Experte war. Die Laura auf den Fotos hier war glücklich und frei. Lichtjahre entfernt von der Frau auf dem Zeitschriftencover.

Mrs Betterton stand in ihrer perfekten Küche, tadellos gekleidet in Oliv- und Brauntönen: Tweedrock, Strickpullover, vernünftige Schuhe. Sie sah aus wie ihre Tochter, immer noch schön mit ihrem silberblonden Pagenkopf, das kinnlange Haar hinter die Ohren gesteckt, wo es gehorsam blieb.

»Mein Mann hat nur ein paar Minuten Zeit«, sagte sie steif, ohne Clarissa den Mantel abzunehmen oder ihr einen Stuhl am Küchentisch anzubieten. »Er hat einen Geschäftstermin.«

Aha, dachte Clarissa. Ein Geschäftstermin am Samstag. Hinter der offenkundigen Lüge nahm sie den Hauch eines amerikanischen Akzents wahr.

Mr Betterton sagte, er könne auch später kommen, womit er sich einen wütenden Blick seiner Frau einhandelte. Er zeigte auf einen Stuhl und schenkte Kaffee in einen tiefblauen Steingutbecher, der mit einem Kolibri verziert war. Dann stellte er die dampfende Tasse vor Clarissa auf den Tisch. Sie dankte ihm leise und trank einen Schluck, ohne zu wissen, was sie sagen oder fragen sollte. Wie konnte sie diesen Menschen ihre unzumutbaren Fragen stellen?

»Woher sollen wir wissen, dass Sie nicht mit ihm befreundet sind?«, fragte Mrs Betterton.

»Er hat keine Freunde, Charlotte«, wandte Mr Betterton ein. »Er ist nicht normal genug, um Freunde zu haben.«

»Woher sollen wir wissen, dass er Sie nicht geschickt hat? Bezahlt er Sie? So was hat er früher schon getan, bevor – also, vor ein paar Jahren. Aber es sähe ihm ähnlich, sich an unserem Unglück zu weiden.«

Clarissas Hände zitterten so stark, dass sie Kaffee auf dem rohen Holz der Tischplatte verschüttete. Sie wollte den Fleck mit dem Mantelärmel wegwischen, aber die Wolle saugte die Flüssigkeit nicht auf, etwas, das ihr normalerweise bewusst gewesen wäre.

»Schon gut.« Mr Betterton griff nach einem Küchenhandtuch, während seine Frau hinter ihm die Stirn runzelte. Sanft drückte er ihre Schulter. »Charlotte, sie ist eindeutig nicht auf seiner Seite.« Er schob Clarissa eine Schachtel Papiertücher hin und sah höflich weg, als sie sich die Augen abtupfte und die Nase putzte. Er wandte sich wieder an seine Frau. »Willst du, dass ihre Eltern das Gleiche durchmachen müssen?«

Mrs Betterton schluckte. »Wir wissen nichts über sie, James. Sie hat uns nicht mal ihren Namen gesagt.«

Clarissa entschuldigte sich und stellte sich vor, woraufhin Mrs Betterton sofort verlangte, dass sie sich auswies. Sie zog ihren Reisepass aus der Tasche und sah zu, wie die Bettertons ihn gemeinsam unter die Lupe nahmen.

»Es ist kein Wunder, dass er es auf Sie abgesehen hat.« Mrs Betterton legte Clarissas Pass an die Tischkante, so dass Clarissa sich quer über den Tisch strecken musste, um ihn wieder einzustecken. »Sie sehen aus wie Laura.«

So oft hatte Clarissa sich gefragt, warum er sie ausgesucht hatte. Was sie getan hatte, um seine Aufmerksamkeit auf sich zu ziehen. Sie hatte überlegt, ob es seine eifersüchtige Bewunderung für Henrys Erfolg als Dichter gewesen war, für Henrys Charisma und Macht, was ihn zu ihr geführt hatte. Als könnte er sich mit dem, was Henry gehörte – vor allem mit ihr –, auch dessen Fähigkeiten aneignen, dessen Leben und dessen Erfolg.

Jetzt begriff sie, dass sie vollkommen falschgelegen hatte. Sie entsprach einfach einem bestimmten Typ Frau, wie die Opfer eines Serienmörders. Etwas, worauf sie keinerlei Einfluss hatte. Ihre Haarfarbe, die Form ihres Gesichts, ihre Statur, vielleicht sogar ihre Stimme und Gestik erinnerten ihn an jemand anderen. Sie hatte sogar den gleichen Beruf wie Laura.

»Wir können nicht viel für Sie tun«, erklärte Mr Betterton. »Und dazu müssen Sie uns mehr von Ihrer Beziehung zu diesem Mann erzählen.«

»Wir haben keine Beziehung«, erwiderte sie. Doch sie erzählte ihnen alles, was sie konnte, so schnell und so ehrlich, wie sie konnte. Nur die drei Fotos erwähnte sie nicht.

»Kann er Ihnen hierher gefolgt sein?«, fragte Mrs Betterton.

Clarissa berichtete von ihrem frühmorgendlichen Telefonanruf, und dass am Bahnhof und im Zug alles ruhig gewesen sei. Sie war sich ganz sicher, dass er ihr nicht gefolgt war. Sie hatte sich gründlich umgesehen, und darin war sie inzwischen gut.

»Er weiß, wo wir wohnen«, sagte Mr Betterton. »Wir können nicht umziehen, für den Fall …« Er brach ab. »Es wäre besser für Sie, wenn er keine Verbindung zwischen uns entdeckt.«

»Warum sollten wir Ihnen helfen?«, fragte Mrs Betterton. »Was hat unsere Tochter davon?«

Es war hoffnungslos. Sie war zu weit gegangen, und Mrs Betterton nahm es ihr zutiefst übel. Clarissa stand auf. »Es tut mir leid, dass ich Sie gestört habe. Ich hätte nicht kommen dürfen.«

Mr Betterton warf seiner Frau einen strengen Blick zu, bevor er sich wieder an Clarissa wandte. »Setzen Sie sich, Clarissa. Es ist gut, dass Sie nicht so schnell aufgeben. Fangen Sie bloß nicht jetzt damit an. Wenn Sie mit diesem Mann fertig werden wollen, dürfen Sie niemand sein, der schnell aufgibt. Sie müssen wissen, mit wem Sie es zu tun haben. Da haben Sie vollkommen recht.«

Ihr fiel auf, dass es ihm widerstrebte, seinen Namen auszusprechen. Genau wie ihr selbst.

Mrs Betterton drehte ihnen den Rücken zu und fing an, das

Frühstücksgeschirr in die Spülmaschine zu räumen. Paradoxerweise drückte ihr Verhalten Zustimmung und Protest zugleich aus, doch sie ließ ihren Mann gewähren, als er begann, vom Anfang der Beziehung zwischen Laura und Rafe zu erzählen.

Bald jedoch mischte sie sich ein, ohne sich umzudrehen, in bitterem Ton: »Was wie große Leidenschaft aussah – all seine romantischen Gesten –, war in Wirklichkeit eine Obsession.« Clarissa war überrascht, wie bereitwillig sie plötzlich sprach.

Schnell, zu schnell, fuhr Mr Betterton fort, sei Laura mit ihm zusammengezogen.

Sie musste schlagartig begreifen, wie besitzergreifend er war und dass es unmöglich war, ihm zu entkommen. Laura konnte kein Bad nehmen, kein Telefongespräch führen, keinen Brief lesen, ohne dass er zusah, zuhörte oder mitlas.

Seine sexuellen Forderungen begannen sie zu verstören. Er wollte Bondage-Spiele ausprobieren, die ihr zutiefst widerstrebten. Hatte Clarissa Ähnliches erlebt?

Mr Betterton hatte angefangen, sich nach jedem Satz zu räuspern. Das hatte er zu Beginn nicht getan; Clarissa war überzeugt, dass es am Thema lag.

Sie beantwortete die Frage mit einem kaum merklichen Kopfschütteln und schämte sich sofort für ihre Lüge.

Mr Betterton sah sie zweifelnd an. »Das überrascht mich.«

Doch es war sinnlos, etwas vor ihnen zu verbergen. Das Schlimmste wussten sie ohnehin längst. »Tut mir leid. Es fällt mir schwer, darüber zu sprechen«, sagte sie. »Ja, so was in der Richtung habe ich auch erlebt.«

Er nickte grimmig und fuhr fort, ohne nach weiteren Details zu fragen.

Rafe schien nichts zu begreifen, wenn Laura von Trennung sprach oder von ihrem Vorhaben auszuziehen. Er schien weder eine Familie noch eine Vergangenheit zu haben. Laura machte es Angst, dass es außer ihr absolut niemanden in seinem Leben gab. Sie hatten dramatische Streits, gefolgt von Versprechen, er würde sich ändern, er würde ihr mehr Freiraum geben.

Zu Lauras Glück bekam er eine Stelle in einer anderen Stadt.

Nach seiner Promotion hatte er in London mehrere befristete Lehraufträge gehabt, aber er war ehrgeizig und wollte unbedingt eine feste Stelle an einer etablierten Universität. Laura wusste, dass ihn nichts davon abhalten würde, nach Bath zu ziehen, und entschied sich zu verschwinden.

Als er eines Morgens aufbrach, um das Anglistikinstitut seiner neuen Universität zu besuchen, packte sie ihre Sachen und ging, ohne auch nur ihren Job zu kündigen.

Zuerst kehrte sie zu ihren Eltern zurück, doch dort hatte Rafe sie bald gefunden; er lauerte vor der Tür, verfolgte und beobachtete sie, wann immer er konnte. Jeden zweiten Abend. Jedes Wochenende. Er rief ständig an. Irgendwie fand er jede neue Telefonnummer heraus. Er akzeptierte einfach nicht, dass es vorbei war. Er hörte nicht auf, mit Laura und den Bettertons zu sprechen, als wäre sie noch seine Freundin.

Sie zog mehrmals um, aber er fand sie immer, wahrscheinlich weil er ihre Eltern ausspionierte. Er fing an, ihr kompromittierende Fotos zu schicken, die er während ihres Zusammenlebens aufgenommen hatte, heimlich oder wenn sie schlief, wahrscheinlich nachdem er sie unter Drogen gesetzt hatte. Ihre Eltern wurden vorsichtiger, wenn sie sie besuchten. Einmal brach er sogar bei ihnen ein, um an Lauras neue Adresse und Telefonnummer zu kommen, auch wenn sie es ihm nicht nachweisen konnten. Zwar konnte er Laura von Bath aus nicht jeden Tag beobachten, doch unaufhörlich kamen Geschenke und Briefe und die schrecklichen Fotos, die er gehortet hatte – manche waren so widerlich, dass Laura davon schlecht wurde.

Er hatte ihr Leben gestohlen. Sie hatte keine Privatsphäre mehr. Sie aß nicht mehr, magerte ab, verlor Selbstvertrauen und Zuversicht, war nicht mehr sie selbst. Sie büßte ihre Freunde ein. Zwar fand sie neue – Laura war ein so bezaubernder Mensch –, doch sie verschwieg ihren alten Freunden, wo sie war, aus Angst, er würde sie finden.

Die Polizei sah tatenlos zu. Sie hielt den Fall für eine unangenehme Trennungsgeschichte. Es war nie zu einem körperlichen Übergriff gekommen, und er war clever. Die Fotos hätten auch bei einvernehmlichen Sexspielen aufgenommen worden sein können. Sie konnte nicht beweisen, dass das Gegenteil der Fall war – Sexshops und das Internet waren voll von völlig legalem Spielzeug für völlig legalen S&M.

Mrs Betterton stand immer noch, doch sie war näher gekommen und lehnte an der Küchentheke. »Heute ist die Polizei viel besser«, sagte sie. »Sie haben viel dazugelernt in den letzten Jahren. Aber für unsere Tochter kommt das zu spät.«

In den zwei Jahren, nachdem sie ihn verlassen hatte, zog Laura fünfmal um, in fünf verschiedene Städte. Er fand sie jedes Mal. Ihre Freiheit dauerte höchstens ein paar Monate. Dann war er wieder da. Sie bekamen allmählich Angst, dass er ihr etwas antun könnte.

Endlich sprach Clarissa die Frage aus, die sie stellen wollte, seit sie das Haus betreten hatte. »Wo ist Laura jetzt?«

»Sie hatte einen Autounfall.« Mr Bettertons Stimme klang dumpf. Er strich sich über das schlohweiße Haar, und Clarissa hatte die plötzliche Eingebung, dass es über Nacht seine Farbe verloren hatte, durch Schock und Kummer. »Er hatte sie wieder aufgespürt. Sie wollte gerade die Straße überqueren, als sie hörte, wie er hinter ihr sagte: ›Hallo, Laura. Ich habe dich vermisst.‹ Da lief sie direkt vor ein Auto. Der Fluchtinstinkt ließ sie alles andere vergessen.«

Clarissa weinte leise, die leere und kalt gewordene Tasse mit dem Kolibri immer noch fest umklammernd.

»Sie brach sich beide Beine und hatte eine Gehirnerschütterung. Als sie im Krankenhaus aufwachte, saß er neben ihr und hielt ihre Hand. Er hatte sich bei den Ärzten und Schwestern als ihr Verlobter ausgegeben. Sie wurde hysterisch, und man warf ihn raus. Laura ließ uns anrufen. Als wir endlich da waren, war er längst weg. Er war nicht so dumm, sich von uns erwischen zu lassen. In seiner wachsenden Verzweiflung wurde er zwar unvorsichtiger, weniger clever, aber auch gefährlicher. Je frustrierter er ist, desto schneller lässt er die nette Fassade fallen. Er kann den Hass nicht mehr verbergen. Und man muss umso vorsichtiger sein.

Charlotte ist gebürtige Amerikanerin. Sie hat Familie in den USA. Uns war klar, wenn Laura noch ein Leben führen wollte, musste sie England verlassen. Sobald sie sich erholt hatte – körperlich zumindest –, wanderte Laura aus. Wir arrangierten alles sehr, sehr vorsichtig.«

»Heute wissen wir, dass wir sie nicht schützen konnten. Wir haben sie nur noch verwundbarer gemacht.« Mrs Bettertons Stimme kam tief aus dem Bauch, begleitet von einem kummervollen Seufzer. »Wir waren immer so vorsichtig damit, wie und wann wir sie kontaktieren. Wir haben so darauf geachtet, keinen Hinweis auf ihren Aufenthaltsort zu Hause aufzuheben. Und dann, ein Jahr nach ihrem Umzug – sie lebte in Kalifornien, unter meinem Mädchennamen –, ist sie verschwunden.«

Clarissa erinnerte sich an das UCLA-Sweatshirt und an ihr starkes Bauchgefühl, als sie ihn darin gesehen hatte: dass er ihr etwas damit sagen wollte, dass es eine Art Trophäe war.

»In diesem Sommer brach der Kontakt ab«, erklärte Mrs Betterton. »Sie hatte so diskret gelebt, ohne Kontakt zu ihren Nachbarn, und ihre plötzliche Abwesenheit wurde nicht bemerkt. Selbst in der Firma, wo sie arbeitete, zuckte man nur die Schultern – sie machte Zeitarbeit, Bürotätigkeiten –; man war es gewohnt, dass Leute von einem Tag auf den anderen nicht mehr erschienen.«

Clarissa konnte sich kaum vorstellen, wie unerträglich einsam Laura gewesen sein musste und wie sehr sie ihre Eltern vermisst hatte. Sie selbst könnte nie so tapfer sein.

»Sie war eine unter Tausenden von Vermissten«, sagte Mr Betterton. »In dem Land, wo man früher Fotos von vermissten Kindern auf Milchkartons gedruckt hat, fand die Polizei keinen Hinweis auf ein Verbrechen. Sie sollten auch Fotos von Erwachsenen auf die Milchtüten drucken. Die britische Polizei wollte sich nicht einmischen. Wir haben Privatdetektive angeheuert. Wir haben alles versucht.«

Clarissa beeindruckte die Art, wie die Bettertons »wir« sagten. Wieder und wieder »wir«. Die Art, wie sie einander beim Erzählen ihrer schrecklichen Geschichte reibungslos ablösten, trotz der unterschiedlichen Reaktionen, die Clarissas Auftauchen zunächst bei ihnen hervorgerufen hatte. Sie spürte, wie nah sie einander standen, trotz allem, was sie erlitten hatten; was sie noch immer erlitten. Es hätte sie auseinanderbringen können, doch durch irgendein Wunder hatte es sie noch fester zusammengeschweißt.

»Wir hoffen, hoffen immer noch, dass sie es getan hat, um endlich frei zu sein«, sagte Mrs Betterton. »Vielleicht lebt sie irgendwo glücklich und zufrieden. Vielleicht klingelt eines Tages das Telefon, und sie ist dran. Vielleicht war es nicht so, wie wir befürchten, und er hat sie doch nicht gefunden.«

»Aber wir wissen, dass er es war«, sagte Mr Betterton. »Auch wenn wir uns einreden, es bestünde noch Hoffnung, solange ihre Leiche nicht gefunden wird. Wir beten, dass sie eine Amnesie erlitten hat und es ihr ansonsten gutgeht, und dass sie sich eines Tages an ihre Identität erinnert und Kontakt zu uns aufnimmt.«

Mrs Betterton nickte. »Aber wir kennen Laura. Sie würde uns das niemals zumuten. Sie hat sich immer gemeldet, wenn es irgendwie ging.«

Jetzt verstand Clarissa, warum ihre Anrufe und ihr plötzliches Auftauchen diese seltsame Mischung aus Feindseligkeit, Misstrauen und Hoffnung bei den Bettertons ausgelöst hatten: Sie hatten Angst, sie käme auf sein Geheiß, fürchteten aber zugleich, sie könnten jemanden abweisen, der vielleicht Nachricht von Laura brächte, ganz gleich, wie schlecht die Chancen dafür standen.

»Sie brauchen professionelle Hilfe, Clarissa«, sagte Mr Betterton.

Mrs Betterton legte ihre Hand auf Clarissas. »Sie brauchen Beweise, bessere Beweise, als wir hatten, eindeutige Beweise und jede Menge davon; und Sie müssen kämpfen. Wenn Sie nicht aus Ihrem eigenen Leben verschwinden wollen, müssen Sie zur Polizei gehen. Wenn Sie möchten, können Sie ihnen unseren Namen und unsere Telefonnummer geben. Damals haben sie nicht auf uns gehört, aber vielleicht tun sie es heute. Sie müssen es besser machen, als Laura es konnte. Sie müssen die Polizei dazu bringen, Ihnen zu helfen. Sonst hört er nie auf.«

Als Mrs Betterton zu Ende gesprochen hatte, tat Clarissas Hand weh, und es war der deutliche Abdruck von Mrs Bettertons Ehering darauf zu sehen; aber Clarissa hatte die Hand nicht wegziehen wollen.

Woche 5
Die Wächter

MONTAG

Sie hatte Henry in zu viele Filme über Serienmörder geschleppt, und jetzt wurde sie von ihnen heimgesucht. Grauenhafte – und, wie sie hoffte, absurde – Gedanken darüber, was wohl aus Laura geworden sein könnte, spukten ihr im Kopf herum. Lag sie in einem flachen Grab am Rand irgendeiner Farm in Kalifornien? Lag sie unentdeckt unter Laub verscharrt irgendwo in den Wäldern? Hatte er sie unbemerkt in einen Abwasserkanal geworfen oder in einen stillgelegten Minenschacht? Hatte er sie von der Klippe eines Bergs fallen lassen, weit abseits jeder Straße? Oder lag sie in einer Kühltruhe in irgendeinem baufälligen alten Haus? Hatte er sie zu einer fremden Leiche in den Sarg gesteckt und beerdigen oder verbrennen lassen? Hatte er Glück, dass ihre Leiche verschwunden blieb, oder war es Schlauheit, oder beides?

Doch so lebhaft und schrecklich Clarissas Phantasien auch waren, vor dem, was Laura in ihren letzten Stunden oder Tagen erlitten haben mochte, schreckte sie zurück. Das Schicksal ihrer Leiche war leichter zu ertragen als die Vorstellung, was er ihr angetan hatte, solange Laura noch lebendig und bei Bewusstsein gewesen war. Clarissa sah ihr Gesicht vor sich: all die Fotos von ihr in unterschiedlichen Altersstufen übereinandergelegt. Und ihre Eltern in ihrer nie endenden Angst und Trauer. Laura war für sie wirklich geworden.

Sie hatte sich die Vermisstenzahlen angesehen. Sie waren viel höher, als man dachte. Allein in Großbritannien gab es Hunderttausende Vermisste. In Amerika war die Zahl natürlich noch viel höher.

Sie versuchte, die Gedanken abzuschütteln und sich auf das zu konzentrieren, was Annie gerade zu ihr sagte.

»Du siehst furchtbar aus«, sagte Annie.

Nebeneinander stiegen sie die Treppe zu Saal 12 hinauf. »Danke«, antwortete Clarissa. »Du nicht.«

»Ehrlich. Iss was, Mädchen. Und schlaf dich aus. Geh an die frische Luft. Du bist bleich wie ein Zombie. Den hübschen Vampirlook wirst du nicht mehr lange durchhalten.«

Clarissa sah an sich hinunter. Annie hatte recht. Unter dem durchsichtigen Stoff ihres Ärmels sahen ihre Arme aus wie zwei weiße Stöcke. Sie verbrachte immer weniger Zeit draußen an der schwachen Wintersonne. Wahrscheinlich konnte sie froh sein, dass ihre Mutter sie schon eine Weile nicht gesehen hatte. Ein Blick hätte ihr genügt, um zu wissen, dass etwas mit Clarissa nicht stimmte.

»Du bist aber freundlich heute«, sagte Clarissa.

»Wenigstens glänzt dein Haar noch«, lenkte Annie ein, als sie den kleinen Warteraum erreichten. »Gefärbt?«

»Nein, Annie!«, empörte sie sich.

Annie berührte die Spange mit den emaillierten Blumen, mit der sich Clarissa das Haar zurückgesteckt hatte. »Hübsch«, sagte sie, wie als Entschuldigung.

Eine Minute später saßen sie in der Geschworenenbank. Die heutige Zeugin war Expertin für Gesichtsmapping. Genau die Fachfrau, die feststellen könnte, ob es sich bei der Frau auf dem Zeitschriftencover um Laura handelte.

Während die Zeugin ausführlich dozierte, seufzte Annie laut, kniff die Augen zusammen und warf in gespielter Verzweiflung den Kopf zurück. Wie immer wunderte sich Clarissa, dass sie die Einzige war, die Annie hörte, denn weder die Anwälte noch die anderen Geschworenen drehten sich je zu ihr um. Manchmal fragte sie sich, ob sie sich Annies Reaktionen nur einbildete. Annie schien ihr aus der Seele zu sprechen. Clarissa brummte der Kopf; Annie musste es genauso gehen.

Endlich fragte Mr Morden: »Und zu welchem Schluss sind Sie gekommen?«

Alles spricht dafür, dass es sich bei der Frau auf der Titelseite um Laura Betterton handelt, hörte Clarissa die Gesichtsmapping-Expertin im Geiste sagen.

»Manches spricht dafür, dass es sich bei dem Verdächtigen auf dem Überwachungsvideo um Mr Godfrey handelt«, sagte die Gesichtsmapping-Expertin tatsächlich.

Montag, 2. März, 12:40 Uhr

Ich nehme mir Annies Kommentar über meine Blässe zu Herzen und mache in der Mittagspause einen Spaziergang an der eisigen Luft. Die Sonne ist zitronengelb und steht tief am wolkenlosen blauen Himmel.

Inzwischen drehe ich den Spieß öfter mal um – du bist nicht der Einzige, der Leute aufspüren kann. So etwas wie in dem Lebensmittelladen soll mir nicht noch mal passieren. Laut dem Vorlesungsverzeichnis hast du eine Veranstaltung. Henry hat mir einmal erzählt, wie sehr du die Lehrtätigkeit hasst, weil du sie für unter deiner Würde hältst und sie dich von deiner bahnbrechenden Forschung abhält.

Auf dem Rückweg überquere ich die Straße. Zuerst bemerke ich dich nicht in der Menge im Park vor der Kathedrale. Aber du bist da, trotz deiner Vorlesung. Als du auf mich zukommst und neben mir hergehst, stolpere ich fast über meine eigenen Füße.

»Du brauchst neue Strümpfe, Clarissa«, sagst du.

Deine sozialen Kompetenzen sind unglaublich, denke ich. Niemand außer dir könnte mit diesem Satz ein Gespräch eröffnen, denke ich.

Leider scheitert mein Versuch, mich durch unausgesprochenen Sarkasmus stärker zu fühlen. Als ich auf das Gerichtsgebäude zugehe und dabei so tue, als würde ich dich nicht kennen, schlägt mein Herz schneller denn je. Immer wieder sehe ich mich nach Robert um, und jedes Mal bin ich dankbar, dass er nicht auftaucht.

Dünne blassbraune Haare wachsen auf deinen Händen. Ich stelle mir deine Finger an Lauras Kehle vor, an meiner Kehle. Ich muss schlucken. Mein Hals tut weh, wenn ich an deinen Griff im Park vor drei Wochen denke. Ich habe das Gefühl, ich ersticke, und muss wieder schlucken, auch wenn ich weiß, dass das Gefühl nur Einbildung ist; ich weiß, dass sich jetzt gerade alles nur in meinem Kopf abspielt.

»Ich liebe es, wenn du Strümpfe trägst«, sagst du. »Aber das weißt du ja.«

Ich gehe weiter. Was ich über dich herausgefunden habe, darf mich nicht schwächer oder ängstlicher machen. Es muss das Gegenteil bewirken. Das haben mir die Bettertons eingebläut.

Ehe ich um die Ecke biege, sagst du noch etwas. »Ich muss neue Fotos machen, Clarissa. Es wird ein ganz privates Shooting.« Und dann gehst du weiter geradeaus und lässt mich allein nach links abbiegen.

Natürlich wird es kein privates Shooting geben; es wird nicht wahr dadurch, dass du es sagst. Du magst dir einbilden, du wüsstest alles über mich, aber du hast keine Ahnung von meinen neuen Freunden. Du bist nicht der Einzige, der Geheimnisse aufdecken kann. Ich fange gerade erst an, deine zu enthüllen.

Robert ging wütend im Aufenthaltsraum auf und ab, das Telefon ans Ohr gepresst.

Ein paar Minuten später stand sie neben ihm am Ende der Schlange und wartete, bis der Gerichtsdiener sie durchzählte und zurück in Saal 12 brachte. Robert zog das Telefon heraus, um nachzusehen, ob er es ausgestellt hatte, und machte ein finsteres Gesicht, als er es wieder einsteckte. Er stand in seiner gewohnten Haltung da, die Füße hüftbreit auseinander und fest am Boden; aber er war nicht entspannt.

»Ist etwas nicht in Ordnung?«, fragte sie. Es war eine dumme Frage.

Er setzte ein Lächeln auf, doch es verschwand gleich wieder. »Irgendwelche Jugendlichen wahrscheinlich. Haben mir Abbeizmittel über die Motorhaube gekippt. Und die Vorderräder aufgeschlitzt.«

Sie musste sich setzen und landete hart auf der gepolsterten Bank, die neben den wartenden Geschworenen an der Wand stand.

»Sie sind blass.« Er hielt ihr die Hand an die Stirn, dann zog er sie weg, als ihm bewusst wurde, dass er sie vor den anderen berührt hatte. »Sie sind ganz klamm.«

»Ist schon gut. Ich musste mich nur kurz setzen.«

»Sie sehen aber nicht gut aus. Schon den ganzen Tag lang nicht.«

»Es ist nur – so eine Gemeinheit. Das mit Ihrem Auto.« Sie sah zum Schalter des Gerichtsdieners, der immer noch redete.

»Das lässt sich reparieren. Es ist nur ein bisschen lästig. Ich war wütend, aber ich bin nie lange wütend.«

»Es tut mir trotzdem leid.«

»Sie können ja nichts dafür.«

Doch das bezweifelte sie.

Montag, 2. März, 18:15 Uhr

Kaum betrete ich den Weg und löse den Bewegungsmelder aus, der das Außenlicht einschaltet, sehe ich ihn. Du hast ihn gegen die Haustür gelehnt. Der Umschlag ist dicker als der letzte. Ich fühle mich taub und kalt und tot. Auf Zehenspitzen schleiche ich die Treppe hoch, um Miss Nortons wohlmeinende Besorgnis nicht zu erregen.

Du hast sie in ein Blatt Papier eingeschlagen. Doch es ist nicht so, wie ich befürchtet habe. Diese Fotos hast du nicht in meinem Schlafzimmer aufgenommen. Sie sind alle von letzter Woche, ein Bündel für jeden Tag, in chronologischer Reihenfolge.

Wie ich mit Robert auf der Brücke stehe, das Haar unter der Mütze vom Wind verweht, die Fäustlinge in den Manteltaschen. Robert sieht mich von der Seite an. Wir berühren uns fast, aber nur fast.

Mit Robert in dem Café, bevor wir den Zug nehmen, wir stecken die Köpfe zusammen und teilen uns das Stück Kuchen, mit leuchtenden Augen sehe ich zu ihm auf.

Beim Gespräch über meine gescheiterten künstlichen Befruchtungen und den Tod seiner Frau. Auf einem Foto blickt Robert über die Straße in die Richtung, wo du stehen musst. Mit finsterem Blick starrt er direkt in deine Linse. Auf einem anderen hält er meinen Arm.

Im Park. Klick, klick, klick. Die Bilder sehen aus wie Standfotos eines Films: zwanzig Zentimeter zwischen Robert und mir, als ich ihm meine schlimmste Tat gestehe; zehn Zentimeter, als Robert mir seinen Schal umwickelt; Schulter an Schulter, als er über Brände spricht und dabei so klingt, als würde er Gedichte rezitieren.

Auf dem Weg zum Bahnhof nach der Zeugenaussage der Ärztin. Robert hält fürsorglich den Schirm über meinen Kopf – ich hatte mehrmals nachgefragt, ob er auch noch darunter passt, aber auf dem Foto sehe ich, dass er klitschnass wird, und ich bleibe trocken. In der Schlange zum Taxi, bevor wir uns trennen, wieder nah beieinander, ohne uns zu berühren.

Du hast kein Wort zu den Fotos geschrieben, aber ich weiß, was du mir sagen willst. *Ich kann dich die ganze Zeit beobachten, und was ich sehe, gefällt mir nicht.*

Wusstest du, dass heimliche Fotos nicht immer hässlich sind? Auch wenn es sicher nicht deine Absicht war, hast du mir mit den Schnappschüssen von Robert und mir ungewollt etwas Schönes geschenkt.

Laura war in Kalifornien ganz allein. Ich bin nicht allein,

trotz all deiner Bemühungen. Du bist dumm, wenn du das nicht siehst. Es tut mir gut, dich dumm zu nennen, es gibt mir Kraft, auch wenn ich weiß, dass es nichts als kindische Schadenfreude ist.

Mr Belfords Worte gehen mir durch den Kopf. *Angebliche Verletzungen. Subjektive Beschreibung.* In meinem Fall wird das Rechtssystem solche Begriffe nicht anwenden können. Das wirst du bald herausfinden, während ich es schon seit Wochen weiß.

Ich öffne den Wohnzimmerschrank und packe meine Beweissammlung in eine riesige Plastiktüte, damit ich sie morgen früh griffbereit habe. Mit einem unguten Gefühl lasse ich deine pornographischen Fotos im Kleiderschrank zurück.

Ich nehme mir das Notizbuch vor, setze mich im Schneidersitz ins Wohnzimmer und blättere es durch. Ich nehme einen Radiergummi in die Hand und lasse ihn schweben über den Bleistiftnotizen zu dem, was du mir in meinem Schlafzimmer angetan hast. Ich weiß nicht, wie lange ich so dasitze.

Doch die Worte auszuradieren macht das Geschehene nicht rückgängig. Die Worte sind sowieso in meinem Computer gespeichert, denn ich habe jede Seite gescannt, habe brav den Rat der Broschüren befolgt, Kopien von allen Beweisen zu machen, bei denen es möglich ist. Diese Maßnahme schützt mich vor Verlust, doch sie dient auch dem Nachweis dafür, dass ich meine Notizen nicht im Nachhinein verändert habe. Ich lasse den Radiergummi fallen. Er landet mit einem dumpfen Klopfen und rollt unter das Sofa. Die Bettertons haben mir ins Gewissen geredet, haben mich ermahnt, nichts vor der Polizei zurückzuhalten; sie haben erraten, dass es die Fotos gibt, trotz meiner Unfähigkeit, darüber zu sprechen.

Entschlossen stehe ich auf, gehe ins Schlafzimmer und hole sie aus dem Kleiderschrank.

Ich denke wieder an das, was in den Broschüren steht,

wonach im Schnitt 110 Vorfälle stattfinden, bevor eine Frau wegen Stalkings zur Polizei geht.

Zählen die abstoßenden Fotos als ein Vorfall, weil du sie in einer einzigen Nacht aufgenommen hast, oder als drei, weil du mich dreimal damit belästigt hast? Ist ein Bündel von drei Texten ein Vorfall oder drei? Sind vierzig anonyme Anrufe auf dem Anrufbeantworter in der Mittagspause ein Vorfall oder vierzig? Zählen die Fotos von Robert und mir einzeln oder zusammen, weil sie in einem Briefumschlag kamen? Und die Pralinen mit der beiliegenden Karte zum Valentinstag: ein Vorfall oder zwei? Vielleicht sogar drei, wenn man deine persönliche Lieferung dazuzählt.

Ich habe keine Ahnung, wie die Polizei ihre Berechnungen anstellt. Ich weiß nur, dass es zu viele Vorfälle waren. Ich weiß, dass ich den Sättigungsgrad erreicht habe und keinen einzigen Vorfall mehr ertragen kann. Ich weiß, dass Zahlen mit alldem nichts zu tun haben. Deine Wirkung kann nicht mit Ziffern bemessen werden, egal, wie präzise die Methoden sind.

Ich weiß, wie mein nächster Schritt aussieht, und ich werde ihn morgen früh tun. Du hast keine Ahnung, wie entschlossen ich gegen dich kämpfen werde, wie akribisch ich vorbereitet bin. Inzwischen habe ich mehr als genug Beweise gegen dich, egal, welche Zählmethode die Polizei anwendet.

DIENSTAG

Dienstag, 3. März, 6:30 Uhr

Hier bin ich richtig, hier gehöre ich hin, das ist der Ort, der auf mich gewartet hat. Ich steige die Stufen zu dem kastenförmigen Gebäude hinauf, in dem Lottie so viel Zeit verbracht hat. Hinter mir stehen ein Dutzend geparkte Wagen und Transporter, einsatzbereit, mit dem beruhigenden gelbblauen Schachbrettmuster. Über mir leuchtet ein blaues Schild mit dem Wort »Polizei«. Ich hole tief Luft, drücke die Glastür auf und trete über die Schwelle.

So früh am Morgen ist die Wache fast menschenleer. Eine volle Minute lang starre ich ungläubig auf das Hinweisschild an der Sicherheitsscheibe des Empfangsschalters, bis mir klarwird, warum es so leer ist: Öffnungszeiten von 08:00 bis 22:00 Uhr. Auf einen Schlag weicht meine Entschlossenheit, und ich bin den Tränen nah. Gleich werde ich einen hysterischen Anfall kriegen, und dann halten sie mich für eine asoziale Verrückte, brummen mir eine Anzeige auf und sperren mich in eine Zelle. Wie kann ich etwas so Grundlegendes vergessen haben wie die Frage, ob es bei der Polizei Öffnungszeiten gibt?

Ich drehe mich um, suche nach dem Eingang, durch den ich gekommen bin, aber ich bin völlig verwirrt, und mir ist schwindelig, als hätte ich mich zu lange im Kreis gedreht, was ja irgendwie stimmt. Wahrscheinlich bekomme ich auch noch eine Anzeige wegen Trunkenheit und ungebührlichen Benehmens. Taumelnd versuche ich den Ausgang zu finden, als ein Polizist vorbeikommt und mich neugierig ansieht. Er muss zehn Jahre jünger sein als ich. Er sieht mich fürsorglich an und fragt: »Kann ich Ihnen helfen?«, und ich glaube, er meint es ernst und fragt nicht nur aus Höflichkeit, wie es Millionen von Menschen eine Milliarde Mal am Tag tun, wenn sie auf Autopilot schalten.

Ich stammele unverständliches Zeug und halte die riesige Plastiktüte mit den Beweisen hoch, als würde sie alles erklären. Ich weiß, ich muss ihm von dir erzählen, wenigstens eine kurze Zusammenfassung geben, damit er mir zuhört, damit er mich nicht wegschickt. Doch jedes Mal, wenn ich es versuche, komme ich nicht über das erste Wort hinaus. Ich weiß nicht, wo ich anfangen soll bei der Liste deiner Taten. »Er ... Er ... Er ...« Ich klinge wie eine Platte mit einem Sprung oder wie schlecht imitiertes Gelächter. Ich versuche es noch einmal, öffne und schließe den Mund, und obwohl nichts herauskommt, fragt mich der Polizist, ob ich hier bin, um eine Anzeige zu erstatten. Krächzend bringe ich ein »Ja« heraus, und er sagt etwas von einem Vernehmungsraum, wo er mich hinbringt, und ich stammele: »Aber haben Sie nicht geschlossen? Bin ich nicht zu früh?«

Er sagt, das sei egal. Sie hätten nur für das Tagesgeschäft geschlossen, für Leute, die Fundsachen abholen wollen, zum Beispiel. Er spricht mit der warmen Traurigkeit eines Chirurgen, der einen inoperablen Patienten vor sich hat. Er sagt, es sei die Aufgabe der Polizei, Menschen in Not oder in Angst zu helfen, und das könne nicht warten. Er sagt, er hole einen Kriminalbeamten, der in ein paar Minuten mit mir sprechen werde. Ob ich ihm bitte folgen würde? Dann führt er mich durch eine Tür, die für die Öffentlichkeit geschlossen ist, eine Tür, die mich an die Pforte vom Aufenthaltsraum der Geschworenen in die Welt von Saal 12 erinnert. Es ist eine Schwelle, die man nicht jeden Tag übertritt, sondern nur einige entscheidende Male im Leben.

Ohne richtig mitzubekommen, was passiert ist, sitze ich vor einem Glas Wasser, und man bietet mir eine Tasse Tee an, aber ich schüttele den Kopf, will nein danke sagen, doch es kommt kein Ton heraus. Eine Schachtel Papiertücher wird von einer Hand über den Tisch geschoben. Die Hand gehört zu Detective Constable Peter Hughes, einem sehr großen, sehr dünnen, sehr gebeugten Mann Ende vierzig mit sehr dichtem weichem stahlgrauem Haar und der dicksten Brille, die ich je gesehen habe. Er sieht müde aus, wahrscheinlich ist er am Ende einer langen Nachtschicht. Er trinkt schwarzen Kaffee. Ich nehme ein paar Tücher aus der Schachtel, wische mir über die Augen und putze mir die Nase, dann räuspere ich mich, aber es reicht nicht, und ich räuspere mich noch einmal. Ich trinke einen Schluck Wasser. DC Hughes sagt: »Keine Eile. Lassen Sie sich Zeit, bis Sie so weit sind. Es muss Sie große Überwindung gekostet haben, zu uns zu kommen.«

Anscheinend steht es mir ins Gesicht geschrieben, dass nichts in Ordnung ist, oder er merkt es an den Worten, die in meiner Kehle steckenbleiben. Ich habe das Gefühl, mich aufzulösen wie ein Stück Pappe im Rinnstein.

An der Wand hinter DC Hughes hängt ein gerahmtes Schild.

Alle Opfer werden von professionellen und engagierten Beamten mit Taktgefühl, Anteilnahme und Respekt behandelt.

Das kann ich jetzt schon bestätigen. Detective Constable Hughes. Der Polizist mit dem Jungengesicht, der mich hierhergebracht hat und jetzt fast unsichtbar in der Ecke sitzt und mitschreibt. Beide scheinen zu halten, was das Schild verspricht. Doch was ist mit dem Wort, das meine Rolle in alldem beschreibt? *Opfer.* Ein Wort, gegen das ich mich bis jetzt gewehrt habe, ein Wort, das mich in den Broschüren und vor Gericht unablässig irritiert. Ich will jetzt nicht anfangen, mich damit zu identifizieren. Doch es ist offensichtlich das, was der junge Polizist und der Kommissar sehen, wenn sie mich anschauen.

Wir sitzen auf Stühlen aus Plastik, das wie Holz aussieht. Das einzige weitere Möbelstück ist der dazugehörende runde Tisch. Der Boden ist mit Linoleum belegt, und selbst DC Hughes' ruhige Stimme klingt blechern und hallt, als er mich fragt, ob ich lieber warten möchte, bis in ein paar Stunden eine weibliche Beamtin da ist. Ich bringe heraus, dass ich es lieber hinter mich bringen möchte, wenn es geht, und er sagt, ja, natürlich. An der Wand ist ein großer Spiegel, hinter dem sich wahrscheinlich ein Fenster verbirgt, auch wenn ich nicht glaube, dass wir im Moment beobachtet werden. Aber ich hoffe, wenn du bald hier sitzt, steht jemand dahinter.

Trotz meiner wiederholten Abweichungen von seinem methodischen Verfahren und meines Impulses, mit allem gleichzeitig herauszuplatzen, ist DC Hughes professionell genug, mich in logischer Reihenfolge durch die Ereignisse zu führen. Ich sage ihm, dass ich versucht habe, alles richtig zu machen. Ich sage ihm, was du nur zu gut weißt: Ich habe es dir nicht leicht gemacht. Wirklich nicht. Ich bin selbst überrascht, wie wichtig es mir ist, DC Hughes davon zu überzeugen.

Ich sage ihm, dass ich keine Social-Media-Seiten nutze; dass ich nicht jedes intime Detail meines Lebens im Internet herausposaune oder jede Reise ankündige, die ich unternehme. Ich berichte ihm, wie du Rowena im Internet ausfindig gemacht und dich in unsere bereits angeschlagene Freundschaft eingemischt hast; das passierte nicht durch meine Internetpräsenz, die im Übrigen nicht vorhanden ist. Diese Art der öffentlichen Darstellung widerstrebt mir, sage ich. Ich sage ihm, dass du meine private E-Mail-Adresse nicht hast – nur die wenigsten kennen sie – und dass du mich bis jetzt auch nie über die E-Mail-Adresse der Uni belästigt hast.

Ich sage ihm, dir sei wahrscheinlich nichts anderes übriggeblieben, als mir auf die altmodische Art aufzulauern, beharrlich an den Orten zu warten, von denen du weißt, dass ich sie aufsuchen muss, selbst wenn ich diese Orte fast bis zur Selbstaufgabe reduziert habe. Während ich rede, fällt mir auf, was ich längst hätte sehen müssen. Meine digitale Existenz interessiert dich überhaupt nicht. Es ist der physische Kontakt, den du suchst.

Ich erzähle DC Hughes von der Nacht im November, sage, dass ich mich nicht an viel erinnern könne. Ich erzähle ihm von meiner Überzeugung, dass du behaupten wirst, alles sei einvernehmlich geschehen, und von meiner Befürchtung, du habest mir etwas in den Wein getan. Trotz seiner unerschütterlichen professionellen Liebenswürdigkeit warte ich darauf, dass er mich spöttisch ansieht und sagt, er könne leider nichts für mich tun. Aber so ist es nicht.

»Das Wort ›einvernehmlich‹ trifft hier vermutlich nicht zu«, sagt er.

Ich erinnere mich an Lotties feuchte Augen, als Mr Harker sagte, er stelle ihre Beweise nicht in Frage. Jetzt kann ich ihre überraschte Dankbarkeit verstehen. Auch ich habe Tränen in den Augen, aber ich blinzele sie weg, ich will DC Hughes auf keinen Fall unterbrechen.

»Aber selbst wenn wir rein hypothetisch davon ausgingen, es wäre so gewesen«, fährt er fort, »gibt eine einvernehmlich verbrachte Nacht in der Vergangenheit, ganz gleich, was vorgefallen ist, weder ihm das Recht, sich so zu verhalten, wie er sich seitdem verhält, noch Ihnen die Schuld an seinem Verhalten. Leider können wir jetzt nicht mehr nachweisen, ob er Ihnen etwas in den Wein getan hat. Sie hätten sich sofort untersuchen lassen und einen Urintest machen müssen, um festzustellen, ob er irgendwelche Substanzen benutzt hat und welche. Und selbst dann sind solche Tests nicht unbedingt aussagekräftig. Es gibt Drogen, die sich nicht nachweisen lassen, und vieles hat der Körper schon nach wenigen Stunden abgebaut.«

Ich weiß, dass DC Hughes wahrscheinlich unzählige Trainingsseminare hinter sich hat. Aber er wirkt so natürlich, so unaufdringlich und nett, ohne herablassend zu sein. So ehrlich. So vertrauenswürdig. Ich halte seine Anständigkeit für echt. Ich glaube nicht, dass sie nur das Ergebnis der Fortbildungen ist, in denen Beamte lernen, mit den Opfern von Sexualverbrechen umzugehen.

Und dann ist der Moment da, ich kann ihn nicht länger hinauszögern. Ich hole die obszönen Fotos heraus. Ich habe sie getrennt vom Rest deiner hässlichen Gaben eingesteckt, weil ich mir noch beim Verlassen des Hauses heute Morgen nicht sicher war, ob ich es übers Herz bringen würde, sie der Polizei zu übergeben. Aber nun lege ich den Umschlag vor DC Hughes auf den Tisch und stammele, dass ich keine Erinnerung daran habe, wie die Bilder aufgenommen wurden, erwähne meine Befürchtung, die Polizei könne sie für einen Beweis des Einvernehmens halten, warne ihn vor dem Inhalt des Umschlags. »Es ist für mich sehr unangenehm« – meine Stimme zittert –, »sie Ihnen zu zeigen – dabei zu sein, wenn Sie sie sich ansehen ...« Meine Stimme verliert sich.

»Das verstehe ich«, sagt er. »Und ich finde, Sie sind sehr tapfer.«

Ich erinnere mich, wie Mr Morden genau das Gleiche zu Lottie gesagt hat. Es war das Letzte, was er zu ihr sagte, nach all ihren Tagen im Zeugenstand.

Ich frage vorsichtig, wie viele Leute sich die Fotos ansehen werden.

»Wir gehen mit derartigem Material sehr sorgfältig um«, erklärt er, doch sein Zögern und die Unbestimmtheit der Antwort entgehen mir nicht.

DC Hughes' Gesicht bleibt ausdruckslos. Ich muss an einen Gynäkologen denken, der bei der Untersuchung alle Gedanken und Reaktionen zurückhält, damit die Patientin sicher sein kann, dass keine Spur von Begehren da ist; es ist eine rein professionelle Handlung. Er zieht den Stapel Bilder aus dem Umschlag, wirft einen kurzen Blick auf das oberste – das erste, das du mir geschickt hast und das harmloseste von allen –, bevor du mich gefesselt und dein Spielzeug um mich herum drapiert hast. Ohne genauer hinzusehen, legt er den Stapel deiner Erinnerungsfotos zur Seite.

Ich versuche so ruhig wie möglich zu bleiben, obwohl ich vor diesem uniformierten Mann, der ein Fremder für mich ist, dunkelrot anlaufe. Deinetwegen hat er mich bewusstlos gesehen, nur mit meiner lavendelfarbenen Unterhose bekleidet. Deinetwegen wird er noch Schlimmeres sehen, wenn er sich später den Rest der Fotos anschaut. Er will mich nicht noch mehr demütigen, deshalb tut er es nicht in meiner Gegenwart.

Ich trinke noch einen Schluck Wasser, und er sagt: »Im Moment ist es schwer zu beweisen, dass das alles nicht einvernehmlich geschah, auch wenn ich Ihnen glaube. Aber selbst wenn Sie Ihre Einwilligung zu diesen Fotos gegeben hätten, befürworten Sie den Erhalt der Fotos inzwischen nicht mehr und haben das auch deutlich gemacht. Das ist der Punkt, auf den es ankommt.«

Er entschuldigt sich für zehn Minuten und nimmt den ruhigen jungen Polizisten mit hinaus. Als sie draußen sind, rufe ich beim Gericht an und sage Bescheid, dass ich heute später komme. Ich sei wegen eines familiären Notfalls aufgehalten worden. Sobald ich mehr wisse, würde ich Bescheid sagen. Fast rechne ich damit, mit sofortiger Wirkung von meinen Pflichten entbunden zu werden, aber die Beamtin reagiert wohlwollend und verständnisvoll.

DC Hughes kommt mit Sachen zum Katalogisieren und Lagern der Beweisstücke zurück, immer noch in Begleitung des jungen Polizisten, der weiterhin so lautlos mitschreibt, dass ich seine Anwesenheit beinahe vergesse. Nur DC Hughes' und meine Stimme hallen von den nackten weißen Wänden des Vernehmungsraums wider. Wahrscheinlich ist es eine Strategie, die sie abgesprochen haben, damit ich mich unter den unangenehmen Umständen so wohl wie möglich fühle; damit ich mich nicht noch mehr auflöse.

Jeder Gegenstand, den ich mitgebracht habe, wird genau

untersucht und etikettiert. Deine Briefe. Dein selbstgemachtes Buch. Die verwelkten Blumen und der ausgediente Anrufbeantworter. Die herzförmige Pralinenschachtel mit der passenden herzförmigen Karte. Die Fotos von Robert und mir. Der Ring. Die Zeitschrift und der Umschlag, in dem sie steckte; ich bin froh, dass DC Hughes sie sich nicht zu lange ansieht. Das schwarze Notizbuch. Die Fotos von dir in meiner Straße, die ich mit dem Handy gemacht habe, und das Foto von meinem roten Handgelenk nach dem Park.

Der Paragraph zum Schutz vor Belästigung fordert Beweise für mindestens zwei Fälle von Belästigung. Meine Beweise gehen weit darüber hinaus. Ich habe sowohl dein anhaltendes obsessives Verhalten überzeugend dokumentiert als auch die Häufigkeit der Vorfälle.

Mehr als hinreichende Gründe, versichert mir DC Hughes, um dir im Laufe des Tages einen Besuch abzustatten. Was in vielen Fällen reiche, sagt er.

Dann erzähle ich ihm von Lauras Verschwinden, gebe ihm die Kontaktdaten der Bettertons, erwähne, dass die Polizei damals nichts habe tun können, frage, ob er das Zeitschriftencover mit Fotos von Laura Betterton vergleichen lassen könne. Mit einem Mal horcht DC Hughes auf und sitzt aufrechter da, trotz seines krummen Rückens, und ich habe das Gefühl, er fängt an, die Sache ernst zu nehmen. Er spielt mit seiner dicken Brille, schiebt sie zur Nasenspitze, so dass ich die rote Druckstelle auf dem Nasenrücken sehen kann, dann schiebt er sie wieder zurück – das erste Anzeichen von Unruhe, das ich an diesem langen Morgen an ihm bemerke. Er lässt sich viel Zeit, bevor er spricht, wählt seine Worte mit besonderer Sorgfalt. Die Polizei nehme Stalking sehr ernst, sagt er. Zu anderen Fällen könne er sich leider nicht äußern, sagt er. Aber er nehme die Kontaktdaten der Bettertons zur eventuellen späteren Verwendung in die Akte auf.

Du wirst eine mündliche und eine schriftliche Verwarnung erhalten. Sie besagt ganz klar, falls du weiterhin antisoziales Verhalten an den Tag legst, aufgrund dessen ich mich belästigt, eingeschüchtert oder angegriffen fühle, bekommst du eine Strafanzeige und Kontaktverbot. Und falls du gegen das Kontaktverbot verstößt, droht dir eine Haftstrafe von bis zu fünf Jahren.

Ich erwähne, was du mit Roberts Wagen gemacht hast. DC Hughes macht sich zwar eine Notiz, aber er erklärt, solange Robert keine Anzeige erstatte, könne die Polizei nichts tun. Ich sage, dass ich nicht glaube, dass Robert zur Polizei gehen wird, zumindest nicht im Moment. Ich sage nicht, dass ich immer noch hoffe, Robert werde nie von dir erfahren. Zum ersten Mal scheint es möglich zu sein.

Um elf bin ich fertig und halte DC Hughes' Visitenkarte in der Hand. Er hat seine Handynummer aufgeschrieben und die Referenznummer meiner Anzeige. Ich krame in meiner Tasche nach meinem neuen Notizbuch, das genauso aussieht wie das alte, mit dem gleichen schwarzen Umschlag; ich habe es für alle Fälle gekauft. Als ich die Visitenkarte hineinschiebe, hoffe ich, dass die Seiten leer bleiben werden. Dann schließe ich die Hand um den Taschenalarm, den DC Hughes mir erklärt und mitgegeben hat. Außerdem hat er mir eine Betreuungskarte für die Opfer von Straftaten ausgestellt mit allen Informationen zu meinem Fall und den Schritten, die als Nächstes unternommen werden. Lottie muss auch so eine bekommen haben. *Mein* Fall. Der Fall, der zu mir gehört. Als würdest du zu mir gehören. Und wieder dieses Wort. An der Wand. Auf der Karte. In den Broschüren. Vor Gericht. *Opfer*.

Fünf Minuten nachdem ich mich von DC Hughes verabschiedet habe, stehe ich am Bahnsteig. Mit Bedauern fällt mir auf, dass ich dem jungen Polizisten nicht danken konnte, bevor er verschwunden ist. Fast im selben Moment rollt der 11:08-Uhr-Zug nach Bristol ein, und ich steige ein. Von dir ist weit und breit nichts zu sehen. Wahrscheinlich warst du überrascht, als du mich heute früh nicht gefunden hast. All deine Beobachtungsposten, all deine Tricks – und nichts. Ich bin dir entkommen.

Clarissa verbrachte eine unverhoffte Nachmittagspause damit, ein altes Schnittmuster zu studieren und sich in ihrer krakeligen Handschrift Notizen zu machen. Sie saß in der Sonne, die durchs Fenster fiel und deren angenehme Wärme sie schläfrig machte. Wie lange Robert dagestanden hatte, bevor sie seinen Blick spürte, wusste sie nicht.

Als sie ihm zulächelte, setzte er sich. »Das ist ein ungewöhnliches Schnittmuster«, bemerkte er.

»Es gehörte meiner Großmutter. Aus den Fünfzigern. Damals gab es die Muster noch nicht für alle Größen. Ich muss es runterrechnen.«

Vorsichtig und behutsam berührte er das vergilbte Ärmelstück, das ihre Großmutter ausgeschnitten hatte. »Es ist schön.«

In diesem Moment kam der Gerichtsbeamte herein, mit seinem gewohnten festen Schritt. Die anderen Geschworenen, die am entgegengesetzten Ende des Aufenthaltsraums Poker spielten, hörten sofort auf zu reden und sahen ihn an. Er brauchte nur zu nicken, und sie standen auf. Wortlos folgten sie ihm. Nur Robert blieb bei Clarissa stehen und wartete, bis sie das kostbare Muster zusammengefaltet hatte.

»Sie müssen ziemlich gut sein, um so was nähen zu können, oder?«, fragte er, bevor sie zu den anderen aufgeschlossen hatten. Er sprach leise, nur zu ihr, als flüsterte er ihr ein Geheimnis zu.

Am Abend ging sie allein zum Bahnhof. Robert musste einen früheren Zug nehmen, weil er sich in Bath um seinen beschädigten Wagen kümmern musste. Er konnte nicht warten.

Clarissa versuchte, nicht in den Schatten nach Rafe zu suchen. Sie stellte sich seine Reaktion auf DC Hughes' mündliche und schriftliche Verwarnung vor; bestimmt hatte er sie längst erhalten; bestimmt hatte er begriffen, dass er, wenn er sie nicht in Ruhe ließ, mit Strafverfolgung, Kontaktverbot und sogar Gefängnis zu rechnen hatte. Kein normaler Mensch konnte so etwas wollen.

Doch Rafe war kein normaler Mensch. Sie wurde das Gefühl

nicht los, dass er die verschiedenen Arten von Hindernissen nicht unterschied, die zwischen ihm und dem Objekt seiner Begierde standen: ob es eine polizeiliche Verwarnung oder eine richterliche Verfügung war, ausgesperrt oder eingesperrt zu sein. Für ihn bedeutete alles das Gleiche. Widerstände, die überwunden werden mussten, mit allen Mitteln, egal, welche Konsequenzen drohten; er würde alles sagen oder tun oder versprechen.

Als sie wieder in Bath war, verbannte sie die trüben Gedanken aus ihrem Kopf. Sie musste sich einfach darauf verlassen, dass alles gut werden würde, jetzt, da sie die Polizei eingeschaltet hatte.

Sie fuhr mit dem Taxi zum Supermarkt, um Milch, Obst und Eier zu kaufen. Sie hielt nicht den Atem an, als sie in den Gang mit den Putzmitteln einbog; sie erwartete ihn nicht hinter jeder Ecke.

Das letzte Stück nach Hause ging sie zu Fuß, allein im Dunkeln. Sie wusste, er würde an keiner der Querstraßen lauern. Sie wusste, er würde nicht plötzlich auftauchen. Nicht hinter der Ecke. Nicht auf ihrer Straße. Nicht auf dem Gartenweg zu ihrer Haustür. Nicht bei Miss Nortons Lavendelbusch. Seine üblichen Posten waren leer.

MITTWOCH

Ich kann es nicht lassen, ich muss in das neue Notizbuch schreiben. Selbst gestern Abend, als ich nach Hause kam, konnte ich die alte Gewohnheit nicht ablegen und habe die Seiten anschließend auf die spiegelglatte Oberfläche meines Scanners gelegt. Ich muss noch ein paar Dinge erledigen, bevor ich dich endgültig austreiben kann.

In zwei Tagen wird der Müll abgeholt. Obwohl die Polizei alarmiert und auf meiner Seite ist, traue ich mich noch nicht, von meiner neuen Gewohnheit abzulassen, alles zu zensieren, was am Freitagmorgen in den schwarzen Mülltüten vor der Haustür landet. Am liebsten würde ich eine Nachricht dazulegen. *Jetzt bist du dran, Arschloch.* Aber ich werde jetzt nicht anfangen, mit dir zu reden. Ich werde dir keine Warnung und keine nützlichen Informationen zukommen lassen. Und ganz bestimmt werde ich nicht den Zorn meiner Mutter auf mich ziehen und deinetwegen anfangen zu fluchen.

Sobald die codegesicherte Tür zum Geschworenenbereich hinter mir ins Schloss gefallen ist, gehe ich auf direktem Weg zur Damentoilette. Hier wirst du niemals reinkommen. Nicht mal du. Ich nehme die Tüte heraus, die ich fest verknotet habe, bevor ich aus dem Haus ging. Der Inhalt ist zu einem Klumpen zusammengepresst, und meine in Plastik verpackten Abfälle sehen aus wie ein unförmiger Luftballon. Ich habe die Abfallbeutel zugeknotet, in eine zweite Tüte gesteckt und auch diese verknotet; damit der Inhalt sicher verstaut ist und alle Gerüche drinbleiben.

Als ich die Tüte im Abfalleimer der Damentoilette entsorge, ärgere ich mich über diese Zumutung. Ich ärgere mich, dass ich überhaupt damit anfangen musste. Doch hier ist alles vor dir sicher. Die benutzten Binden der letzten fünf Tage. Die leere Packung Schlaftabletten, die ich viel zu oft nehme. Die Schachtel der neuen Körperlotion, die ich mir gekauft habe, und das Fußpeeling, das ich gerade aufgemacht habe. Die Wachsstreifen von heute Morgen, gesprenkelt mit den feinen Härchen von meinen Waden und Unterarmen. Die intimen Details dessen, was meinen Körper verlässt und was er aufnimmt, womit ich meine Haut einreibe, womit ich sie peele und enthaare, damit sie glatt ist, sind nicht für dich bestimmt. Und sie werden es auch nie sein.

Als sie aus der Toilette kam, sah sie Robert an einem der wackeligen Tische sitzen, wo er den dünnen Gerichtskaffee trank und Zeitung las.

Er schob ihr einen Stuhl hin und grinste, als sie sich setzte, mit ihrem riesigen Pappbecher mit Latte macchiato, den sie unterwegs in einem Café gekauft hatte. Sie brauchte den großen Kaffee; sie hatte nicht viel geschlafen. Aber diesmal war es aus Aufregung und Erleichterung gewesen, nicht aus Angst. Gestern Abend hatte sie sich gezwungen, auf die Schlaftablette zu verzichten; sie wollte davon loskommen, wollte glauben, dass es keinen Grund mehr dafür gab.

»Denken Sie nicht, ich hätte Ihren verächtlichen Blick auf meinen Kaffee nicht gesehen«, sagte Robert. »Alles in Ordnung mit der Familie?«

Einen Augenblick war sie verwirrt. Dann fiel ihr die Notlüge wieder ein, die sie den anderen gestern erzählt hatte, um ihre Verspätung zu erklären. »Ja. Danke.« Sie trank einen Schluck

Kaffee und hoffte, dass ihm die verzögerte Antwort nicht aufgefallen war. »Und Ihr Wagen?«

Er zuckte die Schultern, als wollte er sagen, das sei nicht der Rede wert. Seine Hand wirkte riesig um den kleinen weißen Kaffeebecher.

Unwillkürlich dachte sie über diese Hand nach. Eine Hand, die Körperteile aufsammelte. Unfallopfer aus zerbeulten Fahrzeugen herausschnitt, tot oder lebendig. Sie half ängstlichen alten Damen durch die Fenster der oberen Stockwerke und Drehleitern herunter. Sie kontrollierte den Wasserstrahl des Feuerwehrschlauchs mit der feinaustarierten Mischung aus fachmännischer Präzision, Erfahrung und Kraft. Sie zog Menschen aus brennenden Gebäuden oder grub sie aus dem Schutt.

Clarissa fragte sich, wie es sich anfühlen würde, von einer solchen Hand berührt zu werden.

Roberts Gesicht nahm wieder seine gewohnte Ausdruckslosigkeit an. Es gehörte zu seinem Job, seine Miene unter Kontrolle zu haben, er hatte ständig mit Menschen in Extremsituationen zu tun, mit Menschen, die Schmerzen hatten oder starben. Wahrscheinlich war diese körperliche und emotionale Disziplin eine Fähigkeit, die er auf alle anderen Lebensbereiche anwenden konnte, eine Fähigkeit, die er über viele Jahre entwickelt hatte, weil er sie jeden Tag brauchte. Doch konnte er diese Teilnahmslosigkeit auch bei Bedarf wieder abstellen?

Sie überlegte, was ihn aus der Fassung bringen könnte. Ihr fiel der Ritter auf dem Gemälde *La Belle Dame Sans Merci* von John William Waterhouse ein. Der Ritter kniete zu der Fee gebeugt, drohte das Gleichgewicht zu verlieren, entwaffnet, mit gesenktem Schwert. Und doch wirkte er stark in der Rüstung, mit seinem Helm und dem Waffenrock. Clarissa dachte, so musste Robert in der Schutzkleidung aussehen, wenn er ins Feuer ging.

Die Tür schwang auf. Annie kam auf sie zu. Der Junge mit den lila Haarspitzen begleitete sie, wie immer mit den farblich passenden Kopfhörern auf den Ohren. Annie schien ihn in unsichtbaren Handschellen neben sich herzuführen.

»Heirate sie nicht«, sagte sie gerade zu ihm. »Du bist zu jung zum Heiraten. Wenn du vierzig bist, verlässt du sie wegen einer Jüngeren, lässt sie sitzen mit drei Kindern und einem fetten Arsch.«

Der Junge wirkte eingeschüchtert. Flehend sah er Robert an, doch Robert griff nach seinem Rucksack und stand auf. »Zeit, die Sachen einzuschließen«, sagte er.

Als Clarissa ihm nachsah, fiel ihr auf, dass sie ihm seit ihrem ersten Gespräch nicht mehr in seine unglaublich blauen Augen gesehen hatte. Sie hatte sich nur flüchtige Blicke gestattet. Wenn die Gemälde und Gedichte der Romantiker sie eines gelehrt hatten, dann, wie gefährlich ein Blick war, ein echter, tiefer, intensiver Blick.

Mr Morden wirkte nervös, und Clarissa verstand schnell, weshalb. »Die nächste Phase der Verteidigung wird sich Mr Sparkles Polizeiverhören widmen«, begann er. Doch bevor er einen weiteren Satz sagen konnte, verlangte Sparkles Anwalt wütend nach juristischer Klärung, und die Geschworenen waren für den Rest des Tages entlassen.

Mittwoch, 4. März, 18:20 Uhr

Ich sehe ihn erst gar nicht, als ich nach Hause komme. Ich bin zu beschäftigt mit der wichtigen Aufgabe, meine Mütze abzunehmen und in die Tasche zu stecken. Deswegen übersehe ich den braunen Umschlag. Deswegen trete ich darauf und hinterlasse einen matschigen Schuhabdruck quer über der Ecke. Erst das Gefühl, etwas am Stiefel kleben zu haben, lässt mich nach unten sehen und den Umschlag aufheben. Wahrscheinlich hat Miss Norton gerade Mittagsschlaf gemacht, als er unter der Tür durchgeschoben wurde.

Mein voller Name ist darauf gedruckt. Ich hasse es, wenn du meinen vollen Namen benutzt, aber noch weiß ich nicht, dass der Brief von dir ist, also rege ich mich nicht auf. Es dauert noch ein paar Sekunden. Sonst ist nichts auf dem

Umschlag. Keine Adresse, kein Stempel. Aber ich erkenne dein Markenzeichen nicht, weil ich mir verboten habe, nach Zeichen von dir zu suchen. Das war mir wichtig. Und es ist mir allzu leichtgefallen.

Während ich wie im Traum die Treppe hinaufschwebe, in Gedanken noch bei meinem Spaziergang mit Robert, reiße ich abwesend den Umschlag auf und nehme den Inhalt heraus. Erst als ich deine Handschrift sehe, schlage ich mir gegen die Stirn und streiche mir mehrmals über den Kopf. Mein Haar lädt sich auf und steht in die Höhe, und ich sehe buchstäblich blaue Funken stieben. Als ich meine Hand bewege, folgen ihr die Haare wie magnetisiert.

Gegen die Wand gelehnt, die schwere Tasche über der Schulter, lese ich deinen Brief.

Du kennst Dich doch so gut mit »Blaubart« aus. Hier ist noch ein Märchen, zu dem ich gern Deine Meinung hören würde.

Du weißt, was der König in »Die drei Schlangenblätter« mit seiner schamlosen Frau getan hat. Sie und ihr Liebhaber wurden »in ein durchlöchertes Schiff gesetzt und hinaus ins Meer getrieben, wo sie bald in den Wellen versanken«.

Findest Du nicht, dass der König ein Narr war, weil er ihr die letzten Augenblicke allein mit ihrem Liebhaber geschenkt hat? Findest Du nicht, er hätte die Zeit lieber selbst mit ihr verbringen sollen?

Ich lande schnell und hart auf dem Boden der Tatsachen, nachdem DC Hughes mir erst gestern so große Hoffnungen gemacht hat. Es ist ein ähnliches Gefühl wie damals, als ich mir abends im Bett einredete, der morgige Schwangerschaftstest würde positiv ausfallen, nur um am Boden zerstört zu sein, wenn am nächsten Nachmittag die Klinik anruft oder weil ich einen Blutfleck in der Unterhose entdecke, noch bevor das Labor die Ergebnisse faxt.

Ich hole das Telefon und DC Hughes' Visitenkarte aus der

Tasche. Ich bekomme nur ein paar Worte heraus, aber es reicht, und er sagt, er sei schon unterwegs; ich müsse nicht selbst auf die Wache kommen, mein Fall habe höchste Priorität.

Langsam gehe ich die Treppe hinauf, will mich mit bewussten, vorsichtigen Bewegungen beruhigen, und mache mir eine Tasse Tee, um mich aufzuwärmen und den unangenehmen Geschmack aus dem Mund zu spülen. Und die unangenehme Formulierung aus dem Kopf zu kriegen.

Höchste Priorität. Eine zweifelhafte Ehre. Wie der Zugang zu einer perversen VIP-Lounge oder der direkte Weg in die Hölle.

Ich kann nicht aufhören, in Gedanken diese beiden Worte zu wiederholen. Höchste Priorität. Als hätte ich plötzlich eine Zwangsstörung. Höchste Priorität. Höchste Priorität. Höchste Priorität. Sie lassen mich nicht in Ruhe, als liefe eine Platte mit Sprung in meinem Kopf.

Bevor DC Hughes es ausgesprochen hat, wusste ich nicht, dass ich das bin. Ich habe den Gedanken nicht zugelassen, dass es so sein könnte. Dass du mich zu so etwas gemacht hast: zum Opfer in einem Kriminalfall von höchster Priorität.

Die letzten Augenblicke.

Er hätte sie lieber selbst mit ihr verbringen sollen.

Jetzt betrachte ich die Sache zum ersten Mal von außen. Selbst die Polizei nimmt meine Situation sehr, sehr ernst. Selbst die Polizei, die jeden Tag mit den schlimmsten Verbrechern zu tun hat, hält dich für sehr gefährlich. Für einen Fall von höchster Priorität.

DONNERSTAG

Donnerstag, 5. März, 9:30 Uhr

Ich sitze allein im Aufenthaltsraum der Geschworenen und versuche unsichtbar zu bleiben, selbst für Robert. Ich stelle mir vor, was sie mit dir machen. DC Hughes hat mir alles erklärt.

Die Polizei klingelt bei dir. Du wirst festgenommen. Sie belehren dich über deine Rechte und vernehmen dich. Wenn du nicht die Aussage verweigerst, gibst du wahrscheinlich mir die Schuld. Wahrscheinlich behauptest du, wir hätten eine Beziehung gehabt, und ich hätte dir nie gesagt, dass mir deine Aufmerksamkeiten nicht willkommen sind. Oder du sagst sogar, ich sei es gewesen, die dich belästigt habe.

Werden sie dir die Fotos zeigen? Wirst du dich darüber freuen? Ich versuche mir einzureden, dass sie dir nicht die Gelegenheit bieten werden, dich mit deinem Werk zu brüsten. Oder du hältst dich bedeckt, falls sie es tun – du willst nicht teilen, das gehört zu deiner Obsession. Egal, was sie tun, egal, wie du reagierst, es wird die enorme Beweislast nicht verringern.

Sie werden die Beweise an die Staatsanwaltschaft weiterleiten.

Dann wirst du hoffentlich im Sinne des Paragraphen zum

Schutz vor Belästigung wegen Belästigung und Gewaltandrohung angeklagt.

Du wirst dem Haftrichter vorgeführt und erhältst mit sofortiger Wirkung ein Kontaktverbot, auch wenn du auf Kaution freikommen wirst.

Wahrscheinlich bist du zum Wochenende wieder draußen. DC Hughes wird mir in den nächsten Tagen Bescheid geben. Doch auch wenn du wieder frei herumläufst, würdest du gegen das Gesetz verstoßen, wenn du dich mir näherst oder in irgendeiner Form Kontakt zu mir aufnimmst.

Das heißt, du kannst nicht einmal mehr zur Arbeit gehen. Die Personalabteilung muss wahrscheinlich juristischen Rat einholen. Sie werden Briefe rausschicken, um zu ermitteln, ob sie dich feuern können, sollen oder müssen. Du wirst vor Wut kochen. Würde ich dich nicht so hassen, tätest du mir leid. Aber ich kann mir Mitleid nicht leisten.

Vor allem kann ich es mir nicht leisten, mich vor dem zu fürchten, was passieren wird, wenn dir mit deinem Job der allerletzte Bezug zur Realität genommen wird. Und es gibt noch etwas, das mich in Gefahr bringt. Selbst wenn Robert mich irgendwie schützt, ist er eine Provokation für dich. Bei Laura war kein anderer Mann im Spiel, der deine Eifersucht erregt hat. Zumindest keiner, von dem ihre Eltern wussten – möglicherweise wusstest du mehr als sie, mit deinen Methoden.

Ich versuche mich damit zu beruhigen, dass der Verdacht sofort auf dich fällt, falls mir irgendwas passiert. Es ist ein tröstlicher Gedanke. Du weißt das auch. Bei Laura hat man nicht gegen dich ermittelt. Du konntest tun und lassen, was du wolltest. Das ist diesmal nicht der Fall. Trotzdem habe ich den leisen Verdacht, dass die Polizei nur so gründlich ist, um sich abzusichern, falls du mich am Ende umbringst; um sagen zu können, sie hätten all ihre Pflichten erfüllt. Hinter alldem steht die Tatsache, die mir die ganze Zeit bewusst war, auch wenn ich sie nicht aussprechen wollte: Du bist ein potentieller Mörder. Deswegen hat mein Fall höchste Priorität.

Sie saß in Saal 12 und dachte über das Rätsel um Lauras Verschwinden nach, an Mr und Mrs Bettertons unendliche Verzweiflung und an die Frau auf der Titelseite der schrecklichen Zeitschrift. Als Mr Morden aufstand, versuchte sie sich zu konzentrieren. »Detective Constable Mallory liest nun laut die Fragen vor, die er Mr Sparkle während der Vernehmung gestellt hat, und ich lese die Antworten. Sie hören Auszüge aus der Vernehmung.«

DC: Also, Isaac. Können Sie der Reihe nach beschreiben, was passiert ist, als Sie am Sonntagmorgen aufwachten?

IS: Ich hab Carlotta im Schlafzimmer gefunden. Sie lag aufm Bett, zusammengerollt, hat sich so in der Ecke verdrückt, genau gesagt. In dieser, wie heißt das, Embryostellung, oder?

Ich hab sie zu mir ins Wohnzimmer gewunken. Sie war 'n bisschen schüchtern ... bisschen still. Nicht wie am Abend vorher, wo sie noch mit mir, Godfrey und Azarola gequatscht hat. Also frag ich sie, ist was passiert, und sie, ja, die sind über mich hergefallen, ham sich an mir vergriffen.

DC: Wie haben Sie den Ausdruck »vergriffen« verstanden, Isaac?

IS: Weiß nicht. Ich meine, ich glaub, Sie wissen schon, diese Vergewaltigungsvorwürfe und das ganze Zeug, worüber Sie hier reden. Also hab ich sie gefragt, wer war das, und sie so, die zwei Großen, und ich dachte, sie meint Tomlinson und Doleman. Also sag ich später zu Tomlinson, Carlotta hat gesagt, du hast dich an ihr vergriffen, und er so, nee, da war nix, das ist nix gewesen. Aber er hat mich dabei nicht angeguckt. Wollte nicht drüber reden.

Statt direkt zum Bahnhof zu gehen, kehrten sie spontan in einem Bistro in der Nähe ein, das Robert entdeckt hatte. *Einen Happen essen*, sagten sie, um die Sache herunterzuspielen. *Es sieht so nett aus und liegt direkt auf dem Weg, wäre doch schade, es nicht mal auszuprobieren*, sagten sie, als sie lächelnd auf die rotgepolsterten Bänke rutschten.

Als sie ein Steaksandwich bestellte, sah Robert sie mit gespieltem Staunen an. »Sie essen Fleisch? Aus irgendeinem Grund hatte ich Sie für eine Vegetarierin gehalten.«

»Ganz bestimmt nicht. Aber ich weiß, wie peinlich es ist, dass ich mein Steak gut durch bestelle.« Henry hatten sich immer die Nackenhaare aufgestellt.

»Überhaupt nicht. Sie sollten Ihr Steak so bestellen, wie Sie es am liebsten mögen.«

Hundert Punkte, dachte sie und strahlte ihn an. »Ich bin froh, dass Sie das so sehen.«

Sie entschuldigte sich kurz und ging zur Toilette. Unterwegs kramte sie ihr Telefon heraus. Sie wollte nicht, dass Robert mitbekam, wie sie nachsah, ob DC Hughes eine Nachricht geschickt hatte. Doch es war keine gekommen.

Als sie zurückkam, schnappte sie nach Luft. Robert hielt ihr schwarzes Notizbuch in der Hand.

»Es ist runtergefallen, als Sie aufgestanden sind.« Er klang ruhig, nicht schuldbewusst; nicht wie jemand, der spioniert hatte. Er hielt ihr das Büchlein hin.

Sie nahm es, langsam und vorsichtig, und murmelte ein Dankeschön. Dann hielt sie die Spiralbindung zwischen Daumen und Zeigefinger und ließ es baumeln. Die Seiten flatterten an der Bindung und gaben ein unheimliches Quietschen von sich.

Robert schenkte ihr Mineralwasser ein. »Für den Fall, dass Sie sich das fragen, ich habe nicht hineingesehen.«

»Tut mir leid, wenn Sie denken, dass ich so was gedacht habe.« Sie verdrehte die Augen. »War das ein Zungenbrecher?«

Er lachte. »Kann sein.« Doch er war noch nicht fertig. »Nur damit Sie es wissen: Ich schnüffle nicht herum.«

Sie dachte daran, wie Henry die Papiere auf ihrem Nachttisch durchstöbert hatte und dabei zufällig auf das Informationsmaterial der Kinderwunschklinik gestoßen war, bevor sie den Mut gefasst hatte, ihm zu sagen, dass sie es versuchen wollte; an seine Wut, weil sie sich hinter seinem Rücken informierte; und dann seine schnelle Bereitschaft, mitzugehen und sein Versprechen zu halten. »Das weiß ich.«

»Sie vertrauen mir also?«

»Ja.«

»Gut. Es ist verständlich, dass Sie sich das gefragt haben.« Er trank einen großen Schluck von seinem französischen Bier. »Schreiben Sie einen Roman?«

Sie schüttelte den Kopf.

»Sie schreiben ständig. Sie scheinen richtig süchtig danach zu sein. Es muss ein echtes Kunstwerk werden.«

»Es wird eindeutig kein Kunstwerk.«

»Wenn Sie schreiben, bekommen Sie nichts davon mit, was um Sie herum passiert. Heute Morgen waren Sie am Schreiben, und ich habe Ihnen zugewinkt, aber Sie haben es nicht bemerkt. Annie hat ein Tänzchen aufgeführt, aber Sie haben einfach nicht von Ihren Notizen aufgesehen.«

»Wie schade! Ich hoffe, ich kann sie noch mal dazu überreden.«

»Sie haben uns nicht mal lachen gehört.«

Sie bedachte das Notizbuch mit einem vorwurfsvollen Blick. Es war kaum größer als die Hand, in der sie es hielt. »Es ist ein bisschen zu klein für einen Roman.«

»Egal, was Sie schreiben, es ist bestimmt gut.«

»Es ist nicht gut.« Sie schob das Notizbuch wieder in die Tasche, die sie sorgfältig schloss.

Die Kellnerin stellte die Teller vor ihnen auf den Tisch.

Clarissa betrachtete ihr Steaksandwich. Karamellisierte Zwiebeln quollen aus dem Baguette hervor und färbten das Brot tiefgolden. Vorsichtig biss sie ab und machte ein zufriedenes Geräusch, weil sie wusste, dass Robert sich darüber freuen würde, aber im Stillen verfluchte sie ihre Entscheidung, weil es so schwierig zu essen war. Kaum hatte sie das Sandwich zurück auf den Teller gelegt, wischte sie sich mit der Serviette den Bratensaft vom Mund. »Es schmeckt göttlich. Bezahlt meine Mutter Sie, damit Sie dafür sorgen, dass ich was esse?«

Ein Lächeln, ein kurzes Kopfschütteln, eine kurze Pause vor einem amüsierten, aber bestimmten »Nein«.

Es war schwer, das riesige Sandwich in den Mund zu bekommen. Sie schnitt ein kleines Stück Steak ab und lud sich ein paar Zwiebeln mit auf die Gabel. Dann tunkte sie die Gabel in das kleine Schälchen mit der Rotweinsoße, das am Tellerrand stand. Bevor sie den Bissen in den Mund schob, hielt sie inne. »Ich wollte sagen … das Notizbuch, Robert …«

Er hatte den Mund voll Bratkartoffeln und schluckte, bevor er richtig gekaut hatte. »Ach, machen Sie sich keine Gedanken deswegen.«

»Ersticken Sie gerade?«

Er antwortete mit einem übertriebenen Röcheln. »Schön, dass Sie sich Sorgen um mich machen.« Dann warf er einen Blick auf ihren Teller. »Aber Ihre Mutter zahlt nicht, wenn Sie Ihre Kartoffeln nicht aufessen.«

»Ich esse nur die knusprigen. Das sind die einzigen, die es wert sind.«

Er sortierte die knusprigen Kartoffeln auf seinem Teller aus und lud sie auf ihren.

»Meine Mutter wird Sie lieben.« Sie schob sich eine in den Mund.

Sein Telefon piepte. »Jack geht es nicht so gut. Sonst würde ich nicht gleich nachsehen.« Er zog das Handy heraus und las mit gerunzelter Stirn eine SMS. »Leider müssen wir bald los. Ich muss zu ihm. Muss ihn aus dem dunklen Tal holen, bevor er zu tief drinsteckt.«

Sie nickte verständnisvoll. »Freunde sind wichtig.« Sie dachte an Rowena. Sie fragte sich, ob sie noch eine Chance hätte, sie zurückzugewinnen, und gleichzeitig fragte sie sich, ob sie das wollte.

FREITAG

Genau wie Robert, dachte sie, als Azarola mit sicheren Schritten auf den Zeugenstand zuging und mit festem Blick in den Saal sah. Aufrecht, unerschrocken, in einem grauen Pullunder mit V-Ausschnitt über dem blütenweißen T-Shirt sah er mehr denn je aus wie ein spanischer Popstar.

»Sie behaupten, Sie erinnern sich nicht, was Sie an dem Wochenende taten, als diese junge Frau mutmaßlich entführt, gegen ihren Willen festgehalten und vergewaltigt wurde.« Mr Williams ging den Knaben hart an.

In hilfloser Verwunderung schüttelte Azarola den Kopf. »Genau. Ich kenne sie nämlich gar nicht. Hab sie nie gesehen. Ich war nicht dabei.« Er war zwar nicht ganz so groß wie Robert, doch mit seiner schmalen Taille und den langen Beinen hatte er die gleiche Statur.

»Und warum hat Ihr angeblicher Freund Mr Sparkle der Polizei dann erzählt, dass Sie dabei waren?«

»Er lügt. Er ist ein Konkurrent.« Wahrscheinlich mussten Feuerwehrmänner täglich Krafttraining machen. Häftlinge taten es freiwillig, wenn sie schlau waren. »Er will mich in den Knast bringen. Mich aus dem Weg haben.«

Robert und Clarissa gingen wie gewohnt zusammen zum Bahnhof. »Ich bin noch nie geblitzt worden«, erzählte er. »Ich habe noch nicht mal einen Strafzettel für Falschparken bekommen.«

»Waren Sie bei den Pfadfindern?« Sie strich sich das Haar über ihre kalten Ohren. Ihre Mütze steckte in der Tasche. Auch wenn Robert sie schon damit gesehen hatte, kam sie ihr plötzlich zu mädchenhaft vor.

»Nein.«

»Es war nur ein Witz. Entschuldigen Sie.«

Er sah nicht aus, als nehme er es persönlich. »Sie zittern ja. Haben Sie keine Mütze dabei? Nehmen Sie meine.«

Seine sah aus wie eine russische Kosakenmütze; dunkelblauer Fleece bedeckte beide Ohren. Sie kramte nach ihrer Mütze und tat überrascht, als sie sie fand.

»Hübsch«, sagte er.

»Meine Mutter hat sie gestrickt. Sie will nicht, dass ich friere.«

»Ihre Mutter scheint sehr weise zu sein.« Zufrieden, dass sie nun vor Frostbeulen geschützt war, setzte er das vorherige Thema fort. »Jungs brauchen einen geordneten Rahmen, um ihre Aggressionen abzubauen. Sie müssen lernen, sich zu disziplinieren. Dafür ist die Feuerwehr genau das Richtige. Wären unsere Freunde auf der Anklagebank mit achtzehn zur Feuerwehr gegangen, säßen sie heute nicht hier.«

»Aber nicht jeder wird genommen, oder? Man braucht doch gewisse Voraussetzungen.«

Er wirkte überrascht.

»Wie viel Prozent der Bewerber werden genommen?«, fragte sie.

»Jeder vierte. Es gibt Eignungstests, Persönlichkeitstests. Bei den Tests kann man nicht schummeln.«

»Ich wette, Azarola hätte es geschafft. Allein mit seinem Charisma.« Ihr Handy klingelte, und sie nahm es aus der Tasche. »Ich habe das Gefühl, er ist schlauer als die ganzen Anwälte zusammen.« Auf dem Display leuchtete DC Hughes' Name. »Entschuldigen Sie, Robert.« Sie nahm die Mütze wieder ab, um besser hören zu können. »Ich muss kurz rangehen.«

»Ich gehe ein Stück voraus. Wenn Sie fertig sind, holen Sie mich ein. Falls es länger dauert, sehen wir uns am Montag.«

Sie sprach wenig, während sie DC Hughes zuhörte. Sie sagte, sie sei auf der Straße, und ein Bekannter sei in der Nähe.

DC Hughes verstand sofort. »Ich setze Sie ins Bild, und Sie hören zu.« Er wollte nicht ins Wochenende gehen, ohne sie zu informieren, und er hatte jetzt gleich Feierabend.

Robert sah sich nach ihr um, und sie versuchte ihm zuzulächeln. Sie verdrehte die Augen, als wünschte sie, sie könnte den Anruf schnell beenden, und er ging weiter.

DC Hughes' Informationen stammten aus erster Hand; er war am Nachmittag vor Gericht dabei gewesen. Er warnte Clarissa, dass Mr Solmes' Version der Geschichte, auch wenn sie damit gerechnet hatten, für sie unschön und verletzend sein könnte.

Vor Gericht hatte Mr Solmes mit gesenktem Kopf dagesessen, während sein Anwalt erklärte, aus Sicht seines Mandanten sei das Ganze ein schreckliches, tragisches Missverständnis; ein trauriger Fall von mangelnder Kommunikation, der nie vor Gericht hätte landen dürfen. Selbstverständlich habe Mr Solmes nie die Absicht gehabt, Miss Bourne einzuschüchtern oder sie mit ungewollter Aufmerksamkeit zu belasten.

Die Fotos stammten von Sexspielen, die sein Mandant und Miss Bourne einvernehmlich und eindeutig auf Miss Bournes Verlangen hin vollführt hätten. Mr Solmes habe sich widerstrebend dazu bereit erklärt, um ihr einen Gefallen zu tun; er bedaure sehr, dass Miss Bourne etwas so Persönliches mit der Polizei geteilt habe.

Clarissa hatte einen Kloß im Hals. Sie versuchte sich zu räuspern und gab ein ersticktes Geräusch von sich. Robert drehte sich wieder nach ihr um. Sie überquerten gerade eine belebte Straße bei Grün. Anscheinend wollte er sicherstellen, dass sie unversehrt über die Straße kam.

Mr Solmes sei bestürzt, dass sie seine wunderschönen Blumen als Todesdrohung aufgefasst habe. Er fürchte, dass sie aus Stress oder emotionaler Erschöpfung eine Art Verfolgungswahn entwickelt habe.

Er habe geglaubt, sie würde seine Gefühle erwidern; sie hätten sogar gemeinsam einen Verlobungsring ausgesucht, den

Miss Bourne angenommen und behalten habe. Bis vor drei Tagen habe er keinen Grund zu der Annahme gehabt, Miss Bourne könne seit der Nacht im November, in der sie seinen Heiratsantrag angenommen habe, ihre Meinung geändert haben. Er sei völlig vor den Kopf gestoßen gewesen, als am Dienstag plötzlich die Polizei vor seiner Tür gestanden habe; den neuen Stand der Dinge müsse er erst einmal verdauen.

Trotz allem, was sie ihm angetan habe, löse Miss Bournes abweisendes und verzweifeltes Verhalten große Sorge um ihr Wohlergehen in ihm aus. Ihr Gesundheitszustand scheine sich sichtlich zu verschlechtern, und es sei bekannt, dass sie tablettensüchtig sei. Er habe sie nur so hartnäckig zu kontaktieren versucht, weil er ihr die dringend benötigte Unterstützung zukommen lassen wollte. Er habe sich sogar mit ihrer besten Freundin verständigt, um etwas zu unternehmen, aber Miss Bourne habe ihre Hilfe abgelehnt. Es sei ein Symptom ihres verzweifelten Zustands, dass sie nicht erkenne, wie dringend sie Hilfe brauche.

Mr Solmes empfinde es als schmerzhafte Ungerechtigkeit, dass ihn seine Güte und Menschlichkeit vor Gericht gebracht hätten. Er werde sofort jegliche Zuwendung zu Miss Bourne einstellen. Trotzdem habe er seinen Anwalt beauftragt zu erklären, dass er ungeachtet der Kränkung die ehrliche Hoffnung hege, Miss Bourne möge anderswo persönliche und medizinische Hilfe suchen; trotz allem sei Mr Solmes an ihrem Wohlergehen gelegen.

Der Richter habe ihm nichts davon abgekauft, sagte DC Hughes. Er habe ihn auf Kaution entlassen, aber er habe auch ein Kontaktverbot verhängt.

Mr Solmes' Anwalt habe Einspruch gegen das Kontaktverbot erhoben, weil es seinen Mandanten, der am selben Ort wie Miss Bourne arbeite, an der Ausübung seines Berufs hindere und damit seinen Lebensunterhalt und seine Karriere gefährde.

DC Hughes versicherte Clarissa schnell, dass der Richter seine Meinung trotzdem nicht geändert habe. Im Gegenteil, er habe Mr Solmes' Anwalt klipp und klar gesagt, dass sein Mandant mit einer erheblichen Gefängnisstrafe rechnen müsse, falls er gegen das Kontaktverbot verstoße.

DC Hughes riet Clarissa, wachsam und vorsichtig zu bleiben, doch er war optimistisch, dass Mr Solmes sie von nun an in Ruhe lassen würde.

In diesem Moment kam Clarissa zu einer bitteren Erkenntnis. Wahrscheinlich hatte sie Glück, dass sein Verhalten so extrem war. Ein Fall von höchster Priorität zu sein hatte seine Vorteile. Wäre Rafes Belästigung moderater ausgefallen, hätte die Polizei Clarissas Fall vielleicht nicht so ernst genommen. Vielleicht wäre sie überhaupt nicht eingeschritten, und es hätte kein Kontaktverbot gegeben. Vielleicht hätte Clarissa bis an ihr Lebensende mit seiner ständigen Gegenwart leben müssen; jede Minute ihrer Existenz verseucht von seinem langsam wirkenden Gift.

Alles, was sie nun wollte, war, ihr Leben wieder in die Hand zu nehmen, vollständig darüber zu verfügen und zu genießen, dass es allein ihre Privatsache war. Nie wieder würde sie das als selbstverständlich erachten, wie so viele Menschen es taten.

Als sie das Telefon einsteckte, war sie ruhiger. Kurz vor dem Bahnhof holte sie Robert ein, der auf sie wartete.

»Interessanter Anruf?«, fragte er beiläufig.

»Nein.« Sie schüttelte den Kopf, wie um sich selbst zu überzeugen. »Eine sehr langweilige Geschichte, die jetzt vorbei ist.«

Er zögerte kurz, schien sich jedoch nicht zurückhalten zu können: »Ich dachte, es ist vielleicht Ihr Freund. Oder ein Verehrer …«

»Oh nein. Wirklich nicht.« Roberts Gesicht entspannte sich. Sie sagte leise, schüchtern: »Ich habe keinen Freund, Robert.« Dann überlegte sie, wie sie es formulieren sollte, ohne sich allzu weit von der Wahrheit zu entfernen. »Es war ein Kollege. Es gab da ein Problem, das mir ziemlich zu schaffen gemacht hat, etwas, das mit der Arbeit zu tun hatte, aber er hatte gute Neuigkeiten. Das Problem ist gelöst.«

Sie standen vor den Drehkreuzen.

»Das ist gut«, sagte Robert.

Sie nickte. »Ja.« Sie schob ihre Fahrkarte in den Schlitz und passierte die Sperre. »Es ist sehr, sehr gut. Ich will keinen Gedanken mehr daran verschwenden.« Sie blieben vor der Treppe stehen, die zu den Zügen führte. »Ich habe keinen Freund.« Sie sah ihm tief in die strahlend blauen Augen. »Und es gibt nur einen, mit dem ich gern zusammen wäre.«

SAMSTAG UND SONNTAG

Am Wochenende probierte sie aus, ob sie es schaffte, sich frei zu fühlen und sich nicht ständig umzublicken. Am Samstag schlenderte sie durch die Innenstadt, ging auf dem Markt einkaufen und fragte sich, wie es hatte passieren können, dass Polly Horton hier beinahe von Godfrey entführt worden wäre; an einem Ort, der so belebt war und so sicher wirkte.

Sie setzte sich in ein Café. Während sie auf ihren Latte macchiato wartete, schrieb sie eine SMS an Caroline und fragte, ob sie am Abend zufällig Zeit hätte, zum Essen zu kommen, auch wenn sie befürchtete, Caroline könne beleidigt sein, nachdem Clarissa ihre Einladung zum Mittagessen vor zwei Wochen ausgeschlagen hatte. Doch Caroline antwortete schon nach wenigen Sekunden, sie komme um acht und freue sich darauf, Clarissa in ihren streng geheimen Plan einzuweihen, wie sie die Uni umstrukturieren wolle.

Der Kaffee war immer noch nicht da, also schickte sie auch eine SMS an Rowena. *Du fehlst mir. Hab dich lieb.* Das war alles. Diesmal bekam sie keine Antwort. Wahrscheinlich würde Rowena das seidene Nachthemd, das Clarissa ihr am Morgen geschickt hatte, in Stücke reißen, aber sie verdrängte den Gedanken und versuchte stattdessen, sich auf Carolines Besuch zu freuen.

Sie kaufte rote Tulpen, die ersten der Saison, und Oliven, geschmorte Tomaten, mit Ricotta gefüllte Paprika, süßes dunkles Roggenbrot, handgemachten Halloumikäse und eine Flasche ihres Lieblings-Amarone. In dem französischen Schokoladenladen kaufte sie Pralinen und Trüffel und Kakaomandeln. Außerdem besorgte sie die Zutaten für den Rinderschmortopf ihrer Mutter.

Als sie nach Hause kam, erwarteten sie weder Briefe noch Päckchen. Auf dem Bord lag nur die Kreditkartenabrechnung, die ihr geradezu erfreulich vorkam.

Am Sonntag machte sie einen langen Spaziergang durch die menschenleeren Felder, wo Henry und sie in der spätsommerlichen Dämmerung die Füchse beobachtet hatten. Es kam ihr immer magisch vor, dass ein so idyllischer Ort so nah bei der Stadt lag.

Sie genoss das Federn des Mooses unter den Füßen, als sie den verwilderten Friedhof neben einem kleinen Bauernhof durchquerte. Der Anblick von frischen Blumen und einem neuen Teddybären auf dem Grab eines Kindes, das vor vierzig Jahren gestorben war, rührte sie. Kamen die Gaben von der Mutter? Wahrscheinlich war sie längst eine alte Frau, aber Clarissa würde es nicht überraschen, wenn sie nach all der Zeit immer noch um ihr Kind trauerte. Clarissa wusste, dass ein Kind nie durch ein anderes ersetzt werden konnte, doch sie wünschte der trauernden Mutter trotzdem, dass sie wenigstens noch ein weiteres Kind hatte.

Erst als die Sonne so tief stand, dass sie die Inschriften kaum noch entziffern konnte, hörte sie auf, die Namen und Jahreszahlen auf den steinernen Engeln und verschnörkelten Kreuzen zu lesen. Erst dann schob sie die Geschichten beiseite, die sie sich über die zu jung Verstorbenen ausgedacht hatte, und versuchte nicht daran zu denken, dass auch Laura dazugehören könnte.

Woche 6
Der verbotene Schlüssel

MONTAG

»Er ist intelligent«, sagte Annie in den Raum hinein.

Sie saßen im Nebenzimmer und warteten darauf, in Saal 12 zurückgerufen zu werden, wo sie Mr Mordens letztem Versuch lauschen würden, den sattelfesten Azarola von seinem hohen Ross zu holen. Den ganzen Tag über war Mr Morden von Mr Williams' Einsprüchen ausgebremst worden, und die Geschworenen mussten mehrfach den Saal wieder verlassen, kaum dass sie sich gesetzt hatten.

Annie beugte sich zu Clarissa und flüsterte: »Hübscher BH. Meinst du, Azarola steht auf pinke Seide?«

Annies Flüstern war nicht sehr leise. Wahrscheinlich hatte Robert an seinem gewohnten Platz ihr gegenüber alles gehört, auch wenn er geflissentlich so tat, als wäre nichts.

Clarissa versteckte ihren BH-Träger unter dem Pullover. »Das hättest du mir auch früher sagen können, Annie.«

»Und deine Wangen passen jetzt farblich genau dazu«, stellte Annie fest. »Das gefällt mir viel besser als deine übliche Geisterblässe.«

Wendy saß auf Clarissas anderer Seite und schrieb gerade eine SMS an ihren Freund, doch nun sah sie auf. »Besteht die Chance, dass Azarola eines Tages seine Fähigkeiten für etwas Gutes einsetzt?«

»Ich glaube nicht.« Annie lehnte sich wieder zurück. »Und

ich fürchte, wir werden diejenigen sein, die den Bösewicht wieder auf die Menschheit loslassen.«

Mr Morden musterte Azarola mit unverhohlener Abneigung. »Sie haben Mr Williams erzählt, Ihr Handy sei während Miss Lockyers Entführung auf der Route nach London geortet worden, weil Sie es einem Ihrer Jungs gegeben hätten, einem Mann namens Aaron. Falls Sie tatsächlich nicht dabei waren, würden Sie uns bitte Aarons vollen Namen nennen?«

Ein Lächeln, ein kurzes Kopfschütteln, eine kurze Pause vor einem amüsierten, aber bestimmten »Nein«. Clarissa fiel auf, dass Robert manchmal genau das gleiche Mienenspiel einsetzte.

»Es gibt keinen Aaron.« Mr Morden sah so wütend aus, dass sie fürchtete, er würde die Fassung verlieren. »Das wissen Sie. Das wissen die Geschworenen. Sie waren es, der mit im Transporter saß.«

Montag, 9. März, 18:20 Uhr

Auf dem Umschlag steht keine Adresse, aber Miss Norton hat einen gelben Zettel draufgeklebt. *Clarissa, das kam heute Morgen. Wahrscheinlich für Sie? Bitte klingeln Sie, falls ich mich irre.* Noch bevor ich den Umschlag öffne, weiß ich, dass Miss Norton sich nicht irrt. Miss Norton irrt sich nie.

In dem Umschlag steckt das nächste Foto deiner Serie, als hättest du ein geschmackloses Daumenkino gebastelt. Du hast nur ein Detail geändert. Du hast aus einem meiner Strümpfe ein U geformt. Die Mitte hast du mir um den Hals gelegt. Die Strumpfspitze und den oberen Saum hast du an den Bettpfosten geknotet.

Ich versuche mich genau an die Spuren zu erinnern, die ich am nächsten Morgen an meinem Körper fand. Ich hatte keine Male am Hals. Das weiß ich ganz sicher. Sie wären mir aufgefallen.

Der Strumpf ist reine Dekoration, wenn man dieses Wort verwenden will; er spiegelt deinen schlechten Geschmack. Doch er übermittelt auch eine Botschaft, keine sehr subtile: Du willst mich erwürgen, und du könntest es leicht tun, du hattest die Chance und hast es nicht getan, aber beim nächsten Mal wirst du nicht so gnädig sein.

Ich zwinge mich, noch einmal genau hinzusehen und darauf zu achten, ob du mich mit deinem provisorischen Strick wirklich nicht verletzt hast. Doch so abschreckend und bedrohlich das Foto ist, du hast mir die Schlinge nur locker umgelegt.

Ich versuche mit aller Kraft, rational zu denken. Es spielt keine Rolle, dass du vor der Polizei und deinem Anwalt behauptet hast, es sei ein einvernehmliches Spiel gewesen, so wie du es damals bei Laura getan hast. Es spielt keine Rolle, dass dieses Foto noch abstoßender und angsteinflößender ist als das letzte. Das Einzige, was eine Rolle spielt, ist, dass du es gerade mal ein Wochenende lang geschafft hast, dich an das Kontaktverbot zu halten. Mit dem Übertritt des Verbots hast du eine Straftat begangen, und das bedeutet, dass du innerhalb der nächsten vierundzwanzig Stunden wieder vor Gericht landest und diesmal mit Sicherheit ins Gefängnis gehst. Mindestens für achtzehn Monate, hat DC Hughes gesagt: Der Richter hat dich ausdrücklich gewarnt, dass eine Missachtung des Verbots mit aller Härte geahndet werde. Außerdem wird dir jeder Kontakt zu mir bis an dein Lebensende untersagt sein.

Ich werde dich los sein. Dann endlich werde ich wirklich sicher sein und meine Freiheit wiederhaben. Du hast mir mit diesem Foto einen Gefallen getan. Die Peinlichkeit, es DC Hughes vorzulegen, werde ich überleben.

Ich rufe ein Taxi und lasse mich direkt zur Polizeiwache bringen, wo ich den Rest des Abends bei weiteren Vernehmungen verbringe; langsam werde ich zur Expertin, genau wie Lottie es gewesen sein muss.

Danach fährt mich der junge Polizist nach Hause, der mir

bei meinem ersten Besuch auf der Wache geholfen hat, und ich bin froh, ihm endlich dafür danken zu können, dass er mich nicht wieder nach Hause geschickt hat, obwohl die Wache offiziell noch geschlossen war. Er lächelt freundlich, während er sich auf die Straße konzentriert, und erklärt, das sei sein Job, dafür sei er da, und er sei froh, dass er helfen konnte.

Als er mich dann von der Seite ansieht, werde ich rot und zittrig und starre in meinen Schoß, weil ich plötzlich überzeugt bin, dass er die Nacktfotos von mir kennt. Ich versuche den Gedanken zu verdrängen, versuche mir einzureden, dass ich es nicht wissen kann. Ich sage mir, dass wenn er sie gesehen hat, dann aus rein professioneller Notwendigkeit. Ich versuche mich darauf zu konzentrieren, dass ich das letzte und schlimmste Foto deiner scheußlichen Serie der Polizei gerade erst gegeben habe – in diesem Moment wird es wahrscheinlich von weiteren Beamten studiert. Was macht es also für einen Unterschied, ob dieser junge Mann weiß, wie ich nackt und gefesselt aussehe; deinetwegen ist er bei weitem nicht der Einzige.

Als der Polizist in meine Straße einbiegt, den Wagen parkt und darauf besteht, mich ins Haus zu bringen, habe ich mein Gesicht wieder unter Kontrolle, und meine Hände zittern nicht mehr. Er sieht mit mir zusammen nach, ob weitere Post angekommen ist, dann bringt er mich nach oben in meine Wohnung.

Um mich zu beruhigen, muss ich zu den Tabletten greifen, aber als ich in tiefen, betäubten Schlaf sinke, weiß ich, dass du wieder hinter Gitter wanderst. Es wird passieren, während ich träume. Und du wirst nicht so bald wieder herauskommen.

DIENSTAG

Clarissa schlenderte über den Bauernmarkt. Er war bereits im Gefängnis, saß in Untersuchungshaft. Diesmal gab es keine Kaution. Sie hatte es am Morgen von DC Hughes erfahren, der zwei Wochen Urlaub vor sich hatte und ihr vorher Bescheid sagen wollte, dass sie sich keine Sorgen mehr zu machen brauche; Mr Solmes sei fürs Erste außer Gefecht gesetzt.

Sie trug dicke Socken in den Stiefeln. Wie immer hatte sie heute Morgen die Schublade mit den halterlosen Strümpfen durchgesehen, aber sie hatte es nicht über sich gebracht, sie anzuziehen. Jetzt waren ihre Oberschenkel nackt, und sie fror unter dem Mantel und Rock. Das machte sie wütend.

»Für mich sind Sie die Lady von Shalott«, sagte eine Stimme. Robert war nur ein paar Meter hinter ihr, und ihre Wut war augenblicklich verraucht. »Ist das gut?«

»Trinken Sie einen Kaffee mit mir. Wir haben Zeit.« Er schob sie auf das Stehcafé an der Ecke zu. »Tomlinson im Zeugenstand wird kein Zuckerschlecken. Dafür müssen wir uns stärken.« Er brachte ihr einen Latte, stellte den Zucker daneben und hielt ihr ein altes Buch hin.

Es war eine schmale Ausgabe der Ballade der *Lady von Shalott* von Alfred Tennyson, nur das eine Gedicht, illustriert mit sorgfältig platzierten Reproduktionen einzelner Szenen von verschiedenen Malern. »Wunderschön«, sagte sie. »Wie kann es sein, dass ich diese Ausgabe noch nie gesehen habe?«

»Ich habe sie aus einem Antiquariat«, erklärte er.

Sie blieb an dem Gemälde von John William Waterhouse hängen, auf dem die Lady im Boot aussieht, als hätte sie einen kleinen Babybauch – die Phantomschwangerschaft ihres Begehrens nach Lancelot und seinem Kind, während sie auf Camelot und den Tod zutreibt. Clarissa erzählte Robert von ihrer Interpretation, dann bereute sie es, weil sie fürchtete, er könnte denken, sie würde noch immer überall Babys und schwangere Frauen sehen.

»Das wäre mir nie aufgefallen«, sagte er, vielleicht mit unterdrückter Belustigung. Er zögerte, bevor er weitersprach. »Ich würde Sie gern zeichnen. Lassen Sie mich, wenn das alles hier vorbei ist?«

Sie stellte sich vor, wie es wäre, für ihn Modell zu sitzen, so zu sitzen, wie er es wollte, sich von ihm betrachten zu lassen. Er würde sie nicht nur betrachten. Er würde sie berühren. Und sie würde ihn berühren.

Und es würde keinen Rafe geben, der sie ausspionierte, nicht mehr.

»Ja.« Ihre Stimme war leise. Sie hielt ihm das Buch hin. Es war eine seltene und kostbare alte Ausgabe, und unwillkürlich fragte sie sich, ob er das Buch erstanden hatte, nachdem er sie kennengelernt hatte. Sie fragte sich, ob er sich erst, seit er sie kannte, für Gedichte und Gemälde interessierte und ob er sie mit dem Buch beeindrucken wollte wie ein Schüler seine Lehrerin. Die Vorstellung rührte sie.

»Es gehört Ihnen«, sagte er.

»Das kann ich nicht annehmen.« Sie legte das Buch vorsichtig auf den Tisch. »Das ist viel zu kostbar.«

Er legte die Hand auf das Buch. »Es ist für Sie gemacht.«

Sie hatte sich daran gewöhnt, Geschenke abzulehnen, sie als Angriff zu werten. Aber dieses war anders.

Also nahm sie all ihren Mut zusammen und legte die Hand zu seiner auf das Buch. Sie drückte mit den Fingerspitzen ganz leicht gegen seine. Die Geste war unmissverständlich; er konnte nicht denken, die Berührung wäre zufällig. »Danke«, sagte sie leise.

Anthony Tomlinson stampfte zum Zeugenstand. Er trug dunkle Jeans und ein langärmeliges weißes Hemd, das ihm über die Hose und den dicken Bauch hing. Seine Krawatte rührte sie, so erbärmlich war sein gescheiterter Versuch, sich für die Gelegenheit schick zu machen.

Er erzählte seine Version dessen, was passiert war, als er und Doleman aus dem Nachtclub zurückkamen. »Die anderen haben geschlafen. Carlotta saß wach im Sessel. Hat gefragt, ob wir ihr Drogen für Sex geben. Es war ihre Idee. Ich hab extra nachgefragt: ›Bist du sicher?‹ Sie hat ja gesagt. Sie hat uns ins Schlafzimmer geführt. Ich habe ihr ein Päckchen Koks und ein Päckchen Heroin gegeben. Sie hat beides geraucht.«

Sally Martin hatte ausgesagt, dass Lottie als Prostituierte vierzig bis achtzig Pfund nahm, je nachdem, ob der Kunde Oralsex oder das volle Programm wollte. Laut Tomlinson hatte Lottie ihnen für Drogen im Wert von zwanzig Pfund einen Dreier angeboten. Es passte einfach nicht zusammen.

Mr Morden sprang auf wie ein Boxer, der Schläge austeilen wollte. »Sie sagen, Miss Lockyer hätte jederzeit aus dem Transporter aussteigen können?«

»Ja.«

»Darf ich die Geschworenen bitten, in ihren Ordnern Seite 82 aufzuschlagen?«

Wieder der weiße Transporter. Und etwas an der Innenseite der Tür. Clarissa konnte nicht fassen, dass es ihr bis jetzt nicht aufgefallen war. Sie beugte sich vor, um besser sehen zu können, stellte die Füße anders hin und trat dabei auf ihre Tasche, die sie beim Hinsetzen unter den Tisch geschoben hatte.

Das Schrillen ist laut und durchdringend. Alle schauen mich an. Die Geschworenen halten sich die Ohren zu.

Ich verstehe nicht, was los ist. Ich verstehe nicht, dass es deinetwegen passiert. Wieder hast du mich gefunden.

Alles passiert wie in Zeitlupe, wie eine Pantomime unter Wasser. Robert dreht sich zu mir um und schafft es, gleichzeitig eindringlich und gelassen zu wirken. Seine Lippen bewegen sich geräuschlos. Sie scheinen das Wort »unten« zu bilden. Er klopft auf meinen Tisch. Annie bückt sich, und als sie wieder hochkommt, wie um Luft zu holen, stellt sie meine Handtasche vor mir auf den Tisch.

Ich hebe die Tasche hoch, und die Lautstärke steigt an. Wie in einem hektischen Alptraum fange ich an, den Inhalt der Tasche auszuleeren, ohne daran zu denken, dass alle zusehen. Mein Geldbeutel, eine Bürste, Lippenbalsam, mein ausgeschaltetes Telefon, ein Schnittmuster, Handcreme, Roberts kostbares Buch, Schlüssel, Notizbuch.

Die Sirene schrillt die ganze Zeit, so durchdringend, dass ich das Gefühl habe, sie hört nie wieder auf. Und dann habe ich es, das silberne Ding, nicht größer als ein Schlüsselanhänger, das in meiner Hand weiterkreischt. Der Taschenalarm, den DC Hughes mir gegeben hat. Ich hatte ihn ganz vergessen. Anscheinend bin ich mit dem Fuß auf den Auslöser getreten und habe ihn in der Tasche aktiviert.

Ich ziehe an der Schnur, mit zitternden Händen, aber es passiert nichts. Ich suche nach einem Knopf, um ihn abzustellen, doch ich finde keinen, kann ihn nicht abschalten, kann mich nicht daran erinnern, was DC Hughes mir erklärt hat. Die Brandwunden an meinen Fingern fangen an zu pochen, obwohl sie längst verheilt sind, und meine Finger sind steif, als wären sie immer noch verbunden. Roberts Hände sind auf meinen, und er nimmt mir den Alarm ab. Dann dreht er einmal kräftig daran, und es ist still.

»Tut mir leid.« Als ich spreche, werde ich mir der Grenzüberschreitung bewusst, die meine Stimme in diesem Saal bedeutet. Meine Ohren klingeln. Die Worte sind laut und hallen. Ich bin mir sicher, dass mein Gesicht puterrot ist. Ich sehe zur Anklagebank. Vier der fünf Männer schauen mich an, Azarola unergründlich wie ein Pokerspieler, Tomlinson und Sparkle mit so was wie Mitleid, Godfrey verächtlich und verärgert. Nur Doleman starrt geradeaus wie ein Wachsoldat vor dem Buckingham Palace.

Vielleicht wirft der Richter mich über Nacht ins Gefängnis, wegen Missachtung des Gerichts. Ich habe Angst aufzuschauen, aber ich zwinge mich dazu, blicke den Richter kurz an und sehe den wohlmeinenden Ausdruck in seinem Gesicht.

Mr Morden und Mr Harker werfen mitfühlende, aufmunternde Blicke in meine Richtung. Der Mann links neben mir – der fast nie auf irgendetwas reagiert – tätschelt mir umständlich, aber solidarisch den Arm. Jemand reicht Annie den Wasserkrug, und sie schenkt mir einen Plastikbecher ein, drückt ihn mir in die Hand, sieht zu, wie ich trinke, und nimmt ihn mir zufrieden wieder ab. Auch Robert dreht sich um, um nachzusehen, wie es mir geht.

Ein Tag, der mit Robert und seinem Buch so schön angefangen hatte, hat sich in einen Alptraum verwandelt. Selbst aus dem Gefängnis machst du mir noch das Leben schwer. Doch all die Güte um mich herum ist stärker als du. Selbst in einem Saal voller Bosheit und Angst und Gemeinheit ist die Güte stärker.

Auf das Nicken des Richters hin setzte Mr Morden die Vernehmung fort und ließ die Unterbrechung entschieden hinter sich. »Bitte lesen Sie dem Gericht laut vor, was auf dem Schild an der Innentür des Transporters steht.«

Tomlinson las: »*Warnung: Diese Tür kann nur von außen geöffnet werden.*«

»Was bedeutet, nicht von innen«, sagte Mr Morden. »An der anderen Tür klebt das gleiche Schild. Behaupten Sie immer noch, dass Miss Lockyer einfach die Tür hätte öffnen und gehen können, Mr Tomlinson?«

Dienstag, 10. März, 16:40 Uhr

Ich habe nichts mitbekommen von dem, was Mr Morden gesagt hat, doch ich spüre an einer Veränderung in der Luft, dass er wichtige Dinge gesagt hat.

Den Blick auf den Boden gerichtet, stolpere ich wie betäubt aus Saal 12. Ausnahmsweise träume ich nicht davon, mit Robert zum Bahnhof zu gehen. Ich stelle mir nicht vor, wie ich neben ihm im Zug sitze. Ich frage mich nicht, ob ich den Mut aufbringen werde, ihn versehentlich-absichtlich zu berühren. Ich male mir nicht aus, wie ich mich an ihn drücke und so tue, als wären die anderen im überfüllten Zug daran schuld. Ich bin nicht voller Pläne und Phantasien wie sonst am Ende des Tages vor Gericht, mein heimliches Vergnügen.

»Clarissa.«

Ich habe das Ende der Treppe erreicht. Verwirrt sehe ich mich um, als hätte Robert mich gerade aufgeweckt. Ich habe nicht einmal bemerkt, dass er direkt hinter mir ist. Das passiert mir zum ersten Mal.

Wieder hast du alles andere überwältigt. Du hast mich überwältigt. Weil ich es zugelassen habe. Ich werde es nicht noch einmal zulassen.

»Ich glaube, das hier gehört Ihnen.« Behutsam legt Robert den Alarm in meine Hand.

»Vielleicht lasse ich ihn morgen zu Hause.« Ich schiebe ihn in meine Handtasche.

»Morgen ist ein neuer Tag.«

Zu meiner Überraschung lächle ich. »Der Tag heute hatte so gut angefangen.«

Ich sage mir, es war nur ein falscher Alarm. Ich sage mir, ich sollte dankbar sein, dass ich den Alarm nicht mehr brauche.

Und das Notizbuch brauche ich auch nicht mehr. Ich schwöre, ab morgen bist du nie wieder die Gegenwart, zweite Person Präsens für mich. Nie wieder. Es reicht. Du bist es nicht mehr.

MITTWOCH

Mr Morden schüttelte sich kurz, als müsste er sich für eine unangenehme Konfrontation wappnen. »Finden Sie Carlotta Lockyer attraktiv?«

»Sie müssen eine Frau nicht attraktiv finden, um mit ihr zu schlafen. Ich dachte, ich tu ihr einen Gefallen.«

Annies Hand fiel mit einem leisen Klatschen auf den Tisch.

Mr Morden hatte es die Sprache verschlagen, und so redete Tomlinson einfach weiter. »Ich hatte Drogen. Sie wollte Drogen. Es war ihre Idee. Sie hat gesagt, sie gibt mir Sex für Drogen. Es hat nur 'n paar Sekunden gedauert – hat sich irgendwie scheiße angefühlt. Ich hätte nicht mal gedacht, dass so was als Sex zählt, aber mein Anwalt hat gesagt, dass es immer als Sex zählt, wenn der Penis in der Scheide ist, egal wie kurz.«

Mr Morden sah aus, als müsste er sich übergeben. »Ich habe keine weiteren Fragen an den Zeugen.«

Robert schüttelte den Kopf, als die Tür des Gerichtssaals sich hinter ihnen schloss. »Was für ein Kotzbrocken.« Er traf die Aussage, ohne die Stimme zu heben. Die anderen nickten zustimmend.

»Oh Mann«, sagte Annie. »Sex? Sie meinen, wenn ich meinen Penis in Ihre Scheide stecke, zählt das wirklich als Sex?«

»Hören Sie auf«, sagte Grant.

Ein paar Minuten später saßen Clarissa, Annie und Robert in einer Weinbar um die Ecke. Es war Roberts Idee gewesen. Annie fiel fast vom Stuhl, als sie aufblickte und Grant an ihrem Tisch stehen sah, im Begriff, sich dazuzusetzen. »Mit Ihnen sind wir in Sicherheit, Clarissa«, sagte er. »Falls jemand angreift – wir haben ja Ihren Alarm.«

»Gibt es eigentlich einen bestimmten Grund dafür?«, fragte Robert betont beiläufig.

Sie antwortete so wahrheitsgemäß wie möglich. »Ich habe ganz vergessen, dass ich ihn hatte. Jemand hat ihn mir vor einer Weile gegeben.«

»Mal im Ernst, Clarissa.« Grant setzte sich. »Wie groß sind Sie? Eins sechzig? Und wiegen 45 Kilo? Sie haben gesehen, wie groß die Jungs sind. Die könnten Sie einfach über die Schulter werfen und wegtragen.«

Sie hielt das riesige Rotweinglas schräg, zu dem Robert sie eingeladen hatte, sah zu, wie der Wein schwappte, und spürte, wie er ihr zu Kopfe stieg.

»An so was will ich gar nicht denken«, sagte Robert.

Robert war schon bei seinem dritten Pint, aber die einzig sichtbare Wirkung, die das Bier auf ihn hatte, war, dass sein Blick auf ihr ruhte, wann immer sie zu ihm sah.

Annie spielte mit ihrem halbleeren Bierglas. »Genau deswegen gibt es Taschenalarme.«

»Für Leute, die damit umgehen können«, stellte Clarissa fest. »Und zu denen gehöre ich bekanntermaßen nicht.«

Grant verschränkte die Arme und streckte die Beine aus, so dass er fast auf dem Stuhl lag. »Tomlinson ist groß. Ungefähr so wie ich. Und sie hat etwa Ihre Größe, Clarissa. Jetzt stellen Sie sich mal vor, er säße mit den Knien auf Ihren Schultern, so wie Miss Lockyer gesagt hat, dass es beim Blowjob war. Der würde Ihnen doch alle Knochen brechen.«

Sie richtete sich auf. »Auf dem Foto hat man gesehen, wie niedrig die Matratze und das Bettgestell waren. Laut Tomlinson lag sie angeblich auf dem Rücken auf dem Bett, während er davorstand. Das geht gar nicht. Ihr Kopf wäre nicht hoch genug.«

»Probieren wir es aus, Clarissa. Überzeugen Sie mich. Hier und jetzt.« Grant zeigte hinter den Tisch. »Hier ist jede Menge Platz.«

Sie sah Robert an. Er presste die Lippen zusammen. Seine Augen wurden schmal.

»Vielleicht kann Ihre Frau bei Ihren Nachforschungen behilflich sein.« Sie griff nach ihrem Mantel und der Tasche.

»Oder vielleicht eine Gummipuppe?« Auch Annie sammelte ihre Sachen ein.

»Bis morgen«, sagte Clarissa. Sie wagte noch einen Blick zu Robert. Bitte, komm mit, dachte sie. Komm mit mir!

Mit einem Zug trank Robert den Rest des Bieres aus, dann stand er auf und sagte genau die Worte, auf die Clarissa gehofft hatte. »Ich komme mit Ihnen, Clarissa.«

»Robert kann dein neuer Alarm sein«, sagte Annie.

»Das wäre schön«, sagte sie, an beide gewandt.

Im Zug ließ sie sich auf einen Fensterplatz fallen. Er setzte sich neben sie. Sie roch das Bier in seinem Atem. Sie wollte es schmecken. Er starrte sie an und sagte ihren Namen auf die schlichte, bestätigende Art, die ihr so gut gefiel, seit sie sich über dem japanischen Schnittmusterbuch zum ersten Mal unterhalten hatten. Dann beugte er sich vor und küsste sie auf den Mund, ganz kurz, bevor er sich wieder aufrichtete und sie sich beinahe fragte, ob es wirklich passiert war.

Als der Zug in Bath einfuhr, beugte sie sich über ihn und griff nach ihrer Tasche, die auf dem Boden stand. Sie wusste, dass er den Duft ihres Shampoos riechen würde. Sie stiegen aus, und er ging neben ihr die Treppe hinunter, durch die Drehkreuze, aus dem Bahnhof hinaus. Seine Hand war auf ihrem Arm. Er führte sie zum Taxi und stieg nach ihr ein.

Sie wusste nicht, wie sie aus dem Taxi gestiegen waren, erinnerte sich nur vage, dass sie dem Fahrer Geld gegeben hatte, nach dem Schlüssel suchte, irgendwie ins Haus kam und Robert sogar noch Miss Norton vorgestellt hatte, die aus ihrer Wohnung gekommen war, um sie im Flur abzufangen. Miss Norton strahlte, als Robert ihr sanft die Hand schüttelte, dann verabschiedeten sie sich schnell und gingen hinauf in Clarissas Wohnung.

Kaum war die Tür ins Schloss gefallen, zerrten sie einander die Mäntel vom Leib, und sie schlang die Arme um ihn, schmeckte ihn endlich, seinen Mund, seine Haut, krallte die Hände in seinem Haar fest. Sie sog seinen Geruch ein und das saubere, zitronige Aroma seines Aftershaves, von dem sie glaubte, dass er es erst seit kurzem trug, frisch und immer noch da am Ende des langen Tages, wenn auch nur schwach. Mit einer Hand zog er von hinten an ihrem Kleid, so dass es über ihren Brüsten und Hüften spannte, sah sie an, während er mit der anderen Hand über den Stoff strich. Dann begann er ihr das Kleid von den Schultern zu streifen. Bevor es auf dem Boden landete, stieg sie aus den Stiefeln und Socken, wobei sie vergeblich versuchte, elegant zu wirken. Sie wollte nicht, dass er sah, wie unsexy ihre Wollsocken waren, und gleichzeitig versuchte sie den Gedanken zu verbannen, wer schuld daran war, dass sie ihre halterlosen Strümpfe nicht trug und wahrscheinlich nie wieder tragen würde.

Er führte sie zum Schlafzimmer, irgendwie wusste er, wo es sich befand, vielleicht hatte er als Feuerwehrmann einen Instinkt für Wohnungsgrundrisse. Sie setzte sich auf die Kante des Bettes, in dem sie seit zweieinhalb Wochen nicht mehr geschlafen hatte, und er kniete vor ihr, den Kopf an ihrem Bauch, schob erst die Hände seitlich unter ihre Unterhose und küsste ihren Bauch, öffnete dann ihren BH.

Sie sah zu, wie er sich schnell den Pullover über den Kopf zog. Noch so etwas, das er voller Entschlossenheit tat. An seiner Schulter war eine Narbe, ein Brandzeichen in der Farbe seiner Lippen, etwa fünf Zentimeter im Durchmesser, und eine zweite nicht weit davon entfernt auf der Brust, etwas kleiner.

»Geschmolzenes Blei«, erklärte er, als er ihren Blick sah. »Von einem Dach.«

Sie fragte sich, ob sie von dem Unfall stammten, über den sie im Internet gelesen hatte, als sie ihn googelte. Es machte ihr Angst, dass er jederzeit sterben konnte, dass ihm an jedem gewöhnlichen Arbeitstag etwas Schreckliches zustoßen konnte, ganz gleich, wie gut er darin war, das Risiko zu minimieren. Die Narben führten ihr diese Wahrheit viel deutlicher vor Augen als die Nachrichten im Internet.

»Ach, das ist gar nichts. Du müsstest mal Al sehen, der mich eingewiesen hat. Damals war es eine andere Welt. Al ist immer bis ans Limit gegangen. Er stand auf Brandwunden. Er sah aus wie ein Kunstwerk.« Er grinste. »Gab vor Frauen damit an. Vor vielen Frauen. Einmal hat er in einer Bar das Hemd ausgezogen und angefangen, die Muskeln spielen zu lassen …«

Er brach ab, als sie sich auf die Knie erhob, ihn an sich zog, erst die Finger über seine Narben gleiten ließ, dann die Lippen, als würde sie sie untersuchen. Sie küsste seinen flachen, schönen Bauch, seinen Bauchnabel, wobei er die Luft anhielt. »Es ist unfair, dass ich nackt bin und du nicht«, flüsterte sie und brachte ihn damit zum Lachen, als sie seine Hose aufknöpfte. Er schlüpfte aus Hose und Boxershorts.

Dann drückte er sie auf den Rücken, auf die moosgrüne Steppdecke mit den roten Blüten, die sie genäht hatte, als sie ihn schon kannte, für die sie das Garn an dem Tag gekauft hatte, als sie sich das erste Mal begegnet waren, die Decke, die der Mann, an dessen Namen sie nie wieder denken wollte, weder gesehen noch berührt, noch fotografiert hatte, unter der sie selbst noch nie geschlafen hatte.

»Clarissa«, sagte er. »Mach die Augen auf. Sieh mich an.« Sie tat, was er sagte. »Das hier« – er entlockte ihr ein leises Keuchen –, »das hier ist Sex.«

»Ja.«

Er strich ihr das Haar aus dem Gesicht. Sein Mund berührte ihren, als er flüsterte: »Falls du dir über die Definition nicht sicher warst.«

»Ich bin mir sicher.«

»Gut.«

DONNERSTAG

Sie erwachte, als er sie auf sich zog, doch er schien noch zu schlafen und träumte. »Robert«, sagte sie sanft. »Robert.« Sie küsste ihn, und seine strahlend blauen Augen blinzelten.

Für ein paar Sekunden schien er nicht zu wissen, wo er war. Ihr fiel ein, dass er einmal behauptet hatte, er wüsste beim Aufwachen immer, wo er sich befand. Sie freute sich, dass er sich doch über sich selbst irren konnte, wenn auch nur in kleinen Dingen, die einen kurzen Moment betrafen. Sie dachte, dass er perfekt war, und das war ihm gegenüber nicht fair. Niemand sollte sich selbst perfekt kennen. Ein Mensch, der sich selbst perfekt kannte, hatte etwas Beängstigendes. Er könnte sich niemals ändern. Er könnte sich nie irren. Es gäbe keine Überraschungen.

Er nahm ihr Gesicht und drehte es zu sich, immer noch halb im Traum, doch er murmelte ihren Namen, lächelte und sagte guten Morgen. Als er die Hand über ihren Rücken gleiten ließ, die Hüften gegen ihre drückte und ihre Blicke sich trafen, bestand kein Zweifel, dass er wieder wusste, wo er war.

Sie sah all dies wieder vor sich, als sie sich verträumt in dem trüben Spiegel betrachtete. Sie stand im Waschraum mit der einzelnen Toilette, die zu dem kleinen Nebenraum von Saal 12 gehörte. Das musste es sein, was man eine körperliche Erinnerung nannte: Sie spürte alles noch einmal, seine Hände auf ihrer Haut, seinen Mund, die Dinge, die sie miteinander gemacht hatten. Woran mochte er wohl denken, dort draußen bei den anderen?

Sie fühlte einen stechenden Schmerz im Unterleib, auf der linken Seite, der nachts begonnen hatte und da gewesen war, als Robert sie aufgeweckt hatte. Sie kannte den Grund und wusste, dass er in ein paar Stunden wieder verschwinden würde.

Sie hörte, wie die anderen hinter der Tür aufstanden und Annie den Gerichtsdiener lautstark darüber informierte, dass »Clarissa auf dem Klo« sei. Eilig wusch sie sich die Hände und kam heraus.

Mr Tourvilles Robe war zerknittert. Er keuchte, als hätte er seinen einzigen Zeugen für Doleman die Treppen zum Gerichtssaal heraufjagen müssen. Der atemlose Mr Tourville hatte wahrscheinlich Glück, dass Jason Leman sich nicht lange bitten ließ, seine Geschichte zu erzählen.

»Am achten August letztes Jahr hing ich mit Carlotta rum. Sie hat gesagt, sie würde für Drogen mit mir schlafen. Sie hat mir gleich die Boxershorts runtergerissen, als könnte es ihr nicht schnell genug gehen.«

Die Angeklagten beugten sich auf ihren Plätzen vor. Sogar Dolemans Interesse schien geweckt.

»Ich weiß, dass Sie ein Kondom trugen. Wer hat es Ihnen übergezogen?«

»Sie, aber sie hat's falsch gemacht. Ich musste es noch mal machen.«

Spricht für eine erfahrene Professionelle, dachte Clarissa sarkastisch.

»Ich bin kurz aus dem Zimmer raus, um ihr Wodka zu holen, und als ich wiederkam, war sie weg, und mein Geldbeutel war leer. Ich hab sie in der nächsten Straße wiedergetroffen und gesagt, hey, wo ist mein Geld? Sie sagte, sie hätte es ausgegeben, aber sie würde anschaffen gehen, um es mir zurückzuzahlen, also sind wir zu einer Straße, die sie kannte, und da hat sie mit 'n paar Freiern geredet, aber irgendwie kam mir das Ganze komisch vor, und als ich näher komme, sagt sie zu einem, ich hätte sie vergewaltigt. Sie ist auf mich los und hat mir ins Gesicht geschlagen.«

»Diese Prostituierte hat Sie also fälschlicherweise der Vergewaltigung bezichtigt. Was haben Sie getan?«

»Nichts. Ich wollte mich nicht auf ihr Niveau herablassen. Ich schlage keine Frauen. Ich tue keinen Frauen weh. Ich hab mir gedacht, Scheiße, Mann, nichts wie weg hier. Am nächsten Tag hatte ich die Polizei am Hals, und die haben mich ziemlich hart angepackt und gleich mitgenommen. 'ne Anklage wurde aber nicht erhoben.«

Mr Morden sah Leman an, als wäre er ein widerliches Insekt und zugleich ein Geschenk, das Mr Tourville ihm unfreiwillig gemacht hatte. »Sie verurteilen Gewalt gegen Frauen?«

Leman beugte sich vor und sah Mr Morden herausfordernd an. »Manchmal.«

»Sie haben mehrere Gefängnisstrafen wegen Körperverletzung abgesessen. Alle ihre Opfer waren Frauen.«

»Das können Sie nicht beweisen. Das waren nur Behauptungen. Falsche Behauptungen. Lügen.«

»Die richterlichen Urteile deuten auf etwas anderes hin. Haben Sie den Namen Mary Barnes schon einmal gehört?«

»Das wissen Sie doch selber.«

»Sie wurde letztes Jahr ins Krankenhaus eingeliefert. Trommelfellriss. Gewalt gegen Frauen scheint Ihre übliche Vorgehensweise zu sein.«

»Das kam auch nicht vor Gericht. Und Mary ist immer noch meine Freundin. Wir wohnen zusammen. Also wenn das nichts zu bedeuten hat …«

Mr Morden nickte langsam, bevor er sprach. »Doch, das hat es.«

In gewohnter Feierabendformation gingen sie die Treppe hinunter.

Grant kniff die kleinen kastanienbraunen Augen zusammen. »Nur sechs Prozent der Bevölkerung begehen alle Verbrechen, die es gibt«, sagte er. »Man müsste sie vernichten wie Ungeziefer. Problem gelöst.«

Später begleitete Robert Clarissa vom Bahnhof nach Hause. Auf dem Grab der Mutter mit den Babys wuchsen Schneeglöckchen. Robert stand neben ihr, als sie im Stillen ihr heimliches Gebet sprach.

Die Schneeglöckchen erinnerten sie daran, wie schnell der Winter in den Frühling überging und dass die Verhandlung in wenigen Tagen zu Ende sein würde. Sie liebte es, Robert jeden Tag zu sehen; sie wollte nicht, dass diese Zeit zu Ende ging. Der Duft von Bärlauch lag in der Luft, als sie den Hang hinaufstiegen. Es schien nur wenige Minuten zu dauern, bis sie bei ihr waren und ihr auffiel, dass er mit dem Kopf fast die Decke berührte. Sie stand vor ihm und war selbst überrascht von ihrer Schüchternheit.

»Möchtest du einen Kaffee, Robert?«

»Ähm – nein.« Er ließ sich Zeit für das »Ähm«, das »Nein« kam mit trockener Entschiedenheit.

»Möchtest du einen Tee?«

Da war es wieder. Das Lächeln, das kurze Kopfschütteln, die kurze Pause vor dem amüsierten, aber bestimmten »Nein«.

Sie stellte sich auf die Zehenspitzen und küsste ihn, spürte, wie er die Arme um sie legte. »Willst du sonst irgendetwas?«

Seine Hände glitten über ihren Körper. Er öffnete den Reißverschluss ihres Kleids. »Ich will nur dich.«

Das Kleid rutschte ihr über die Schulter. Bevor er sie weiter auszog, führte sie ihn ins Wohnzimmer, setzte ihn auf das Sofa, öffnete seine Hose, dann zog sie den Slip aus und setzte sich auf seinen Schoß, so dass er in sie eindringen konnte, sein Mund auf ihrem, als sie die Beine um ihn schlang und spürte, wie er an ihren Lippen ihren Namen flüsterte, und sie flüsterte seinen Namen und sagte, auch sie wolle nur ihn.

FREITAG

Sie drehte den Kopf zur Seite, drückte das Kinn an die Schulter und roch an ihrem Haar. Sie hatte es am Morgen nicht gewaschen. Sie wollte, dass es den Duft behielt, nach seiner Seife und seinem Körper, der an ihr haftengeblieben war, nachdem sie mit dem Kopf an seiner Brust geschlafen hatte.

Sie atmete noch einmal tief ein, dann blickte sie wieder nach vorn, wo Mr Harker seine Zeugin für Godfrey aufrief.

Joanna Sinclair war klein und kräftig, mit schwarz-blond gesträhntem Haar, das Clarissa an ein Zebra erinnerte. Schwerfällig watschelte sie in hochhackigen roten Schuhen auf den Zeugenstand zu. Godfrey nickte ihr kühl zu und rutschte auf dem Stuhl nach vorn.

Mr Harker begann mit den Fragen, Annie schnaubte, und Clarissa betrachtete Roberts Schultern und erinnerte sich, wie sich seine Muskeln unter ihren Händen angefühlt hatten.

Sie zwang sich, aus dem Tagtraum aufzuwachen, als Mr Morden mit dem Kreuzverhör begann. »Ich weiß, dass Ihr Vorname Joanna lautet. Nennt Mr Godfrey Sie manchmal Jo?«

Godfrey gab ihr die Antwort vor, indem er ganz leicht den Kopf schüttelte.

»Nein«, sagte Miss Sinclair. »Niemand nennt mich Jo.«

»Mr Godfrey behauptet, das Handy, das die Polizei bei der

Festnahme bei ihm gefunden hat, würde nicht ihm gehören. Es handelt sich um das Telefon, das sowohl in dem Transporter benutzt wurde, der Miss Lockyer nach London brachte, als auch in der Wohnung, in der sie festgehalten wurde. Ihre Nummer ist in diesem Telefon unter dem Namen Jo gespeichert.«

»Ach ja?«

»Am Tag vor seiner Festnahme verschickte Mr Godfrey zwei SMS. Beide an ›Jo‹. Beide wurden in Ihrem Mobiltelefon gefunden. Die erste Nachricht lautet: ›Ich komme gleich. Ich will, dass du nackt auf mich wartest.‹«

Miss Sinclairs bleiches Gesicht lief unter der dicken Make-up-Schicht rot an. »Ich erinnere mich nicht an so eine Nachricht«, erklärte sie. »Es gibt jede Menge Mädchen namens Jo, die er gemeint haben kann.«

»Und was ist mit der zweiten Nachricht? ›Wir reden im Park – das Telefon muss weg.‹ Fallen Ihnen irgendwelche Gründe ein, warum Mr Godfrey sein Telefon loswerden wollte?«

Annie redete leise im Waschraum. »Die beiden haben einen kleinen Jungen.« Sie seufzte. »Nicht gerade Romeo und Julia, was? Auch wenn ihre Zukunft ähnlich rosig aussieht.«

»Ich hoffe, du irrst dich, Annie.«

Sanft strich Annie Clarissa eine Haarsträhne aus dem Gesicht. »Du armes, liebes Ding«, sagte sie und schüttelte den Kopf in freundlicher Verwunderung. »Ich hoffe es auch.«

Auf dem Rückweg nach Bath am Abend saß Clarissa allein im Zug, nachdem sie schon am Morgen allein zum Bahnhof gelaufen war. Robert hatte ihre Wohnung früh verlassen; er hatte ihr einen Abschiedskuss gegeben, als sie noch halb geschlafen hatte, und geflüstert, dass er vor der Verhandlung zu Hause vorbeimusste.

Als sie aus dem Zug stieg, die Treppe hinunterging und den Bahnhof verließ, sah sie Robert, der etwa zehn Schritte vor ihr ging. Erst wollte sie ihn rufen, doch dann hielt sie sich zurück; es war ihr zutiefst zuwider, sich aufzudrängen. Der Abstand zwischen ihnen wurde größer, als er hastig die Straße überquerte und davonging, ohne sich ein einziges Mal umzusehen. Dann war er ganz aus ihrem Blickfeld verschwunden.

Woche 7
Der Trockenraum

MONTAG UND MITTWOCH

Den ganzen Montagvormittag verbrachten sie damit, auf den Jungen mit den lila Haarspitzen zu warten.

Es dauerte nicht lange, und die Pokerrunde war in vollem Gang. Clarissa saß daneben und nähte mit der Hand die letzten Stiche an einer Handtasche für den Geburtstag ihrer Mutter, einer Kopie des klassischen Chanel-Täschchens aus dunkelblauer Seide, die sie an einen mitternächtlichen Sturm erinnerte.

»Ich will auch so eine«, sagte Annie. »Nimmst du Bestellungen auf?«

»Ich auch«, rief Wendy.

Clarissa lächelte, doch sie sah nur kurz auf. »Ihr seid zu süß.«

»Eigentlich müsste der Gerichtsdiener Ihre Nadel und Schere konfiszieren.« Sophie, die ihre Karten ordnete, sah missbilligend herüber. »Die Sicherheitsleute hätten längst was sagen müssen.«

»Ja, klar. Wenn man bedenkt, was sie Sparkle damit antun könnte«, gab Annie zurück. »Werden Sie sie denunzieren?«

»Der Gerichtsdiener sieht doch, was sie tut«, warf Wendy ein. »Und der hat offensichtlich nichts dagegen. Er wusste sowieso, dass Clarissa Nähzeug dabeihat, seit sie mir den Rock repariert hat.«

Clarissas Stuhl stand direkt hinter Roberts. Er musste die Unterhaltung mit angehört haben. Doch sein Rücken blieb kerzengerade, und er konzentrierte sich auf sein Blatt. Die Männer lachten laut über seine Witze und nickten zustimmend zu allem, was er sagte. Sie fragte sich, ob Feuerwehrmänner immer so beliebt waren.

Sie versuchte sich einzureden, dass sie sich nur eingebildet hatte, er wäre ihr den ganzen Vormittag ausgewichen, dass sie sich irrte, wenn sie dachte, er hätte sie weder angesehen noch mit ihr gesprochen, seit er am frühen Freitagmorgen ihre Wohnung verlassen hatte. Doch sie hatte ihm nicht ein einziges Mal in seine blauen Augen gesehen.

Robert redete gerade über den Darsteller eines Spionagethrillers, den er kürzlich gesehen hatte. »Ein ganzer Kerl.« Mit dem nächsten Spruch löste er eine weitere Lachsalve aus. Clarissa lachte nicht. Sie fand ihn nicht lustig.

Sie stach sich mit der Nadel. Ein Tropfen Blut fiel von ihrem Finger auf den Stoff.

»Ich frage mich, wo er steckt«, sagte sie leise. »Es sieht ihm gar nicht ähnlich, einfach nicht aufzutauchen. Es muss etwas passiert sein.«

»Clarissa hat recht«, sagte Robert, und ihr Herz klopfte schneller.

Grant wieherte. »Sie sollten den Kleinen eine Nacht zu den Jungs in die Zelle stecken. Frischfleisch für Sparkle. Aber erst ruft ihn der Richter in seine Kammer und legt ihn übers Knie.«

Die anderen lachten, auch Robert. Clarissa lachte nicht mit.

Erst gegen Mittag nahmen sie ihre Plätze in der Geschworenenbank ein. Der Richter machte ein ernstes Gesicht. »Leider muss ich Ihnen mitteilen, dass Mr McElwee erkrankt ist. Zwar ist es gestattet, die Zahl der Geschworenen auf elf zu senken – das legale Minimum liegt bei neun –, aber so lange es keine allzugroßen Verspätungen mit sich bringt, ziehe ich es vor, in diesem späten Stadium der Verhandlung auf keinen der Geschworenen zu verzichten. Daher vertage ich die Verhandlung auf Mittwochmorgen. Der Arzt hofft, dass Mr McElwee bis dahin wieder auf den Beinen ist. Wenn nicht, werde ich ihn vom Geschworenendienst entlassen, und wir setzen die Verhandlung ohne ihn fort.«

Am Mittwochmorgen betraten alle zwölf Geschworenen wie gewohnt den Gerichtssaal.

Die Verhandlung war fast vorbei, dachte Clarissa. Der Saal schien sich zu drehen. Sie studierte das weiche braune Haar in Roberts Nacken und die kaum sichtbare Spur eines sauberen Schweißtropfens hinter seinem rechten Ohr. Sie wollte ihn riechen, das Gesicht an die Stelle zwischen seinen Schultern schmiegen. Bald musste sie hier weg, raus aus dieser Welt und zurück in jene, wo sie ihn nicht mehr jeden Tag sehen würde, zurück in die Welt, in die er nicht gehörte. Auch wenn sie sich nicht mehr sicher war, ob ihr diese Welt überhaupt noch gefiel, seit er sie nicht mehr ansah.

Sie wünschte sich einen Schneesturm herbei. Irgendeinen Grund, das Gericht zu schließen, das Ende hinauszuzögern, Zeit zu schinden. Sie hatte mit vielen weiteren Tagen gerechnet, an denen die Angeklagten selbst aussagten, mit Verhören und Kreuzverhören, aber daraus wurde nichts, da Doleman, Sparkle und Godfrey es geschlossen ablehnten, in den Zeugenstand zu treten.

Sie spürte ein merkwürdiges Zittern im Unterbauch. Dann war es fort.

Mr Morden blickte die Geschworenen an, sah jedem einzelnen in die Augen, bevor er mit seinem Schlussplädoyer begann.

Sie war so müde und erschöpft, dass sie kaum zuhören konnte. Außerdem hatte sie das alles schon einmal gehört. Als sie sich endlich konzentrieren konnte, war er bereits am Ende. Sie hatte keine Ahnung, wie viel sie verpasst hatte, und fragte sich, ob sie krank wurde.

Sie war die schlechteste Geschworene aller Zeiten. Mr Williams setzte sich, bevor sie überhaupt mitbekam, dass er aufgestanden war. Dann war Mr Belford dran, und wieder schweiften ihre Gedanken ab. Hatte ihr Gehirn nach sieben Wochen den Sättigungspunkt erreicht?

Mr Tourville war der Einzige, der sie nicht in Trance versetzte. »Mr Doleman ist kein Vergewaltiger. Er ist kein Entführer. Er ist kein Drogendealer. Er ist ein hart arbeitender Familienvater, der bis zu seiner Festnahme erwerbstätig war. Er lebt seit langer Zeit in einer festen Beziehung mit einer hübschen jungen Frau. Er ist ein liebevoller Vater für den gemeinsamen kleinen Sohn. Mr Doleman hat sich nur eine Sache zuschulden kommen lassen. Er hat sich die falschen Freunde gesucht. Aber dafür können Sie ihn nicht ins Gefängnis schicken. Oh nein. Das ist nicht strafbar.«

Zitternd stand Clarissa am Bahnsteig und wartete, bis endlich die Türen aufgingen und sie in den Zug steigen konnte. Jetzt waren nur noch Sparkles Anwalt und Mr Harker mit ihren Schlussplädoyers dran. Dann würde der Richter den Geschworenen die Anweisungen geben. Sie musste besser aufpassen.

Plötzlich berührte sie jemand an der Schulter. Erschrocken fuhr sie herum und sah überrascht, dass es Robert war, der sich sofort entschuldigte.

Die Worte waren draußen, bevor sie sie zurückhalten konnte. »Komm mit zu mir.« Sie versuchte zu lächeln. »Du bist wie eine Sucht.«

»Du auch.« Seine Stimme war leise, als flüsterte er ihr im Bett etwas zu. »Aber ich sollte nicht mitkommen. Das verstehst du doch, oder? Bald müssen wir uns zur Beratung zurückziehen. Was letzte Woche passiert ist … Wir hätten damit warten sollen. Ich bin froh, dass wir nicht gewartet haben, aber wir hätten es tun sollen. Ich will nur vorsichtig sein. Ich weiß, dass ich mich nicht so verhalten habe, aber so ist es. Ich hätte es dir erklären sollen. Wenn das hier vorbei ist …«, sagte er. »Es dauert nicht mehr lang …«, sagte er.

Er hatte Übung darin, schlechte Nachrichten zu überbringen; er tat es täglich bei der Arbeit; viel schlimmere Nachrichten als diese. Sie spürte, wie ihr Gesicht heiß wurde. Trotzdem konnte sie sich nicht zurückhalten: »Wenn du es dir anders überlegst … Ich meine, auch wenn es spät ist …« Aber sie wusste, dass er ein

Mann war, der es sich nie anders überlegte, wenn er sich einmal entschieden hatte, in großen wie in kleinen Dingen. Eigentlich hatte sie es von Anfang an gewusst. Sie hasste es zu betteln; sie wollte ihn nicht um jeden Preis.

Mit einem mechanischen Klicken wurden die Türen des Zuges freigegeben, und das Licht darüber wechselte von Gelb zu Grün. Robert hielt ihr eine Tür auf, und sie trat vorsichtig über die Lücke zwischen Bahnsteig und Zug.

Sie zwang sich, ihn noch einmal anzusehen, wie er auf dem Bahnsteig stand, nur ein paar Schritte von ihr entfernt. »Wir sehen uns morgen, Robert.« Wieder versuchte sie zu lächeln, doch stattdessen verzog sich ihr Gesicht zu einer schwachen, verzerrten Grimasse. »Ich muss ... ein paar Dinge erledigen«, sagte sie halbherzig.

»Ich verstehe«, sagte er. »Clarissa«, sagte er. »Vielleicht ...«

»Schönen Abend noch«, sagte sie, und dann ging sie schnell durch den Waggon davon. Diesmal war es an ihr, sich nicht umzusehen.

MITTWOCH UND DONNERSTAG

Sie dachte, sie würde nie einschlafen, als sie in ihrem alten Bett lag, dem Bett, das nicht mehr das Bett war, in dem die schrecklichen Dinge geschehen waren, das nicht mehr das Bett war, in dem die Fotos entstanden waren. Jetzt war es das Bett, in dem sie mit Robert geschlafen hatte. Sie lag unter der Steppdecke, die sie nicht gewaschen hatte, weil sie nichts von ihm auswaschen wollte. Dann schlief sie doch ein.

Sie war im Trockenraum, an seinem Lieblingsort auf der Feuerwache, den sie nie gesehen hatte, ein verbotener Ort, an den sie nicht gehörte, doch er war mit ihr dort, küsste sie, hob sie hoch, streichelte ihre Arme, hielt sie hoch über ihren Kopf und trat einen Schritt zurück, um sie anzusehen. »Robert«, wollte sie sagen, doch es kam kein Wort heraus, und plötzlich war er nicht mehr da.

Der Trockenraum war nicht mehr der Trockenraum. Es war Blaubarts Kammer, und die Dummys waren keine Dummys, es waren tote Frauen, die Gesichter mit Tüchern bedeckt, durch die das Blut aus ihren Mündern sickerte wie groteske Küsse. Sie baumelten an den Haken wie von einer sanften Brise geschaukelt. Clarissa konnte nicht atmen, bekam keine Luft. Sie wollte nach dem Türknauf greifen und ihn herumdrehen, doch ihr Arm bewegte sich nicht. Sie wollte schreien, doch ihre Lippen bewegten sich nicht. Auf ihrem ganzen Körper lag ein Gewicht.

Ihr kam die Galle hoch, und es tat weh im Hals, sie hinunterzu-
schlucken. Ihre Arme lagen über ihrem Kopf. Sie versuchte sie
zu bewegen, doch etwas schnitt in ihre Handgelenke.

Sie öffnete die Augen und sah in das Gesicht, das sie niemals
hatte wiedersehen wollen.

Es war unmöglich, dachte sie. Er konnte nicht hier sein. Er
war im Gefängnis. DC Hughes hatte gesagt, er sei im Gefängnis.
Es war nur ein Alptraum. Sie befahl sich aufzuwachen.

Sie versuchte, sich wegzudrehen, ihn abzuwerfen, um sich
zu treten, doch er drückte sie mit seinem Gewicht noch tiefer in
die Matratze, und sie bekam Panik davor, sich überhaupt nicht
mehr bewegen zu können. Von irgendwoher hörte sie ein un-
menschliches, gedämpftes Grunzen, und sie merkte, dass sie
diese animalischen Geräusche machte, die keine Worte waren.

Sie kniff die Augen zu, um ihn auszublenden, versuchte sich
wieder zum Einschlafen zu zwingen, redete sich ein, dass es
ein Alptraum war, dass er im Gefängnis war. So musste es sein.
Sie würden ihn nicht rauslassen, ohne sie zu warnen.

»Mach die Augen auf!« Er packte sie an den Haaren und riss
ihren Kopf zurück; etwas drückte gegen ihre Kehle. »Mach die
Augen auf, wenn du nicht ersticken willst, Clarissa!« Sie öffnete
die Augen. Er verringerte den Druck auf ihren Hals. »Du hast
auf mich gewartet, nicht wahr? Du wolltest, dass ich komme.
Du konntest es nur nicht aussprechen.«

Ihr Herz schlug so hart, dass sie fürchtete, es würde bersten.
Sie hatte das Gefühl, es klopfte viel zu schnell, so schnell, dass
es noch ein letztes Mal pochen und dann einfach stehenbleiben
würde. Wieder versuchte sie, ihn wegzuschieben, aber ihre Handgelenke waren aufgeschürft, und ihre Schultern taten so weh,
dass sie Angst bekam, sie würde sie sich auskugeln.

Er drückte sein Gesicht an ihren Bauch, schob die Hände
unter ihre Hüften, knetete die Seide ihres Nachthemds und zog
ihren Körper zu sich hoch. »Du riechst so gut. Für mich, nicht
wahr? Du hast immer nur an mich gedacht, oder? Und an die
Pläne, die ich für dich habe. Kannst du dir vorstellen, was ich
mit dir vorhabe?«

Er wischte mit der Steppdecke über ihre Wangen. »Weinst du, weil es dir leidtut?« Sie versuchte zu nicken, doch sie wagte kaum, den Kopf zu bewegen, aus Angst, sich zu strangulieren.

Er griff nach unten neben das Bett. Als er die Hand wieder hob, hielt er ein Messer darin, mit spitz zulaufender Klinge, und sie hörte sich wimmern. »Wollen wir uns darüber unterhalten, wie du mich behandelt hast? Ich habe dir versprochen, dass ich dich bestrafe, weißt du noch?« Er legte das Messer neben sie, das Ende des Schildpattschafts berührte ihre Taille.

»Was für ein hübsches Nachthemd.« Es war ihr weit über die Schenkel hochgerutscht. Sie zerrte an ihren Armen, wollte es wieder runterziehen. Seine Hand glitt über die pflaumenblaue Seide. Dann packte er sie an den Schultern. »Hast du es für den Feuerwehrmann genäht?« Sie wollte den Kopf schütteln, doch wieder zog sich der Ring um ihren Hals enger zusammen. Er fuhr mit dem Finger darüber, lockerte ihn ein wenig. »Erdrosseln wäre zu einfach, Clarissa. So leicht kommst du mir nicht davon.«

Er griff nach dem Messer. »Diese Klinge ist sehr scharf.« Er nahm den Saum des Nachthemds, straffte ihn, und dann schlitzte er das Nachthemd der Länge nach auf, indem er die Klinge ganz langsam von unten nach oben gleiten ließ. »Hast du Angst?« Sie versuchte, sich tiefer in die Matratze zu drücken, weg von dem Messer, und schluchzte lautlos. »Das solltest du auch. Ich kann sehen, dass du Angst hast. Das gefällt mir.«

Jetzt lag das Messer zwischen ihren Brüsten, die Spitze auf ihr Kinn gerichtet. Sie hielt die Luft an, fürchtete, die kleinste Hebung ihres Brustkorbs würde dazu führen, dass Blut floss.

»Ich dachte, du wärst eine wahre Prinzessin, aber ich habe mich in dir getäuscht. Du bist genauso falsch wie alle anderen. Und jetzt siehst du auch nicht mehr aus wie eine Prinzessin.« Mit einem Ruck riss er das Messer hoch, und sie wollte schreien, doch sie brachte nur ein ersticktes Quieken hervor, das erst aufhörte, als sie begriff, dass das Messer sie nicht berührt hatte. »Ich hätte dich ausziehen können, als du noch chloroformiert warst, aber ich wollte, dass du wach bist dabei. Genau hiervon habe ich geträumt.« Er zerschnitt erst den einen Spaghettiträger, dann den anderen.

Danach legte er das Messer neben ihren Kopf, schob den durchtrennten Stoff auseinander und verdrehte eine ihrer Brustwarzen, so dass sie wieder erstickt aufschrie. »Was glaubst du, wie das für mich war, dich mit ihm zu sehen? Das war dir egal, oder? Du hast mich provoziert, Clarissa. Du hast mich mit Absicht provoziert.« Er schüttelte sie so fest, dass sie dachte, sie bekäme ein Schleudertrauma, sie meinte zu fühlen, wie ihr Gehirn gegen den Schädel prallte.

»Du bist noch schlimmer als meine letzte Freundin. Egal, was ich für dich tue, es ist nie genug. Du schickst mich weg und suchst dir einen anderen. Noch dazu wieder einen verheirateten Mann. Nicht, dass du auch nur einen Gedanken an die arme Frau Feuerwehrmann verschwenden würdest.« In seinen Mundwinkeln schäumte es. »Du hast es mit ihm getrieben, als ich im Gefängnis war, oder? Aber er hatte genug von dir, kaum dass er dich gefickt hatte.«

Er presste eine Hand zwischen ihre Beine. »Er weiß nicht, was du brauchst.« Er schob die Finger in ihren Slip, den sie aus derselben Seide genäht hatte wie das Nachthemd. Dann zog er sein Hemd aus und öffnete den Gürtel. Sie presste die Schenkel zusammen, doch er durchtrennte mit dem Messer die Seitennähte ihres Slips und zog ihn weg. Gewaltsam stemmte er ihre Beine auseinander. »Du machst es mir nicht leicht, mich zu beherrschen.«

Sie versuchte ihn zu treten, doch er schlug ihr mit voller Wucht in den Magen, so dass sie ganz schlaff wurde und würgen musste. Sie hatte einen salzigen, metallischen Geschmack im Mund und fürchtete, an ihrem eigenen Erbrochenen zu ersticken. Er schlang etwas um ihre Knöchel und band sie jeweils an einem Bettpfosten fest. Sie versuchte die Beine freizubekommen, versuchte nein zu sagen, immer wieder nein, aber sie brachte nicht einmal diese eine Silbe zustande.

Dann machte er Fotos. Die Blitze fühlten sich in ihren Augen an wie Messerstiche, aber nach jedem Blitz schüttelte er sie, bis sie seinem Befehl gehorchte, die Augen wieder öffnete und ihn ansah. Irgendwann tat er die Kamera weg und legte sich auf sie. Sie wand sich, strampelte, versuchte sich wegzurollen.

Er hob die Faust und schmetterte sie ihr gegen die Schläfe. Erst war es wie eine Explosion, dann kam ein Geräusch wie eine Bohrmaschine in ihrem Schädel. Das müssen die tanzenden Engel sein, dachte sie, da an der Decke. Von irgendwoher hörte sie wieder das gedämpfte Wimmern.

Sie fühlte etwas Kaltes an ihrem Gesicht. Sie wusste, sie musste herausbekommen, was es war, und bis dahin musste sie ganz ruhig bleiben; durfte sich auf keinen Fall bewegen. Dann wurde ihr klar, dass es das Messer war. Sie wusste es in dem Sekundenbruchteil, als sich die Klinge neigte und er ihr in die Wange schnitt.

Sie spürte, wie ihr Körper erschlaffte, nahm verschwommen wahr, dass sich sein Gesichtsausdruck änderte, dass er an dem Ding zerrte, mit dem er sie geknebelt hatte. Dann schnappte sie nach Luft, sog möglichst viel davon ein, während er die Schlinge um ihren Hals durchschnitt und ihren Oberkörper anhob. Er hielt ihr ein Glas Wasser an die Lippen, befahl ihr, einen Schluck zu trinken, doch das Wasser rann ihr am Kinn herunter, während sie immer noch keuchte, lief ihr über die Brüste, mischte sich mit etwas Rotem. Warum war da so viel rot? Er wischte ihr mit dem zerfetzten Nachthemd das Gesicht ab.

Für einen Augenblick sah es so aus, als wäre er schockiert von seiner eigenen Tat; sein Gesicht schien vor Unsicherheit und Erschöpfung in sich zusammenzufallen, als wäre er verwirrt davon, wie sich die Dinge entwickelten. Er schüttelte den Kopf und blinzelte mehrmals, als wäre er kurzzeitig blind gewesen und könnte jetzt wieder sehen.

Doch dann begann er ihre Brüste zu kneten, kniff und saugte, biss so fest zu, dass sie aufschrie und er ihr die Hand auf den Mund presste, ihr befahl, still zu sein. Er riss sich die offene Hose und die Boxershorts herunter. Dann stieg er auf sie, packte sie an den Haaren und zog ihr Gesicht ganz nah zu sich heran. Seine Miene erinnerte sie an ein Gemälde, das Apollo zeigte, wie er Marsyas häutete, an Apollos zärtlichen Blick auf sein Opfer, als würde er es pflegen, statt es zu töten. Seine Stimme klang fast liebevoll, als er flüsterte: »Du hast mich zu lange warten lassen«, und dann drang er in sie ein.

Sie weinte leise, dachte, dass sie seine DNA unter ihren Fingernägeln brauchte, doch sie konnte die Arme nicht bewegen. Wenn er kam, würde seine DNA in ihr sein; wenigstens gäbe es dann eindeutige Hinweise auf ihn, wenn sie ihre Leiche fanden.

»Sieh mich an. Sag meinen Namen.«

Ihre Schläfen pulsierten. Ihr Hals war zu schwer, und sie konnte die Augen nicht ganz offenhalten. Sie hatte das Gefühl, die Flüssigkeit in ihren Augen müsste Blut sein, das durch den Druck in ihrem Kopf herausgepresst wurde.

»Sag ihn!«

Seinen Namen aus ihrem Kopf, ihrer Stimme herauszuhalten, war ihr letzter Talisman.

»Sag ihn«, verlangte er. »Tu, was ich dir sage!«

Aber sie merkte, dass sie sich gar nicht an seinen Namen erinnern konnte.

Er verlangte es wieder, sagte ihr das Wort vor, das er hören wollte, und sie sprach ihm nach, auch wenn die Worte genuschelt waren.

»Küss mich!«, verlangte er.

Sie versuchte den Kopf wegzudrehen, aber selbst ein Millimeter schüttelte ihr Gehirn zu sehr, tat zu weh, und er presste die Lippen auf ihre, zwang seine Zunge in ihren Mund. Sie dachte daran zuzubeißen, aber sie hatte zu viel Angst.

»Sag, dass du mich liebst!«

»Ich liebe dich.«

»Sag: ›Ich liebe dich, *Rafe*‹!«

»Ich liebe dich, Rafe.«

»Sag mir, was ich mit dir mache!«

Sie wusste nicht, was er hören wollte. Sie sagte das Einzige, was ihr in den Sinn kam. Die Wahrheit. »Du tust mir weh«, sagte sie.

»Gut.« Er packte sie wieder an den Haaren. »Und jetzt sag, dass du gleich kommst, dass kein anderer Liebhaber für dich tun kann, was ich kann, dass du mir gehörst, dass es dir nur so gefällt.«

Sie sprach ihm alles nach wie ein Automat, hörte, wie sein Atem schneller ging, biss die Zähne zusammen, als seine Bewegungen heftiger wurden.

Als es vorbei war, sackte sein Körper auf ihr zusammen, drückte sie in die Matratze. Sie dachte, er breche ihr die Rippen, quetsche ihre Lunge, bohre ein Loch in ihren Bauch, wo er sie geboxt hatte. Es dauerte mehrere Minuten, bis er sich aus ihr zurückzog.

»Du hast es genossen. Ich weiß es«, sagte er. »Ich habe gespürt, wie du gekommen bist. Niemand weiß so gut wie ich, was dich anmacht, Clarissa.«

Die Feuchtigkeit zwischen ihren Beinen biss wie Säure; sie bekam kaum Luft, ihr Atem brannte, die Schultern taten ihr weh, als wären sie ausgekugelt, ihre Knöchel waren aufgeschürft, weil sie an den Fesseln gerissen hatte. Ihre Hände und Finger waren blutleer und taub.

Er hielt den Knebel in der Hand. Sie sah, dass er aus Leder war wie bei der Frau auf dem Zeitschriftencover. Sie weinte wieder; ihr Atem rasselte. »Ich verspreche, dass ich still bin.« Ihre Stimme kam nur noch als Krächzen aus ihrer wunden Kehle.

»Ich vertraue dir nicht. Nach dem Trick im Park habe ich dir gesagt, dass ich dir nie wieder vertrauen werde. Und du wirst lernen, dass ich mein Wort halte. Das wird das Letzte sein, was du lernst.« Sie versuchte den Kopf wegzudrehen, zog wieder an ihren Händen, doch sie konnte sich kaum bewegen, als er ihr den Knebel anlegte.

»Du musst geknebelt werden für das, was ich später mit dir vorhabe. Wir wollen ja nicht, dass du mit deinen Schreien die Nachbarn störst.« Er legte sich neben sie aufs Bett, warf einen Arm über ihre Brüste und ein angewinkeltes Bein über ihre Hüften, dann fiel er in tiefen Schlaf.

Das Rauschen der Luft durch ihre Nase war so laut. Ihre Brust hob und senkte sich, blähte sich auf und sackte zusammen, ein und aus. Sie war sich ganz sicher, dass sie ihn aufwecken würde, doch trotz aller Anstrengung gelang es ihr nicht, ihren Atem zu beruhigen.

Bitte lass ihn nicht aufwachen, dachte sie. Bitte, bitte nicht. Bitte, o Gott. Bitte, hilf mir! Die stille Beschwörungsformel ging ihr immer wieder durch den Kopf; ein Zauberspruch, der sie am Leben hielt und Hilfe herbeirief. Doch bald wurde er übertönt von einer anderen Formel, die sie nicht zum Schweigen bringen konnte. Es gibt keinen Gott. Es gibt keinen Gott. Es kann keinen Gott geben. Es gibt keine Hoffnung. Laura muss gebetet haben, und Gott hat sie nicht gerettet. Gott hat Laura Unvorstellbares erleiden lassen.

Ihr Atem wurde immer schwerer. Sie hatte das Gefühl, das Zimmer fülle sich mit Rauch und sie ersticke daran. Sie sagte sich, es müsse Einbildung sein. Sie sagte sich, dass es gar nicht brennen könne, weil sonst der Rauchmelder angesprungen wäre, und sie hörte keinen Alarm. Doch sie war sicher, dass es nicht genug Sauerstoff gab. Es war einfach nicht genug. Und sie würde sich auf die Zunge beißen, wenn sie erstickte, wie die böse Königin, die nicht sprechen oder weinen konnte, als sie sich in den rotglühenden eisernen Pantoffeln zu Tode tanzte, die man ihr mit Zangen angelegt hatte.

Sie verstand nicht, warum sich der Raum drehte. Sie kniff die Augen fest zu, dann öffnete sie sie wieder, aber sie war immer noch im Zentrum eines Wirbelwinds. Alles verschwamm. Sie konnte keinen Gegenstand ausmachen, an dem sich ihr Blick festhalten konnte.

Als sie das nächste Mal die Augen öffnete, wusste sie nicht, wo sie war oder warum sie sich nicht bewegen konnte oder was passiert war und warum ihr alles weh tat. Aber sie war sich ganz sicher, dass es brannte, dass sie an Rauchvergiftung starb und fast blind war, weil der Rauch das Zimmer füllte. Robert hatte gesagt, wenn sie je in ein Feuer geriete, müsse sie sich ganz dicht am Boden halten, wo noch Luft zum Atmen war. Es sei der Rauch, der töte, sagte er. Sie versuchte sich zu bewegen, weil sie wusste, dass Robert es so gewollt hätte. Sie versuchte auf den Boden zu kriechen, ihre Arme und Beine zu befreien, aber irgendwas hielt sie fest, irgendetwas war auf sie gefallen. Vielleicht das Dach. Einmal war ein Dach bei einem Brand auf Robert gefallen. Vielleicht war das Dach eingestürzt, als sich alles gedreht hatte. Sie fragte sich, ob sie tot war und in einem Sarg lag und der Deckel so schwer auf ihr lastete.

Von weit her hörte sie ein Läuten. Die Kirchenglocke, die zu ihrer Beerdigung schlug, dachte sie. Etwas lag schwer auf ihren Brüsten. Sie öffnete die Augen und sah, dass es ein Arm war. Und dann erinnerte sie sich, wo sie war und was passiert war und wem der Arm gehörte, und ihr wurde klar, dass es nicht brannte. Aber sie wusste, es war etwas Schreckliches geschehen, er hatte sie schwer am Kopf verletzt, und deswegen konnte sie nicht richtig denken und wach bleiben. Sie musste eine Art unkontrollierbarer Panikattacke gehabt und das Bewusstsein verloren haben, aber sie wusste, sie durfte auf keinen Fall zulassen, dass es noch einmal passierte, denn irgendjemand hatte ihr einmal gesagt, wenn man mit einer Kopfverletzung einschlief, würde man sterben.

Sie hörte ein Poltern, dann das Geräusch von berstendem Metall. Er bewegte sich, blickte suchend um sich und lauschte, während er vor sich hin murmelte und fluchte. Dann krachte seine Faust gegen ihren Kopf. Sie sah winzige Punkte explodieren, dann wurde alles schwarz.

Sie war überzeugt, dass sie träumte. Durch einen schimmernden Nebel sah sie Robert, der sich über sie beugte und etwas von ihrem Gesicht wegzog. Sie öffnete den Mund, doch es kam nichts heraus. Dann stand er am Ende des Bettes, wo ihre Füße waren, legte ihre Beine aus der gespreizten Position dicht nebeneinander. Er griff über ihren Kopf, dann sah sie ihre Hände, die er in seinen hielt und vorsichtig rieb. Sein Gesicht, sein wunderschönes Gesicht, war bleich. Warum war er so bleich? Seine Wangen waren nass. Regnete es? Die Tropfen sahen aus wie

Tränen, aber das konnte nicht sein. Hatte Robert nicht gesagt, er würde nie weinen? Oder hatte das der Mann gesagt, der Azarola hieß? Robert schien etwas zu flüstern. Warum klang er, als würde er ersticken? Seine Stimme war so komisch. Er wickelte sie in die grüne Decke und legte sie auf ihre linke Seite. Dann hatte er ein Telefon in der Hand, tippte Zahlen ein, diktierte ihre Adresse.

Irgendetwas Wichtiges war da, an das sie unbedingt denken musste. Sie versuchte sich zu konzentrieren, aber sie schaffte es nicht. Dann wusste sie es plötzlich. »Pass auf«, versuchte sie zu sagen.

Aber er beruhigte sie sanft. Er hielt wieder ihre Hand und rieb ihre Finger. Ihre Finger waren sehr weiß, noch weißer als sein Gesicht.

Dann sah sie einen Schatten in der Tür. Sie wusste, dass der Schatten zu dem Mann gehörte. Robert folgte ihrem Blick und sprang auf die Füße, schaffte so viel Raum wie möglich zwischen sich und dem Bett, wie um den Mann von ihr abzulenken.

Der Mann hielt das Messer in der rechten Hand. Mit erhobener Klinge kam er auf Robert zu. Robert machte einen Schritt rückwärts und lehnte sich zurück, doch der Mann rückte nach, hielt den geringen Abstand und streckte das Messer weiter aus.

Robert täuschte einen Schlag mit der Rechten an. Als der Mann mit dem Messer parieren wollte, schwenkte Robert nach links aus, schlug dem Mann mit der Linken auf den rechten Oberarm, packte mit der Rechten die Hand mit dem Messer und ließ den linken Unterarm gegen die Nase des Mannes krachen. Im selben Moment war das ohrenbetäubende Splittern von Knochen zu hören, Blut spritzte, und das Messer fiel klirrend zu Boden. Während der Mann blinzelnd und betäubt rückwärtswankte, rammte ihm Robert die rechte Faust in die Schläfe und die linke gegen den Kiefer, so dass sein Kopf nach hinten kippte und sein Körper nachgab. Wie der Verlierer eines Boxkampfs taumelte der Mann kurz, dann kollabierte er und schlug so hart auf dem Boden auf, dass der ganze Raum zu beben schien.

Mit einem gezielten Tritt beförderte Robert das Messer außer Reichweite, trat zu dem Mann und untersuchte ihn. Er lag vollkommen reglos da, bis auf das holprige Heben und Senken seines Brustkorbs. Wie bei einem tollwütigen Hund, dem er nicht den Rücken zukehren wollte, prüfte Robert gründlich, ob der Mann bei Bewusstsein war. Er hob seine schlaffe Hand und ließ sie fallen, beobachtete, wie sie auf dem Boden landete. Besonders die Finger musterte er, um sich zu versichern, dass sie nicht die geringste Regung zeigten.

Clarissas Wange hatte wieder zu bluten begonnen, und sie hatte einen heftigen Krampf im Bauch. Dass sie gestöhnt hatte, merkte sie erst, als Robert dem Mann den Rücken zuwandte, ihren Namen rief und zu ihr trat. Es waren nur ein paar Sekunden der Unachtsamkeit, doch es reichte, und es war alles ihre Schuld.

Der Mann streckte den rechten Arm über seinen Kopf und griff unter den Nachttisch. Als er die Hand wieder hervorzog, hielt er ein zweites Messer. Der schwarze Gummigriff war länger als die kurze, breite Klinge. Der Mann setzte sich auf und rammte Robert das Messer von hinten in den Oberschenkel.

Robert schrie auf, ein animalischer Laut, der ihr durch Mark und Bein ging. Er fiel schwer auf die Knie.

Der Mann spuckte und atmete rotes Blut aus. Er reckte den Arm in die Höhe, die blitzende Klinge in der Hand, um Robert den Rest zu geben. Doch in dem Moment, als das Messer heruntersauste, drehte Robert sich um, packte mit beiden Händen das rechte Handgelenk des Mannes, warf ihn auf den Rücken, setzte sich auf ihn und hielt ihn mit einem Knie auf dem Bauch unten.

Robert ignorierte sein verletztes Bein, das ausgestreckt auf dem Boden lag; der hellbraune Cord seiner Hose war blutgetränkt. Sein marineblauer Pullover war am Rücken, an der Brust und unter den Armen schweißnass.

Der Mann schlug Robert mit der linken Faust ins Gesicht, und Roberts Lippe platzte auf, aber er ließ das rechte Handgelenk des Mannes nicht los. Nichts würde Robert von seinem Versuch abbringen, den Mann zu zwingen, das Messer loszulassen. Nichts würde ihn davon abbringen, das Messer von seinem eigenen Körper fernzuhalten.

Überall war Blut. Robert lief Blut über das Kinn. Es sammelte sich unter seinem Bein auf den Dielen. Dem Mann strömte Blut aus der Nase über die nackte Brust und auf Roberts Ärmel.

Der Mann legte seine freie linke Hand auf Roberts Hände und versuchte, die Kontrolle über das Messer zu gewinnen. Die Klinge ruckte zwischen ihnen hin und her, weil beide versuchten, das Messer gegen den anderen zu richten. Roberts einziger Vorteil war die Schwerkraft, gegen die der Mann ankämpfen musste, weil er auf dem Rücken lag. Doch der Vorteil reichte nicht aus. Der Kampf glich einem fürchterlichen Armdrücken, und Robert gab langsam nach, wurde schwächer, weil er mehr und mehr Blut verlor. Sein Gesicht war grau. Auf der Stirn bildeten sich Schweißperlen. Er stöhnte.

Keiner der beiden merkte, wie sie aus dem Bett glitt. Sie fand das Messer mit dem Schildpattschaft am Boden, wo Robert es hingekickt hatte. Dann ging sie mit unsicheren Schritten auf die Kämpfenden zu, wie eine neuerschaffene Vampirin, die zum ersten Mal aus dem Grab stieg. Blut rann ihr an der Innenseite der Schenkel hinunter. Ihr Gesicht, ihr Hals, ihre Brust und der Bauch waren blutverschmiert. Blut tränkte ihr blondes Haar, färbte es dunkelrot.

Die netten, hilfsbereiten Polizisten hatten gelogen, hatten sie mit falscher, tödlicher Hoffnung gefüttert, sie in Sicherheit gewiegt, obwohl es keine gab – in Wirklichkeit war sie weit entfernt davon, in Sicherheit zu sein. Was die Polizei tun konnte, hatte ihr nicht geholfen. Sie konnte nur selbst dafür sorgen, dass der Mann verschwand. Nur sie konnte ihn so endgültig verschwinden lassen, dass er nie wiederkam. Das war der einzige Weg. Nichts anderes würde ihn dazu bringen, sie endlich in Ruhe zu lassen. Nichts anderes würde Robert helfen. Wenn sein Messer Robert das nächste Mal traf, würde es ihn töten. Das wusste sie. Und sie wusste genau, was sie tun musste. Sie wusste, dass sie nur eine Chance hatte.

Sie war wirklich gut in Biologie, wie sie es Robert einmal erzählt hatte. Ihre Besessenheit von Fortpflanzungsmechanismen weitete sich aus zu einer Faszination für den gesamten menschlichen Körper, aber sie hatte sich schon in der Schule dafür interessiert. Sie hatte sich die Details unauslöschlich eingeprägt. Sie hatte die Fotos, Illustrationen und anatomischen Darstellungen in den Biologie- und Medizinbüchern immer wunderschön gefunden. Als ihr Vater den Bypass bekam, hatte sie die Bilder des Herzens aufs Neue studiert.

Der Mann trug nichts als Boxershorts. Sie sah die anatomischen Zeichnungen vor sich, als wären sie ihm in Schichten auf die Brust gemalt: unter der Epidermis der Thorax; unter dem Thorax das Herz mit seinen beschrifteten Kammern. Selbst mit pochendem Schädel und verschwommener Sicht sah sie alles genau vor sich. Ein Versuch würde ihr genügen. Sie kannte die Lücke zwischen den Rippen, direkt über der rechten Herzkammer. Sie wusste, dass dies die tödlichste Stelle war. Sie visierte ihr Ziel an, den Punkt auf der Verbindungslinie der Brustwarzen dicht neben der Mitte, und versuchte sich von den Qualen in Roberts Gesicht nicht ablenken zu lassen.

Ohne die Stelle aus den Augen zu lassen, richtete sie das Messer auf seine Brust, beugte sich vor und rammte ihm die Klinge mit der Kraft ihres fallenden Körpers in die Brust. Es war ganz leicht, sich nach vorne auf die Knie fallen zu lassen; Fallen war alles, was ihr Körper wollte. Für den Bruchteil einer Sekunde spürte sie Widerstand, als würde das Messer die Schale einer Melone durchdringen; dann sank der Stahl tief ein, als wäre sein Fleisch das Innere der Frucht. Die Klinge glitt ganz hinein. Erst als der Schaft seine Haut erreicht hatte, stoppte das Messer.

Er röchelte und sog Luft ein, doch nur kurz. Seine Lippen waren nicht mehr blass. Sie waren blau. Rote Blasen bildeten sich zwischen seinen Lippen. Das Blut spritzte nicht aus der Wunde, wie sie erwartet hatte; es strömte als stetes Rinnsal, bildete einen See um den Messergriff. Ihre Hände drohten zu versagen, und das Messer war so nass und warm und glitschig, dass es sich nur schwer halten ließ. Doch sie wusste, dass sie nicht loslassen durfte. Egal, was passierte. Sie hielt den Griff fest umklammert, voller Angst, dass es nicht funktioniert hatte. Dass sie doch nicht die richtige Stelle getroffen hatte. Als wäre es noch möglich, dass er sich erholte, wenn sie losließ. Als würde er wieder nach dem zweiten Messer greifen und Robert niederstechen. Als würde sich das Loch in seiner Brust schließen, und er würde aufspringen und auf sie losgehen, wenn sie nicht sicherstellte, dass das Messer sein Werk getan hatte.

Er verdrehte die Augen, dann wurde sein Blick starr. Seine Augen waren noch offen, aber sie wusste, dass er sie nicht mehr sah. Endlich starrte er sie nicht mehr an. Es war vorbei. Sie wusste, er würde sie nie mehr ansehen.

Sie spürte Roberts Arme um sich und ließ das Messer los. Er saß auf dem Boden, zog sie auf seinen Schoß und rutschte mit ihr so weit weg wie möglich; sein Bein hinterließ eine rote Blutspur auf den Dielen. Er hielt sie fest und wiegte sie, schaffte es dabei irgendwie, seinen Pullover auszuziehen und ihr über die Schultern zu legen. Sie waren beide blutverschmiert. Er flüsterte ihren Namen. Immer wieder sagte er ihren Namen, als versuchte er, sie von irgendwoher zurückzurufen. Doch sie hatte das Gefühl zu fallen, und seine Stimme schien von weit her zu kommen, auch wenn sie sah, wie seine Lippen wieder und wieder das eine Wort formten.

Dann war das Zimmer voller Fremder, die wie Polizisten und Sanitäter gekleidet waren, und auch Miss Norton war da, und sie weinte. Clarissa merkte, wie sie von Robert losgerissen wurde, hörte, wie jemand zu ihm sagte, er müsse dringend medizinisch versorgt werden. Sie versuchte seinen Namen zu rufen, weil sie nicht wollte, dass sie ihn ihr wegnahmen, aber sie brachte keinen Ton hervor. Auf einmal explodierte der Schmerz in ihrem Kopf, und die Welt wurde schwarz.

Achtzehn Wochen später
Das Mädchen ohne Hände

Montag, 20. Juli

Die Psychologin hat mir geraten, ein neues Notizbuch anzufangen. Meine Mutter hat es selbst gemacht; der Einband ist mit rosenholzfarbenem Stoff mit einem Maiglöckchenmuster bezogen. Die Psychologin nennt es mein »Genesungstagebuch«. Bei unseren Sitzungen zeige ich ihr die vollgeschriebenen Seiten, um zu beweisen, dass ich eine kooperative, vernünftige Patientin bin. Würde ich sie die Seiten tatsächlich lesen lassen, gäbe sie mir wahrscheinlich eine dicke Sechs für das, was ich schreibe – und an wen.

Dienstag, 21. Juli

Mein Vater spielt mit einem anderen pensionierten Lehrer Golf. Meine Mutter sitzt neben mir in dem seelenlosen Klinikwarteraum. Sie liest Zeitung, während ich versuche, an etwas anderes zu denken als an die Testergebnisse, die ich gleich erhalten werde.

Meine Gedanken kreisen um dich. Meine Gedanken kreisen viel zu häufig um dich.

Es ist achtzehn Wochen her, dass ich dich das letzte Mal gesehen habe. Vor achtzehn Wochen hast du mich gerettet.

Vor achtzehn Wochen hat der Anwalt des Mannes die Polizei dazu gebracht, ihn laufenzulassen, so dass er in meine Wohnung einbrechen konnte.

Die Polizei hatte ihn am Vormittag des Donnerstag, 5. März,

wegen Belästigung und Androhung von Gewalt festgenommen. Allerdings hatte der Richter das Kontaktverbot erst am Nachmittag des Freitag, 6. März, erlassen. Der katastrophale Fehler bestand darin, dass der Mann nicht innerhalb der vorgeschriebenen Frist von vierundzwanzig Stunden einem Richter vorgeführt wurde. Womit das Kontaktverbot, gegen das er ein paar Tage später verstieß, nicht rechtsgültig war und man ihn nicht wegen des Verstoßes dagegen im Gefängnis behalten konnte.

Wäre das auch passiert, wenn DC Hughes nicht im Urlaub gewesen wäre? Wahrscheinlich hätte nicht einmal DC Hughes seine Freilassung aufgrund von Verfahrensfehlern verhindern können. Aber DC Hughes hätte mich gewarnt, dass er auf freiem Fuß war. Vielleicht hätte er einen anderen Weg gefunden, ihn wieder einsperren zu lassen. Vielleicht hätte er jemanden geschickt, um auf mich aufzupassen; um ihn aufzuhalten, bevor er tun konnte, was er getan hat. Ich habe jene Nacht rekonstruiert, zum größten Teil jedenfalls, mit Hilfe einer Beamtin, die für die Betreuung der Opfer von Sexualstraftaten ausgebildet ist. Trotzdem gehe ich immer wieder die Eventualitäten durch, die unzähligen Was-wäre-wenns.

Ich werde aus meinen Gedanken gerissen, als der Arzt kommt, um mich abzuholen. Er begrüßt meine Mutter, und sie errötet fast vor Freude über seine Aufmerksamkeit, trotz der Tatsache, dass sie sich vor dem Ergebnis ebenso fürchtet wie ich. Ich drücke ihr zum Abschied die Hand, dann stehe ich auf und folge Dr. Haynes. Mein Rücken ist nassgeschwitzt, und mir ist abwechselnd heiß und kalt.

Manchmal frage ich mich, ob meine extreme Übelkeit von all dem kommt, was passiert ist, aber Dr. Haynes sagt nein. Er erklärt, die Art von Übelkeit, unter der ich leide, habe sogar einen Namen. *Hyperemesis gravidarum*. Er sagt, manche Leute glaubten, Charlotte Brontë wäre daran gestorben, und es gefällt mir, dass Dr. Haynes solche Dinge weiß. Er sagt, es habe physiologische Gründe. Die zahlreichen Krankenhausaufenthalte, bei denen ich mit Flüssigkeit und Elektrolyten versorgt werden musste, und die Antiemetika, die ich jeden Tag einnehme, fühlen sich wirklich physiologisch an. Auch wenn die Psychologin Dr. Haynes in diesem Punkt wahrscheinlich nicht zustimmen würde.

Dr. Haynes hat an einer der besten Unis studiert, und er ist sehr nett und sehr attraktiv, wie ein intelligenter Superheld. Unter anderen Umständen hätte ich wahrscheinlich sofort für ihn geschwärmt; unter anderen Umständen heißt, wenn ich dich nicht kennengelernt hätte.

Dr. Haynes sieht mich ernst an. »Die Ergebnisse sind da, Clarissa.«

Ich dachte, ich hätte mich in den letzten zwei Wochen für diesen Moment gewappnet, aber jetzt habe ich das Gefühl, mein Herz würde von Eiszapfen durchbohrt.

Dr. Haynes greift über den Tisch nach meiner Hand. »Die Genanalyse hat die Möglichkeit definitiv ausgeschlossen, dass Rafe Solmes der Vater Ihres Babys ist.«

Ich merke, wie meine Lippen beben, meine Hände zittern, sogar die Augenlider, und ich glaube, es ist die Erleichterung, auf die mein Körper reagiert. Doch Dr. Haynes meint, Zuckungen und Zittern könnten eine seltene Nebenwirkung der Antiemetika sein; er möchte ein anderes Medikament ausprobieren, wobei er hofft, dass es sich um eine einmalige Episode handelt. Er sagt, ich sei sehr blass; er lässt mich Wasser trinken und will, dass ich mich ein paar Minuten auf die Untersuchungsliege lege, um mich auszuruhen. In der Zwischenzeit setzt er sich an den Schreibtisch und macht sich Notizen in meiner Akte, wobei er hin und wieder aufsteht, um noch einmal meinen Puls und Blutdruck zu messen.

Schon vor dem Ergebnis war ich zuversichtlich. Ich habe gespürt, dass das Baby da war, gleich nachdem wir es gemacht hatten, als du mich am Morgen unserer ersten gemeinsamen Nacht geweckt hast. Doch so darf ich nicht denken. Unsere erste gemeinsame Nacht impliziert, wir hätten eine Reihe von gemeinsamen Nächten gehabt, dabei gab es nur zwei. Ich muss mich immer wieder daran erinnern, dass es niemals mehr als diese beiden Nächte geben wird.

Schließlich lässt Dr. Haynes mich wieder aufstehen, und ich plappere sofort drauflos. »Ich wusste, dass es nicht von ihm ist. Die Polizei wollte den Test, und ich habe mich nicht getraut, ihn abzulehnen. Ich wollte nicht, dass sie denken, ich hätte ein Motiv, ihn zu töten, damit er nicht durch das Baby an mich herankommt.«

»Das scheidet jetzt auf jeden Fall aus. Nach dem Ultraschall und den Hormonwerten sind Sie seit einundzwanzig Wochen schwanger. Das heißt, dass die Befruchtung vor neunzehn Wochen stattgefunden hat. In meinem Bericht komme ich zu dem Schluss, dass Sie das Kind eine Woche vor dem Überfall empfangen haben; zum Zeitpunkt des Todes von Mr Solmes konnten sie nicht wissen, dass Sie schwanger sind. Ich habe mich mit Kollegen ausgetauscht. Sie sind der gleichen Meinung, ich habe sie in meinem Bericht zitiert.«

Es war jede Menge seiner DNA vorhanden, um sie mit der des Babys zu vergleichen. Für den Test brauchte ich keine Erlaubnis von dir. Ich brauchte auch keine DNA von dir. Nachdem er offiziell als Vater ausscheidet, bist du als einziger Kandidat übriggeblieben. Ein Ausschlussverfahren.

»Wir haben noch mehr gute Nachrichten. Es wurden keine genetischen Anomalien festgestellt.«

Ich war so nervös wegen des Vaterschaftstests, dass ich mir um die Gesundheit des Babys gar keine Gedanken gemacht habe. Was werde ich bloß für eine Mutter sein?

Er zögert. »Wenn Sie es wissen möchten, kann ich Ihnen das Geschlecht sagen.«

»Ich glaube, es ist ein Mädchen«, sage ich. »Richtig?«

Dr. Haynes lächelt so warm, dass ich das Gefühl habe, ihm liegt wirklich etwas an mir. »Ja.«

»Ich glaube, sie hat das dunkle Haar und die strahlend blauen Augen ihres Vaters. Ich glaube, sie ist wunderschön.«

Er lacht. »Ob Sie mit der Haarfarbe und der Augenfarbe recht haben, werden wir sehen, wenn sie zur Welt kommt, aber es besteht kein Zweifel, dass sie wunderschön wird. Wollen wir sie uns ansehen? Ich weiß, dass Sie sich wegen der Fruchtwasserpunktion und des Risikos für Fehlgeburten Sorgen gemacht haben.«

Dr. Haynes gibt kaltes Gel auf meinen Bauch, und sobald die Sonde meine Haut berührt, taucht sie auf dem Bildschirm auf.

Ihre Lippen sind genau wie deine, Robert. Sie formt sie zu einer Rosenknospe und wirft mir einen Kuss zu. Ich schicke ihr einen Kuss zurück.

Mittwoch, 22. Juli

Die Polizistin, die mich betreut, ist wieder da. Sie trägt keine Uniform. Sie trägt einen dunkelblauen Rock und eine cremefarbene Bluse, die elegant an ihrem gertenschlanken Körper hängen.

Im Vergleich zu ihr bin ich rund, was für mich eine neue Erfahrung ist. Meine Brüste sind voll unter der weißen Musselinbluse, die mich an Lotties ersten Tag vor Gericht erinnert. Über dem elastischen Bund des Rocks, den meine Mutter schnell für mich genäht hat, wölbt sich mein Bauch schon leicht.

Die Polizistin heißt Eleanor, und so soll ich sie auch nennen. Nicht DC oder Officer Soundso. Einfach nur Eleanor.

Du würdest mir sagen, ich darf keinen Augenblick vergessen, dass Eleanor hier ist, um mich zu beobachten und auszuhorchen und jedes bisschen Information über mich zu sammeln, damit sie der Staatsanwaltschaft eine dicke, saftige Akte schicken können, selbst wenn ihr verständnisvolles Nicken aufrichtig ist. Du würdest mir sagen, ich darf ihrer Behauptung nicht auf den Leim gehen, sie hätten mir Eleanor zur Seite gestellt, damit ich als Opfer eines Gewaltverbrechens einen Ansprechpartner bei der Polizei hätte. Du würdest mir sagen, sie schicken Eleanor, weil ich eine Tatverdächtige bin.

Eleanor und ich sitzen in den beiden Sesseln am Erkerfenster im Wohnzimmer meiner Eltern, meinem gewohnten Platz, von dem aus ich aufs Meer sehe. Vor uns auf dem Tisch stehen zwei Teetassen, die meine Mutter gebracht hat, bevor sie mit meinem Vater im Garten verschwunden ist.

Eleanor schiebt sich das schwarze Haar hinter die Ohren und sieht mich mit einem sanften, direkten Blick aus ihren dunklen Augen an. »Ich habe Ihnen versprochen, keine Informationen zurückzuhalten, sofern ich sie Ihnen mitteilen darf«, sagt sie.

»Gibt es etwas Neues von der Staatsanwaltschaft?« Ich bemühe mich, ruhig zu bleiben. »Wird Anklage gegen mich erhoben?«

»Der Polizei fehlen noch ein paar letzte Beweisstücke, bevor die vollständige Akte an die Staatsanwaltschaft geht, und die kann erst dann entscheiden, ob Anklage erhoben wird. Ich glaube, es stehen noch Berichte von Ihrem Frauenarzt aus?«

»Sie sind unterwegs.«

Sie nickt. »Gut. Außerdem warten wir noch auf den Abschlussbericht des Pathologen. Dass die Polizei so gründlich vorgeht, dient nur Ihrem Schutz. Es ist ein sehr ernster, komplizierter Fall, Clarissa, und immerhin geht es um einen gewaltsamen Todesfall. Es liegt immer im Interesse der Öffentlichkeit, dass bei den Ermittlungen alles korrekt abläuft.«

»Ich wünschte einfach nur, es wäre vorbei.«

»Ich weiß, wie schwer es für Sie sein muss, immer noch keinen Schlussstrich ziehen zu können, aber ich erinnere Sie noch einmal daran, dass die Staatsanwaltschaft nur selten Anklage erhebt, wenn es um den Tod eines Einbrechers im eigenen Heim geht. Insbesondere wenn der Einbrecher rohe Gewalt angewendet hat und bewaffnet war. Es spricht alles dafür, dass Sie in Notwehr gehandelt haben, um Ihr eigenes und das Leben eines anderen zu schützen. Außerdem kann man hinsichtlich Ihrer Kopfverletzungen wahrscheinlich verminderte Schuldfähigkeit anführen.«

»Gut«, sage ich langsam, auch wenn ich mich dabei nicht besonders gut fühle.

Sie holt Luft. »Ich hatte Ihnen schon erzählt, dass die fünf Angeklagten in dem Prozess, bei dem Sie Geschworene waren, in allen Punkten freigesprochen wurden.«

Der Richter hat die restlichen zehn Geschworenen ohne uns in die Beratung geschickt. Als ich noch unter Polizeischutz im

Krankenhaus lag und du am Bein operiert wurdest, waren alle fünf Angeklagten schon auf freiem Fuß.

»Kein überraschendes Urteil, wenn man bedenkt, wie die Verteidiger Miss Lockyer in der Luft zerrissen haben.« Ich starre in meinen Schoß. »Sie war so tapfer.« Ich spreche leise, ohne aufzusehen. Doch dann zwinge ich mich, den Kopf zu heben. Ich sehe, dass Eleanor ein finsteres Gesicht macht.

Sie öffnet den Reißverschluss ihrer braunen Ledermappe. »Wir haben gedacht, Sie sollten es wissen.« Sie reicht mir einen Zeitungsausschnitt.

Nach Abschluss der Untersuchungen hat die Polizei bei dem tragischen Tod einer 28-jährigen Frau aus Bath Fremdverschulden ausgeschlossen. Carlotta Lockyer starb am 10. Mai an einer Überdosis. Der Pathologe Dr. George Tomkins konnte erhebliche Mengen Heroin und Crack in ihrem Blut nachweisen, deren toxische Wirkung durch den hohen Methadonwert noch verstärkt wurde. John Lockyer, 78, erklärte, seine Enkelin habe erfolgreich an einem Entgiftungsprogramm teilgenommen, sei aber kurz vor ihrem Tod rückfällig geworden. Nach dem Kirchgang hatte er ihren leblosen Körper im Badezimmer entdeckt.

Ich schlinge die Arme um den Oberkörper und wiege mich vor und zurück, ganz ähnlich, wie es einer der polizeilichen Zeugen bei Lottie beobachtet hat. Ich schluchze unkontrollierbar. Ich muss würgen, und Galle läuft mir am Kinn herunter; ich wische mir mit einem Taschentuch den Mund ab. Eleanor wartet geduldig, bis ich mich beruhigt habe. Ich weiß nicht, wie lange es dauert. Dann putze ich mir laut die Nase.

»Ich kann mir vorstellen, wie traurig Sie sind«, sagt Eleanor. »Ich bin auch traurig. Meine Kollegen auch. Sie war eine mutige junge Frau, und sie hat einen schrecklichen Kampf ausgefochten.«

Ich funkele Eleanor an, sehe direkt in ihre Nachthimmelaugen, versuche, sie aus der Ruhe zu bringen, ohne Erfolg.

»Ich kann mir auch vorstellen, wie wütend Sie sind, Clarissa«, sagt sie. »Das ist verständlich.«

»Der Artikel ist gefälscht. Er ist von letzter Woche, nachdem die Autopsie angeblich am 13. Juli stattgefunden hat. Aber die pathologischen Ergebnisse sind nie so schnell da, nur zwei Monate nach ihrem Tod. Sie haben selbst gesagt, dass wir immer noch auf den Obduktionsbericht warten – der Mann ist seit vier Monaten tot –, das ist doppelt so lange her. Lottie ist woanders, sie ist weit weg, und die Polizei will, dass die Männer glauben, sie wäre tot, damit sie ein neues Leben beginnen kann. Der Artikel ist eine Lüge, um die Männer zu täuschen.« Ich klammere mich an diese Hoffnung. Vielleicht war es bei Laura so ähnlich.

»Das glaube ich nicht, auch wenn es eine gute Theorie ist, und ich wünschte, Sie hätten recht. Das wünschten wir alle.«

»Sie dürften mir die Wahrheit nicht sagen. Vielleicht kennen Sie sie auch gar nicht.«

»Das könnte beides sein«, sagt Eleanor.

Mein Vater hätte mich nicht Clarissa nennen sollen – Pollyanna hätte besser gepasst, nach der Waise aus dem Kinderbuch, die in allem das Gute sucht. Laura ist verloren, wahrscheinlich für immer, und Lottie auch. Ich kann keine von beiden retten, indem ich naive Geschichten erfinde.

Donnerstag, 23. Juli

Morgens habe ich Therapie bei Mrs Lewen, der Psychologin. Ich musste versprechen, dass ich einmal pro Woche zur Therapie gehe. Sonst hätte ich nicht die Erlaubnis bekommen, das Krankenhaus in Bath zu verlassen und alle Polizei- und Arztgespräche nach Brighton zu verlegen.

Compliance – die Bereitschaft des Patienten zur aktiven Teilnahme an der Therapie – ist ein Wort, das ich zu oft gehört habe.

Ich hasse das Wort Compliance.

Mrs Lewen ist Ende fünfzig und hat kurze braune Locken. Sie wiegt ein paar Kilo zu viel und trägt leuchtend bunte Kaftane.

Der von heute ist gelb und orange und lila gemustert. Sie sieht aus wie eine Erdmutter, aber ich glaube nicht wirklich, dass sie eine ist.

In ihrem Sprechzimmer hängt ein gerahmtes Poster von *Der Zauberer von Oz*. Die vier Helden haben einander untergehakt und wollen gerade auf die gelbe Backsteinstraße losspazieren. Mrs Lewen ist der Meinung, dass *Der Zauberer von Oz* jedem, der ihn sieht, eine »Lektion fürs Leben« mitgibt. Ich glaube nicht, dass du Mrs Lewen besonders mögen würdest.

Mrs Lewen sinkt in einen pfirsichfarbenen Sessel und lächelt mich erwartungsvoll an. Ich sitze ihr gegenüber auf dem Sofa, die Füße unter mich gezogen. Auch das Sofa ist pfirsichfarben. Alle Möbel sind mit diesem vermeintlich beruhigenden Pfirsich-stoff bezogen, doch ich kann die Farbe nicht ausstehen. Auch die Wände sind pfirsichfarben. Falls Mrs Lewen jemals von mir ver-langen sollte, dass ich mir *Somewhere Over the Rainbow* an-höre, werde ich mich auf ihren pfirsichfarbenen Teppich überge-ben.

Letzte Woche haben wir über mein Gesicht gesprochen. Die Sätze des plastischen Chirurgen hingen in der Luft; Mrs Lewen ließ mich seine Phrasen wiederholen, als wären sie Medizin.

Die gute Nachricht ist, dass Gesichter schnell heilen. Meine Narbe ist fünf Zentimeter lang, ein diagonaler Schnitt quer über dem Wangenknochen. Ich habe sie gemessen.

Wir haben Glück, dass es eine glatte Wunde war. Meine Narbe ist geschwollen, zerfurcht und an den Rändern gekräuselt.

Narben verblassen und schrumpfen erheblich im ersten Jahr. Meine Narbe ist feuerrot und dick.

Die oberflächlichen Gesichtsnerven wachsen nach, doch das kann sechs bis acht Monate dauern. Um die Narbe herum kann ich das Gesicht nicht richtig bewegen. Es fühlt sich an wie nach einer Betäubungsspritze beim Zahnarzt.

Heute dauert mein anfängliches Schweigen selbst Mrs Le wen zu lang. Gewöhnlich wartet sie, bis ich das Wort ergreife, aber diesmal hilft sie mir auf die Sprünge, indem sie leise fragt, woran ich gerade denke.

»An Robert.« Kaum ist das Wort ausgesprochen, starre ich in meinen dünnen schwarzen Earl Grey. Ich trinke einen Schluck und stelle mir vor, das Wogen in meinem Magen würde langsamer.

Mrs Lewen fragt weiter. »Sie sind jetzt im zweiten Drittel der Schwangerschaft. Die kritische Phase ist vorbei. Finden Sie nicht, dass Robert ein Recht hat, davon zu erfahren?«

Ich schüttele den Kopf. »Er würde das Baby nicht wollen.«

»Das wissen Sie nicht. Und Sie vermissen ihn immer noch, Clarissa.«

Seit zwei Jahren tot, hast du gesagt. In der Minute, als wir uns kennenlernten, hast du mir erzählt, deine Frau sei vor zwei Jahren gestorben. Ist das die Geschichte, die du automatisch jeder Frau erzählst, für die du dich möglicherweise interessieren könntest? Später hast du noch ergänzt, es sei ein Autounfall gewesen. Sogar die Tageszeit hast du genannt.

Die arme Frau Feuerwehrmann, hat der Mann gesagt und mir mitten ins Herz geschnitten, bevor er mir ins Gesicht schnitt.

Wahrscheinlich bist du meinetwegen aufgeflogen. Was mir zugestoßen ist, muss dich bloßgestellt haben. Du konntest mich nicht mehr vor ihr geheim halten. Deine schreckliche Wunde und der Blutverlust. Die Polizei mit ihren Besuchen und Vernehmungen. Deine Zeugenaussage. Was mir zugestoßen ist, hat auch dich aus deinem normalen Leben herausgerissen.

Die Namen von Vergewaltigungsopfern dürfen nicht veröffentlicht werden. Selbst wenn sie unter Mordverdacht stehen. Was mir zugestoßen ist, hält meinen Namen aus der Presse heraus, aber ich bezweifle, dass du ihn aus deinem Haus heraushalten konntest.

Ich stelle mir deine Frau vor. Schaff das Problem aus der Welt, muss sie gesagt haben. Schaff es einfach aus der Welt. Du wirst sie nie wiedersehen, muss sie gesagt haben. Vielleicht hattest du keine Wahl, als mich nie wiederzusehen.

Von Eleanor weiß ich, dass dein Bein heilt, aber dass du immer humpeln wirst. Sie hat gesagt, du brauchst weitere Operationen. Wahrscheinlich kämpfst du gegen deine eigene posttraumatische Belastungsstörung.

Fährt deine Frau dich zu den Krankenhausterminen? Unterstützt sie dich bei der Physiotherapie? Oder bestraft sie dich? Kann sich eure Ehe von dieser Geschichte erholen? Willst du das überhaupt? Ich versuche mir all diese Fragen nicht zu stellen, aber es ist nicht leicht. Ich versuche mir nicht vorzustellen, wie sie aussieht.

Nach Henry habe ich mir geschworen, mich nie wieder in einen verheirateten Mann zu verlieben. Nie wieder wollte ich einer Frau antun, was ich seiner Frau angetan habe. Aber du hast mir die Wahl genommen mit deiner Lüge. Hätte ich es gewusst, hätte ich die Finger von dir gelassen. Hätte ich es gewusst, gäbe es unser Baby nicht.

Und trotz allem stelle ich mir vor, wie ich dein Bein küsse, wie ich versuche, es mit Küssen zu heilen.

»Sie könnten mit Robert Kontakt aufnehmen, wissen Sie«, sagt Mrs Lewen. »Sie könnten herausfinden, wie er wirklich zu seiner Frau steht. Der Mann, der Sie überfallen hat – er war keine verlässliche Informationsquelle.«

»Eleanor, die Polizistin, hat bestätigt, dass Robert immer noch verheiratet ist. Er lebt mit seiner Frau zusammen.«

Von ihr habe ich erfahren, dass deine Frau in den beiden Nächten, die wir miteinander verbracht haben, in London war. Dann musste sie wieder weg, unerwartet, an dem Abend, als du es dir anders überlegt hast und zu mir kamst und mich gerettet hast. Bist du froh, dass du es getan hast?

»Aber Sie könnten andere Dinge erfahren. Warum er so gehandelt hat.«

»Das ist doch wohl ziemlich offensichtlich.«

Wie muss sie sich fühlen mit dem Wissen, dass ihre spontane Reise zur Rettung meines Lebens geführt hat?

»Sie sind eigentlich gar nicht zynisch, Clarissa. Die Menschen haben komplexe Gründe für das, was sie tun. Nach allem, was Sie über Robert sagen, ist er ein guter Mensch, sogar heldenhaft. Ich will damit nicht sagen, dass er richtig gehandelt hat, aber Sie müssen ihn schon sehr verwirrt haben, dass er sich so gegen seine Natur verhielt.«

War es die Verheißung der sieben Wochen Urlaub von deinem Leben? Mit mir als Zugabe, um die Auszeit als Geschworener noch erinnerungswürdiger und aufregender zu machen? Vielleicht wolltest du mit deiner Riesenlüge sicherstellen, dass ich bei deinem Plan mitmache. Du sagtest, du hättest mich am ersten Tag im Zug gesehen. Vielleicht hast du in diesem Moment beschlossen, mich zu erobern, weil du wusstest, dass deine Frau in sechs Wochen verreisen würde, und die Gelegenheit wolltest du nicht verpassen. Vielleicht hast du gesehen, wie ich Keats las – dir entgeht schließlich nichts – und deswegen behauptet, du würdest ihn mögen.

Wahrscheinlich dachtest du, du würdest nach der Verhandlung einfach in dein Leben zurückkehren – wenn der Urlaub vorbei war. Wahrscheinlich dachtest du, ich würde nicht die geringste Spur an dir hinterlassen.

»Alles, was Sie mir über Robert erzählt haben, alles, was er getan hat, spricht dafür, dass er starke Gefühle für Sie hatte, dass Sie ihm wirklich viel bedeutet haben.« Mrs Lewen hat die unangenehme Angewohnheit, meine Phantasien zu erraten. »Vielleicht hatte er nicht damit gerechnet. Egal, was er Ihnen angetan hat …«

»Was er mir angetan hat, spielt keine Rolle mehr, denn er hat mir das Leben gerettet und dabei sein eigenes aufs Spiel gesetzt und dauerhafte Schäden davongetragen. Alles andere – die Riesenlüge über seine Frau – ist ziemlich unbedeutend im Vergleich.«

Mrs Lewen sieht mich zufrieden an, obwohl ich so ungeduldig mit ihr bin. »Sie haben ihm auch das Leben gerettet«, sagt sie leise.

»Er war nur meinetwegen in Gefahr. Das zählt wohl kaum als Rettung.«

»Vielleicht traut er sich nach allem, was passiert ist, nicht, sich bei Ihnen zu melden. Vielleicht will er Ihnen Zeit geben, sich zu erholen, will Ihnen keine Angst machen. Er ist der Vater Ihres Babys, Clarissa. Sie sollten Kontakt suchen und mit ihm reden.«

»Meinen Sie nicht, dass die Nachricht vielleicht ein Schock

für ihn ist? Außerdem würde ich nicht wollen, dass er nur wegen des Babys mit mir zusammen wäre. Abgesehen davon, dass ich ihn seiner Frau nicht wegnehmen will – mein Gewissen ist so schon schlecht genug. Und ich kann ihm nicht hinterherlaufen. Ich … kann mich niemandem aufdrängen. So wie es der Mann bei mir getan hat.«

Von Eleanor weiß ich, dass er einen Schrein in seinem Haus hatte, mit unzähligen Fotos. Er kannte mein Leben besser als ich selbst.

»Aber Robert ist das große Geheimnis in Ihrem Leben«, sagt Mrs Lewen. »Sie müssen es lüften, um weitermachen zu können. Sie müssen verstehen, was Robert getan hat, und warum, und was er jetzt denkt.«

»Sie irren sich«, entgegne ich. »Ich glaube, ich verstehe ihn. Ich glaube, Sie haben mir eben dabei geholfen. Robert ist nicht das große Geheimnis.«

Mrs Lewen sieht mich überrascht an. »Was dann?«

»Laura.«

Ich stelle mir Mrs Betterton und meine Mutter vor, wie sie weinen, Arm in Arm, während Mr Betterton und mein Vater traurig und befangen danebenstehen.

»Ich dachte, ihre Eltern würden mich hassen«, erkläre ich, »und mir nie verzeihen. Dass ich die bin, die überlebt hat. Dass ich nicht Laura bin.«

Mrs Lewen bittet mich, ein paar Schlucke Tee zu trinken, bevor ich weiterrede, und ich höre auf sie.

»Sie bedauern nicht, dass er tot ist, oder?«, fragt sie.

Die Bettertons haben gesagt, die Polizei schließe aus, dass die Frau auf der Zeitschrift Laura ist. Ich bin erleichtert, doch es ist eine schale Erleichterung, denn ich stelle mir unwillkürlich die Frage, wer die Frau auf der Zeitschrift dann ist. Die Bettertons haben außerdem gesagt, die Spurensicherung habe pornographische Fotos von Laura in seinem Haus gefunden, unter den Dielen versteckt. Hätte er dort auch die letzten Fotos von mir versteckt?

Vielleicht wäre er nach dem Grundsatz »im Zweifel für den

Angeklagten« von dem Mord an mir freigesprochen worden, indem er den Verdacht auf dich gelenkt hätte. Auch du bist in meinem Bett gewesen. Vielleicht hätte er behauptet, wir hätten einvernehmlichen Sex gehabt und er hätte mich froh und bei bester Gesundheit zurückgelassen; dass du aufgetaucht wärst, nachdem er fort war, und mich misshandelt und getötet hättest. Saal 12 hat mich einiges gelehrt.

Die Polizei hat jetzt erst ermittelt, dass er den Sommer vor sieben Jahren in Kalifornien verbracht hat. Lauras letzten Sommer. Die Spur ist kalt, aber vielleicht noch nicht ganz verschwunden. Endlich leitet die amerikanische Polizei Nachforschungen zu ihrem Verschwinden ein. Sie kooperieren mit der britischen Polizei, die alle Hinweise sorgfältig durchgeht.

Ob ich bedaure, dass er tot ist?

Das ist die dümmste Frage, die ich mir vorstellen kann. Natürlich kann ich nicht ehrlich antworten. Sonst müsste Mrs Lewen der Polizei berichten, dass ich eine reuelose psychopathische Mörderin bin; es kann nicht in meinem Interesse sein, dass das in der Akte steht, die an die Staatsanwaltschaft geht. Es kann auch nicht in meinem Interesse sein, dass Mrs Lewen das Jugendamt informiert und man mir mein Baby wegnimmt.

Doch ich schneide Mrs Lewen ein großes Stück von der Wahrheit ab und präsentiere es ihr auf einem Silbertablett. »Die Tatsache, dass ich den Bettertons die einzige Chance genommen habe, herauszufinden, was mit Laura passiert ist, belastet mich. Er hätte es ihnen sagen können. Das kann er jetzt nicht mehr.«

Ich habe nicht vor, zurück an die Uni zu gehen, auch wenn ich noch nicht genau weiß, was ich tun werde, wenn meine zerbrochenen Teile zusammengeklebt und die Risse verblasst sind. Falls es eine Möglichkeit gibt, bei der Suche nach Laura zu helfen, würde ich es gerne tun. Vielleicht indem ich etwas schreibe oder durch Öffentlichkeitsarbeit, oder ich gründe gemeinsam mit ihren Eltern eine Stiftung gegen Stalking in ihrem Namen.

»Das ist eine natürliche Reaktion, Clarissa«, sagt Mrs Lewen. »Ein sehr menschliches Gefühl.«

Vielleicht wird sie doch nicht schreiben, dass ich eine Psychopathin bin.

»Aber ich bin mir noch nicht sicher, ob Sie ganz ehrlich zu sich selbst sind, wenn Sie sagen, Robert sei nicht Ihr großes Geheimnis.«

Sie wird nur in meine Akte schreiben, dass ich zu Selbsttäuschung neige. Trotzdem muss ich zugeben, dass Mrs Lewen, ungeachtet ihres Faibles für den *Zauberer von Oz,* in mancher Hinsicht weise ist.

Freitag, 24. Juli

Neues Gewebe ist sehr sonnenempfindlich. Noch so eine Warnung des plastischen Chirurgen. Deswegen trage ich einen riesigen Strohhut mit weicher Krempe, als ich mit meinen Eltern am Meer entlanggehe. Mein Empirekleid sieht sehr nach Sommer aus. Nur meine Mutter schafft es, ein Kleid zu nähen, das lauter gegensätzliche Eigenschaften in sich vereint: Es liegt eng an und ist dehnbar und fällt weich wie Wasser. Der hellblaue Stoff flattert im Wind. Die Brise macht mein Bäuchlein unter dem leichten Baumwollstoff sichtbar. Hastig passieren wir den Mief der Imbissstände und schlendern hinaus auf die Holzplanken der Seebrücke.

Ich lasse den Blick über den Pavillon mit dem Jahrmarkt streifen. Im Schatten des Eingangs steht ein großer Mann. Er scheint mich zu beobachten. Ich kann sein Gesicht nicht sehen, aber etwas an seiner Haltung erinnert mich an dich, und ich beginne wie in Trance, auf ihn zuzugehen. Dann dreht er sich um und verschwindet humpelnd im Pavillon. Ich fange zu rennen an, achte nicht auf meinen Hut, der wegfliegt, höre kaum meine Eltern, die mich rufen. Ich vergesse, dass ich schwanger bin, vergesse, dass ich nach Monaten verordneter Ruhe keine Ausdauer mehr habe, vergesse alles bis auf die verrückte Überzeugung, dass ich dich gesehen habe.

Bei einem Glaskasten mit Spielzeug-Aliens und einer Baggerklaue, die darüber lauert, bleibe ich stehen. Ich drehe mich im Kreis, zweimal, dreimal, bilde mir ein, wenn ich die vollen 360 Grad des Raums absuche, finde ich dich. Als ich die Menge scanne, dröhnt das Klingeln und Dudeln hirnloser Maschinen in meinen Ohren. Jemand kreischt, als er mit seinem virtuellen Auto einen Unfall baut. Die Jahrmarktorgel trällert ohrenbetäubend wie in einem karnevalesken Alptraum. An den Automaten blinken grellbunte Glühbirnen. Stroboskoplicht lässt die Luft pulsieren.

Mein Herz hämmert, mein Kopf dreht sich, und ich habe Schluckauf. Mein Dekolleté ist fleckig und verschwitzt. Vielleicht von der ungewohnten Anstrengung. Oder von den Tabletten gegen die Übelkeit. Vielleicht beides zusammen.

Ich werde den Mann nicht wiederfinden. Es war verrückt, ihn für dich zu halten. Der alptraumhafte Pavillon ist riesig, und es gibt viel zu viele Ausgänge, die du hättest nehmen können. Selbst wenn ich den ganzen Pier absuchte, könntest du leicht über eine der beiden Außenpromenaden verschwinden oder dich zwischen den vielen Karussells und Buden verstecken.

Dann sind meine Eltern bei mir, überrascht und besorgt, ziehen mich sanft mit sich, hinunter vom Pier, erzählen mir, wie mein Hut im Meer gelandet ist. Vorsichtig folgen wir den gepflasterten Bürgersteigen, und mein Vater führt uns durch das Labyrinth der Gassen, damit wir im Schatten bleiben. Wir schlendern unter den Kuppeln und Türmchen und Minaretten und Schornsteinen des alten Palastes vorbei. Ich lasse die Finger durch die gelben Blüten des Ginsters gleiten.

Im Park suchen mir meine Eltern ein ruhiges Plätzchen unter einem Goldregenbusch. Rowena und Annie kommen am Sonntag zum Mittagessen, und Annie bringt Miss Norton mit, also möchte meine Mutter ein paar Delikatessen einkaufen. Mein Vater muss ihr tragen helfen.

Ich bin froh, ein bisschen allein zu sein und den Marienkäfern und Schmetterlingen zuzusehen. Ich bin schläfrig, wahrscheinlich wieder wegen der Tabletten gegen die Übelkeit, und lege mich ins Gras. So was tun die Menschen hier in dieser Stadt am

Meer. Mir fällt ein, dass ich nicht auf dem Rücken liegen soll, und ich rolle mich auf die rechte Seite, stütze mich auf den Ellbogen, den Kopf in der Hand. Tauben fliegen aus den Fliederbüschen auf. Sie erinnern mich an die Horden der geflügelten Affen im *Zauberer von Oz*. Mrs Lewen sagt, die Affen stünden für meine Dämonen und Ängste. Ich sage ihr nicht, dass ich die Affen lächerlich finde.

Ich spüre ein Hämmern im Hinterkopf, und wieder denke ich an Mrs Lewens Lieblingsfilm, an die intensive Stelle, als die Heldin die Sepiatöne und die unheimliche Stille verlässt, um die Welt in Technicolor zu betreten. Die Pfingstrosen und Zistrosen und Bartnelken und der Fingerhut, die im Park am Rand des gewundenen Wegs wachsen, scheinen ihre leuchtenden Pink- und Rot- und Lilatöne zu verstärken. Am Ende des Wegs steht ein Mann.

Es ist der Mann vom Pier. Er ist sehr groß, wie du. Und sehr schlank, wie du, vielleicht noch etwas dünner. Er hat auch deine breiten Schultern. Er kommt ein paar Schritte auf mich zu, und ich sehe, dass er humpelt, so wie du jetzt humpelst. Trotzdem fällt mir auf, wie schön er sich bewegt. Die späte Nachmittagssonne steht hinter ihm. Ich bin geblendet, so dass ich seine Züge nicht erkenne, bis auf die blauen Augen, die mir entgegenleuchten, als hätte der Rittersporn am Wegesrand auf ihn abgefärbt. Ein Hitzeschleier umflimmert ihn.

Mein Herz schlägt wild in meiner Brust. Ich kann es hören. Ich bin mir sicher, dass ich es wirklich hören kann. Mir wird schwindelig. Mein Kopf ist zu schwer für meinen Hals. Er rutscht aus der Wiege meiner Hand und landet im Gras. Als ich die Augen wieder aufschlage, liege ich in der stabilen Seitenlage und weiß nicht, wie ich dahingekommen bin. Ich blinzele mehrmals, versuche wieder klar zu sehen. Dann setze ich mich auf und sehe mich um, weil ich immer noch das Gefühl habe, dass ich beobachtet werde. Doch ich kann den Mann nicht sehen.

Ich sage mir, dass er nie da war. Er kann nicht da gewesen sein. Ich leide immer noch unter Verfolgungswahn, auch wenn ich mir jemanden einbilde, den ich gerne sehen würde. Es ist wie ein Schwindel, und ich weiß, dass du eine Täuschung bist. Halluzinationen gehören zu den extrem seltenen Nebenwirkungen des neuen Antiemetikums. Verschwommenes Sehen steht auch auf der Liste. Genau wie Schwindel und Herzrhythmusstörungen. Anscheinend habe ich das volle Programm. Ich muss Dr. Haynes bitten, mir wieder ein anderes Medikament zu verschreiben. Aber das sind kleine Dinge. Vorübergehende Dinge. Behandelbare Dinge. Ich bin hier, und ich lebe.

Ich lege die Hand auf meinen Bauch. Das Baby tritt auf meine Blase, als wollte es mir sagen, dass es ihm gutgeht, und ich mache ein Geräusch, das Weinen und Lachen zugleich ist. Ich denke an das Märchen, das mein Vater mir immer vorgelesen hat, von dem Mädchen, dessen Hände abgeschlagen werden und das schwere Prüfungen bestehen muss. Doch alles, was sie verliert, bekommt sie zurück, und sie wird mit mehr belohnt, als sie je hatte. Auch ihre Hände wachsen nach.

Doch in dem Märchen wird nicht erwähnt, dass rund um jedes ihrer Handgelenke eine Narbe verläuft. Diese unauslöschlichen Armbänder trägt sie für den Rest ihres Lebens. Und sie weigert sich, sie zu verstecken, selbst wenn sie mit der Zeit blasser werden.

Danksagung

Nichts hiervon habe ich ganz allein geschafft. Meinem Agenten, Euan Thorneycroft, bin ich zu tiefstem Dank verpflichtet – dafür, dass er immer an *Du bist mein Tod* geglaubt und sich so dafür eingesetzt hat, und auch für all die anderen außergewöhnlichen Dinge, die er tut. Ohne ihn wäre aus *Du bist mein Tod* nämlich gar kein Buch geworden. Das Team von A. M. Heath ist wirklich einzigartig. Euan Thorneycrofts und Pippa McCarthys fachlicher Rat hat mir dabei geholfen, *Du bist mein Tod* noch viel besser zu machen, als es sonst der Fall gewesen wäre. Jennifer Custer und Hélène Ferey haben mit leidenschaftlichem Einsatz die Übersetzungsrechte im Ausland vertreten. Für einen Autor ist es ein großes Privileg, zu Lesern in einer anderen Sprache sprechen zu können. Pippa McCarthy und Vickie Dillon haben mir bei all den Dingen geholfen, die mich sonst völlig überwältigt hätten.

Von HarperCollins verlegt zu werden, empfinde ich als große Ehre. Es ist etwas ganz Besonderes und Seltenes, mit so vielen außergewöhnlichen Menschen zusammenarbeiten zu dürfen. Sarah Hodgson in Großbritannien, Claire Wachtel in den USA und Iris Tupholme in Kanada boten mir inspirierende und kluge redaktionelle Hilfestellung. Eine von ihnen als Lektorin zu haben, ist ein gewaltiges Privileg – alle

drei zusammen ein unfassbares Glück. Ihr feines Gespür und
ihr Weitblick sind ebenso bemerkenswert wie ihre rück-
sichtsvolle, umsichtige und aufmerksame Art.

Bei HarperCollins UK gilt mein Dank vor allem Kate
Stephenson für ihren großen Einsatz während des Herstel-
lungsprozesses von *Du bist mein Tod*, für ihren tollen kreativen Input und für ihre Geduld und Liebenswürdigkeit. Ein
Dankeschön geht ebenfalls an Louise Swannell, die die
PR-Arbeit mit so viel Genialität und Fingerspitzengefühl in
die Hand genommen hat, sowie Anne O'Brien für ihre un-
glaublich sorgfältige und gelungene Arbeit am Text und ihr
hilfreiches Feedback. Ben Gardiner danke ich für das bezau-
bernde Design und den Schriftsatz des Romans, Dominic
Forbes für das geniale Cover, Adrian Hemstalk dafür, dass er
Du bist mein Tod in einen materiellen Gegenstand und in ein
E-Book verwandelt hat, das die Menschen tatsächlich in die
Hand nehmen können. Außerdem möchte ich mich bei
Laura Fletcher und ihrem wundervollen Verkaufsteam be-
danken, bestehend aus Sarah Collett, Lisa Hunter und Tom
Dunstan, ebenso bei Lucy Upton für die tolle Marketing-
kampagne, Damon Greeney für die Vertriebskoordination
auf den internationalen Märkten von HarperCollins und
Eamonn McCabe für seine fotografische Kunstfertigkeit.

Mein Dank bei HarperCollins USA gilt vor allem Jonathan Burnham für seine Unterstützung und seine Begeiste-
rung für das Projekt, sowie Hannah Wood, die so vieles perfekt koordiniert hat und mir während der aufregenden Reise
vom Manuskript zum fertigen Buch mit ihrer Expertise stets
zur Seite stand. Auch für ihren kreativen Beitrag und für den
tollen Text, den sie für die amerikanische Vorschau geschrieben hat, möchte ich mich ganz herzlich bei ihr bedanken.
Ein großes Dankeschön geht außerdem an Richard Ljoenes
für das betörend schöne Cover, an Michael Correy für das
tolle Design zwischen den Buchdeckeln, an Heather Dru-
cker, meine unglaublich talentierte und liebenswerte Pressesprecherin, ans ganze Team für die geniale Öffentlichkeitsar-

beit, an Kathy Schneider und Katie O'Callaghan für die phantastische Marketingkampagne, an Emily Walters und Cindy Achar, die den Roman durch die Herstellung begleitet haben, und an meine Redakteurin Mary Beth Constant für ihr scharfes Auge, ihre gründliche Prüfung und umsichtige Klugheit.

Bei HarperCollins Kanada gilt mein Dank vor allem Doug Richmond, der dafür gesorgt hat, dass sich alles so perfekt gefügt hat, Maria Golikova, die den schönen kanadischen Katalogtext verfasst hat, und Sonya Koson, meiner tollen Pressesprecherin. Außerdem möchte ich dem Team von Noelle Zitzer, Maria Golikova, Allegra Robinson und Kelly Hope danken, die gemeinsam die kanadische Ausgabe von *Du bist mein Tod* durch die Herstellung begleitet haben.

Mit seinem intellektuellen Geist und seiner Phantasie hat Richard Kerridge mich stark geprägt. Ihm gilt mein herzlicher Dank für sein stets so treffsicheres Urteilsvermögen, seine verlässliche Unterstützung und seine weisen Ratschläge. Gerard Woodward ist ein großzügiger, kluger Freund und Mentor. Dass er sich so für *Du bist mein Tod* eingesetzt hat, bedeutet mir mehr, als ich sagen kann. Die Freundschaft mit Sheryl bedeutet mir sehr viel und gibt mir Kraft, seit ich denken kann. Colin Edwards und Julia Green waren so lieb und nett und haben mich aufgebaut, als ich sie brauchte. Richard Francis und Christopher Nicholson waren für mich da, als ich nach Rat gesucht habe. Richard Kerridge, Gerard Woodward und Richard Francis haben mir außerdem hilfreiches, kritisches Feedback zum Roman gegeben, ebenso wie Tim Liardet, Suzanne Woodward, Miranda Liardet und Ross Davis. Den Feuerwehrmännern, die mir bei der Recherche für dieses Buch geholfen und geduldig meine vielen Fragen beantwortet haben, bin ich zu tiefem Dank verpflichtet. Sie verkorpern für mich schlichtweg das Gute. Fehler oder dichterische Freiheiten gehen auf meine Kappe.

Mein Vater ist der geduldigste Leser, den man sich vorstellen kann. Meine Mutter wiederum ist mit unerschütterlicher

Weisheit und wahrer Schönheit gesegnet. An ihrer Liebe und Unterstützung, und an der meines Vaters, habe ich mich schon immer gemessen. Von Onkel Gary und Tante Barbara habe ich ein weiteres kostbares Märchenbuch bekommen, und noch so viel mehr. Meine Schwester Bella sagt mir immer die Wahrheit und ist stets auf meiner Seite – sie ist ganz genau so, wie man sich jemanden mit diesem Namen vorstellt. Ohne sie wäre ich verloren. Mein Bruder Robert hat die Tatsache, dass ich seinen Namen unbedingt für eine meiner Figuren klauen musste, mit seiner üblichen liebenswürdigen Art und humorvoller Fassung getragen. Meine drei Töchter sind einfach nur zauberhaft und verleihen allem noch mehr Schönheit und Sinn.

Karin Salvalaggio

Eisiges Geheimnis

Thriller.
Aus dem Englischen von
Susanne Gabriel.
Taschenbuch.
Auch als E-Book erhältlich.
www.list-taschenbuch.de

Sie gibt nicht auf

Ein eiskalter Wintermorgen im verlassenen Norden Montanas. Blutüberströmt bricht eine Frau vor dem Haus von Grace zusammen. Beim Versuch, sie zu retten, erkennt Grace in der Toten ihre vor vielen Jahren spurlos verschwundene Mutter. Die hochschwangere Polizistin Macy Greeley übernimmt den Fall. Sie kehrt zurück in die raue, eingeschworene Gemeinschaft nahe der kanadischen Grenze. Vor elf Jahren hat sie vergeblich versucht, Grace' Mutter aufzuspüren. Grace ist in großer Gefahr. Jemand verfolgt sie. Dennoch lässt sie Macy nicht an sich heran. Bis die beiden Frauen dem Mörder immer näher kommen ...

»Salvalaggio ist eine beeindruckende neue Stimme in der Spannungsliteratur ...«
Deborah Crombie

Stefan Ahnhem

Und morgen du

Kriminalroman.
Aus dem Schwedischen von
Katrin Frey.
Taschenbuch.
Auch als E-Book erhältlich.
www.list-taschenbuch.de

**_Ein Klassenfoto, drei Tote – wer wird der Nächste
sein?_**

Helsingborg, Südschweden. Kommissar Fabian Risk ist
gerade in sein idyllisches Heimatstädtchen zurückgekehrt. Er möchte endlich mehr Zeit mit seiner Familie
verbringen. Doch dann wird in seiner alten Schule eine
brutal zugerichtete Leiche gefunden. Daneben liegt ein
Klassenfoto. Darauf abgebildet ist Risks alte Klasse, das
Gesicht des Mordopfers mit einem Kreuz markiert. Und
das ist erst der Beginn einer Mordserie, bei der der Mörder Risk und seiner Familie immer näher kommt.

_»Ein Krimi, der einen nicht mehr loslässt. Fesselnd von
der ersten bis zur letzten Seite.«_
Hjorth & Rosenfeldt

List

Gabi Kreslehner

Das Regenmädchen

Kriminalroman.
Taschenbuch.
Auch als E-Book erhältlich.
www.ullstein-buchverlage.de

Manche Engel müssen sterben

Eine regennasse Fahrbahn. Einzelne Autos, die vorbei-
rauschen. Ein grauer Morgen. Als Kommissarin Franza
Oberwieser an den Tatort kommt, trifft sie der Anblick
der Toten wie ein Schlag. Ein schönes junges Mädchen
in einem glitzernden Ballkleid liegt verrenkt am Stra-
ßenrand. Franza beginnt, Fragen zu stellen und begegnet nur Menschen, die etwas zu verbergen haben. Dunkle Seiten, Abgründe, Lügen. Die Tote kannte sie alle.
Musste sie deshalb sterben?

»Ein beeindruckendes Krimi-Debüt!«
Nele Neuhaus

»Dieses spannende Krimi-Debüt
mag man nicht aus der Hand legen.«
Hörzu

Inge Löhnig

Gedenke mein

Kriminalroman.
Taschenbuch.
Auch als E-Book erhältlich.
www.list-taschenbuch.de

Endlich ein Fall für Gina Angelucci

Gina Angelucci, die Partnerin des Münchner Kommissars Dühnfort, arbeitet in der Abteilung für Cold Cases in München: Sie löst Mordfälle, die seit Jahren nicht geklärt werden konnten. Ein besonders tragischer Fall erschüttert sie zutiefst. Vor zehn Jahren verschwand die kleine Marie, ihre Leiche wurde nie gefunden. Der Vater hat Selbstmord begangen, die Mutter sucht bis heute nach ihrer Tochter. Gina ahnt, dass ihre Kollegen damals die falschen Fragen stellten. Ist Marie womöglich noch am Leben? Gina folgt einer Spur, die zu unendlichem Leid führt ...

List